MI AMOR DE WATTPAD

ARIANA GODOY

MI AMOR DE WATTPAD

Planeta

Título original: *My Wattpad Love*

Traducción: Ariadna Molinari

Diseño de portada: Planeta Arte & Diseño
Fotografía de portada: © iStock
Lettering de portada: David López
Diseño de interiores: Víctor M. Ortiz Pelayo • www.nigiro.com
Fotografía de Ariana Godoy: cortesía de la autora

Bajo el sello editorial PLANETA M.R.
Avenida Presidente Masarik núm. 111,
Piso 2, Polanco V Sección, Miguel Hidalgo
C.P. 11560, Ciudad de México
www.planetadelibros.com.mx

Segunda edición en formato epub: noviembre de 2021
ISBN: 978-607-07-8295-4

Segunda edición impresa en México: noviembre de 2021
Tercera reimpresión en México: mayo de 2022
ISBN: 978-607-07-8294-7

Impreso en los talleres de Impresora Tauro, S.A. de C.V.
Av. Año de Juárez 343, Colonia Granjas San Antonio, Iztapalapa
C.P. 09070, Ciudad de México.
Impreso y hecho en México – *Printed and made in Mexico*

CAPÍTULO 1

CUATRO PALABRAS.

Es increíble cómo cuatro palabras pueden cambiar tu vida para siempre. Frases como «te amo de verdad» o «creo que me gustas» son tan poderosas y fuertes que logran endulzarte el corazón en cuestión de segundos; pueden llevarte a la felicidad. Pero no fue una frase de ese tipo la que me cambió la vida. Fue una mucho más simple, que jamás esperé leer.

Era más de media noche. Estaba navegando en internet como todos los sábados por la noche. Después de terminar un tazón de helado estaba hiperactiva y no podía dormir. Supongo que el azúcar que corría por mi sistema no era de mucha ayuda. Estaba en la cama, acostada boca abajo, con la mirada fija en la pantalla de la *laptop*. Buscaba historias que leer: se me habían acabado los libros, así que decidí darles una oportunidad a esos ejemplares electrónicos de los que tanto había oído hablar. La mayoría de los sitios *web* ofrecían varios que eran costosos, y hubiera pagado por algunos que me interesaban si no fuera porque, pues, tengo diecisiete años. Apenas si me alcanza para el almuerzo escolar. Además, esos sitios pedían pago con tarjeta de crédito, y yo estoy lejos de tener una propia.

Suspiré frustrada. Estaba a punto de darme por vencida, cuando vi un icono naranja que anunciaba algo «gratis». Di *clic* en él y el navegador me llevó a la tierra soñada: Wattpad. Abrí los ojos como platos al leer el lema del sitio *web*: «Enriquecemos vidas a través de las historias». Al ir desplazándome por la página, muchos títulos me llamaron la atención. Era difícil creer que podía leer todas esas increíbles historias sin tener que pagar. Mi corazón empezó a latir con fuerza. Quería leerlas cuanto antes.

Durante los primeros días fui una lectora silenciosa. No tenía cuenta aún, por lo que simplemente disfrutaba las historias que me interesaban. Pero al poco tiempo, sentí la necesidad de apoyar a los escritores que dedicaban horas a hacer esos libros, así que abrí una cuenta, seguí a varios autores, y comenté sus historias para mostrarles mi respaldo.

Un mes después, ya era adicta. Revisaba Wattpad tres veces al día para ver si había alguna actualización de las historias que seguía.

—¿Me estás oyendo? —me preguntó Laura, mi mejor amiga, cuando íbamos de camino a la escuela.

—¿Qué? —pregunté y cerré la *app* de Wattpad en mi celular.

—Nunca me escuchas, Julie. Ya me estoy hartando —se quejó y apretó el paso, dejándome atrás.

—¡Espera, Lau! —le grité y corrí tras ella.

No podía evitarlo. Wattpad se había convertido en mi placer culposo. Intentaba equilibrar las cosas pasando tiempo con mis amigos y dedicando ciertos ratos a Wattpad, pero era difícil. Después de unas semanas, por fin encontré el balance ideal. Siempre que estaba con mis amigos evitaba sacar el celular del bolsillo porque, si lo hacía, sucumbiría a la necesidad de revisar Wattpad.

En fin, volviendo a aquellas cuatro palabras que me cambiaron la vida: todo empezó una tarde, después de llegar a casa de la escuela. Encendí la *laptop* y de inmediato entré a mi cuenta de Wattpad; fue entonces que cierta frase llamó mi atención: «Comparte tu propia historia». Cuatro palabras, veinticuatro letras.

Siempre me había gustado escribir. Tenía unos cuantos cuentos inconclusos en mi *laptop*, pero no había tenido el valor para terminarlos. Quizá era flojera o quizá creía que nadie los leería. Me tomó unos cuantos días decidir si los subiría o no a la página, pero una noche me animé y subí mi primera historia. Decir que estaba nerviosa habría sido un eufemismo; estaba aterrada. Luego empecé a revisar el celular cada cinco minutos para ver si había recibido algún comentario o algo así.

Tras dos días de agonía, el celular vibró en mi bolsillo. Era un correo electrónico de Wattpad: «Tu historia recibió un comentario». Se me detuvo el corazón. Di *clic* en el vínculo y leí: «Me encanta. ¡Deberías escribir más! ¡Sube más, pronto!». Casi brinco de la alegría. ¡A alguien le había gustado mi historia! ¡Alguien la había leído y la había disfrutado! Sonreí de oreja a oreja mientras contestaba y le agradecía a mi primera lectora su lindo comentario.

Así fue como empezó todo. Esas cuatro palabras me engancharon en algo de lo que me enamoré. Fui subiendo capítulo por capítulo y ganando más seguidores y haciendo nuevos amigos en el proceso. Lo que más disfrutaba de Wattpad era que me permitía conocer gente de los lugares más recónditos del mundo. Pero luego ocurrió otra cosa. Una noche estaba recostada cómodamente en mi cama y leyendo en mi celular cuando vibró para anunciarme que había recibido un correo. Lo abrí. «Poeta_oscuro001 te envió un mensaje».

«¡Qué curioso nombre de usuario!», pensé con una sonrisa. Estaba de muy buen humor ese día. Di *clic* en el vínculo que me llevó al mensaje en mi buzón y fruncí el ceño al leerlo: «Tu historia es demasiado femenina, ¿no crees? No me parece buena. No entiendo por qué es tan famosa. El argumento ni siquiera es original».

Se me paralizó el dedo sobre la pantalla del celular. Mi buen humor se había ido al caño. Esas palabras me dolieron en el alma. Estaba devastada. En los dos meses que llevaba en Wattpad nunca había recibido un mensaje tan negativo. Según yo, el sitio *web* promovía un ambiente amigable, aunque era un hecho que había gente que no sabía ser amable. Me metí al perfil de la persona que me envió el mensaje y fruncí el ceño aún más.

Era un chico. No era muy común encontrar hombres en esta plataforma. Leí su perfil en silencio.

Usuario: Poeta_oscuro001
Nombre: ¿Qué te importa, chismosa?
Ubicación: Lee la respuesta anterior.
Género: M
Idioma: Español
Miembro desde: Diciembre de 2010
Votos recibidos: 10 859

Había subido dos cuentos y una colección de poemas enigmáticos. La categoría «Acerca de mí» estaba vacía. No había escrito nada más sobre sí mismo. Su fotografía de perfil estaba en blanco, literalmente. Hice un esfuerzo por no llenar su muro de insultos, pues no serviría de nada. Tendría que demostrarle que yo era más madura y civilizada que él. Con calma tecleé el mensaje que quería enviarle.

Hola, Poeta Oscuro.
Entiendo que no te haya gustado mi historia, pero no tenías por qué ser tan grosero.

Abrazos
Jules

Presioné el botón de «enviar», pero no tuve tiempo ni de respirar antes de que el teléfono vibrara para anunciar que ya me había contestado. ¿En serio? ¡Este tipo sí que era rápido! Entrecerré los ojos al ver su respuesta.

@Poeta_oscuro001: ¿Toqué una fibra sensible? ;)

Me mordí el labio, furiosa, y presioné de inmediato la opción «contestar».

@SuperJules: Sólo digo que no tenías por qué ser tan grosero. Si no te gustan mis historias, no las leas. Ahórrate tus comentarios hostiles.

Después de unos minutos, recibí su respuesta.

Él: Bájale al drama, niñita. Este no es uno de tus cuentos, es la vida real ;p

Y así, amigos míos, fue como comenzó una discusión de dimensiones épicas.

Yo: Primero que nada, no me llames «niñita»; no te conozco. En segundo lugar, no estoy siendo dramática. No perderías nada si fueras más amable.

Él: ¿Por qué querría ser amable contigo? No te conozco.

Yo: Exacto: no me conoces. Así que no tienes razones para ser grosero conmigo.

Él: Da igual, niñita.

Yo: No me llames así.

Él: Va con tu personalidad.

Yo: ¡Claro que no! Sólo te digo que seas más amable la próxima vez que quieras dar tu opinión sobre una historia.

Él: ¡Ay! ¿Herí tus sentimientos?

Yo: Sí.

Por un momento creí que se iba a disculpar. ¡Qué tonta fui!

Él: ¿Quieres llorar sobre mi hombro, niñita? ;)

Yo: ¿No puedes simplemente disculparte?

Él: No.

Yo: Me rindo. Ya no quiero hablar contigo.

Él: Me estás rompiendo el corazón, niñita. ¿No te das cuenta?

Yo: ¡Cállate! Tu sarcasmo no ayuda.

Él: Yo creo que sí ;)

Yo: ¿Por qué me molestas tanto?

Él: Porque…

Yo: ¿«Porque…»?

Él: Porque sí :)

Yo: Ya no me hables.

Él: Tú fuiste la que entró a mi muro. Lárgate, acosadora.

Yo: No entré para acosarte. Entré para intentar llegar a un acuerdo. Me gustaría que entendieras que tus mensajes groseros lastiman a la gente.

Él: Bla bla bla.

Yo: Eres un…

Él: ¿No se te ocurre ningún insulto, Señorita Fresita?

Yo: ¿Fresita? ¿Qué diablos?

Él: Sí, eres una fresa y tus historias son de lo más rosas.

Yo: Qué perverso.

Él: Gracias ;)

Yo: No fue un cumplido.

Él: Yo digo que sí ;)

Yo: Agh. Adiós.

Él: ¡Anda! ¡Lárgate! Estás manchando mi muro con tus dedos rosas y tu apestoso olor a fresa.

Me salí de su muro furiosa. ¿Qué le pasaba a ese tipo? No tenía modales ni respeto por los demás. Sentía que el corazón se me salía de la desesperación. Hundí la cara en la almohada y gruñí de la rabia. Me había sacado de quicio. ¿Cómo podía alguien ser tan grosero?

El teléfono vibró, pero tardé un instante en mirar la pantalla. Tenía un nuevo correo. «Poeta_oscuro001 te envió un mensaje privado».

¿Me había enviado un mensaje privado? Qué osado. Fruncí el ceño al leerlo: «Fue un placer hablar contigo, Señorita Fresita. Esto no se ha terminado :)».

Cerré los puños con fuerza. Ya veríamos quién reiría al último.

CAPÍTULO 2

—JULIE.

Un ligero susurró me despertó. Abrí los ojos despacio. Vi borroso durante algunos segundos, pero al poco tiempo mi mirada se ajustó al entorno. Lo primero que vi fue mi cama, que estaba a unos cuantos metros. Las sábanas moradas estaban en su lugar.

Un momento: si mi cama estaba tan lejos, ¿dónde estaba durmiendo? Sentí una punzada de dolor en el cuello, como si mi cuerpo hubiera querido contestar esa pregunta. Entonces me di cuenta de que estaba sentada en el escritorio con la cabeza apoyada en la *laptop*. Tenía la cara pegada al teclado. Me ardía la mejilla y estaba segura de que tenía los cuadrados de las teclas marcados en la piel.

—¡Ay! —exclamé mientras me sobaba el cuello. No tenía idea de cómo había logrado dormirme en esa posición tan incómoda. Ni siquiera recordaba haberme quedado dormida. Mi cuarto apenas si estaba iluminado por la lamparita de la mesa de noche.

—Julie —repitió la misma voz. Miré a mi alrededor, pero el cuarto estaba vacío. Fruncí el ceño. «¡Qué diablos!»—. Julie

—dijo la voz con más urgencia. Yo seguía medio dormida. Me puse de pie y caminé como zombi hacia la ventana. Vivía en una casa de dos pisos, y mi habitación estaba en el piso superior. Era noche de luna llena—. ¡Julie!

Me asomé, pero no había nadie, así que levanté la mirada al cielo.

—¿Dios? —pregunté, asustada. Pero entonces una piedra voladora me dio en la frente—. ¡Ay!

—¡Despierta, demonios! —Me llevé la mano a la frente y miré hacia el jardín, con el ceño fruncido.

—¿Jason? —pregunté en tono de reproche. Mi mejor amigo desde el kínder estaba parado atrás de un arbusto del jardín de flores de mi madre—. ¿Qué te pasa? ¡Me pegaste! —gimoteé mientras me sobaba la frente.

—Lánzame una sábana. Necesito hablar contigo. —Jason solía meterse a escondidas a mi casa. Yo le lanzaba una sábana por la ventana, y él escalaba como mono. En realidad, mi ventana no estaba tan alta.

—¿Qué? ¿Estás loco? Es... —Me quedé callada. No sabía qué hora era—. Es tarde —concluí sin convicción.

—Es una emergencia.

—¿Qué clase de emergencia?

—Clase Y.

Abrí los ojos como platos. Jason y yo habíamos creado un código de clases de emergencias que iban de la V a la Z. Créanme: la Y era muy grave. Busqué bajo la cama la sábana previamente enroscada que solía lanzar por la ventana. En cuestión de segundos, Jason entró de un brinco al cuarto. Tenía el cabello castaño despeinado, como si se lo hubiera estado peinando con los dedos.

—¿Qué pasó?

—Necesito un condón.

Su franqueza me dejó boquiabierta.

—¿Qué? ¿Es en serio? —pregunté, exaltada.

—¡Es una emergencia! —exclamó con ojos suplicantes.

—¡Esa no es una emergencia! Cómprate tus propios condones, golfo. —Le di un manotazo en el hombro.

—¡Por favor, Jules! ¡Te lo ruego!

—No.

—¡Ándale! Ni que fueras a usarlos pronto.

—¡Lárgate! —afirmé y lo empujé hacia la ventana.

—La farmacia está cerrada. Y sabes que no hay otro lugar en donde pueda conseguir condones a esta hora. ¡Por favor!

Sabía que estaba siendo honesto. Había una sola farmacia en todo el pueblo, así que suspiré, derrotada, caminé hacia mi vestidor y saqué unos condones. Aunque era virgen, eso no significaba que no debía estar preparada. Además, mi madre era doctora. Cuando tuvo «la charla» conmigo, se aseguró de proporcionarme grandes cantidades de condones. Le lancé a Josh una tira entera con brusquedad. Él la atrapó en el aire y me sonrió.

—Deja de usar el código de emergencia para este tipo de tonterías —dije y crucé los brazos. Jason me tomó de la barbilla y me dio un beso en la frente.

—Te adoro. Eres la mejor amiga del mundo. —Después de eso, salió por la ventana. Bostecé y me metí a la cama. Mi celular estaba bajo la almohada; lo tomé y revisé mi correo electrónico. No me había tomado la molestia de contestarle al chico grosero de Wattpad. Estaba muy ocupada escribiendo un capítulo más de una de mis historias cuando me quedé dormida. Y ya eran las 2:30 de la mañana. «Cielos, debería dormirme». Pero me ganó la curiosidad y me metí a su perfil. Su última hora de conexión era de hacía veintiocho minutos. Me ardí al leer su última actualización: «Estoy limpiando mi muro. Tenía huellas digitales rosas por todas partes. ¡Asco!».

¡No podía ser! ¿Qué diablos le pasaba? ¿No podía olvidarlo ya? Entré a mi bandeja de mensajes privados para leer el mensaje que me había enviado. A toda prisa comencé a contestarle.

INBOX

@SuperJules: Ya olvídalo, ¿no?

Presioné el botón de «enviar» y me sobresalté cuando mi celular vibró casi de inmediato. ¡Sí que era rápido para contestar!

@Poeta_oscuro001: No.

Yo: ¿Cuál es tu problema?

Él: Tú eres mi problema.

Yo: ¿Por?

Él: Porque sí.

Gruñí de frustración y estaba a punto de contestar, cuando él me envió otro mensaje.

Él: ¿Qué haces?

Yo: No es de tu incumbencia.

Él: Ya es tarde en donde vives.

Yo: ¿Cómo sabes?

Él: Pusiste tu ubicación en tu perfil. Creo que no eres muy lista, ¿verdad?

Yo: ¡Leíste mi información!

Él: Técnicamente, tú lo hiciste primero. Tú te metiste a mi perfil y me escribiste primero.

Yo: No. Tú me escribiste primero.

Él: Da igual. Sigues sin contestar mi pregunta.

Yo: ¿Por qué quieres saber qué estoy haciendo?

Él: Curiosidad.

Yo: Tarado.

Él: Señorita Fresita.

Yo: Deja de decirme así.

Él: Oblígame.

Yo: Eres un troglodita.

Él: ¡Gracias! ;)

Yo: ¡Agh! No fue un cumplido.

Él: Lo sé. Entonces, ¿estás haciendo algo indebido? >=)

Yo: ¿A qué te refieres?

Él: Si no me cuentas lo que estás haciendo, empezaré a suponer cosas.

Yo: ¿Qué cosas?

Él: ¿Estás viendo porno?

Yo: ¡No! ¿Qué te crees?

Él: Entonces, ¿qué haces? Son las 2:54 a.m. en donde vives.

Yo: Estaba… ayudando a alguien.

Él: ¿A esta hora?

Yo: Sí.

Él: ¿Era hombre o mujer?

Yo: ¿Qué te importa?

Él: ;)

La curiosidad me corría por las venas, así que decidí preguntarle algo.

Yo: ¿Cómo te llamas?

Él: Poeta_oscuro001 :)

Yo: Me refiero a cómo te llamas en la vida real.

Él: ¿Para qué quieres saberlo, Señorita Fresita?

Yo: ¡Demonios! ¡Deja de llamarme así!

Él: ¿O qué? ¿Me abrazarás hasta asfixiarme y me lanzarás tartas de fresa? :)

Yo: ¡Eres insufrible!

Él: Lo sé ;)

Yo: Ya me voy. No sé por qué pierdo mi tiempo hablando contigo.

Él: Eso dolió.

Yo: Sí, claro. Adiós.

Antes de que pudiera guardar el celular, recibí un último mensaje.

Él: Me llamo Evan :) Descansa, dulce Jules.

CAPÍTULO 3

—¡JULIE ANN JONES!

Desperté con un grito. La voz enojada de mi mamá tenía la capacidad de despertarme en un segundo. La luz del sol entraba por la ventana. «¡Diablos!». Seguro ya iba tarde a la escuela. Escuché los pasos de mi mamá subiendo las escaleras e intenté levantarme torpemente de la cama. Palabra clave: «intenté». Las piernas se me enredaron en las sábanas y terminé cayendo de boca. Por fortuna tengo buenos reflejos, porque si no, no hubiera metido las manos primero y mi cara habría chocado contra el suelo. Intenté levantarme, pero las estúpidas sábanas no me soltaban las piernas.

La puerta se abrió de golpe, y apareció ella, Carla Jones, mi dulce madre. Aunque quizá «dulce» no era el adjetivo que mejor la definía en ese momento.

—Hola —dije con voz temblorosa.

Ella cruzó los brazos frente al pecho y me lanzó una mirada de desaprobación.

—¿Podrías explicarme por qué mi hija sigue en la cama un lunes por la mañana?

—Técnicamente no estoy en la cama —dije y señalé el suelo.

—Qué graciosita. —Fingió una risa—. Más te vale que estés lista en cinco minutos, Julie. No permitiré que llegues tarde a la escuela.

—¿Cinco minutos? —gimoteé.

—Tic, toc, tic, toc.

—Pero...

—Y no hay tiempo para desayunar, así que llévate una barra de granola para el camino.

—¡Mamá!

—Cuatro minutos.

Gruñí y me dirigí lo más rápido que pude al clóset. Mi mamá es una persona muy agradable, pero también es muy estricta y disciplinada. Supongo que se debe a su profesión, pues la carrera de Medicina es muy pesada. La terminó cuando yo tenía nueve años, y sé que le costó mucho trabajo cuidarme e ir a la facultad al mismo tiempo, aunque en ese entonces no tenía otra opción. Estábamos solas. Mi papá es como un ente borroso para mí. Apenas recuerdo haberlo visto cuando era muy chiquita, pero luego nos dejó, y mamá nunca me explicó por qué. Era un tema muy delicado. A pesar de su carácter fuerte, he aprendido a amar a mi mamá tal y como es. Es una persona que siempre sigue las reglas, así que Dios me libre de hacer algo malo o no seguir sus órdenes.

El camino a la escuela fue muy silencioso, lo cual no es muy común, pues mi madre suele atacarme con sus sermones médicos sobre lo malos que son mis hábitos de sueño. Me considero una persona más bien nocturna.

Me asomé por la ventana del auto para ver los árboles pasar. Y entonces me acordé de él.

Evan...

No pude evitar preguntarme qué estaría haciendo. ¿Estaría durmiendo? ¿Por qué me acordé de él tan temprano? Evan no era más que un chico grosero que conocí en internet. Sin embargo, me intrigaba y no podía negarlo.

Mi iPhone vibró dentro del bolsillo de mi chamarra y me asustó. Mi mamá me miró de reojo con frialdad y luego volvió a ver el camino. Suspiré. Era obvio que estaba enojada conmigo. Al revisar el celular, no pude contener la sonrisa que se asomaba en mis labios. Era un correo electrónico de Wattpad: «No puedo eliminar el sucio olor a fresa de mi muro. ¡Agh!».

El mensaje de Evan me hizo reír, a pesar de que me insultaba discretamente... de nuevo. Por alguna razón dejé de sentirme ofendida y sus apodos empezaron a parecerme un poco graciosos. De inmediato le contesté.

INBOX

@SuperJules: No pudiste contener tus ganas de escribirme, ¿verdad?

Para cuando Evan contestó, ya me había bajado del auto de mi madre e iba camino a la entrada de la escuela. Había docenas de adolescentes reuniéndose fuera y cruzando el letrero que anunciaba la entrada a la Preparatoria Crookwell.

@Poeta_oscuro001: No te sientas especial, Fresita. Simplemente estoy aburrido.

Yo: Sí, claro. Como estás aburrido, decidiste escribirle a alguien a quien odias. No tiene sentido.

Él: Para mí sí ;)

Yo: Eres muy raro.

Él: Eso opina la gente.

Yo: Todavía me debes una disculpa, ¿recuerdas?

Él: ¿Una disculpa? ¿Por qué tendría que disculparme?

Yo: Pues por muchas cosas, pero para empezar, por tu mensaje grosero sobre mi historia.

Él: No me disculparé por ser honesto. Tu historia es cursi. Admítelo y sigue con tu vida.

Yo: ¿Honesto? ¿Crees que eso es ser honesto?

Él: Sí.

Yo: No entiendo por qué sigo perdiendo mi tiempo contigo.

Él: Yo tampoco.

Entrecerré los ojos con la mirada fija en la pantalla. ¡Es un idiota! Estaba a punto de contestarle, cuando choqué contra el torso duro de alguien. Un par de brazos fuertes me sostuvieron y evitaron que cayera al suelo de sentón. Las fosas nasales se me llenaron del aroma a colonia de hombre, así que levanté la cara. Casi se me cae la quijada de la impresión. Sentí cómo se me enrojecieron las mejillas. Estaba en los brazos de Shane Mason, el chico más guapo y popular de toda la escuela. Sus ojos color avellana clavados en mis ojos azules me paralizaron, y su cabello castaño claro estaba despeinado de una manera muy *sexy*. Sus rasgos perfectos eran la envidia de casi todos los chicos de la escuela y la adoración de casi toda la población femenina.

No supe qué decir. De hecho, la verdad es que no pude decir nada. Saber que ese chico tan maravilloso me tenía entre sus brazos me dejó impactada. Shane me lanzó una sonrisa arrogante, pues seguro se imaginó que estaba fascinada con él, lo cual era cierto. Me aclaré la garganta e intenté de inmediato poner aspecto de despreocupada.

—Deberías mirar por dónde caminas —dijo en tono cortés y me soltó. Yo me tambaleé hacia atrás, pero levanté la barbilla en un intento por conservar mi dignidad—. También deberías peinarte; ¿sabes lo que es un cepillo?

Me dejó boquiabierta de la indignación. ¿Cómo se atrevía?

—¿Y tú sabes lo que son los modales? —contesté y crucé los brazos sobre el pecho. Soy una persona tímida, pero si te metes con mi cabello, te metes con mi vida. Digamos que es un tema delicado desde el día en que mi primer novio me dejó porque mi cabello era horrible. En ese entonces tenía diez años, pero aun así me dejó marcada.

—¡Increíble! ¡Puede hablar! —exclamó con fingida sorpresa. Lo miré con desprecio y me hice a un lado para pasar junto a él. Apenas había dado cinco pasos cuando me habló de nuevo—. Creo que esto es tuyo. —Volteé a verlo, o más bien, lo miré con odio por encima del hombro. Abrí los ojos como platos al darme cuenta de que tenía mi iPhone negro. Corrí hacia él para arrebatárselo, pero él levantó la mano y lo puso lejos de mi alcance.

—Devuélvemelo —le exigí mientras saltaba lo más posible. El maldito es tan alto que ni siquiera se inmutaba por mis intentos inútiles de recuperar mi celular. Se me quedó viendo con cara de que se estaba divirtiendo.

—Si haces mi tarea de mate te lo devuelvo.

—¿Qué? —pregunté incrédula.

—Ya oíste.

—¡Olvídalo! —¿Acaso Shane no sabía que yo estaba a punto de reprobar mate? Soy malísima con los números. *O quizá...*—. ¿Crees que soy una *nerd*? —le pregunté y me señalé el pecho.

Él se encogió de hombros.

—¿No lo eres?

Negué con la cabeza.

—No. Así que devuélveme mi celular.

—No lo creo. Tienes que ser una *nerd*. De otro modo, no vendrías a la escuela con esa facha tan... ¿poco femenina? Mírate: los pantalones flojos y las camisetas no te quedan bien. Cualquiera pensaría que eres un niño.

Decir que me sentí insultada es poco. Me ardieron las mejillas de la rabia mientras apretaba los puños. Lo que hice en ese momento es algo que recordaré por el resto de mi vida. Corrección: es algo que recordaré hasta después de muerta. Le di una bofetada a Shane Mason. La palma de mi mano golpeó su mejilla izquierda con fuerza. Él se quedó pasmado, así que aproveché para arrebatarle mi celular y salir corriendo como desesperada.

Pasé el resto del día cuidándome las espaldas. Me sentía como una *ninja* cuando examinaba con cautela cada esquina y me escondía detrás de libros y de las charolas de la cafetería. Presentía que Shane no lo dejaría pasar, aunque, en mi defensa, se ganó la bofetada por comportarse como un idiota. Seguía sin poder creer lo que había hecho; no soy una persona violenta, pero de verdad me sacó de mis casillas.

—¿Qué te traes, Julie? —me preguntó Laura de camino a clase de Química, al verme ocultar la cara detrás de mi mochila.

—Estoy en problemas.

—¿Por?

—Le pegué a alguien.

—¿Qué? —Laura sonaba sorprendida. Como ya dije, no soy una persona violenta, y ella lo sabía—. ¿A quién? ¿Qué pasó?

—Shane —susurré en voz tan baja que por un momento creí que Laura no me había escuchado.

—¿A Shane? ¿A Shane Mason? ¿A *Sexy* Shane?

—Sip —asentí.

—¿En serio? —Se detuvo y volteó a verme—. Cuéntame exactamente qué pasó.

Abrí la boca para contestar, pero en ese momento vibró mi celular.

—Te cuento al rato —dije mientras revisaba el celular. Se me iluminó el rostro al saber que era un correo de Wattpad, pero fruncí el ceño al descubrir que era un comentario a una de mis historias. No me malinterpreten: me encanta que mis fans me dejen mensajes y leo cada uno de ellos con una sonrisa idiota en la cara. Es sólo que en ese momento esperaba que fuera un mensaje de Evan. El teléfono vibró de nuevo, y no pude evitar sonreír como una tonta cuando vi que era un mensaje de él. ¿Acaso podía leerme la mente?

INBOX

Él: ¡Bu!

Yo: No puedes vivir sin mí, ¿verdad? :)

Él: Sólo vine a molestarte.

Yo: Sí, claro.

Él: Y tengo la esperanza de convencerte de escribir cosas buenas y no novelas cursilonas.

Yo: ¡Mis historias no son cursilonas! ¡Deja de decir eso!

Él: Sí lo son. Algún día lo aceptarás.

Yo: Agh.

Él: ;)

Yo: ¿Por qué me sigues escribiendo? Es obvio que no te agrado.

Él: Ya te dije. Me diviertes.

Yo: ¿Cómo?

Él: ¿De qué color es tu ropa interior?

Sentí cómo se me subió el color a la cara mientras contestaba.

Yo: Eres un pervertido.

Él: Apuesto mi PS3 a que te pusiste roja. ¿Ves?, por eso me diviertes, porque eres muy predecible.

Yo: ¡No me conoces!

Él: Conozco lo suficiente.

Yo: ¿De qué estás hablando?

Frunci el ceño, pero luego me sentí tonta, porque él no podía ver mi expresión.

Él: Los escritores siempre dejan partes de sí mismos en sus historias. Por lo tanto, al leer tus historias, aprendo mucho sobre ti.

Yo: Mis personajes no son reales.

Él: Pero todos tienen una parte de ti.

No sabía qué decir. Quizá tenía razón.

Yo: Eres muy raro.

Él: No, sólo soy listo. ¿Quieres que te lo demuestre?

Yo: ¿?

Él: Eres tímida. Prefieres estar en la computadora porque te da miedo el mundo exterior. Te gusta leer y escribir (lo cual es obvio, pero había que resaltarlo). No tienes papá; él te dejó cuando eras niña o algo así. Tu mamá tiene una carrera estresante; debe ser abogada o doctora. No tienes muchos amigos. No te gusta equivocarte. No dejas que la gente se te acerque, porque temes que te abandonen, igual que tu padre. Y, por último, no tienes novio.

Me quedé completa y absolutamente paralizada. ¿Cómo diablos sabía todo eso? ¿Me estaría espiando?

Yo: ¿Me estás espiando?

Él: No, pero soy observador. Obtuve toda esa información de tus historias.

Yo: Es imposible.

Él: Claro que no. Se llama «inteligencia».

Yo: Eres demasiado raro.

Él: Gracias ;)

Yo: ¿Cuántos años tienes?

Él: ¿Por qué preguntas? :)

Yo: No sé… pareciera que eres…

Él: ¿Mayor que tú? Así es.

Yo: ¿Entonces?

Él: ¿Importa demasiado?

Yo: Pues sí, quiero saber si eres un viejo rabo verde.

Él: Ja, ja, ja, ja. No, no soy pedófilo, así que no te preocupes.

Yo: ¿Por qué me escribes?

Él: Porque eres todo lo contrario a mí.

Yo: ¿A qué te refieres?

Él: Tengo que irme. Hablamos luego, Melocotón.

Yo: ¡Genial! ¡Otro apodo!

Él: Te encantan ;)

Yo: Ya vete, lunático.

Él: ;) Adiós.

Por alguna razón, me sentí sola cuando terminé de conversar con él. No dejaba de sorprenderme lo mucho que sabía de mí. Ni Jason ni Laura me conocían tan bien. Es decir, ninguno de los dos sabía cuánto me asustaba el mundo real. No sabían que me ocultaba detrás de un caparazón para protegerme. Sólo me consideraban una persona reservada. Evan seguía siendo grosero y actuando como un idiota, pero se había suavizado un poco. O quizá ya me estaba acostumbrando a sus respuestas maleducadas.

Metí el celular en un bolsillo en el momento en el que sonó la campana de la escuela. Sólo me quedaba una clase y sería libre. Estaba a una clase de salir ilesa de la escuela. Recé por no encontrarme a Shane de camino al salón. Debía ser fácil: dos horas más y estaría a salvo en casa. Pero algo me decía que no me iba a librar con tanta facilidad.

Y tenía razón.

CAPÍTULO 4

DESPUÉS DE LA TORTURA que fue la clase de Educación Física, por fin me dirigía a la salida de la escuela. Mamá me había enviado un mensaje diciendo que llegaría un poco tarde, así que estaba condenada a esperarla fuera, en el frío. A pesar de que el invierno estaba por terminar, el viento frío seguía acechando nuestro pequeño pueblo. Me senté en una banca cercana y suspiré, mientras veía a los estudiantes subirse a sus autos o conversar. No podía creer que había abofeteado a alguien tan popular como Shane y que me había salido con la mía.

Como estaba muy aburrida, me metí a Wattpad y empecé a revisar mis discusiones favoritas. Siempre paso tiempo hablando y compartiendo opiniones con la gente de ahí. Entonces se me ocurrió una idea: entré al perfil de Evan y revisé su colección de poesía. Quería saber más sobre él. Leí sus poemas y los ojos se me llenaron de lágrimas. Eran muy tristes y estaban tan bien escritos que me conmovieron casi de inmediato. Su nombre de usuario empezó a tener sentido; sus poemas eran oscuros, además de ser extremadamente tristes.

La curiosidad me motivó a revisar uno de sus dos relatos publicados. El primero era de suspenso, asesinatos y cosas así. Lo leería después. Abrí el otro y me quedé boquiabierta de la sorpresa. Era sobre un chico, un chico solitario. El prólogo describía sus ideas melancólicas sobre el mundo. Como quería saber más, me metí en la historia mientras la leía en silencio.

El personaje principal era tan complejo que me pareció intrigante. La historia se desarrollaba en la universidad, y básicamente enfatizaba los pasos que debía seguir el protagonista para sobreponerse a las dificultades. Había perdido a su familia y al amor de su vida. ¡Dios! Evan sí que sabía conmover a su público. Se me salieron las lágrimas al leer una escena muy emotiva. La chica a la que amaba le rompió el corazón y lo dejó por su mejor amigo. ¿Cómo pudo hacer eso? Estaba tan clavada en la historia que se me olvidó que estaba sentada en el estacionamiento, y no noté que había alguien parado frente a mí.

Ese alguien tosió, evidentemente para llamar mi atención, pero yo lo ignoré. Necesitaba saber qué le diría Josh, el protagonista de la historia, a su exnovia. Sin embargo, ese alguien me arrebató el celular de las manos con un movimiento veloz.

—¡Oye! —exclamé y levanté la mirada—. Uy. —Mis ojos se encontraron con los ojos color avellana de Shane, los cuales tenían un destello de ira. Pasé saliva.

—Me debes una disculpa —declaró con frialdad.

—¿Yo? —Me señalé con gesto inocente.

—Sí, tú.

—¡Tú me insultaste! Te lo merecías —dije y me puse de pie—. Devuélveme mi teléfono.

—No te metas conmigo, J-o-n-e-s —pronunció mi apellido con lentitud.

—¿Me estás amenazando? —dije con el ceño fruncido y di un paso al frente. Sin embargo, al temer por mi seguridad, retrocedí.

Sus labios formaron una sonrisa maliciosa.

—Pégame de nuevo y vas a ver.

—¿Qué voy a ver? —No le permitiría intimidarme. Shane me tomó del brazo y me acercó bruscamente hacia él. Forcejeé para liberarme—. ¡Suéltame!

—Eres tan... —dijo y se me quedó viendo en silencio.

—Vuelve a insultarme y te juro que...

—Hermosa.

Me quedé boquiabierta y no pude evitar sonrojarme, pero entonces él se rio. Frunció el ceño al soltarme y devolverme mi celular. Siguió riéndose un rato.

—Tu cara... no tuvo... precio —dijo entre risas.

¿Entonces fue broma? ¿Por qué no me sorprendió? Claro, un chico como él jamás pensaría que una chica como yo es hermosa. Simplemente lo miré con odio y sentí alivio al identificar el auto de mi madre. Intenté esquivarlo, pero él me tomó del brazo de nuevo y me detuvo.

—¿Cómo te llamas?

¡Genial! Sabía mi apellido, pero no mi nombre. ¡Qué tipo!

—Megan Fox —contesté en tono sarcástico.

—Ya quisieras estar así de buena —dijo con seriedad.

Le quité la mano de mi brazo y le sonreí.

—Y tú ya quisieras saber mi nombre. —Con eso, me alejé. Por desgracia para mí, mi salida triunfal no duró demasiado. No noté que había un auto estacionado en mi camino y choqué contra él con un golpe seco.

—¡Ay! —Mi rodilla recibió todo el impacto. Salté sobre el otro pie mientras me la sobaba—. Au, au, au.

Shane se acercó sin dejar de reír.

—Cuánta elegancia, Jones —dijo, entretenido.

—¡Cállate! —exclamé y volví a apoyar el pie lastimado en el suelo. Comencé a cojear hacia el auto de mi madre. Al llegar, me metí y azoté la puerta. Ella me miró confundida, pero arrancó en silencio. Supuse que seguiría enojada conmigo.

Pasé el resto de la tarde leyendo la triste historia de Evan. Me pregunté si eso le habría ocurrido a él, pues era algo muy trágico. Según el relato, su novia lo habría dejado por su mejor amigo. ¿Cómo se habría atrevido a hacerle eso? ¿Y a mí por qué me importaba tanto? Probablemente era ficticio, pero tenía el presentimiento de que la vida de Evan no había sido fácil. No sabía por qué, pero lo intuía.

Mientras leía tranquilamente su historia en Wattpad, recostada en la cama, con la *laptop* apoyada en la panza, mi mirada se desvió hacia la ventana de chat. Tenía un mensaje nuevo. Sonreí como una tonta al leer que era del usuario Poeta_oscuro001. Tenía que haber empezado a seguirme para que sus mensajes aparecieran en mi ventana de chat.

@Poeta_oscuro001: ...

@SuperJules: ¿Qué?

Él: Hola, Melocotón.

Puse los ojos en blanco al leer de nuevo el último apodo que me había puesto.

Yo: ¿Qué hay, lunático?

Él: :) ¿Cómo estás?

Yo: Bien, ¿y tú?

Él: Excelente ;) Soñé contigo.

Yo: ¿En serio?

¿Por qué estaba siendo tan amable conmigo? Pensé que quizá se había cansado de ser un idiota, pero no podía estar más equivocada.

Él: Sí, soñé que te mataba.

Yo: ¡Qué lindo! (Es sarcasmo.)

Él: Nah, no te mataba; pero no fue un buen sueño.

Yo: ¿Por?

Él: Porque salías en él :/

Yo: -.-

Él: Fue más bien una pesadilla. Pero, en fin, ¿qué tal tu día?

Yo: No muy bien.

Él: ¿Por?

Yo: Abofeteé a alguien.

Él: Ja, ja, ja, ¿en serio?

Yo: Sí, y no es gracioso. Ahora el chico más engreído de la escuela está en mi contra.

Él: ¿Por qué lo abofeteaste? ¿Te intentó besar?

Yo: ¿Qué? ¡No!

Él: ¿Entonces?

Yo: Me insultó.

Él: Ay, ¿necesitas un hombro sobre el cual llorar? ;)

Yo: No.

Él: Bah. Estoy tratando de ser amable.

Yo: ¿A eso le llamas ser amable? Tu amabilidad es una porquería.

Él: Eso dolió.

Yo: Sí, claro.

Él: Ja, ja, ja. En fin, ¿ya terminaste de espiar mi perfil?

Yo: Pff. No estaba espiando tu perfil.

Él: Eres la peor acosadora. Si ibas a leer mis historias y poemas para intentar descifrarme, no debiste haber votado por ellos. Aparece todo en mis notificaciones ;)

—¡Diablos! —maldije en voz alta. Qué tonta fui.

Yo: No sé de qué hablas.

Él: Da igual, niñita.

Yo: Y dale con los apodos -.-*

Él: Sabes que te encantan.

Yo: ¡Claro que no!

Él: Claro que sí :)

Estaba a punto de teclear una respuesta cuando la puerta de mi cuarto se abrió de golpe y topó con la pared. Mi ventana se azotó del impacto.

—¡Volví! —exclamó Jason con un falso acento extranjero. Entró a mi cuarto como si fuera dueño del lugar, y yo me le quedé viendo en silencio. Se veía rejuvenecido y radiante, así que supuse que había tenido una noche loca. Lo miré con los ojos entrecerrados.

—Traes tatuado «tuve sexo toda la noche» en la frente.

—Estáis en lo correcto, madama.

Puse los ojos en blanco.

—Deja de hablar con ese acento; no te sale bien.

—Uy, alguien anda de malas —me señaló y sonrió—. Pero no te preocupes. —Hizo una reverencia sin quitarme la vista de encima—. He llegado a alegrarte el día.

—Estoy bien.

—Claro que no. Oí que te peleaste con Shane esta mañana.

—¿Qué? No me peleé con él, sólo lo abofeteé.

Jason se quitó la camiseta y se abanicó con ella. Luego se aventó sobre mi cama y la hizo temblar con su repentina invasión.

—Ya sabes cómo son los rumores. —Jason negó con la cabeza en señal de desaprobación—. ¿Por qué lo abofeteaste?

—Me insultó —contesté medio distraída, mientras mi mirada se dirigía de nuevo a la pantalla de la *laptop*. Tenía dos mensajes nuevos de Evan.

Él: ¿Señorita Fresita?

Él: ¿Estás ahí?

Yo: Más o menos. Vino mi mejor amigo.

Él: Ah, hablamos luego :)

Yo: Sí, claro.

—¿Qué haces? —Jason se arrastró para asomarse a la pantalla de mi *laptop*, la cual le cerré en la cara.

—Nada. —Apreté los labios y le sonreí, pero él me miró con suspicacia.

—¿Qué estás escondiendo? —Parecía curioso.

—Nada —contesté demasiado rápido. Jason me miró directo a los ojos.

—Jules...

—Jason...

Jason fue abriendo los ojos. Nos habíamos embarcado en uno de nuestros típicos duelos de miradas.

—¡Cielos! ¡Estabas viendo porno! —exclamó, incrédulo.

—¿Qué? ¡No! ¿Por qué habría de...? ¡No!

—Entonces déjame ver.

—No.

—Jules —dijo en tono amenazante—. Déjame ver.

—Estaba hablando con alguien, ¿de acuerdo? —admití y me ruboricé un poco.

—¿Un chico?

Asentí.

—¿Te sonrojaste? ¡Ay! ¡Gracias a Dios! Estaba empezando a preocuparme por tu sexualidad —dijo, y yo le di un puñetazo en el hombro—. ¡Oye!, no me culpes, tú eres la que no ha tenido un novio real en años.

—Sí, pero eso no significa que soy lesbiana.

—Perdón. —Me sonrió—. ¿Quién es el afortunado?

—Basta, Jason. Es sólo... un conocido.

—Pero, ¿te gusta?

—No. Lo odio y sospecho que el sentimiento es mutuo.

—¿Cómo podría odiarte? Eres más dulce que un melocotón.

Una ligera sonrisa se dibujó en mis labios al recordar que así me había apodado Evan: Melocotón.

—¿Dónde estuviste anoche? —pregunté para intentar cambiar el tema.

—Ah, con Helen.

Lo miré con desprecio.

—Estuviste con esa zo...

Jason me tapó la boca.

—No la insultes, Jules. Es mi amiga.

—¿Amiga? Creo que tu definición de amistad está un poco trastornada. Los amigos no se acuestan unos con otros.

—Bueno, es mi amiga especial —corrigió.

—Da igual. La próxima vez que te asomes por mi ventana en medio de la noche para pedirme condones te destazaré y alimentaré al perro con tu cuerpo.

—No tienes perro —dijo Jason con una carcajada.

—Podría conseguir uno.

Jason se rio y me pellizcó la nariz.

—Eres tan tierna cuando intentas hacerte la indignada.

—¡Estoy indignada! Anoche me diste un susto espantoso, por no mencionar el hecho de que me golpeaste con una roca.

—Lo siento.

—Díselo al moretón que tengo en la frente.

—No tienes nada. No seas dramática, Jules.

—Bueno, pero no vuelvas a hacerlo.

Jason puso cara de remordimiento.

—De hecho, me preguntaba si...

—No, no, no, no, no. No me digas que viniste por más condones —dije, pero su rostro culpable lo delataba—. ¡Dios mío! ¡Lárgate, Jason!

—Por favor. Ando corto de efectivo y veré a Helen esta noche.

—¿De nuevo? ¿Te crees que eres un conejo o algo así?

—Por favor, Jules.

—¡No!

—¡Vamos! Ni siquiera los compraste tú. Tu madre te regaló montones.

—Eso no me obliga a mantener tu vida sexual. Ni que fuera tu proxeneta —le dije, fastidiada.

Jason puso cara de puchero y me miró con ojos de perrito abandonado.

—No puedes permitir que tu mejor amigo se contagie de algo o que embarace a alguien —gimoteó con voz de niño chiquito.

Suspiré exasperada, pero me levanté y caminé hacia el cajón. Con los condones en la mano, me di media vuelta para aventárselos a Jason en la cara, pero en ese momento mi madre irrumpió en el cuarto. Miró a Jason, quien estaba recostado en mi cama sin camisa, y luego a mí.

—¡Julie Ann Jones!, ¿me podrías explicar qué demonios está pasando aquí? —Apoyó los puños sobre las caderas.

Uy. Estaba en problemas.

CAPÍTULO 5

—MAMÁ, ESPERA —SUSURRÉ asustada al verla abalanzarse bruscamente sobre Jason.

—Puedo explicárselo, señora Jones —empezó a decir Jason mientras se enderezaba.

Yo dejé caer los condones y me acerqué a ella.

—Mamá, no es lo que...

¡Bam! Le dio un bofetón a Jason. Me quedé boquiabierta de la impresión.

—¡Mierda! —exclamó Jason mientras se sobaba la mejilla—. ¿Qué demo...?

—Nada de groserías, jovencito. —Puso los brazos en jarras—. No lo puedo creer. Qué decepción.

—¡Cielos, mamá! No es lo que parece. Sólo estaba...

—¿Sólo estabas haciendo qué? —Mi mamá se volteó hacia mí—. Anda, continúa. ¡Ilumíname! —Tenía los ojos abiertos como platos, señal de que estaba furiosa.

Pasé saliva.

—Estaba... él necesita condones, pero no para usarlos conmigo. —Hice una mueca de sólo pensarlo—. No tiene mucho dinero y, como yo tengo tantos condones, iba a compartirle algunos.

Mi mamá levantó una ceja, incrédula.

—¿Y para eso necesita quitarse la camiseta?

Abrí la boca para contestar, pero ella me interrumpió.

—¿Esperas que te lo crea?

—Es la verdad, mamá. Te lo juro. Yo sigo siendo virgen —dije con absoluta franqueza. Ella me miró fijamente un instante antes de voltear a ver a Jason.

—¿Es cierto? —le preguntó en tono serio.

—Sí, señora —asintió Jason con desesperación.

Mamá suspiró.

—Espero que estén diciendo la verdad, porque si descubro que han estado compartiendo fluidos...

—¡Mamá! —grité de la repulsión. «¿Compartir fluidos? ¿Quién diablos dice algo así?».

Apretó los labios y me sonrió, y luego dijo con absoluta seriedad:

—Los estoy viendo. —Se señaló los ojos con dos dedos y luego los apuntó hacia nosotros—. Así que compórtense. —De camino a la puerta, se giró hacia Jason y agregó—: Y tú, a tu casa, ahora.

—Pero...

—No te quiero cerca de mi hija por hoy.

Jason suspiró y se puso la camiseta.

—De acuerdo —murmuró y tomó unos cuantos condones del suelo antes de seguirla hacia la salida de mi habitación.

—¿Quién es esa chica? —empezó a interrogarlo mi mamá cuando salieron del cuarto, pero luego cerró la puerta tras de sí. Pobre Jason. No quería imaginar el tipo de cosas que mi mamá le preguntaría o le diría.

—Compartir fluidos —susurré y negué con la cabeza. Si hubiera un premio a las frases más repugnantes, mi mamá ganaría con facilidad. Tiene una capacidad inmensa para salir con las frases más extrañas que he oído en la vida. Quizá la adquirió en la práctica médica, pero gracias a Dios yo no la heredé.

Volví a echarme en la cama, tomé mi *laptop* y abrí la ventana del chat. Tenía muchos mensajes de amigos y fans de Wattpad, pero mis ojos buscaban un nombre de usuario en especial: el de Evan. Di *clic* en Poeta_oscuro001 y empecé a escribir.

@SuperJules: Ya volví :)

@Poeta_oscuro001: Me di cuenta.

Yo: ¿?

Él: Sí, tu olor empalagoso me alertó de tu presencia.

Yo: ¿Olor empalagoso? ¿Qué te pasa?

Él: ;)

Yo: ¿Qué haces?

Él: Estoy leyendo.

Yo: ¿Qué lees?

Él: «Cómo deshacerte de una autora cursi» :D

Yo: -.- Qué gracioso.

Él: Bah. No tienes sentido del humor.

Yo: Por cierto, leí tu historia.

Tenía que preguntarle al respecto. Moría de la curiosidad.

Él: ¿Y?

Yo: ¿Te ocurrió a ti?

Él: No.

Yo: Está escrita con tanta pasión que pensé que quizá era verdadera… que era la historia de tu vida.

Él: Dije que no. Punto.

Yo: Es verídica, ¿cierto?

Él: ¿Estás ciega? Te dije que no. Es ficción. Tatúatelo en la cabezota.

Yo: ¿Entonces por qué te enojas?

Él: No estoy enojado.

Yo: Claro que sí.

Él: ¿Cómo sabes si no me estás viendo?

Yo: Lo percibo.

Él: Te equivocas. Estoy perfectamente bien.

Yo: ¿Tus padres murieron en un accidente de auto?

Se lo pregunté porque eso es lo que le pasa al protagonista de su historia. Evan se quedó callado un rato.

Él: Olvídalo, Jules.

Yo: ¿Por qué no me dices y ya?

Él: ¡Dije que lo olvides!

Yo: Evan… Sólo quiero saber. Quiero ayudarte.

Él: ¿Ayudarme? No actúes como si me conocieras.

Yo: Tienes razón. No te conozco, pero eso no significa que no quiera saber más sobre ti.

Él: ¿Por qué?

Yo: Por curiosidad.

Él: Ya me voy.

Yo: Está bien. Sé un cobarde. Huye.

Él: ¿Cobarde? ¿Te atreves a llamarme «cobarde»?

Yo: Estás siendo un cobarde en ese instante. Y quieres huir para no tener que enfrentar el dolor.

Él: ¿Dolor? ¿De qué demonios estás hablando?

Yo: Del dolor de perder a tus padres.

Él: ¡No es real! ¡Es una historia ficticia! ¿Entiendes? No estoy vinculado de ninguna forma con el personaje.

Yo: No te creo.

Él: No me importa.

Yo: Los escritores siempre dejan partes de sí mismos en sus historias. Tú lo dijiste.

Él: No es mi caso.

Yo: ¿Ah, no?

Poeta_oscuro001 cerró sesión.

«¿En serio acaba de irse? Quizá tiene razón. Debería olvidar el asunto». Pero no podía. No sé cómo, pero sabía que Evan necesitaba a alguien con quien hablar. En su relato, el protagonista siempre deseaba tener a alguien con quien hablar sobre sus miedos y expresar su dolor.

Quizá Evan tenía razón; quizá yo le estaba dando demasiadas vueltas al asunto. No todas las historias están basadas en sucesos de la vida real. Los escritores escriben sobre lo que conocen, y sus personajes pueden parecerse un poco a ellos, pero no por eso son completamente verídicos. Entonces, ¿por qué seguía teniendo la corazonada de que la vida de Evan era tan trágica como la de su personaje? Fruncí el ceño al verlo conectarse de nuevo.

Él: Mis padres murieron. Pero no quiero hablar de eso.

Yo: Eh… está bien. Lo siento.

Él: Y no necesitas sentir lástima por mí. Estoy bien.

Yo: Bueno, pero si quieres hablar…

Él: No.

Yo: *OK*.

No contestó durante un rato. ¿Era raro que se sintiera la tensión entre nosotros a pesar de no estar frente a frente? Sí, era raro, pero yo necesitaba decir algo para aligerar la conversación.

Yo: Tenías razón.

Él: ¿En qué?

Yo: Soy una escritora cursi.

Él: ¿Lo estás admitiendo?

Yo: Sí.

Él: Por fin te das cuenta :)

Yo: Pero no tiene nada de malo escribir novelas cursis. Soy una romántica empedernida y me encanta escribir bellas historias de amor. Me gusta escribir historias sobre la felicidad y el amor verdadero. La vida no es sólo tragedia y tristeza, y a mí me gusta enfocarme en el lado alegre de la vida. No tiene nada de malo.

Él: Es poco realista.

Yo: ¿Cuál es el punto de escribir cosas trágicas? No le hace bien a nadie. Y las historias de amor le dan esperanzas a la gente.

Él: Falsas esperanzas.

Yo: ¿Cómo sabes? Yo sí creo en las almas gemelas.

Él: Es obvio que crees en esa basura.

Yo: No es basura. Es verdad.

Él: El amor no existe, mucho menos las almas gemelas.

Yo: Claro que el amor existe.

Él: Seguro, el amor verdadero está en el aire, como el amor que sentía tu padre por tu madre cuando la dejó.

Se me estrujó el corazón. Fue un golpe bajo de su parte. No pude evitar que los ojos se me llenaran de lágrimas, pero las contuve. No le daría el gusto de afectarme.

Yo: Eres un cobarde; te ocultas detrás de tus poemas y pensamientos oscuros porque crees que es más fácil. ¿Por qué no enfrentas el dolor, eh?

Él: Estoy perfectamente bien.

Yo: ¡Mentiroso!

Él: No es mentira.

Yo: Cobarde.

Él: No soy un cobarde.

Yo: Demuéstralo.

Él: No tengo que demostrarte nada.

Yo: Cobarde.

Él: ¡Basta!

Yo: Cobarde.

Él: ¡No soy cobarde! ¡Mi padre mató a mi madre enfrente de mí! Y luego se suicidó. No sé cómo logro seguir adelante, así que no te atrevas a decirme «cobarde» después de todo lo que hago para mantenerme en pie.

Me quedé boquiabierta de la impresión. No sabía qué decir. Pensé que habían muerto en un accidente de auto, como en la historia.

Él: Y no digas que lo lamentas; lo odio.

Yo: No sé qué decir.

Él: No digas nada. Estoy bien.

Yo: Desearía poder abrazarte.

Me arrepentí de enviarle ese último mensaje, pero sentía la necesidad de hacerle saber que quería ayudarlo.

Él: ¡Asco! No me digas que te estás enamorando de mí :) Me vas a hacer vomitar.

Sonreí con tristeza ante su intento torpe de cambiar el tema, pero le seguí la corriente.

Yo: ¡Pfff! Nunca.

Él: Sé que soy un galán, pero de verdad eres demasiado dulce para mí.

Yo: ¿Demasiado dulce? Ja, ja, ja. Por favor, si TÚ eres demasiado oscuro para mí.

Él: Sólo soy realista. Tú eres exageradamente idealista y empalagosamente dulce, niñita.

Yo: Entonces somos polos opuestos.

Él: Sí, y espero que no creas esa basura de que «los polos opuestos se atraen».

Yo: Para nada.

Él: Bien :)

Yo: ¿Puedo decirte algo?

Él: Sí.

Yo: Sé que estás intentando evitar el tema y entiendo que no quieras hablar al respecto. Sólo quiero que sepas que creo que eres increíble por seguir adelante después de pasar por algo tan doloroso y traumático. Te admiro, y debes estar orgulloso de ti mismo. Y si escribir poemas e historias te ayuda a lidiar con el dolor, lo entiendo perfecto. Supongo que la vida necesita ambos lados, el bueno y emotivo, y el oscuro y trágico. No hay nada que pueda decir para hacerte sentir mejor. Sé que sólo soy alguien a quien conoces por internet, pero quería decirlo :) Pero eso no quita que sigas siendo un cerdo arrogante.

Él: De hecho, me hiciste sonreír con tu simpático sermón, Melocotón.

Yo: Me da gusto.

Él: Debería irme a dormir.

Yo: ¿Dormir? Si apenas son las 8 p.m.

Él: No es esa hora en donde yo vivo.

Yo: ¿En dónde vives?

Él: No te lo voy a decir, acosadora.

Yo: Bueno.

Él: Escucha «I Don't Care» de Apocalyptica.

Yo: ¿Por?

Él: Sólo hazlo. Buenas noches.

Yo: Buenas noches, Evan.

Él: Oye, Jules.

Yo: ¿Qué?

Él: Gracias :)

Poeta_oscuro001 cerró sesión.

No podía dejar de sonreír como tonta, pues sentía que lo había ayudado de algún modo. Busqué en YouTube la canción que me dijo, me puse los audífonos y apoyé la espalda contra la cabecera de la cama. Empezó a sonar una suave melodía, y el vocalista comenzó a describir cómo la vida está llena de mentiras. No pude evitar reírme. Sabía desde un principio que no sería una canción dulce. ¿Por qué sentía como si Evan me la estuviera cantando? ¿Acaso era su forma de decirme que yo no le importaba?

Después, en la siguiente estrofa, el cantante dijo que el amor lo cambia todo. Mi corazón empezó a latir con más fuerza.

No podía ser posible. Cerré la *laptop* y me quité los audífonos. Sentí mariposas en el estómago y mi corazón amenazó con explotarme dentro del pecho. ¿Qué me estaba pasando? ¿Por qué estaba reaccionando así con una simple canción? ¿Por qué estaba reaccionando así ante la idea de que Evan me la dedicara? No era más que alguien con quien había conversado por chat un par de veces.

—Qué tonta eres, Jules —susurré para mis adentros y me levanté de la cama. Caminé hacia mi cajonera y pasé frente al espejo. Me paralicé al ver mi reflejo. Tenía las mejillas rosadas y mis ojos tenían un destello que no había visto antes. ¿Qué me estaba pasando? No era más que una canción. ¿Por qué sentía esa intensa necesidad de hacerlo sentir mejor? Evan había vivido cosas terribles. ¿Por qué me importaba tanto? Éramos polos opuestos.

Sonó mi iPhone y me sacó del ensimismamiento. Miré la pantalla, confundida: «Desconocido».

—¿Bueno?

—Hola, Jones.

—¿Shane? —pregunté, incrédula.

—Sí. No vayas a babear el teléfono. Es asqueroso.

—¿Qué? ¿Cómo? ¿Por qué? —me enredé con las palabras, sin saber cuál de las tres preguntas era más importante.

—Tranquila, nena. Respira.

—¿Nena? —Hice una mueca de repulsión. Shane era un mujeriego.

—¿Te gusta?

Puse los ojos en blanco.

—¿Qué quieres? —No me molesté en preguntarle cómo había conseguido mi teléfono. Era Shane Mason; él podía conseguir todo lo que quisiera.

Se carcajeó.

—Necesito que hagas mi tarea de mate.

—¿Qué? Es broma, ¿verdad? Yo...

—No aceptaré un «no» por respuesta.

—Te dije que no soy buena para mate. De hecho, soy malí... —Me interrumpió un golpe a la puerta del cuarto. Era hora de cenar, y mi mamá era muy estricta con los horarios—. Espérame.

—Si me cuelgas, te juro que...

—No te voy a colgar. Sólo espérame... —empecé a decir mientras abría la puerta de mi habitación.

—Te dije que no aceptaría un «no» por respuesta. —Shane estaba parado frente a mí, con el celular pegado a la oreja. Estaba sonriendo con su habitual gesto arrogante—. Cierra la boca, nena. No quieres que se te vayan a meter las moscas.

En ese momento me di cuenta de que tenía la boca abierta de la impresión. La cerré y bajé el celular.

—¿Qué demonios haces aquí? ¿Cómo entraste? —Estaba completamente confundida, por no mencionar que traía puestos *shorts* y una camiseta blanca casi traslúcida. Shane me hizo a un lado y se metió al cuarto como si estuviera en su propia casa—. ¿Qué haces? ¡Fuera de aquí! ¡No te di per...!

—Jules —dijo mi madre. Fue entonces que me di cuenta de que estaba parada junto a la puerta—, sé amable con Shaney —me ordenó en tono maternal.

—¿Shaney? —pregunté, fastidiada.

—Sí, es el hijo de Mery, ¿recuerdas? —Mery era la mejor amiga de mi mamá. Siempre hablaba de ella, pero yo sólo la había visto unas tres veces en mi vida. También era doctora, así que sus horarios eran muy pesados. Siempre creí que la razón por la cual eran tan cercanas era porque trabajaban en el mismo lugar. De hecho, Mery pasaba más tiempo con mi mamá que yo.

—¿O sea que él es tu ahijado? —Recordé que mamá me había dicho que era la madrina del hijo de Mery, pero nunca esperé que fuera Shane Mason.

—Así es. ¿No es un bombón?

—¿Bombón? —Me reí sarcásticamente, y Shane le lanzó una sonrisa dulce a mi madre.

—Ayúdalo con su tarea de mate, muñeca —dijo, mientras se iba y cerraba la puerta.

Yo estaba demasiado desconcertada como para decir algo. ¿En qué diablos se había convertido mi vida? Miré a Shane, quien estaba sonriéndome.

—Tu cara no tiene precio.

—¡Cállate! —Sostuve la cabeza en alto. Necesitaba encontrar la forma de sacarlo de ahí. Shane se me acercó sin quitarme sus enormes y hermosos ojos color avellana de encima y se pasó los dedos por la cabellera castaña rubia. Bajó la mirada al suelo, y su sonrisa se ensanchó.

—¿Sabes algo? —dijo y se me acercó más—. Me da gusto que pienses en protegerte.

Retrocedí hasta que mis nalgas chocaron contra mi cajonera. En ese momento miré hacia abajo y vi los condones tirados en el piso. De inmediato empecé a sonrojarme. Al levantar la mirada, tuve que ahogar un grito. Shane estaba demasiado cerca. Lo empujé por el pecho.

—Quítate.

Me agarró la muñeca.

—Ayúdame con mi tarea de mate, y me iré. —Se inclinó hacia delante. Su aliento mentolado me rozó la cara.

—¡Aléjate, pervertido!

Me miró fijamente, esperando una respuesta.

—Está bien, te ayudaré —dije. Shane sonrió y retrocedió.

—Será divertido.

Fingí sonreír.

—Sí, claro.

Claro que sería divertido. Yo me divertiría mucho cuando Shane reprobara Matemáticas por mi culpa. Me reí mentalmente como Cruella de Vil.

Shane estaba a punto de caer.

CAPÍTULO 6

¿UBICAN ESE MOMENTO gracioso en el que intentas contener la risa y entre más intentas no reírte más quieres hacerlo? Justo eso me estaba pasando mientras me asomaba por la diminuta ventana de la puerta del salón de Matemáticas. El profesor Satty estaba entregando unas tareas ya calificadas. No podía entrar, porque yo estaba en primer año y era una clase de tercero, así que no tenía más opción que observar desde el pasillo. Esperaría pacientemente hasta que Shane recibiera su calificación.

No podía creer que hubiera faltado a Biología para esto, pero me moría por ver su cara. Shane estaba sentado en una de las filas delanteras, con su habitual gesto arrogante. Se veía confiado y relajado. Se me escapó una risita. Era imposible no carcajearse.

—Shane Mason —dijo el profesor Satty mirando al grupo. Shane se puso de pie y caminó hacia su escritorio. El profesor le entregó su tarea mientras negaba con gesto desaprobatorio. Shane volvió a su asiento. Vi su perfil con claridad. Su sonrisa engreída se fue esfumando a medida que recorría con la mirada el papel que tenía entre las manos. Yo me estaba tapando la boca con fuerza. ¡Dios! ¡Su cara no tenía precio! Como si hubiera percibido mi mirada, volteó repentinamente hacia la puerta. Me miró con furia, y yo ahogué un grito. Shane entrecerró los ojos ligeramente mientras se lanzaba hacia la puerta.

«¡Diablos! Me va a matar o a hacerme algo horrible, como meterme el dedo a la oreja». Empecé a sentir pánico al verlo acercarse; creo que no lo había pensado muy bien. ¡Dios! ¡Qué tonta fui! Jordan, el mejor amigo de Shane, se levantó y se interpuso en su camino. Jordan empezó a hablarle de algo que yo no alcancé a oír. En ese momento sonó la campana de la escuela. La frase «salvado por la campana» nunca había tenido tanto sentido para mí. Aproveché la conmoción y me alejé de la puerta.

Escuché a Shane gritar mi nombre, pero no me molesté en voltear. Entré al pasillo principal y empecé a caminar a toda prisa. Shane estaba a punto de matarme, pero no pude contener la sonrisa triunfante que se asomaba en mis labios. *Su cara...*

En mi defensa, él prácticamente me obligó a ayudarlo con su tarea de mate hace unos días. Era su culpa por no haberme creído cuando le dije que era pésima para los números.

—¡Jones!

«Uy». Me asomé por encima del hombro y entré en pánico. Shane estaba corriendo hacia mí. Su expresión era de absoluta ira y llevaba los puños cerrados con fuerza. Mi instinto fue empezar a correr. Maldije mis piernas cortas porque no me ayudaban en mi inútil intento de escapar.

—¡Jones! ¡Vas a morir!

Empecé a correr en zigzag con la esperanza de evadirlo. Sí, sé que no era la más brillante de las ideas, pero entiendan que tenía mucho miedo.

Mis ojos encontraron el paraíso al identificar el pequeño anuncio colgante que decía «Baños». Sin pensarlo dos veces, abrí la puerta y entré corriendo. Apoyé la espalda contra la puerta. Estaba jadeando, pero a salvo. Shane no se atrevería a entrar al baño de mujeres, ¿o sí? Levanté la mirada y me quedé fría. Había un tipo parado a unos metros de mí. Traía a su amiguito en una mano y estaba de pie frente al orinal. Grité tan fuerte que los oídos me punzaron después.

—¡Ay, Dios! ¡Ay, Dios! —repetía una y otra vez. El tipo no parecía mover mi una pestaña—. ¡Lo siento muchísimo! ¡Ay, Dios! —El tipo estaba rojo como tomate.

Tenía que ser yo quien se metiera al baño equivocado. Además, nunca había visto la «cosa» de un hombre en mi vida. Estaba aterrada. Para empeorar las cosas, alguien empujó la puerta y me pegó en la nuca. Me tambaleé hacia delante y me di media vuelta de inmediato para enfrentar a Shane. Pero, para mi sorpresa, era Jason.

—¿Qué demonios? —Jason miró al tipo, quien finalmente había reaccionado y se estaba subiendo el cierre, y luego a mí—. ¿Estaban...? ¿Tú le...? ¡Jules! —Era obvio que estaba esperando una explicación. El tipo salió a toda prisa del baño, avergonzado.

—No es lo que parece —exclamé. La imagen del miembro de ese tipo no se me borraba de la cabeza. Ver uno de esos en la vida real te deja una impresión muy fuerte.

Jason entrecerró los ojos.

—Entonces, ¿qué estabas...?

—¡Jones! —La voz furiosa de Shane se escuchó del otro lado de la puerta.

Jason frunció el ceño.

—¿Es Sha...?

—Necesito esconderme —susurré mientras examinaba el baño.

—¿Por qué? ¿Qué está pasando, Jules? ¿Qué estás...?

—¡Cállate! ¡Es una emergencia!

—¿Necesitas un condón?

—¿Qué? ¡No! Distráelo —le ordené mientras me metía a uno de los cubículos y cerraba la puerta de metal.

—¿Qué demonios, Ju...?

—¡Jones! —Por el sonido de su voz, supe que Shane había entrado al baño—. ¿Dónde está?

—¿Quién? —preguntó Jason inocentemente.

—La bruja esa a la que llamas «mejor amiga» —dijo con amargura.

Pasé saliva mientras me trepaba al excusado. Me convertí en un cliché en ese momento. Esperaba no resbalarme y caer. Me daría mucho asco que eso sucediera.

—¿Jules? —Jason no era muy bueno para mentir—. Entró al baño de chicas. ¿Por? —No podía culpar a Jason por no defenderme de Shane directamente. Shane era más alto, más robusto y más fornido. Con facilidad le habría partido el hocico a mi mejor amigo.

—Más te vale que estés diciendo la verdad —le dijo Shane.

Después, el sonido de la puerta del baño al cerrarse me tranquilizó.

—Quédate ahí hasta que suene la campana, Jules. Shane está en el pasillo —me informó Jason—. Voy por refuerzos, ¿de acuerdo?

—¿Refuerzos? ¿Acaso eres policía?

—Quédate ahí.

—¡De acuerdo! —Me bajé del excusado y saqué el iPhone del bolsillo para revisar mis mensajes de Wattpad. Evan y yo nos habíamos vuelto algo así como amigos. Charlábamos todo el día si no estábamos demasiado ocupados. Me sorprendía averiguar cuántas cosas teníamos en común: escuchábamos a las mismas bandas, veíamos los mismos programas de televisión y compartíamos una pasional obsesión por las donas. Sin embargo, Evan no me contaba mucho sobre él. Es decir, no le gustaba hablar sobre su vida personal. Ni siquiera me había dicho dónde vivía.

Yo, por otro lado, era como un libro abierto. Me sentía muy cómoda hablando con él, aunque quizá era porque no podía verlo. Se me hacía más fácil escribir sobre mi vida que hablar sobre ella, ¿me explico? Estando de pie dentro de ese cubículo, empecé a enviarle un mensaje.

@SuperJules: Shane va a matarme.

Presioné el botón de «enviar». Ya le había contado todo sobre Shane, Jason, Laura y hasta sobre mi mamá. Sí, sé que en realidad no soy una persona muy reservada. Pero, por algún motivo, confiaba en Evan. Sé que es una locura, pero él era tan... No tenía palabras para explicarlo.

@Poeta_oscuro001: Estoy bien, gracias.
¿Dónde quedaron tus modales?

Puse los ojos en blanco.

Yo: Estoy en una situación de vida o muerte y ¿eso es lo único que se te ocurre decirme?

Él: Sí ;) Por esta vez, te la paso.

Yo: Tal vez muera en los próximos minutos, así que elige bien tus palabras, porque pueden ser las últimas que me escribas.

Él: Eres demasiado dramática. No vas a morir.
Deja de ser una gallina y dale la cara.

Yo: No sabes de lo que hablas. Shane podría asesinarme en un parpadeo. Parezco un gnomo a su lado.

Él: Ja, ja, ja. Apuesto a que también parecerías gnomo a mi lado.

Su respuesta me hizo pensar en su apariencia. ¿Cómo sería Evan? No tenía foto de perfil en Wattpad, así que no tenía idea.

Yo: ¿Eres alto?

Él: Soy más alto que tú.

Yo: ¿Cómo sabes?

Él: Sentido común. Soy más grande y soy hombre, así que estoy noventa y nueve por ciento seguro de que soy más alto que tú.

Yo: ¿Cuántos años tienes?

Él: Ja, ja, ja. ¿Cuántas veces me lo preguntarás?

Yo: Las que sean necesarias para que me contestes.

Él: Nunca te lo diré ;)

Yo: ¿Tienes Facebook, Evan?

Él: No.

Yo: ¿Twitter?

Él: No.

Yo: ¿Algo?

Él: No, sólo Wattpad. No me gustan esos sitios. Son una pérdida de tiempo.

Yo: Tengo curiosidad, Evan.

Él: Déjame adivinar: quieres saber cómo soy físicamente, ¿cierto?

Abrí los ojos como platos. Era como si me hubiera leído la mente. Aunque me avergonzaba, lo admití.

Yo: Sí.

Él: Soy feo.

Yo: No te pregunté si eras guapo. Sólo quiero verte y ponerle un rostro al espacio en blanco que hay en mi cabeza cuando te escribo.

Él: Quizá algún día te envíe una foto.

¿«Algún día»? Gruñí, frustrada.

Yo: ¿Por qué eres tan reservado?

Él: Entre menos sepas sobre mí, mejor.

Yo: ¿Por qué?

Él: Confía en mí :)

Yo: Eres muy raro.

Él: Me lo has dicho muchas veces, Melocotoncito.

Yo: ¿«Melocotoncito»?

Él: Sí. Por cierto, ¿cómo es que escribes historias de amor si nunca te has enamorado?

Yo: ¿Cómo sabes que nunca me he enamorado?

Él: Ya te dije que soy muy observador.

Yo: Más bien eres un acosador profesional.

Él: Ja, ja, ja; ya quisieras que estuviera espiándote :)

Yo: ¡Cielos! Te la pasas espiándome. Tendrás que admitirlo algún día, como yo admití que mis historias eran cursis.

Él: Nah. ¿Por qué te espiaría si no te conozco?

Entrecerré los ojos sin quitar la vista de la pantalla.

Yo: Creo que ya somos amigos.

Él: ¿Amigos? Ja, ja, ja. Tal vez.

Estaba a punto de contestarle, cuando sonó la campana.

Yo: Debo irme.

Él: :) Está bien, Melocotoncito.

Yo: Tienes pésimo gusto para los apodos.

Él: Ese te queda bien.

Yo: Sí, claro. Hablamos luego.

Metí el celular en un bolsillo y salí del baño tan rápido como pude. No tenía ganas de ver otro pajarito; con uno había tenido suficiente.

—¿Que hiciste qué? —me preguntó Laura, impresionada. Tenía sus ojos azules abiertos como platos. El cabello castaño y largo le caía encima de los hombros. Se veía muy bien, lo cual me recordó lo espantoso de mi atuendo. Traía el cabello atado en un chongo mal hecho, *jeans* gastados y una camiseta grande que decía «Soy *sexy* y lo sabes».

Íbamos saliendo de la escuela, camino al estacionamiento. Tan pronto pusimos un pie afuera, nos recibió la fría brisa de la tarde. Laura me había ofrecido llevarme a casa, lo cual agradecí, porque mamá estaba de guardia en el hospital. Puse a Laura al corriente de todo, excepto de Evan. No estaba segura de por qué no le había contado sobre mi amigo virtual; quizá porque temía que pensara que estoy loca por disfrutar el hablar con un extraño.

—Si ves a Shane, avísame y saldré corriendo —dije.

Laura se rio, resopló y siguió riéndose otro rato. Yo le sonreí. Al menos había alguien que disfrutaba la tragedia de mi vida. Examiné el estacionamiento, pero no vi a Shane por ningún lado. Fruncí el ceño. ¿Dónde estaría?

—Habría pagado lo que fuera por ver su cara —comentó Lau y me pasó un brazo por encima de los hombros—. Amiga, eres mi heroína.

—Una heroína muerta, Lau.

—Ay, por favor. ¿Qué es lo peor que te puede hacer?

—No quiero averiguarlo. —Negué con la cabeza.

—Estarás bien —dijo y me frotó el hombro.

De camino a casa, iba viendo por la ventana del auto sin dejar de preguntarme qué estaría tramando Shane. ¿Por qué me habría dejado salir de la escuela con tanta facilidad? ¿Estaría planeando meticulosamente mi asesinato? ¿Habría plantado una bomba en mi mochila? ¿Se había robado mis lápices? ¿Qué demonios tenía en mente?

Estaba mil por ciento segura de que Shane no dejaría pasar esto con tanta facilidad. Mi iPhone vibró en mi bolsillo. Me apresuré para ver si era un mensaje de Evan, pero, para mi sorpresa, era un SMS.

Era de «Idiópido». Así es, registré el número de Shane bajo ese nombre, una combinación de «idiota» y «estúpido». Dirán que soy infantil, pero cada vez que veía ese nombre en mi lista de contactos, sonreía un poquito. «Te metiste con la persona equivocada :) ».

Sabía que Shane no dejaría el asunto en paz. No le contesté. ¿Por qué habría de hacerlo? De verdad no quería saber qué clase de cosas estaba planeando hacerme. A veces la ignorancia sí es una bendición.

—¿Jules? —La voz de Laura me arrancó del ensimismamiento.

—¿Qué?

—Te estaba diciendo que entré al sitio ese del que tanto hablas. —No quitó la vista del camino mientras hablaba.

—¿Wattpad?

—Sí, está genial.

—Lo sé; soy adicta a él.

—Ya sé. ¿Te das cuenta de que debería estar furiosa contigo?

—¿Por? —La volteé a ver con el ceño fruncido.

—Porque ya nunca me pones atención. Me siento ignorada —admitió con una sonrisa triste.

—Ay, Lau; tú sabes que eres mi persona favorita.

—Pues no deberías estar pegada al celular mientras te cuento algo.

—Lo sé, lo sé. Perdóname.

—Está bien. —Volteó a verme—. Ya llegamos.

Salí del auto, no sin antes abrazarla y prometerle que le prestaría más atención. Mi casa se veía tan solitaria... Crucé el jardín (suponiendo que a un pequeño árbol y unas cuantas flores secas se le pueda llamar «jardín»). Mamá no tenía tiempo de regarlas, y a mí me daba mucha flojera, así que básicamente teníamos un cementerio de flores frente a la casa.

Suspiré y abrí la puerta para encontrar la sala vacía. Nuestra casa no era nada elegante, pero era bastante cómoda. Subí las escaleras y entré a mi habitación. Las cortinas estaban cerradas, así que el cuarto estaba muy oscuro. Aventé los zapatos y me quité la camiseta.

—¡Qué buena vista! —susurró una voz tersa.

Grité y pegué un brinco del miedo. Con la mano sobre el pecho, examiné la habitación. Shane estaba de pie en la esquina más oscura, con una sonrisa de oreja a oreja.

—No te detengas, nena; tengo curiosidad de ver el resto de tu cuerpo.

Agarré mi camiseta del suelo y me cubrí el pecho.

—¿Qué demonios haces aquí? ¿Cómo entraste? —pregunté en un estado de absoluta conmoción. Shane levantó la mano y agitó un juego de llaves.

—Tu dulce madre confía demasiado en mí —contestó con arrogancia. Se me cayó la cara al suelo. ¿Mamá le había dado llaves? ¿Qué demonios? Mi mamá debía ser bipolar o algo; ¿no soportaba que Jason estuviera en mi habitación, pero dejaba a Shane solo conmigo?

—¡Fuera de aquí! —le grité. Estábamos solos en mi casa. Estábamos solos. Esa frase se repetía una y otra vez en mi cabeza. Estaba empezando a perder la cabeza.

—No, no, no, no, no. —Shane negó con la cabeza—. No iré a ninguna parte. Te has portado muy, muy mal, Jules.

No me gustaba su tono. Retrocedí, pues temía por mi vida.

—¿Sabes que les pasa a las niñas que se portan mal?

Pasé saliva y negué con la cabeza.

—Reciben castigos crueles. —Su sonrisa se fue haciendo más grande conforme se fue acercando hacia mí.

«¡Cielo santo!» Estaba en graves problemas.

CAPÍTULO 7

Realidad: Shane iba a matarme.
Dato curioso: Mis calcetines no eran del mismo par.
Triste realidad: Moriría siendo virgen.

Podía haber pasado toda la tarde enumerando datos y realidades de mi vida o podía hacer algo mientras Shane se acercaba. Examiné la habitación en busca de algo que me sirviera para defenderme, pero después de sólo ver osos de peluche, almohadas, lámparas de mesa de noche, ropa sucia y pinturas, me di cuenta de que no tenía nada. No obstante, podía usar el elemento sorpresa a mi favor. Sabía que Shane no estaba esperando mi siguiente movida. Se veía confiado, así que debía aprovecharme de eso. Con un movimiento veloz, me di media vuelta y salí corriendo de la habitación.

—¡Oye! —gritó Shane, pero yo ya iba bajando las escaleras. Con la camiseta en una mano, abrí la puerta de entrada de la casa con la otra—. ¡Detente, Jones!

¡Diablos! Estaba muy cerca de mí. Shane era más alto y veloz que yo. Mis posibilidades de escapar eran tan bajas como mi CI, pero al menos debía intentarlo.

Empecé a temblar al sentir el viento frío contra mi torso parcialmente desnudo y mis pies descalzos. Hice muecas de dolor mientras cruzaba el jardín, pues las flores muertas se habían vuelto duras y filosas. Nota mental: regar las estúpidas flores o te matarán algún día.

—¡Jones!

Miré por encima del hombro. Shane corría hacia mí.

—¡Antes muerta que dejarme atrapar! —grité mientras las plantas de mis pies se encontraban con el frío pavimento de la carretera. ¿Por qué teníamos que vivir en una casa tan aislada? Vivíamos en medio de la nada. Me había peleado varias veces con mamá porque yo quería vivir en el pueblo, pero, ¡claro!, ella prefería la «tranquilidad» de los lugares poco habitados. ¡Qué tranquilidad ni qué nada! Estaba a punto de ser asesinada y nadie se enteraría. Corrí cuesta abajo, con el hielo helado golpeándome la piel.

El labio inferior me temblaba mientras corría. ¡Qué frío, Dios mío! ¿En dónde diablos está el sol cuando se le necesita? En respuesta a mis pensamientos, retumbaron truenos en el cielo. «¡Genial! Va a llover».

—¡Jones!

No me tomé la molestia de voltear. Estaba jadeando, se me había deshecho el chongo y mi cabello despeinado se agitaba con el viento.

—¡Detente!

Su voz se escuchaba justo atrás de mí. «Dios mío, perdóname por no haber ido a misa el domingo pasado. Prometo que iré la próxima semana».

Al escuchar los pasos de Shane a mis espaldas, corrí de nuevo en zigzag para confundirlo. Debí dejar de hacer lo del zigzagueo, porque en realidad no servía para nada. De pronto, un brazo cálido me tomó de la cintura y me detuvo. Emití un chillido y forcejeé para liberarme.

—¡Suéltame! —dije, casi sin aliento. Tenía muy poca condición física (pues no practicaba ningún deporte).

—¡Cielos! ¡Cálmate! —Shane no sonaba tan agitado como yo. «¡Maldito futbol!».

—¡Auxilio! —grité una y otra vez.

Shane me tapó la boca con la mano que tenía libre.

—¡Cállate! ¿Podrías calmarte? —Me dio la vuelta y me agarró de los brazos. Mis ojos se encontraron con los suyos. Mi pecho subía y bajaba rápido por mi respiración superficial—. ¿Qué te pasa? —preguntó con el ceño fruncido—. No voy a matarte.

—¿En serio? —pregunté, esperanzada.

—En serio. Sólo quería asustarte, pero nunca esperé que reaccionaras como la loca que corre por la carretera en una película de terror.

Di un paso atrás y me quité sus manos de encima.

—¿Qué diablos hacías en mi cuarto, psicópata? —Crucé los brazos sobre el pecho. Shane bajó la mirada hacia mis senos, y fue entonces que recordé que no traía camiseta y mi bra morado estaba a la vista del mundo—. ¡Ah! —grité y me tapé con mi camiseta—. ¡Pervertido!

—Como si hubiera algo que ver —dijo y puso los ojos en blanco—. Volvamos a tu casa. —Metió las manos en los bolsillos de sus *jeans* y empezó a caminar de regreso. Entrecerré los ojos al verlo darme la espalda.

—Yo no iré a ningún lado —dije y volví a ponerme la camiseta.

—Entonces espero que disfrutes empaparte en este frío —contestó y se alejó aún más de mí.

—¿Qué? —Me tomó quince segundos, tres truenos y una pequeña gota de lluvia entender qué había querido decir Shane.

Definitivamente iba a llover. A veces me sorprende lo lento que puede ser mi cerebro. Cuando empezó a lloviznar, corrí a casa lo más rápido que pude.

Entré muerta de frío a la casa y cerré la puerta tras de mí. Shane estaba sentado cómodamente en el sofá grande, con las manos en la nuca. Lo miré con desprecio. ¿Quién se creía que era?

—¿Qué haces aquí? —pregunté, pero Shane me ignoró. Apreté los puños a ambos costados del cuerpo—. ¡Oye!, ¡te estoy hablando!

—¿Qué? —preguntó con cara de aburrición.

—¿Qué-haces-aquí? —repetí muy despacio.

Shane se me quedó viendo un momento y luego cerró los ojos.

—Estoy pensando en una forma de hacerte pagar por lo que me hiciste.

—Yo no te hice nada —dije con tono de falsa inocencia.

Shane se enderezó y su mirada tenía un destello de odio.

—Voy a reprobar mate por tu culpa, Jones.

—Te dije que no soy buena para los números.

Se puso de pie.

—Claro que no.

—Claro que sí —repliqué.

Dio un paso hacia mí.

—Claro que no. Cuando terminamos la tarea, la otra noche, hasta me diste una palmada en el hombro y me dijiste textualmente: «Vas a sacar 10, tigre».

Me reí entre dientes. En efecto, eso le dije, pero fue porque estaba enojada pues Shane se había metido a mi habitación sin permiso y me llamó «horrenda nerda» varias veces.

—Hice lo mejor que pude. —Me encogí de hombros.

Shane me miró y entrecerró los ojos.

—Estaba intentando impresionar a una chica de mi clase de mate, y tú lo arruinaste.

Puse los ojos en blanco.

—¿Estás diciendo que armaste todo este alboroto porque querías acostarte con alguien?

—Básicamente.

Negué con la cabeza en señal de desaprobación.

—¿Qué tiene? Está buena y tiene un gran par de te...

—¡Shane! —grité, asqueada. Su comentario me había recordado mucho a Jason. ¿Acaso todos los hombres son iguales?

—En fin, ya sabes que la venganza es una mier...

—Basta de malas palabras —lo interrumpí. Shane simplemente sonrió y buscó algo a sus espaldas. ¿Sería una pistola? ¿Una bomba? ¿Mis lápices? Definitivamente no me esperaba lo que me mostró.

—Es curioso lo que uno puede encontrar en una habitación ajena —comentó y me enseñó mi diario. Se me cayó el alma al suelo.

—¡Ay, no!

—¡Ay, sí! —asintió satisfecho.

—¡Ay, no! —repetí. Sentí cómo me iba sonrojando. Estaba tanto enojada como avergonzada. «¿Cómo se atrevió?».

—Así es, Jones. —Se notaba que disfrutaba mi reacción—. ¿Llevas un diario? ¿En serio? ¿Cuántos años tienes? ¿Diez?

—¡Devuélvemelo! No tienes derecho a leerlo —exclamé y di un zapatazo en el suelo.

—Y dime —comenzó; se notaba que estaba conteniendo la risa—, cuando Jack te dejó porque tu cabello es horrendo, ¿lloraste?

¿Por qué se mete con mi cabello? Es un tema muy delicado para mí. Sé que pasó cuando tenía diez años, pero me sigue afectando. Mi corazón se iba acelerando en mi pecho y la sangre me hervía.

—Shane... —dije entre dientes.

—Sí lloraste, ¿verdad? —insistió con una sonrisa.

Eso bastó: no sé cómo ni por qué, pero mi lado agresivo parecía salir a flote cuando estaba con Shane. Apreté los puños, arremetí contra él y le empujé el pecho con fuerza.

—¡Devuélvemelo, estúpido cerdo egoísta! —Seguí golpeándole el pecho una y otra vez.

—¡Uy, uy! ¡Cálmate, leoncita! —dijo Shane sin moverse. Mis golpes no lo afectaban. Intenté estirarme para agarrar mi diario, pero él lo levantó todavía más. Como yo era un gnomo, no tenía posibilidades de agarrarlo. Se me ocurrió una idea brillante: me trepé al sofá y sonreí como idiota al darme cuenta de que ya lo alcanzaba. Rocé el lomo del diario, pero Shane lo jaló hacia atrás. No iba a darme por vencida, ¡jamás! Shane puso su mano más lejos, y entonces perdí el equilibrio y caí de frente.

Grité mientras caía. Shane intentó atraparme en el aire, pero terminó cayéndose conmigo.

—¡Mierda! —exclamó cuando su cabeza pegó contra el suelo.

Yo caí sobre él. Puse las palmas en el suelo para poder hacerme hacia atrás, pero entonces me paralicé. Estábamos extremadamente cerca. Su respiración se mezclaba con la mía. Sus ojos color avellana se clavaron en los míos. Me ruboricé cuando me di cuenta de que estaba montada en él. Me tenía tomada de la cintura.

Sus labios húmedos formaron una sonrisa engreída y su mirada se clavó en mi boca. Sentía que el corazón se aceleraba dentro de mi pecho. Jamás había estado en una posición así de íntima con un chico. Shane me apretó ligeramente la cintura y yo me mordí el labio de los nervios, mientras miraba sus labios húmedos. Se veían tan suaves...

—¡Jules! —La voz de Jason me devolvió a la realidad.

Volteé bruscamente hacia donde venía su voz. Estaba parado en la entrada de la casa, empapado. Vi que afuera llovía a cántaros. Cerró la puerta y examinó la habitación con la mirada, y al verme, abrió los ojos considerablemente.

—Oh —fue lo único que dijo.

A toda prisa me puse de pie y sonreí con nerviosismo.

—No es lo que parece —le expliqué. Shane se puso de pie junto a mí, con gesto arrogante y triunfal.

Jason se me quedó viendo.

—Claro. Creo que vendré en otro momento. Pensé que estarías sola porque tu mamá tiene guardia, pero...

—Sí, sí, estoy sola —contesté de inmediato. Jason frunció el ceño y volteó a ver a Shane—. Shane ya se iba —dije. Por un momento sólo escuchaba la lluvia y mi propia respiración. ¡Dios mío! ¡Qué incómodo!

—Claro que no —declaró Shane y se sentó en el sillón.

Suspiré frustrada. Jason y yo intercambiamos miradas. Era obvio que la escena lo había desconcertado.

—¿Podemos hablar un segundo, Jules? —me preguntó y entró a la cocina. Asentí y lo seguí. Una vez solos, Jason se recargó sobre el mostrador de la cocina y cruzó los brazos sobre el pecho. Tenía mojado el cabello castaño, y el fleco se le había pegado a la frente. Me miraba fijamente con sus ojos verdes en espera de una explicación.

—Yo no lo invité —dije con toda honestidad.

—¿De qué me perdí? En la escuela te encontré en el baño de hombres con un tipo, ¿y ahora esto? —Negó con la cabeza—. La próxima vez te encontraré teniendo se...

—¡Jason!

—¿Qué?

—Fue todo un enorme... —Hice un círculo con las manos— malentendido.

—¿Es en serio, Jules? ¿Shane Mason? Nunca creí que fueras a elegir al idiota de la escuela.

—Y tienes razón, jamás lo haría.

Jason me lanzó una mirada de «no te creo nada».

—Cuando los vi, parecía que estaban a punto de devorarse mutuamente —dijo en tono acusador.

Hice una mueca.

—No. Estaba intentando recuperar mi diario. Eso era todo —contesté y se lo mostré. Jason abrió la boca de la impresión.

—¿Llevas un diario? —Soltó una carcajada.

Entrecerré los ojos y lo miré con desprecio.

—Sí, llevo un diario —dije, intentando conservar mi dignidad.

—Eso es tan... —Se dobló de la risa— femenino.

—¿Será porque soy mujer, Jason?

—Sí, pero nunca te imaginé haciendo algo así de infantil.

—No tiene nada de malo llevar un diario —me defendí y abracé mi diario.

—Lo que tú digas, Jules —contestó Jason y caminó hacia el refrigerador. Sacó un melocotón y le dio una mordida.

Melocotón...

Melocotoncito...

Evan...

Mientras Jason seguía frente al refrigerador, me di media vuelta, salí de la cocina y subí corriendo las escaleras. Escuché que Shane me gritó algo desde la sala, pero lo ignoré. Los chicos podían cuidarse solos. Yo tenía alguien con quien hablar. Entré a mi recámara y me senté en la cama. Abrí la *laptop*, entré a Wattpad y vi que tenía tres mensajes nuevos. Sonreí como una idiota cuando vi que uno de ellos era de Evan.

@Poeta_oscuro001: ¿Te mataron? ;)

@SuperJules: Por desgracia para ti, no.

Él: Qué lástima.

Yo: Pero sigo en peligro.

Él: ¿Por?

Yo: Shane está aquí.

Él: ¿«Aquí» dónde?

Yo: En mi casa.

Él: Oh.

Yo: Sí, pero estoy bien.

Él: ¿Me extrañaste, niñita?

Yo: Pfff, para nada.

Charlamos un rato. No dejaba de sorprenderme cuántas cosas teníamos en común. A pesar de que era claro que Evan y yo éramos polos opuestos, nos gustaban las mismas bandas, la misma comida y los mismos libros. Era un poco contradictorio, si me lo preguntan. Shane y Jason no subieron a mi cuarto. Me pregunté qué estarían haciendo, pero no estaba dispuesta a abandonar mi cama en un rato. Mientras esperaba la respuesta de Evan, revisé su perfil de Wattpad. Examiné con la mirada su muro de mensajes y encontré una conversación pública entre él y otra chica. Fruncí el ceño.

Ella: Ay, vamos, nunca me enamoraría de ti.

Él: Creo que ya te enamoraste, tontita.

Se me estrujó el corazón. Leí el resto de sus mensajes y confirmé mis sospechas: coqueteaban descaradamente. Me sentí decepcionada. Sabía que estaba siendo irracional, pues ni siquiera conocía a Evan, pero por algún motivo me sentí especial cuando empezó a conversar conmigo. Sentía como si yo fuera la única persona con la que él quería hablar cuando se conectaba a Wattpad. Pero estaba equivocada. Me pasé la mano por el cabello y di *clic* en la pestaña de mensajes privados. Evan había empezado a decirme algo sobre una banda de rock que le gustaba, y yo sólo le daba respuestas cortas como «sí», «claro», «*OK*», hasta que notó mi cambio de humor.

Él: ¿Qué tienes?

Yo: Nada.

Él: Suelta la sopa.

Yo: ¿Cuál sopa?

Él: Es obvio que algo te molestó.

Yo: Estoy bien.

Él: Entonces ¿por qué tu cambio de ánimo?

Yo: Ya te dije que estoy bien.

Él: Dime qué tienes.

Yo: :) Estoy bien. Veo que te gusta una chica de aquí, ¿no?

Intenté parecer indiferente, pero soy pésima para mentir.

Él: ¿A qué te refieres?

Yo: No te hagas el tonto. Ja, ja, ja.
Puedo ayudarte a conquistarla, si quieres.

Él: ¿?

Yo: A la chica de tu muro de mensajes :P

Él: ¿Estás celosa?

Yo: Pff, claro que no.

Él: Sí, lo estás.

Yo: ¡Claro que no!

Él: A ver, demuéstramelo.

Yo: ¿Cómo?

Él: Ayúdame a conquistarla :) (aunque en realidad no necesito tu ayuda para conquistar a una chica).

Yo: Hmm, no sé.

¿Qué me estaba pasando? ¿Me había puesto celosa?

Yo: Bueno sí, te ayudaré.

Presioné el botón de enviar a regañadientes.

Él: Qué boba eres, Jules.

Yo: ¿Por qué?

Él: No importa.

Yo: ¿Te puedo preguntar algo, Evan?

Él: Sí.

Yo: ¿De dónde eres?

Él: Ja, ja, ja. Ya volvió la acosadora.

Yo: Por favor, quiero saberlo.

Él: ¿Por qué?

Yo: No sé.

Él: Dame el teléfono de tu casa :)

Yo: ¿Qué?

Él: Sólo hazlo :)

Tecleé el número mientras el corazón se me aceleraba. ¿Qué planeaba hacer?

Yo: ¿Evan?

Di un brinco cuando el teléfono de la casa empezó a sonar. No podía ser él, ¿o sí?

CAPÍTULO 8

ME QUEDÉ FRÍA. No podía moverme. Desvié la mirada de la computadora hacia la puerta de la habitación.

«El teléfono está sonando».

«Es el teléfono de la casa».

Acababa de darle a Evan el número de teléfono de mi casa. ¿Me estaba llamando? Entré en pánico cuando recordé que el teléfono de la casa estaba en el piso de abajo y que Shane seguía ahí. Me levanté de un brinco y salí del cuarto hacia el pasillo. Me topé a Jason en el camino, quien evidentemente iba camino a mi habitación.

—Oye, voy a usar tu baño porque...

Lo esquivé y bajé las escaleras corriendo.

—¿Jules? —La voz confundida de Jason pronto quedó atrás, mientras yo bajaba las escaleras con torpeza.

Tan pronto pisé la alfombra de la sala, me detuve en seco. Shane estaba parado junto al sofá con el teléfono pegado a la oreja izquierda. Me miró fijamente y procedió a hablar.

—Sí, aquí está. Un momento. —Shane me pasó el teléfono.

Dejé de respirar.

—¿Quién es? —pregunté en voz baja. Shane se encogió de hombros. Me tragué mis nervios, tomé el auricular y me lo llevé a la oreja. El corazón me iba a explotar—. ¿Bueno? —dije y apreté el cable del teléfono con la mano libre. Escuchaba la respiración de la persona al otro lado de la línea—. ¿Bueno? —repetí un poco más fuerte.

«Vamos, Evan, di algo».

—¿Bueno? —Tenía la garganta seca. ¿Por qué estaba tan nerviosa? ¿Por qué no me contestaba? Debía ser él. Sabía que era él. De repente colgó, y yo exhalé sin saber que estaba conteniendo la respiración. Puse el auricular de nuevo en su lugar y me pasé los dedos por el cabello. ¿Por qué no dijo nada? Estaba confundida.

—¿Quién era? —La voz de Shane me sacó del trance.

—Un amigo —contesté automáticamente. Mi mente se detuvo durante esos segundos. Escuchar su respiración lo convirtió en una persona más real. No podía explicar por qué, pero así era.

—Parece que te va a dar un infarto —comentó Shane y volvió a tumbarse en el sofá. En ese momento me di cuenta de que la tele estaba encendida. Shane estaba viendo un partido de futbol; qué predecible.

—Yo... —Me distraje y volví a mirar el teléfono.

—¿Estás drogada? —preguntó Shane en tono casual mientras masticaba algo.

Parecían papas fritas... o más bien Ruffles. Volteé bruscamente hacia él. Por un instante me olvidé de Evan por completo. Me hirvió la sangre de coraje al ver una bolsa de Ruffles en sus piernas.

—¿Te estás comiendo mis Ruffles? —pregunté furiosa—. Porque si te estás comiendo mis Ruffles, te juro que...

Shane no desvió la mirada de la tele y se metió otra papa a la boca en respuesta. Me incliné hacia el sofá y le arrebaté la bolsa.

—¡Oye! —se quejó.

Abracé la bolsa de Ruffles.

—No estás en tu casa. Deja de holgazanear y de comerte mis papas.

Shane se puso de pie, y su estatura me intimidó. Di un paso atrás.

—No deberías molestar a un hombre cuando ve un partido de futbol. —Su tono era ligeramente amenazante.

Lo miré y entrecerré los ojos.

—Y tú no deberías comerte las botanas de una chica —contesté—. Es peligroso.

Shane levantó una ceja.

—¿En serio?

—En serio. —Me estaba costando trabajo mantenerme firme. Shane no sólo era más alto y fuerte que yo, sino que también era maligno. Tenía la pinta de chico malo que a todas las chicas les encanta. Por fortuna, yo no era una de ellas. Shane se me acercó como un depredador. Me aferré a la bolsa, aterrada, y escuché que las papitas crujieron. «Mis pobres Ruffles».

—¡Devuélvemela! —me ordenó. Yo negué con la cabeza—. Jones... —Su voz sonaba peligrosa.

Choqué de espaldas contra la pared y supe que estaba atrapada.

—No te me acerques —le dije.

Shane ladeó la cabeza y esbozó una sonrisa macabra.

—Me estoy perdiendo el partido por tu culpa. Más te vale que me devuelvas la bolsa, Jones.

—Me llamo Julie. Deja de llamarme por mi apellido —dije para intentar distraerlo. Necesitaba encontrar una salida de emergencia. Mis papitas y yo necesitábamos un plan para escapar de Don Idiópido.

—Te llamaré como se me pegue la gana, ¿sabes por qué? —continuó antes de dejarme hablar—. Porque te metiste conmigo. Arruinaste mi oportunidad de tener sexo esta noche, así que yo me encargaré de arruinarte la noche también.

—Yo no...

Sonó el teléfono de nuevo. Shane y yo volteamos a verlo. Quería correr hacia él, pero Shane estaba en medio del camino.

—Si quieres contestar el teléfono, dame las papas —dijo y cruzó los brazos frente a su pecho. No había forma de esquivarlo, pues me detendría en un parpadeo. El teléfono sonó por segunda vez. La incertidumbre me estaba matando. ¿Sería Evan? ¿Habría llamado de nuevo?

Yo, Julie Jones, estaba en la situación más difícil de toda mi vida. Tenía una decisión que tomar. Miré mis Ruffles. Sabía que estaban dentro de esa bolsa, y que eran deliciosas y crujientes. ¡Dios! ¡Me encantan esas papas! Pero también sabía que debía dejarlas ir si quería contestar el teléfono.

«Ruffles o Evan...».

Era una decisión difícil.

Ya sé que me deben estar juzgando por siquiera haberlo dudado, pero entiendan que las Ruffles eran mi vida entera. Después del tercer timbrazo, suspiré, derrotada, y les susurré «perdón» a mis papitas. Le lancé la bolsa a Shane, quien la atajó en el aire y sonrió. Una vez que se quitó del camino, contesté el teléfono.

—¿Bueno?

—¿Jules?

—¿Mamá? —pregunté, decepcionada.

—Hola, muñeca. ¿Cómo va todo? ¿Ya cenaste? La cena está en el microondas.

¿Había sacrificado mis Ruffles por nada?

—Ay, mamá.

—¿Qué?

—Mis papitas —gruñí y miré de reojo a Shane. Él había vuelto a sentarse en el sofá y estaba embobado con la tele. ¡Maldito asesino de papitas!

—¿Papitas? Julie, no puedes cenar frituras —dijo mamá en tono maternal.

—Ya lo sé, es sólo que... —Me distraje al recordar algo—. Mamá, ¿qué hace Shane en nuestra casa? —susurré. Con algo de suerte, el fuerte sonido de la tele impediría que él me escuchara.

—Ah, supuse que te vendría bien la compañía mientras estoy de guardia.

—¿Por qué él, mamá?

—Porque confío en él —contestó con toda franqueza.

—¿Por qué confías en él? Es un cerdo arrogante.

—¡Esa boquita, Jules!

—Lo siento, pero no me agrada que esté aquí.

—Es un muchacho agradable, Julie.

Volteé a verlo. Se estaba comiendo mis papas como un marrano.

—Estás ciega, mamá.

—Claro que no. Dale una oportunidad.

—¿Por qué habría de...?

—Te juro que hay un buen chico detrás de esa fachada de arrogancia, muñeca. Confía en mí.

Suspiré, frustrada.

—De acuerdo. Pero no voy a limpiar su desastre —dije y miré los trozos de papa que habían caído a la alfombra. Me llevé la mano al pecho: esas papitas eran como soldados caídos en la batalla. Shane pagaría por ello.

—Debo irme, cariño. Llámame si necesitas algo.

—Sí.

—¿Dónde está la cena? —preguntó. Me estaba poniendo a prueba para saber si le había puesto atención.

—En el microondas.

—Muy bien. Que tengas buena noche, muñeca.

—Tú también, mamá.

Ignoré al Idiópido en el sofá y subí las escaleras. Sobre todo, necesitaba ir al baño, pero también quería revisar si Evan me había escrito de nuevo. Sabía que me había llamado, pero ¿por qué no dijo una sola palabra? Abrí la puerta del baño y pegué un grito ensordecedor.

Jason estaba de pie junto a la regadera. Estaba desnudo. Ahogué un grito cuando mis ojos encontraron a su amiguito.

—¡Dios mío! —repetí una y otra vez. ¿Cómo se me pudo olvidar que Jason estaba en la casa?

—¡Demonios, Jules! —exclamó Jason y se cubrió sus partes privadas con ambas manos.

—¡Dios mío! —Me tapé los ojos y le di la espalda—. ¡Lo siento! —¿Qué me estaba pasando? ¿Acaso mi nuevo pasatiempo era verles el pajarito a todos? Cerré la puerta tras de mí. Estoy segura de que estaba roja como tomate. No lograba sacarme esa imagen de la cabeza.

«Vi a Jason desnudo».

«Vi a mi mejor amigo desnudo».

Esos pensamientos no dejaban de darme vueltas en la cabeza, por no mencionar la imagen de su «amiguito». Entre más intentaba olvidarlo, aparecía más vívidamente en mi memoria. Entré a mi cuarto y cerré la puerta con llave. Sentía que me ardían las mejillas. Necesitaba tiempo para pensar. Necesitaba dejar de parecer una estúpida fresa.

«Fresa».

«Evan...».

¿Sería que las frutas me lo iban a recordar de ahora en adelante? Recobré el aliento, me senté en la cama y revisé mi *laptop*. No tenía nuevos mensajes suyos. Revisé la ventana del chat y me di cuenta de que estaba conectado, pero no me había escrito. Empecé a teclear un mensaje.

@SuperJules: ¿Estás ahí?

@Poeta_oscuro001: No.

Yo: -.-

Él: ;)

Yo: ¿Llamaste a mi casa?

Él: No.

Yo: Ya sé que eras tú. ¿Por qué no dijiste nada?

Él: No sé de qué hablas.

Yo: Eres un mentiroso.

Él: ¿Ah, sí?

Yo: Evan…

Él: ¿Sí, Jules?

No sé por qué, pero sentía algo raro (en un buen sentido) cada vez que él escribía mi nombre.

Yo: Deja de mentir, por favor.

Él: No te estoy mintiendo.

Yo: ¡Vamos! Te di el teléfono de mi casa, lo cual es un poco peligroso porque casi no te conozco. Y tú no quieres decirme nada sobre ti.

Él: Te he dicho muchas cosas sobre mí, Jules.

Yo: Me refiero a cosas personales. Ni siquiera sé dónde vives.

Él: ¿Por qué quieres saberlo?

Yo: Porque somos amigos de Wattpad.

Él: ¿Amigos de Wattpad?

Yo: Sí.

Él: ¿Es un nuevo término?

Yo: Algo así. Lo acabo de inventar.

Él: Eres rara. ¿Cómo es que ahora me consideras tu amigo? Pensé que me odiabas.

Yo: Uhm. No te odio.

Él: Claro, se me olvida que eres la Señorita Fresita y que eres incapaz de odiar.

Miré la pantalla con los ojos entrecerrados.

Yo: ¿Vas a empezar de nuevo con los apodos?

Él: Te quedan bien ;)

Yo: Estás cambiando el tema.

Él: Lo que tú digas, Melocotón.

Yo: Evan…

Él: ¿Sí?

Yo: Deja de evadir la pregunta y dime por qué no dijiste nada.

Él: Porque no era necesario.

Sentí algo extraño en el estómago. Evan acababa de admitir que me había llamado. Mi corazón empezó a latir con más fuerza. No sabía qué contestar. Empecé a escribir algo corto cuando recibí otro mensaje suyo.

Él: Tienes una voz dulce :)

Con eso bastó. El corazón se me iba a salir del pecho. ¿Qué me estaba pasando? Por algún motivo, el saber definitivamente que había sido él del otro lado de la línea me puso nerviosa.

Yo: ¿Gracias?

Él: Por nada.

Era la primera vez que Evan me hacía un cumplido. Era tan raro que no tenía idea de qué decir.

Yo: ¿Por qué no dijiste algo?

Él: Querías escuchar mi voz, ¿verdad?

Yo: Pues sí.

Él: ¿Por qué?

Yo: Por curiosidad.

Él: ;)

Yo: No es justo. Tú ya conociste mi voz, pero yo sigo sin conocer la tuya.

Él: ¿Importa?

Yo: Claro que sí.

Él: Debo irme.

Yo: ¡Evan!

Evan se desconectó, y yo emití un gruñido de frustración. Con pereza me levanté de la cama y salí de la habitación. Necesitaba orinar, pero no había poder humano que me obligara a entrar de nuevo al baño. Escuché la ducha, así que supuse que Jason seguiría ahí dentro. Sentí un escalofrío al recordar el momento incómodo que tuvimos minutos antes. ¿Por qué tenía que verlo desnudo?

Intenté sacarme la idea de la cabeza y, por tercera vez en menos de tres horas, bajé las escaleras. Shane ya no estaba viendo la tele; se había puesto audífonos y tenía los ojos cerrados. La bolsa vacía de Ruffles seguía en su regazo. Tenía las largas piernas extendidas y los pies apoyados sobre la mesa de centro. Si mi madre lo hubiera visto, estoy segura de que lo habría matado a sangre fría.

Regla número uno de la familia Jones: no maltrates los muebles. Sufrirás una muerte violenta si lo haces.

Me atreví a mirarlo fijamente un rato. Tenía relajados los músculos de los brazos y de los hombros, y se distinguía la musculatura de su pecho a través de su camiseta negra. Su rostro era impecable; tenía la piel lisa, sin manchas de acné ni marca alguna de la adolescencia. Sus labios eran carnosos, y el labio superior tenía dos curvas bien definidas. Su boca parecía la parte superior de un corazón. Sus cejas eran casi rubias y estaban perfectamente colocadas encima de sus ojos. Su cabello castaño claro estaba despeinado, pero se veía bien, a diferencia del mío. Estaba segura de que el mío parecía un nido de aves devastado.

Entonces escuché su voz. ¿Estaba cantando? Bueno, más bien estaba tarareando una canción. Después de prestar atención un rato, la reconocí: era «The Diary of Jane», de Breaking Benjamin. Nunca me habría imaginado que a Shane le gustara el *rock*. Se veía tan inocente con los ojos cerrados. Y pensar que detrás de ese inocente y lindo rostro habitaba un maligno cerdo arrogante.

De repente abrió los ojos. ¡Diablos! ¡Se dio cuenta de que lo estaba mirando! Sus ojos color avellana se clavaron en mis ojos azules y me dejaron fría. No dijo nada, sólo nos miramos fijamente en silencio. Durante un instante sentí que mamá tenía razón y que en realidad no era malo, sino que detrás de su fachada de mujeriego había un chico bueno. Pero luego abrió la boca y lo arruinó todo.

—¿Te gusta lo que ves, nerda fraudulenta? —Me lanzó una sonrisa arrogante.

Puse los ojos en blanco.

—No, realmente.

Shane se quitó los audífonos.

—Entonces deja de comerme con los ojos —dijo en tono casual—, porque me estás asustando.

—No te estaba comiendo con los ojos.

—Claro que sí. Y no te culpo. Estoy hecho un bombón.

Lo miré y entrecerré los ojos.

—¿Cómo sobrevives con un ego tan grande? De verdad no lo puedo creer.

—A ti no te importa mucho tu apariencia, ¿cierto? —dijo y negó con la cabeza mientras me miraba de arriba abajo—. En serio pareces un niño. —Shane sabía cómo hacerme rabiar.

—Eres un… —Sonó el teléfono y lo contesté de inmediato—. ¿Bueno?

Silencio.

—¿Evan?

No hubo respuesta. Shane volvió a ponerse los audífonos y cerró los ojos. Le di la espalda.

—Di algo, Evan; sé que eres tú.

—Hola.

Me quedé sin aliento. Mi mundo se paralizó en ese instante. El tiempo se hizo más lento mientras yo me llevaba la mano al pecho. Su voz era tan… *sexy*. Mi corazón latía a mil por hora.

—Yo… yo… —tartamudeé. Lo escuché reírse entre dientes.

—Descansa, dulce Jules —susurró con su áspera pero sedosa voz, y luego colgó.

Aunque sabía que ya había colgado, yo no podía despegar el auricular de mi oreja. Estaba en *shock*. No esperaba que me volviera a llamar. No esperaba escuchar su voz.

Exhalé con fuerza. Cerré los ojos y me di cuenta de una cosa: me había *fascinado* su voz.

CAPÍTULO 9

ESTABA DANDO VUELTAS en la cama mientras intentaba conciliar el sueño, pero estaba fracasando miserablemente. No podía sacarme la *sexy* voz de Evan de la cabeza.

¿Qué me estaba pasando? Me dijo apenas unas cuantas palabras. ¿Por qué moría de ganas de volver a oír su voz? Tan pronto colgó, subí a mi habitación para revisar mi computadora. Se había desconectado de Wattpad, así que esperé, mientras conversaba con otros amigos de ahí, pero nunca se volvió a conectar. No tuve otra opción que irme a dormir; tenía clases al día siguiente y ya era más de medianoche. Sin embargo, por culpa de mis malos hábitos de sueño, estaba recostada, boca arriba, con los ojos bien abiertos.

Gruñí de la frustración, me enderecé y me tallé los ojos. Mi estómago rugió con fuerza, y entonces me di cuenta de que ni siquiera había probado la cena que mamá me dejó en el microondas. Bajé las piernas de la cama y me levanté poco a poco. De camino a la puerta, me pregunté qué estaría haciendo Shane. Lo había dejado en el sofá después de echarle encima unas cobijas. No me agradaba, pero eso no significaba que lo dejaría morir congelado en mi propia sala.

Crucé el pasillo y pasé frente a la puerta del baño. De inmediato recordé la imagen de Jason desnudo. ¡Cielos! ¿Podría algún día borrarla de mi memoria? Deseaba que mi mente fuera como una computadora que me permitiera borrar todos los recuerdos incómodos e innecesarios con un botón. Por fortuna, Jason se había ido tan pronto terminó de bañarse. Supuse que no estaba listo para enfrentar la incomodidad de la situación. Vamos, lo vi desnudo.

Era de madrugada y yo parecía un zombi: la falta de sueño me estaba matando las neuronas en un proceso lento, pero constante. Bajé las escaleras lo más despacio posible, pero al llegar a la sala, encontré a Shane acostado en el sofá, mirando su celular y escuchando música. La tele estaba apagada, así que la habitación estaba casi a oscuras. Cuando Shane me volteó a ver, esbozó una sonrisa divertida.

—Si planeabas seducirme, hubieras elegido algo distinto a esa pijama de La Sirenita —comentó y se rio entre dientes.

—Lo que tú digas —declaré y entré a la cocina. Sé que mis pijamas no eran sensuales, pero estaba en mi casa y podía usar lo que yo quisiera. Él era el intruso, no yo. Seguía preguntándome por qué ese idiota había terminado durmiendo en mi casa. Ah, claro: mi mamá era muy ingenua. Sería culpa suya si me mataban esta noche. Al abrir el microondas, oí sus pasos a mis espaldas, pero lo ignoré.

—¿Buscas tu escoba, brujilda?

No le hice caso. ¿Acaso le divertía señalar mi fealdad? Sí, sin duda alguna.

—Ay, creo que Jones anda muy seria esta noche, ¿verdad?

—¡Ya cállate! —exclamé y abrí los ojos como platos al descubrir que el microondas estaba vacío. «Qué diablos...». Inmediatamente me di la media vuelta y señalé con dedo acusador al tipo alto al otro lado del mostrador de la cocina—. ¿Te comiste mi cena? —le pregunté, aunque sabía que era la única otra persona en la casa.

—Sí. No pensé que fueras a comértela, así que... —Se encogió de hombros.

—Era *mi* cena. ¡Agh! Eres un... —Azoté la puertita del microondas.

Shane parecía desconcertado por mi arranque de ira.

—Cálmate, leoncita.

¿Por qué me ponía apodos que me hacían sentir chiquita? Sabía que era bastante más alto que yo, pero no era necesario que me lo recordara todo el tiempo.

Abrí el refrigerador, furiosa, y busqué algo que comer. Después de examinar todas las opciones insípidas que mi mamá llamaba «comida sana» azoté también la puerta del refrigerador. Necesitaba calmarme. Los electrodomésticos no tenían la culpa de que hubiera un idiota en casa.

Volteé a ver a Shane y percibí un destello de culpabilidad en su cara.

—¿Qué haces aquí, Shane? —pregunté con amargura—. Sé que te arruiné las probabilidades de tener sexo esta noche, pero ¿no crees que estás exagerando? —Abrió la boca para contestar, pero yo continué—. Es decir, estás en mi casa, te comes mi comida e invades mi vida personal. ¿No crees que es demasiado?

—No fue algo planeado, ¿de acuerdo? —explicó en tono molesto—. Tu mamá me llamó esta tarde y me pidió que me quedara para que no estuvieras sola.

—¿Por qué hizo eso? —pregunté, incrédula.

—Porque confía en mí —contestó.

Sabía que estaba siendo honesto; era obvio que mamá confiaba en él, pues de otro modo no habría dejado a dos adolescentes solos en casa toda la noche. Exhalé, frustrada y derrotada, saqué un bolsa de papitas de la alacena y me senté frente a Shane. No tenía energía para seguir discutiendo con él.

—¿Qué haces despierto? —le pregunté mientras trituraba las papitas de forma ruidosa. No eran Ruffles, pero eran mejor que todas las cosas que guardaba mamá en el refrigerador.

—No podía dormir —contestó en tono casual—. ¿Tú?

—Lo mismo. —A regañadientes, le extendí la bolsa para ofrecerle papitas. No sabía a dónde se había ido mi enojo, pero ya no importaba. Era bueno tener algo en el estómago. Shane negó con la cabeza.

—Estoy lleno.

Lo miré y entrecerré los ojos. Claro que estaba lleno: se había comido *mi* cena.

«Inhala, Jules. Y exhala».

Hubo un largo silencio. Shane me miraba con... ¿curiosidad? Mis ojos se clavaron en los suyos, y de pronto me costó trabajo tragar las papitas. Sus ojos color avellana eran tan profundos que parecían tener vida propia. Shane era muy atractivo, y no sólo por su físico (que estaba muy bien). Todo su ser gritaba «peligro», el tipo de peligro que una siempre está tentada a probar. El almohadazo en el cabello lo hacía verse incluso más *sexy* que de costumbre. Pero reprimí mis pensamientos; no podía sentirme atraída hacia él. Era un cerdo arrogante. Sin embargo, no podía negar que era tan atractivo como una bolsa familiar de Ruffles. Bueno, quizá no es una buena comparación, pero me entenderían si supieran lo mucho que me apasionan las Ruffles.

—¿Ya terminaste de comerme con los ojos? —preguntó con una sonrisa. Yo desvié la mirada y me sonrojé.

—Pff, no te estaba comiendo con la mirada —mentí. De pronto me hice consciente de mi atuendo. Seguramente me veía fatal. Ni siquiera quería imaginar cómo se veía mi cabello.

«Mi cabello...».

—¿Te sonrojaste? —Shane se estaba riendo. Lo miré de lado con odio y me puse de pie. Por algún motivo me había puesto nerviosa.

—Debería dormir —murmuré y caminé hacia la puerta que llevaba a la sala. Shane se puso de pie y me bloqueó el camino. Tuve que echar la cabeza hacia atrás para poder mirarlo a la cara—. Muévete —le ordené, pero él se quedó quieto. Su intensa mirada me estaba haciendo sentir rara. Estaba demasiado cerca para mi gusto, así que retrocedí hasta que mi espalda baja chocó contra el mostrador. Shane fue avanzando hacia mí—. ¿Qué haces? ¡Atrás! —exclamé, pero él apoyó ambas manos en el mostrador que estaba atrás de mí y me atrapó con los brazos. Alcanzaba a percibir el delicioso aroma de su colonia de hombre.

—¿Sabes?, arruinaste mis planes de tener sexo esta noche —susurró, y su aliento mentolado me rozó la cara—. Me debes una.

—No te debo nada. ¡Quítate! —empujé su pecho, pero él ni siquiera se inmutó.

—¿Te estoy poniendo nerviosa, Jules?

El estómago me dio un vuelco. Era la primera vez que me llamaba por mi nombre. Mi corazón empezó a latir a mil por hora debajo de mis pequeñas costillas.

—No. —Sabía que estaba jugando conmigo. Se notaba porque tenía cara de que se estaba divirtiendo. Bajé los ojos hacia su pecho, lo cual fue un error, porque se distinguían sus pectorales y su definido abdomen a través de la camiseta.

—¿Te gusta lo que ves? —preguntó y yo lo empujé otra vez con fuerza—. Ándale, nena. Me gusta lo salvaje.

Arrugué la nariz, asqueada por su comentario.

—Déjame en paz. ¡Basta! —Sentí que me ardían las mejillas. Los comentarios pervertidos siempre hacían que me sonrojara.

—Mírame.

—¡Basta, Shane! ¡Déjame en paz! —Sentí el impulso de darle otro golpe en el pecho, pero no quería que hiciera otro comentario sexoso, así que me quedé quieta.

—Mírame, Jules.

Levanté la mirada. Sus ojos tenían un destello de algo que no podía descifrar. Sus ojos se clavaron en mis labios. Su respiración era intensa. Mis labios se abrieron ante la expectativa. Shane se inclinó hacia mí, hasta que nuestras respiraciones se mezclaron. Pero entonces sonrió y dio un paso atrás.

—Lo siento. No eres mi tipo —declaró.

Se me estrujó el corazón. Sus palabras me hirieron, pero de algún modo logré que no se notara.

—Sí, claro —dije y pasé junto a él para subir a mi habitación.

¿Por qué me había dolido tanto? Supongo que era mi orgullo herido. No era agradable que un tipo te dijera esas palabras. Después de darle vueltas un rato más, por fin me quedé dormida.

La semana transcurrió sin incidentes. Fue la misma rutina todos los días: ir a la escuela, pasar tiempo con Laura, evitar a Shane y ser evitada por Jason. En realidad no entendía por qué Jason no me hablaba. Sabía que las cosas se habían puesto incómodas después del incidente del baño, pero sentía que yo era la más afectada por esa situación. ¡Por Dios! ¡A mí me tocó ver a su amiguito! Esa imagen me acecharía hasta el fin de los tiempos.

En cuanto a Evan, hablé con él todos los días. Empezó a ser más amistoso, pero a veces todavía me insultaba. Ya me había acostumbrado, lo cual era un poco preocupante, pues una chica jamás debería acostumbrarse a que la insulten, ¿cierto?

De cualquier modo, sus insultos eran inofensivos, pues decirme «Señorita Fresita» o «escritora cursi» no eran insultos de verdad... ¿o sí?

De cualquier forma, finalmente llegó el fin de semana. El sábado en la mañana me dediqué a hacer tarea y a estudiar. Ja, ja, ja. Sí, cómo no. De hecho, pasé la mañana del sábado viendo tele, tumbada en el sofá y sin la más mínima intención de levantarme de ahí pronto. (Sí, soy floja, ¿y qué?) Esperaba que Evan me contestara mientras veía un episodio de *Friends*. ¡Cómo me encantaba ese programa! ¡Era divertidísimo! Mi celular vibró y supe que era él. ¿Cómo lo supe? Era uno de los misterios de la vida.

@Poeta_oscuro001: Buenos días, dormilona.

@SuperJules: ¿Dormilona?

Él: Sí ;) ¿Qué hay de nuevo?

Yo: Pues aquí, relajándome y viendo la tele. ¿Tú?

Él: Igual. Por cierto, ¿no deberías estar estudiando mate?

Yo: Hmm, sí, pero es una pérdida de tiempo.

Él: ¿Cómo esperas entender las matemáticas si nunca estudias?

Yo: Lo he intentado, pero es muy difícil.

Evan no contestó durante un rato. Me di cuenta de cuánto anhelaba que volviera a llamarme. La ansiedad había aumentado desde aquella noche en que lo hizo, desde el momento en el que escuché su sensual voz ronca. Lo habría llamado yo, pero no tenía su teléfono. Me armé de valor y me atreví a escribirle algo.

Yo: Me preguntaba si…

Envié el mensaje sin terminar de escribirlo. «¡Agh! ¡Estúpida Jules!».

Él: Quieres que te vuelva a llamar, ¿cierto?

Mi corazón se aceleró: ¿cómo lo supo?

Yo: Sí. ¿Cómo supiste?

Evan no contestó, pero el timbrazo del teléfono de la casa me hizo brincar del susto. Me llevé la mano al pecho; sentía los fuertes latidos de mi corazón en la garganta y los oídos. ¿Qué me estaba pasando? Me apreté las manos sudorosas. Me estaba llamando. Evan me estaba llamando. ¡Dios!, me iba a dar un infarto. «Inhala y exhala», repetía en voz baja. El suspenso me iba a matar. Tomé el teléfono y me lo llevé a la oreja con la mano temblorosa.

—Ho-hola —tartamudeé y me sentí como una tonta.

—Hola, Jules —dijo con su sensual voz, que me dio escalofríos en la espalda. Las piernas comenzaron a temblarme.

—Uhm, hola. —Pasé saliva; tenía la boca seca.

—Suenas nerviosa —dijo. Se notaba que le parecía divertido.

—Uhm, no. Sólo estaba... el teléfono estaba lejos, y... —Me mordí el labio—. Corrí a contestarlo, así que...

—Deja de mentir —susurró—, sé que te pongo nerviosa.

—No, es que...

—¿Por qué querías que te llamara?

«Para escuchar tu increíble y *sexy* voz... y babear al teléfono». No podía decirle eso, así que me fui por la mentira.

—Estaba aburrida.

—¿En serio?

No sé por qué, pero sabía que él estaba sonriendo del otro lado de la línea. ¿Cómo? Era uno más de los innumerables misterios de la vida.

Necesitaba cambiar el tema a como diera lugar. Por el bien de mi corazón y mis pulmones, necesitaba tranquilizarme.

—Sí. ¿Qué haces?

—Creo que es muy obvio. Estoy hablando contigo —dijo para molestarme.

Puse los ojos en blanco.

—Digo, además de eso.

—Nada. Estaba leyendo. —Hizo una pausa—. Estaba leyendo tu historia.

Se me hizo un nudo en el estómago de los nervios. Sentí un hormigueo en mi interior.

—¿En serio?

—Sí. Me dio curiosidad.

—¿Por? —Me senté en el reposabrazos del sofá. Sentía que las piernas me dejarían de sostener en cualquier momento. ¿Por qué me afectaba tanto su voz?

—Los últimos capítulos están escritos con mucha pasión —comentó—. ¿Te gusta alguien, Jules?

El corazón me dio un vuelco. Me aferré al auricular como si de ello dependiera mi vida.

—Eh... eh... —tartamudeé, sin saber qué decir.

¿Me gustaba alguien? Evan acababa de hacerme la pregunta que yo llevaba rato evadiendo. La respuesta me asustaba.

CAPÍTULO 10

FUI MUY TONTA; muy, muy tonta.

Tartamudeé, dije incoherencias y me reí nerviosamente. La pregunta de Evan me agarró desprevenida. No sabía qué decir, así que hice lo más estúpido que había hecho en toda mi vida, y créanme que he hecho cosas muy, muy tontas.

Le colgué.

Me llevé la mano al pecho para intentar recuperar el aliento. Miré el teléfono sin poder creer lo que acababa de hacer. ¿Por qué lo hice? ¿Qué demonios me pasaba? Me tapé la cara y gruñí de rabia. Estaba furiosa conmigo misma por haber sido tan estúpida. ¿Cómo pude hacer eso? Colgarle así fue más que una simple grosería. ¿Qué iba a pensar de mí? En mi defensa: entré en pánico; fue un reflejo. Además, no estaba diciéndole gran cosa... Sólo me estaba poniendo en ridículo al tartamudear y murmurar cosas sin sentido.

Su pregunta se repetía una y otra vez en mi cabeza. ¿Me gustaba alguien? ¿Por qué temía tanto la respuesta? Seguramente podría olvidarla y fingir que nada había ocurrido, pero no tenía sentido engañarme así. Porque a mí, Julie Ann Jones, sí me gustaba alguien. O algo así.

Fruncí el ceño al darme cuenta.

Evan...

Sin duda me sentía atraída hacia él. Sí, dirán que estoy loca. Sé que era una locura, pues ni siquiera lo conocía. No tenía idea de cómo era, pero en realidad no me importaba. Me divertía conversando con él y hasta disfrutaba discutir con él, lo cual pasaba con frecuencia. Me hacía sentir mariposas en el estómago, por no mencionar lo nerviosa que me ponía cuando escuchaba su voz. No quería imaginar qué me podría pasar si lo viera.

Suspiré y me dejé caer en el sofá. ¿Cómo terminé sintiéndome atraída por él? Estoy segura de que al principio lo odiaba, pues, ¡por Dios!, me insultó. Hizo un comentario grosero sobre mi historia. Lo recuerdo como si hubiera sido ayer. Quizá eso me convertía en una masoquista.

Me pasé los dedos por el cabello y pegué un brinco cuando volvió a sonar el teléfono. Lo miré un rato en silencio, sin moverme. Pero entonces me di cuenta de que mi mirada no lo haría dejar de sonar, así que extendí la mano temblorosa. ¿Y si era Evan? ¿Y si era el gerente de la fábrica de Ruffles para informarme que las sacarían del mercado? Pasé saliva, aterrorizada por ambas posibilidades.

—¿Bueno? —contesté, intentando sonar casual.

—¡Jules! —Era la voz de Laura.

Me relajé. Las Ruffles estaban a salvo.

—Hola, Lau. ¿Qué hay?

—¡¿Qué hay?! —dijo, imitando mi voz. En ese momento me di cuenta de que sonaba enojada—. ¿Por qué me ignoras en Facebook?

—¿Qué?

—¿Ahora resulta que estás sorda?

—¿De qué hablas?

—Apareces conectada a Facebook y no contestas mis mensajes —me explicó.

—¿En serio? —fruncí el ceño, pero luego vi la *laptop* sobre el sofá—. Ah, sí... Estaba conectada, pero no estaba frente a la computadora.

—Claro —dijo en tono sarcástico.

—Ya bájale, Lau. Estaba... ocupada —agregué, un poco insegura.

—¿Esperas que crea que estabas ocupada un sábado por la mañana? —preguntó, incrédula.

—Sí, estaba... —«Piensa rápido, Jules»—, estaba orinando.

¿En serio esa era la mejor excusa que se me podía ocurrir?

—He estado orinando mucho —expliqué.

«Bien hecho, Jules».

—Sí, claro —dijo Lau. Sonaba incómoda.

Siempre he sido una pésima mentirosa.

—Sí, creo que no estoy bien de la vejiga. —Jules: especialista en echarle leña al fuego.

—*OK*.

«¡Cállate ya! ¡Deja de hablar de tu vejiga!».

—Quizá bebí demasiada agua. Probablemente mi vejiga sea muy pequeña.

—¡Dios! ¡Ya cállate, Jules! Eres pésima para mentir. ¡Cielos! —exclamó Laura y luego se rio.

No pude evitar reírme con ella. Había logrado hablar de mi vejiga durante dos minutos enteros.

—Perdón —dije después de carcajearme.

—Está bien. En fin, lo que intentaba decirte por Facebook es que creo que me gusta alguien de la escuela.

—¿En serio? —Me sorprendió. A Laura no le había ido bien con los chicos. Su último novio la botó por una estudiante jamaiquina de intercambio. Después de eso, juró que no volvería a confiar en los hombres. No podía culparla, pues la habían lastimado muchas veces.

—Sí, pero creo que está fuera de mis posibilidades. Aunque quizá tú podrías ayudarme.

—¿Quién es?

—Jordan —susurró.

—¿Jordan? ¿El mejor amigo de Shane? —pregunté sin poder creerlo.

Laura emitió una risita.

—Sí.

—¿Estás drogada?

—¡Jules!

—Es un idiota y un arrogante, igual que Shane. No me sorprende que sean mejores amigos.

—Sé que es mujeriego —reconoció Laura—, pero también creo que tiene un lado que nadie más conoce. Está conmigo en clase de pintura y le apasiona mucho. Se le iluminan los ojos cuando habla de arte. Parece tan dulce.

—Es un mujeriego, Lau.

—Ya lo sé.

—¿Entonces por qué estamos teniendo esta conversación? No te acerques a él. —Tal vez estaba siendo sobreprotectora, pero Laura era mi mejor amiga; no quería que la lastimaran. La había visto llorar por hombres muchas veces. Habíamos comido helado y visto películas románticas mientras ella gimoteaba y yo la abrazaba. Había estado ahí cada una de las veces que le habían roto el corazón. No quería que volviera a vivirlo.

—Sólo digo que me gusta. No estoy enamorada de él ni nada por el estilo.

—Pues que te deje de gustar.

Laura suspiró.

—No es tan fácil.

—Inténtalo —dije.

—Es inútil. Cada vez que lo veo... —Hizo una pausa en la que estoy casi segura de que esbozó una sonrisa soñadora.

—Ni siquiera sé por qué me lo contaste si no me vas a escuchar —le dije.

—Eres mi mejor amiga. ¿Con quién más puedo compartir estas cosas?

En ese instante me sentí culpable. Yo no le había contado nada sobre Evan. ¿Debería haberlo hecho? Pero, ¿qué le iba a decir? «Oye, Lau, conocí a un tipo por internet hace unas semanas, pero ni siquiera lo he visto en foto».

Después de conversar sobre cosas triviales, se despidió. Debía ir a clase de baile. A Laura le encantaba bailar. Yo, por el contrario, lo odiaba. Era pésima para ello. No podía bailar ni para salvar mi propia vida.

Tomé la *laptop* y pasé saliva mientras me preparaba para enfrentar a Evan. Revisé la pestaña de chat de Wattpad. Estaba conectado, pero no me había escrito. ¿Estaría enojado? Era comprensible; yo, en su lugar, estaría furiosa. Digo, le colgué de la manera más abrupta. A pesar de los nervios, le envié un mensaje.

@SuperJules: ¿Estás ahí?

Tardó unos cuantos minutos en contestar. Cada vez me ponía más nerviosa.

@Poeta_oscuro001: Sí.

Yo: Perdón por lo de hace rato.

Él: ¿Te estás disculpando por haberme colgado el teléfono?

Yo: Sí, es que estaba…

«¿Orinando?». No podía cometer el mismo error dos veces. No era tan tonta. Reescribí el mensaje.

Yo: Necesitaba alimentar a mi gato.

Él: Creía que eras alérgica a los gatos.

Era cierto. ¿En qué momento se lo dije? Mi memoria no era muy buena que digamos.

Yo: Uso guantes para alimentarlo.

«¿Es en serio, Jules?».

Él: ¿Me estás diciendo que tienes un gato a pesar de ser alérgica a los gatos y que usas guantes para alimentarlo?

Yo: Sí.

Qué patética.

Él: Eres pésima para mentir, ¿verdad?

Suspiré, derrotada.

Yo: Sí. Lo siento. Tu pregunta me agarró desprevenida.

Él: ¿Por qué?

Yo: ¿Por qué me preguntaste eso?

Él: Te dije que me daba curiosidad.

Yo: ¿Por qué?

Él: Tu historia me hizo pensar en eso. La escribiste como si supieras cómo se siente que alguien te guste.

Yo: Todo el mundo sabe cómo se siente.

Él: Sí, pero los escritores conocen aquello sobre lo que escriben. Y tú pareces haber experimentado lo que escribiste.

Yo: Hmm, *OK*.

Él: ¿*OK*? Hagamos un trato.

Miré la pantalla con los ojos entrecerrados.

Yo: ¿Qué trato?

Él: Te perdonaré que me hayas colgado si contestas la pregunta.

Yo: ¿Cuál pregunta?

Él: ¿Te gusta alguien?

No pude reprimir cierta extraña sensación en el estómago cuando leí la pregunta de nuevo. Volví a escuchar su *sexy* voz diciendo esas mismas palabras cuando me lo preguntó por teléfono.

Yo: Te contestaré si tú contestas una de mis preguntas.

Había muchas cosas que le había preguntado y que él no había querido contestar.

Él: Trato hecho.

Yo: Sí, me gusta alguien.

Él: ;) ¿Quién?

Yo: No, esa es otra pregunta. Es mi turno: ¿cuántos años tienes?

Él: Unos cuantos más que tú.

Yo: No me basta, dame una cifra.

Él: 19 ;)

Era dos años más grande que yo. No era mucho, tomando en cuenta que yo estaba a punto de cumplir dieciocho.

Yo: Bien.

Él: Entonces, ¿quién te gusta?

Yo: Olvídalo, no te voy a decir.

Él: Te diré dónde vivo si me dices quién te gusta.

Era una oferta muy tentadora, pero no había poder humano que me hiciera decirle que me gustaba él.

Yo: ¿Qué estás haciendo?

Él: Buen intento. ¿Por qué no me dices? Ni siquiera lo conozco.

Yo: Es algo muy personal. No quiero decirlo, ¿de acuerdo?

Él: ¿Por qué armas tanto alboroto al respecto?

Yo: ¿No puedes olvidarlo y ya?

Él: Me intriga que seas tan misteriosa al respecto.

Yo: Olvídalo ya, Evan.

Él: Está bien, como quieras.

Yo: ¿Estás molesto conmigo?

Él: No. Pero deberías irte a estudiar mate. Luego nos vemos.

Su fría despedida confirmó mis sospechas: estaba enojado conmigo. Seguía conectado, pero ya no me escribió nada. Pasé algo de tiempo mirando videos de YouTube, pero me aburrí muy rápido. Me carcomía saber que estaba conectado y que no quería hablar conmigo.

Suspiré, sintiéndome derrotada, y me metí a su perfil. Se me estrujó el corazón. Estaba conversando de nuevo con la chica del otro día. Todos los mensajes que se mandaban aparecían en su muro. Estaban coqueteando descaradamente. Me sentí herida, no sólo porque estaba celosa, sino también porque había dejado de hablar conmigo para hacerlo con ella. Era como si la hubiera preferido.

Bajé la mirada y me di cuenta de que se me estaban llenando los ojos de lágrimas. «¿En serio, Jules? ¿Vas a llorar por un tipo al que jamás has visto en tu vida?». Tenía que dejar de ser tan dramática. No era más que un tipo al que había conocido en Wattpad. Reprimí las lágrimas y abrí el chat de Evan.

Yo: No necesitabas mandarme al diablo para coquetear con esa chica.

Envié el mensaje y de inmediato me arrepentí. ¿Qué me estaba pasando?

Yo: Digo, podría haberte dado algunos consejos para que ella se enamorara de ti.

Mandé ese segundo mensaje como un intento patético de arreglar lo que había dicho en el primero. Evan no contestó, lo cual me hizo sentir peor. Veía que le contestaba a la otra chica en su muro de mensajes, así que era obvio que me estaba ignorando.

Cerré la *laptop* de golpe. Necesitaba algo de aire fresco. Necesitaba hablar con alguien. Me puse un par de *jeans* y una camiseta morada que combinaba con mis Converse morados. Me peiné con los dedos y luego busqué mi celular. Llamé a Jason, pero no me contestó. ¿Aún me estaba evitando? Definitivamente estaba exagerando por aquello de que «lo había visto desnudo». Ni siquiera intenté llamar a Laura, pues seguro seguía en su clase de baile. Esas clases podían durar horas.

¿A quién más? Me di cuenta de que no tenía muchos amigos. Probablemente tenía que ver con que era tímida y casi no hablaba con nadie en la escuela. Pero, ¿en serio sólo tenía dos amigos? Al menos eran amigos verdaderos. Miré fijamente la pantalla del celular, mientras recibía correos electrónicos sobre comentarios y mensajes que estaba recibiendo en Wattpad. Me recordaban a Evan. Me sentí muy triste. Necesitaba distraerme con urgencia.

De pronto, ya estaba llamándole al Idiópido, a pesar de que seguía enojada con él por haber jugado con mis sentimientos el otro día en la cocina. Al parecer, era el único que podía contestar el teléfono después del primer timbrazo.

—¿Qué hay? —Su tono arrogante me hizo arrepentirme de haberlo llamado.

—Hola, Shane.

—Ay, Jones, sabía que no podías vivir sin mí —dijo. Podía imaginar su sonrisa macabra—. ¿Me extrañas, nena?

—Basta ya, don Coqueto.

—¿Don Coqueto? —Soltó una carcajada.

—Sí, mira. —No sabía qué decirle ni cómo hacerlo—. ¿Qué haces?

—Cosas de hombres. ¿Por?

Entrecerré los ojos, pero me sentí tonta porque él no podía verme.

—Estás intentando conseguir una chica para esta noche, ¿no?

Lo escuché dar una bocanada.

—¡Me leíste la mente! Sabía que eras una bruja. Tu mal gusto en ropa te delató.

—Eso no tiene sentido, idiota.

—Para mí sí. —Se rio entre dientes—. A pesar de que me divierte escucharte, no puedo evitar preguntarme por qué me llamaste.

—Me preguntaba si tú... Si podríamos... Yo...

—Si quieres salir en una cita conmigo, sólo dilo, nena.

—No quiero salir contigo, y deja de llamarme «nena». —Hice una pausa. Sabía que él esperaba que yo dijera algo—. Sólo necesito alguien con quien hablar —dije bruscamente y me paralicé. Shane se quedó en silencio unos segundos.

—Pues estamos hablando, ¿no?

—A lo que me refiero es a que necesito salir de mi casa y respirar aire fresco. Y, como vivo en medio de la nada, estoy confinada a este lugar a menos de que alguien venga por mí.

—Y pensaste que ese alguien podría ser yo —completó la idea por mí.

—Sí.

—¿Por qué sacaría mi preciado auto del *garaje* y conduciría a la mitad de la nada para recoger a una chica que afirma odiarme apasionadamente? —Mi cerebro tardó un poco en procesar su larga pregunta.

—¿Eso es un «no»? —pregunté.

—No. Significa que necesito un incentivo, un estímulo para hacerlo. ¿Qué tienes que ofrecer, Jones?

—Hmm. ¿Galletas?

—No es suficiente.

—¿Papitas?

—Sé que puedes hacer algo mejor que eso.

—¿Ruffles? —Estaba sacrificando mis preciadas papitas por esto; no podía creerlo.

—Puede ser, pero necesito algo más.

—No tengo nada más que darte.

—Claro que sí.

—¿Qué quieres? —Me llevé la mano libre a la cadera. Estaba impaciente.

—Te lo diré cuando llegue a tu casa, pero debes prometer que lo harás.

—No me acostaré contigo —le advertí, por si acaso. Shane se rio.

—No es sexo, Jones. No podrías ponerme duro ni aunque lo intentaras.

—¿A qué te refieres?

—No importa. ¿Quieres que vaya por ti o no?

—Sí.

—Pues prométetelo.

—Está bien, te prometo que haré lo que quieras cuando llegues aquí.

—Muy bien. Estaré ahí en cinco. —Colgó.

¿Cinco minutos? ¿Quién se creía? ¿El protagonista de *Rápidos y furiosos?* Negué con la cabeza. Sentía que había cometido un gran error, pero cualquier cosa sería mejor que quedarme en casa viendo a Evan ignorarme mientras coqueteaba con alguna chica tonta. Shane era insoportable, pero al menos podría entretenerme un rato. Disfrutaba hacerlo rabiar.

Sin embargo, no estaba lista para lo que estaba a punto de pasar.

CAPÍTULO 11

—ESTO ES PÉSIMA idea —susurré al aire mientras bajaba las escaleras y escuchaba el claxon del auto de Shane afuera de mi casa. Parecía que estaba tocando la batería en lugar del claxon.

—¡Ya voy! —grité, con la esperanza de que me escuchara por encima del ruido que estaba haciendo. Abrí la puerta de la casa y la cerré al salir. La fresca brisa de la mañana me rozó la piel y me hizo sentir mejor de inmediato. No me sorprendió ver una camioneta estacionada enfrente. Era una Honda CR-V 2010. La familia de Shane era pudiente. Lo sabía por mi madre, quien por lo regular me contaba cosas que a mí no me interesaban.

Shane se bajó de la camioneta y la rodeó para dirigirse hacia mí. Traía unos *jeans* gastados y una camiseta negra suelta, la cual resaltaba su piel pálida. Su cabello estaba despeinado a propósito, lo cual le daba su habitual apariencia de chico malo. No pude evitar notar su gesto de satisfacción. Se acercó a mí con una gran sonrisa en el rostro.

—¿Qué? —pregunté. Se notaba que algo tramaba.

—Nada. ¿Dónde están mis papitas? —dijo y frunció el ceño al ver mis manos vacías.

—Pensé que habías dicho que las papitas no eran suficiente motivación.

—Dije que quería las papas más la promesa de que harías lo que yo quisiera.

—Excepto sexo. —Sentí la necesidad de recalcarlo.

Shane se rio entre dientes.

—¿En serio crees que me acostaría contigo? —Me señaló y me miró con cara de «estás loca».

Admito que eso me hirió el ego. Entrecerré los ojos y lo miré con desprecio.

—Como sea, ya no tengo papas —mentí descaradamente—. Además, creo que mi promesa es más que suficiente. —Crucé los brazos sobre el pecho y levanté la barbilla en gesto desafiante. Shane abrió la boca para protestar, pero yo levanté la mano para detenerlo—. Vámonos —ordené y pasé junto a él. No tuvo más opción que seguirme.

Me subí a su camioneta. Al instante, las fosas nasales se me llenaron del olor a especias y a su exquisita colonia. El interior era cálido y reconfortante. Sin duda podría acostumbrarme a andar en un auto así. Shane se subió al asiento del conductor y arrancó el motor. Empezó a conducir y yo me pregunté a dónde me llevaría. No había dicho una palabra desde mi casa.

—¿Adónde vamos? —Noté que íbamos camino al pueblo.

—A McDonald's.

—¿A McDonald's? ¿Por? —Lo miré con el ceño fruncido—. No tengo hambre. —*OK*, estaba mintiendo. Justo en ese momento mi estómago rugió como león enjaulado.

Shane se rio entre dientes.

—¿Segura?

Ignoré su pregunta.

—Mira, no traigo dinero —confesé. Era mejor decírselo ahora que cuando estuviéramos ordenando.

—No te preocupes por eso. Hoy yo invito.

Lo miré con suspicacia.

—¿Por qué estás siendo tan amable conmigo? ¿Qué tramas?

Shane sonrió como gato y se metió al carril de autoservicio.

—Puedo ser amable.

—Claro que no. —Estaba a punto de reprocharle más cuando fue nuestro turno de ordenar. Lo dejé que me pidiera lo que él quisiera. Ya de por sí era vergonzoso dejarlo pagar todo.

Pronto volvimos a la carretera y dejamos atrás el pueblo. ¿Adónde íbamos? Fruncí el ceño, pero no me atrevía a preguntárselo. De repente, se estacionó en medio de un camino solitario.

—¿Por qué nos detenemos aquí? —pregunté, preocupada por mi seguridad. ¿Planeaba alimentarme, matarme y luego aventar mi cadáver a un río? Debía dejar de ver series de crímenes, pues me estaban volviendo paranoica. Shane, siendo el estúpido idiota que era, me ignoró y se bajó de la camioneta. Yo lo seguí. Con las bolsas de comida en las manos, Shane se dirigió hacia el bosque.

—¿Adónde vas, Shane?

—Sígueme —gritó. Gruñí, frustrada, pero lo obedecí.

Detestaba caminar en el bosque. No me malinterpreten; me gusta la naturaleza y todo eso; el problema es que no tenía mucha agilidad para caminar en superficies rocosas y cubiertas de arbustos.

—¡Shane! —Intenté llamar su atención, pero él simplemente me ignoró. Todo mundo parecía ignorarme hoy; primero Evan y ahora Shane. ¿Qué estaba haciendo ahí? El Idiópido ni siquiera era mi amigo. Me estaba costando toda mi fuerza y concentración seguirle el paso, empezando porque él era mucho más alto que yo y sus zancadas eran mucho más largas—. ¡Shane! ¿Adónde...? ¡Aaaah! —Pisé una roca e intenté no caerme. De verdad lo intenté, pero fracasé rotundamente. Juro que vi pasar todo en cámara lenta; el suelo se fue acercando a mi cara poco a poco. Terminé cayendo sobre las manos y las rodillas. La risa de Shane hizo eco en el silencioso bosque.

—Tu... cara...

No entendía una palabra de lo que me decía, básicamente porque no estaba hilando oraciones coherentes. Estaba demasiado ocupado doblándose de la risa. Me puse de pie y me sacudí la tierra de los pantalones y de las manos.

—¡Qué gracioso! —dije sarcásticamente.

Shane dejó de reírse y se limpió las lágrimas.

—Me diviertes mucho, Jones.

—¿Por qué me trajiste aquí? —Cruce los brazos—. Si vas a matarme, podrías haberlo hecho en la casa. Estábamos solos.

—Siempre crees que voy a matarte —afirmó y frunció el ceño—. No soy asesino, ¿de acuerdo? —Se dio la media vuelta y siguió adentrándose en el bosque.

Después de pasar junto a 1352 árboles, trepar 123 rocas y estar a punto de caerme diez veces más, por fin llegamos a nuestro destino. Quizá exageré un poco con los números, pero estaba exhausta. Ya no podía caminar, así que más bien terminé arrastrándome entre los árboles.

Shane se veía perfecto, ni siquiera ligeramente agitado. Era jugador de futbol, así que para él esto no era nada. Apoyé la espalda contra un árbol. Me había quedado sin aliento y sentía que me iba a desmayar si seguía caminando. Estaba muy fuera de forma.

—Llegamos —me informó a varios metros de distancia de mí.

—¡Yey! —exclamé sarcásticamente. En ese momento miré al frente y me quedé boquiabierta. Estábamos frente a un imponente río. Se veían los árboles gigantes que lo rodeaban. Había pasto por doquier a lo largo de la orilla. Me dejó sin aliento—. Guau —dije—. Es tan... guau. —Pasé saliva y noté que tenía seca la garganta.

Shane se sentó y procedió a abrir su bolsa de comida. Volteó a verme por encima del hombro.

—¿Te quedarás parada ahí todo el día? —me preguntó y le dio una mordida a su hamburguesa.

Se me hizo agua la boca. Tenía un hambre voraz. Motivada por el apetito, me acerqué y me senté junto a él. Shane me pasó mi comida y se quedó mirando fijamente al río. Decir que estaba confundida es poco. ¿Por qué me llevó ahí? Parecía una... ¡Cielos! Ni siquiera podía pensar esa palabra. «Cita»...

Sí, todo eso parecía una cita, pero no lo era, ¿cierto?

Comimos en silencio. Yo fijé la mirada en el río. Era relajante oír el agua correr entre las rocas. Volteé a ver a Shane, quien parecía estar disfrutando el paisaje. Sus ojos color avellana tenían un destello que nunca antes había visto. Sus labios carnosos formaban una genuina sonrisa. Volteó a verme y nuestras miradas se encontraron. Pasé saliva.

Tenía que preguntárselo.

—¿Por qué estamos aquí?

Su sonrisa se volvió maliciosa.

—No podía arriesgar mi reputación y llevarte a un lugar público, así que... —Se encogió de hombros. Yo me sentí insultada y me puse de pie. Shane me siguió.

—Eres un idiota —dije desde el fondo de mi corazón.

—¿Y? Me sigues debiendo una.

—¿Qué quieres? —Volví a cruzar los brazos sobre el pecho.

—¿Qué quiero? —Se llevó una mano a la barbilla como si lo estuviera meditando seriamente.

—Dilo ya —insistí, a pesar de que estaba un poco asustada de lo que podría pedirme que hiciera. Digo, Shane era un idiota, y quién sabe qué clase de pensamientos enfermos pasaban por su cabeza.

—¿En serio quieres saber? —Levantó una ceja en gesto seductor.

—Sí.

—Quiero un beso. —Abrí los ojos de la impresión y me quedé boquiabierta. No pude evitar sonrojarme muchísimo. Shane me estaba mirando fijamente mientras se me acercaba. Mi corazón empezó a acelerarse como nunca.

—No.

—¿Por qué no? —Ladeó la cabeza y dio un paso más al frente.

—Yo... no... no.

—¿Vas a faltar a tu promesa? —preguntó y se acercó más. Estaba a punto de retroceder cuando me tomó del brazo—. Si faltas a tu promesa, me veré obligado a robarte ese beso.

—¡No! ¡Suéltame! —Forcejeé para liberarme. Shane me soltó y se botó de risa. Lo miré y fruncí el ceño.

—Me diviertes mucho —dijo entre risas, se dio la media vuelta y se sentó en una roca.

—¿Era broma? —pregunté, incrédula.

—Claro que era broma —dijo como si fuera lo más obvio del mundo—. Jamás te besaría.

Sus palabras me lastimaron. Le encantaba herirme el ego. Sin embargo, me tragué mi orgullo dolido y puse facha de desinteresada.

—Entonces, ¿qué quieres? —le pregunté.

—Necesito tu ayuda.

—Si me pides que te ayude con matemáticas, te juro que...

—No —me interrumpió—. No cometeré el mismo error dos veces.

—Bien dicho.

—Quiero que me ayudes con Melissa.

—¿Melissa? —pregunté confundida—. ¿Quién es Melissa?

—La chica guapa de mi clase de mate.

—¿Hablas en serio? —Lancé las manos al aire.

—Sí —asintió—. Parece ser inmune a mis encantos. Además, no sólo es guapa, sino que es muy inteligente.

—Debe ser muy inteligente para no dejarse convencer tan fácilmente.

—Sí, es una genio. —Shane levantó la mirada al cielo y suspiró.

—¿Estás enamorado de ella?

—No, sólo quiero acostarme con ella, pero, ¡demonios!, se está haciendo la difícil y desde hace rato le traigo ganas, así que...

—¡Dios mío, Shane! ¡Eres un pervertido!

—¿Por qué? Estoy siendo honesto.

—Guárdate tu honestidad. —Arrugué la nariz—. ¿Cómo diablos esperas que te ayude? Ni siquiera la conozco.

—Háblale bien de mí. Dile que soy un dios en la cama o algo así.

—Eres un idiota para hacer planes. No puedo ir y hablarle de la nada.

—Claro que sí. Y lo harás. Me lo debes.

Gruñí, frustrada. Sabía que era una mala idea. ¿Por qué no escuché a mi voz interior? Sin embargo, de repente se me ocurrió una idea.

—De acuerdo. Pero con una condición.

—La rechazo.

—Entonces no hay trato —concluí. Shane me miró con suspicacia.

—¿Qué quieres?

—Un beso —le dije en tono burlón.

Shane se rio entre dientes.

—Qué graciosa.

—No, de hecho, quiero que ayudes a Laura con Jordan.

—¿Quién diablos es Laura?

—Es mi mejor amiga. Es tu vecina desde hace muchos años.

—No la conozco.

—Bueno, si la ayudas tenemos un trato.

—Jordan es muy quisquilloso para las chicas —agregó Shane.

—No me importa. Esa es la condición. Tómala o déjala.

—Está bien —aceptó Shane y nos dimos la mano.

Después de nuestro pequeño pacto, Shane decidió treparse a una cascada rocosa. Yo me quedé abajo, viéndolo, con la esperanza de que cayera al agua o algo así, pero el tipo era muy hábil. Sabía exactamente por dónde trepar. Saqué el celular del bolsillo, pues estaba aburrida. Mi corazón empezó a latir con más fuerza mientras veía una por una las notificaciones de Wattpad. Contuve el aliento cuando leí un correo en particular: «Poeta_oscuro001 te envió un mensaje».

Abrí el mensaje y lo leí: «No necesito tu ayuda :) Ya la conquisté».

Se me estrujó el corazón tanto que me dolió. Sabía que hablaba de la chica con la que había estado coqueteando. Estaba contestando a mi mensaje anterior en el que había ofrecido ayudarlo con ella. Por fortuna, no podía verme, porque mi cara era un reflejo de mis emociones en ese instante. No le demostraría cuánto me estaba afectando. Empecé a escribirle un mensaje.

@SuperJules: Me alegro por ti.

Me sorprendió que contestara casi de inmediato.

@Poeta_oscuro001: Gracias ;)

Yo: Por nada.

Él: Es una chica muy guapa.

Fue como una puñalada en la espalda. ¿Acaso no se daba cuenta?

Yo: Bien por ti.

Él: Es realista y tiene una visión oscura del mundo, igual que yo. Tenemos mucho en común.

Yo: Qué bueno.

Él: Y su voz es muy *sexy*.

Esa fue la gota que derramó el vaso, no podía más, ya no podía seguir hablando con él.

Yo: Hm, tengo que irme.

Él: ¿Por?

Yo: Estoy en una cita.

No sé por qué le dije eso. Estaba tan herida que quería hacerlo sentir lo mismo. Quería lastimarlo.

Él: ¿En serio? ¿Con quién?

Yo: No lo conoces.

Él: Estás mintiendo.

Yo: Claro que no. ¿Por qué mentiría?

Él: No lo sé.

Yo: No estoy mintiendo, ¿de acuerdo?

Él: Sí, claro.

Yo: Evan…

Él: Puedes salir con quien tú quieras, me da igual.

Yo: ¿Por qué te estás portando como un idiota?

Él: Estoy siendo honesto.

Yo: Estás siendo grosero y hostil.

Él: Estoy siendo sincero.

Yo: No te importo en lo más mínimo, ¿verdad?

Él: ¿Por qué habrías de importarme?
Eres sólo una chica que conocí en internet.

Eso fue muy grosero de su parte. Los ojos se me llenaron de lágrimas, me mordí el labio, intentando contenerlas. Metí el teléfono al bolsillo y respiré profundo.

«No llores, Jules. No llores», repetí en mi cabeza con los ojos cerrados. ¿Qué le pasaba? Sabía que yo no era sólo «una chica que conoció en internet». Éramos amigos. Conversábamos diario. Sabía todo sobre mí, y yo sabía casi todo sobre él. ¿Por qué dijo eso? Abrí los ojos y me encontré con... ¿Shane sin camisa?

—¡Jones! —gritó con fuerza. Estaba parado sobre una inestable roca en la cima de la cascada. Ostentaba un abdomen de lavadero y sonreía como maniático.

—¿Qué diablos estás haciendo? —grité. No le tenía mucho aprecio a Shane, pero no quería que se lastimara ni que se matara si saltaba de esa roca.

—Me estoy divirtiendo —dijo antes de saltar al río.

Fue un clavado majestuoso que me salpicó por completo. Emití un chillido y retrocedí, pero en cuestión de segundos mi camiseta quedó empapada. Shane salió del agua y se rio. Su cabello castaño claro estaba húmedo y oscurecido.

—¡Eres un idiota egoísta! —grité. De inmediato tomé el celular y lo alejé del agua. Lo último que necesitaba era que el teléfono se mojara y se descompusiera. No podía darme el lujo de comprar uno nuevo. Desvié la mirada hacia la pantalla. Evan había contestado. Mi respiración se agitó y se me aceleró el pulso al ver su respuesta. Me derretí con sus palabras. No pude evitar leerlas una y otra vez.

Él: Me gustas, Jules.

CAPÍTULO 12

ME HABÍA QUEDADO literalmente sin aliento. No me entraba aire a los pulmones. Dejé de respirar en el instante exacto en el que leí el mensaje de Evan. Mi corazón latía con tanta fuerza dentro de mi pecho que sentía las palpitaciones en la garganta y las orejas. ¿Qué me estaba pasando? Era sólo un mensaje. Necesitaba respirar. No podía morirme en este momento, al menos no sin contestar.

Pero, ¿qué debía decirle? Él me dijo que yo le gustaba. ¡Cielos! Evan admitió que yo le gustaba. Se me escapó una risita, la cual puso fin a mi paro respiratorio autoinfligido. Ya no sentía mariposas en el estómago, ahora más bien parecían águilas. De mis poros empezarían a salir unicornios y florecitas pronto. (Creo que exageré un poco, ¿verdad?)

«Actúa normal...».

Cada vez que empezaba a escribir una respuesta, terminaba borrándola. ¿Debía decirle que a mí también me gustaba? Era muy torpe para este tipo de cosas. Debería haber libros que te enseñaran cómo lidiar con estas situaciones, como con consejos para conquistar y así. «Claro que hay libros sobre el tema, tonta», me regañó mi voz interior. Sí, supuse que debía conseguir uno.

Me concentré en la pantalla del celular y escribí la respuesta. Pasé saliva para intentar deshacer el nudo que tenía en la garganta y lo envié.

Yo: Tú también me gustas.

Pasaron varios minutos antes de que Evan contestara. Fueron los minutos más largos de mi vida, por cierto.

Él: Lo sé ;)

Fruncí el ceño al ver su respuesta engreída.

Yo: Qué arrogante.

Él: Es la verdad. Sabía que te gustaba.

Yo: ¿Cómo?

Él: Eres demasiado obvia.

Yo: Claro que no. A ver… ¿te gusto… como amiga… o…?

Él: Tú sabes la respuesta a esa pregunta.

Yo: ¿En serio?

Él: Sí ;)

Yo: No lo creo.

Él: ;)

Yo: Evan…

Él: ¿Sí?

Yo: Olvídalo.

Él: ¿Qué me ibas a decir?

Yo: Quiero saber…

Él: ¿Qué?

Yo: No puedes esperar que actúe como si nada después de que ambos admitimos que nos gustamos.

Él: ¿Por qué le das tanta importancia?

Yo: Porque para mí es importante.

Él: ¿Por? Ni siquiera me conoces.

Escribí una respuesta y di *clic* en «enviar», pero entonces escuché el sonido más aterrador que había oído en toda mi vida: el celular se estaba quedando sin batería.

—No, no, no, no —exclamé—. No puedes hacerme esto —le rogué al aparato que tenía en mis manos. Literalmente estaba de rodillas esperando que el mensaje se enviara.

«Enviando...».

«Enviando...».

—¡Vamos! —empecé a entrar en pánico. Y entonces ocurrió: mi estúpido teléfono se apagó—. ¡No! ¡Agh! ¡Maldición! —¿Habrá recibido Evan mi mensaje? ¿Se habrá enviado siquiera? ¿Qué estaría pensando? Suspiré, frustrada.

—¡Jones! —La voz de Shane atrajo mi atención.

—¿Qué? —le pregunté enojada y lo miré por encima del hombro. Estaba flotando en el agua con una enorme sonrisa en la cara. Me puse de pie y volteé hacia él—. ¿Qué? —repetí.

—Métete al agua.

—Eh... déjame pensarlo. —Me llevé la mano a la barbilla como si lo estuviera reflexionando—. No, nunca, jamás, *nel*, *nanai*, ni en sueños. —Apreté los labios y le devolví la sonrisa.

Shane me miró con los ojos entrecerrados.

—Anda. Está tibia.

—Ya te dije que no.

—Es mejor que lo hagas por las buenas.

—¿Qué significa eso?

Shane me lanzó una sonrisa malévola.

—No querrías que te arrastrara hasta aquí, ¿o sí?

—No te atreverías.

—¿Quieres averiguarlo?

—Serías incapaz —negué con la cabeza y retrocedí un paso. Shane empezó a nadar hacia la orilla. Di tres pasos más hacia atrás.

«¡Corre!».

—Sé lo que estás pensando —dijo Shane al salir del agua. No traía camiseta. Su abdomen estaba expuesto, así que tuve que ejercer mucho autocontrol para no quedarme viéndolo. Los pantalones mojados se le habían pegado a las musculosas piernas—. Te atraparé en un parpadeo si intentas escapar —susurró con malicia.

Como soy medio tarada, me di la media vuelta y corrí tan rápido como pude. No era buena para caminar por el bosque, así que podrán imaginar lo mala que era para correr por él. Hacía muecas de dolor cada vez que una roca me lastimaba los pies. Lo bueno era que traía Converse. ¿En qué estaba pensando? Era inútil correr: Shane era futbolista y era más alto y veloz que yo. ¿Qué caso tenía correr?

«Es para salvar tu dignidad».

Continué con mi inútil intento de escapar, ignorando el dolor de los dedos de los pies cada vez que me trepaba a una roca. Necesitaba aprender a caminar en este tipo de superficie. Si alguna vez me encontrara en una situación de vida o muerte (como cuando la gente se pierde en el bosque o un avión choca en una isla desierta), estaría muerta antes de siquiera darme cuenta de que estaba en una situación de vida o muerte. Mis instintos de supervivencia eran una porquería.

—¡Jones! —Shane me pasó un brazo alrededor de la cintura.

Emití un chillido y tuve una sensación de *déjà vu*. Esto fue exactamente lo que ocurrió la vez anterior que intenté huir de él.

—¡Suéltame! —No iba a darme por vencida. Forcejeé, pateé, grité y hasta intenté morderle el brazo. Shane no se inmutó ni me soltó un solo instante.

—¡Deja de patalear! —exclamó y me sujetó con más fuerza.

Gruñí como una bestia salvaje, pero él me apretó contra su cuerpo, y entonces sentí su torso desnudo y mojado contra mi espalda. Sentí el calor que emanaba su piel. Sentí escalofríos en la espalda cuando su cálida respiración empezó a rozarme la nuca.

—Suéltame, Shane —dije muy despacio, pero no podía evitar estar muy nerviosa. Estábamos demasiado cerca para mi gusto. Demasiado.

—No —declaró él y se inclinó para levantarme y cargarme como a una novia el día de su boda.

—¡No! ¡No! —grité y le di puñetazos en el pecho mientras él caminaba hacia el río. Me cargaba sin esfuerzo, como si yo fuera una pluma—. ¡Basta! ¡Shane! ¡No lo hagas! ¡Te voy a matar! —Shane me miró a los ojos y me sonrió cuando llegamos a la orilla—. ¡No lo hagas, Shane! ¡Por favor! No... —«Piensa rápido, Jules»—. ¡No sé nadar! —Guau, era la primera vez que decía una mentira razonable.

—No es un río profundo —contestó Shane antes de lanzarme al agua. Grité tan fuerte que juro que los pájaros y los búhos huyeron de las cercanías. Aterricé en un río profundo y helado. El agua me devoró durante varios segundos, y mi cuerpo entero se entumeció por el cambio de temperatura. Sentía como si hubiera diminutas agujas perforándome los huesos. Salí a la superficie y tomé una bocanada de aire. Shane estaba parado sobre una roca, muerto de risa.

—¡Eres un imbécil! ¡Un cerdo y un bastardo egoísta! ¡Eres...! ¡Eres...! —Estaba furiosa, pero no se me ocurrían más insultos. No tenía un amplio repertorio, pues no soy una persona violenta, aunque Shane definitivamente sabía sacar lo peor de mí—. ¡Te voy a matar! —le juré mientras pensaba seriamente en golpearlo con una roca y lanzar su cuerpo al río. (¡Cielos! Debo dejar de ver películas de suspenso.)—. ¡Eres hombre muerto! —le grité mientras nadaba hacia la roca en donde él sonreía. Estaba furiosa. No me gusta mucho el agua, además la de este río era agua helada. Pensé incluso que moriría de hipotermia.

—¿Está rica el agua? —me preguntó con una sonrisa.

—Espero que te ahogues con tu propia saliva. —Lo señalé con un dedo—. ¿Qué diablos te pasa?

—Nada. Simplemente pensé que te vendría bien bañarte. Olías mal.

Lo miré con desprecio.

—Te odio —afirmé con rencor.

—Claro que no. Soy demasiado guapo como para que me odies.

—Tienes un ego enorme, ¿sabías? —Me le quedé viendo.

—Sí —contestó.

—Apuesto a que es lo único grande que tienes. —Era mi turno de volteársela. Shane me miró y entrecerró los ojos.

—Buen contraataque, Jones, pero sugiero que no empieces algo que no puedas terminar —dijo y cruzó los brazos.

—¿A qué te refieres?

Se puso de cuclillas para quedar a mi nivel.

—Eres demasiado inocente para tu propio bien —dijo y me dio una palmada en la cabeza.

Lo miré con ganas de matarlo. Apoyé las manos en la roca para impulsarme hacia arriba, pero me resbalé.

—¡Dios! Está muy húmedo y resbaloso —me quejé.

—Eso dicen todas —rio Shane entre dientes.

Hice un gesto de náuseas.

—Eres repugnante —le dije cuando por fin pude salir del agua. Tenía la ropa pegada al cuerpo. Los ojos color avellana de Shane bajaron de mi cara a mi pecho y luego a mis piernas. Pasé saliva—. ¡Oye! —Troné los dedos frente a su cara—. ¿Me estabas comiendo con los ojos?

—Acabo de darme cuenta de que no tienes mal cuerpo. Digo, estás muy flaca, pero sí te andaba dan...

—¡Shane! —Lo empujé por el pecho—. ¡Eres un pervertido! —El labio inferior me temblaba de frío. Estaba segura de que me estaba poniendo púrpura.

—Volvamos antes de que te desmayes del frío —dijo y se encaminó hacia el bosque.

Sin que me viera, le lancé una mirada fulminante y lo seguí.

—¡Ya llegué, mamá! —grité, pero obviamente no obtuve respuesta. Mi mamá probablemente seguía en el hospital. Shane me había llevado a casa y se había ido con el pretexto de que tenía algo que hacer. De hecho, dijo que iría a «tirarse» a alguien o algo así. No recuerdo sus palabras, pero eran asquerosas. Me recosté en el sillón y cerré los ojos.

«Evan...».

No había dejado de pensar en él en todo el día. ¿Cómo es posible que te guste alguien a quien nunca has visto? Mi celular no tenía batería, así que lo conecté al enchufe más cercano y subí a ducharme. Después de ponerme ropa seca, bajé de nuevo y encendí la *laptop*. Al revisar Wattpad, me di cuenta de que mi último mensaje no había sido enviado, tal y como lo sospechaba. ¿Por qué mi estúpido iPhone tuvo que quedarse sin batería en medio del bosque? Bueno, no importaba. Escribí un mensaje nuevo, un simple «hola». Luego decidí ver la tele y revisar Wattpad hasta que Evan se conectara. No tenía nada más que hacer, excepto mi tarea, pero no tenía ganas de hacerla en ese momento.

No tardó en llegar la tarde. ¿Dónde estaba? Casi siempre aparecía conectado. Era extraño no recibir respuesta suya de inmediato. Sin embargo, cuando por fin lo vi conectado, se me iluminó el rostro.

@Poeta_oscuro001: Hola de vuelta.

@SuperJules: Por fin llegaste.

Él: ¿Me estabas esperando? ;)

Yo: Algo así.

Él: Ja, ja, ja. Sé que no puedes vivir sin mí, Melocotón.

Yo: Pensé que ya habíamos superado la etapa de los apodos.

Él: Jamás.

Yo: Entonces debería inventarte uno.

Él: Nah, no eres lo suficientemente creativa, Señorita Fresita.

Yo: Pff.

Él: ¿Tienes Skype?

Mi corazón se detuvo. Bueno, no literalmente, porque si se hubiera detenido habría muerto en cuestión de segundos, pero ustedes entienden. Las águilas en mi estómago empezaron a aletear y me pusieron nerviosa. Claro que tenía Skype, era un programa de videollamadas que usaba para hablar con Laura o hasta con Jason.

Yo: Sí, ¿por?

Me estrujé las manos sudorosas mientras esperaba su respuesta.

Él: Agrégame.

Me dio su nombre de usuario de Skype, pero yo estaba demasiado conmocionada como para hacer algo.

Yo: ¿Quieres hacer una videollamada… ahora?

Él: Sí ;)

Abrí Skype y entré a mi cuenta. Procedí a agregarlo, y él me aceptó casi al instante. ¡Dios! ¡No estaba lista para verlo! Mi corazón latía en todas direcciones y mi garganta parecía un desierto. Sentía como si me fuera a descomponer.

Iba a verlo...

Iba a ver a Evan por primera vez...

Necesitaba respirar. No podía desmayarme. Se abrió la ventana de videollamada y empezó a cargar las imágenes de ambas cámaras, la suya y la mía. Me peiné frenéticamente con los dedos. ¡Dios mío! No estaba preparada para esto.

«¿Y si me ve y piensa que soy fea?».

«¿Cómo será él?».

Por mi mente pasaban muchas preguntas a la vez. El proceso de conexión se completó, y los pequeños recuadros que mostraban nuestras imágenes de perfil se pusieron negros antes de que se activaran las cámaras. Mi corazón dio un vuelco cuando miré por primera vez el rostro del chico que me gustaba.

—Hola —me susurró con esa *sexy* voz suya.

CAPÍTULO

13

TRES PALABRAS: EVAN era extremadamente guapo. Bueno, de hecho eran cuatro palabras, pero no pueden culparme por no haber podido pensar con claridad en ese instante. Mis ojos estaban fijos en el recuadro de la pantalla. Estaba mirando al chico más *sexy* que había visto en toda mi vida. No era un chico del tipo musculoso, sino más bien del tipo misterioso que es *sexy*. Tenía el cabello negro azabache, lacio y despeinado, que le cubría en parte las orejas y la frente. Su piel era pálida y lisa. Sus ojos oscuros parecían no tener fin. Sus cejas gruesas formaban una línea que bajaba por su nariz recta hasta llegar a un par de labios carnosos. Traía puesta una camiseta negra que combinaba con sus ojos y su cabello.

Me quedé sin palabras. Jamás me había sentido tan observada. Probablemente él estaba pensando que yo era fea. Mi cabello castaño caía sin forma sobre mis hombros, y no me había maquillado ni nada. No era muy guapa ni nada por el estilo. Era una chica promedio. Lo único que tenía eran mis grandes ojos azules.

—Hola —contesté finalmente con voz nerviosa. El corazón se me iba a salir del pecho. Las águilas en mi estómago se convirtieron en dragones que planearon en mi interior y me hicieron sentir mareada.

Lo estaba viendo.

Él me estaba viendo.

¿Qué estaría pensando de mí?

—¿Así que tú eres Jules? —preguntó, sonriéndole a la cámara.

Su voz me hizo sentir escalofríos en la espalda.

—Y tú eres Evan —intenté decir en tono casual. Tragué y sentí seca la garganta. ¿Adónde diablos se había ido toda mi saliva?

—¿Estás sola? —Sus ojos negros parecían estarme tragando en un proceso lento pero constante. Asentí—. Y dime, ¿cómo una chica como tú terminó convirtiéndose en mi amiga?

Me dolió escucharlo usar la palabra «amiga». Me hizo preguntarme si antes había querido decir que le gustaba como amiga. Pero reprimí el pensamiento.

—¿A qué te refieres con «una chica como yo»? —Fruncí el ceño.

—A que eres pura felicidad y amor, mientras que yo soy un idiota realista y negativo.

—¿Estás admitiendo que eres un idiota? —Levanté una ceja.

—Nunca dije que no lo fuera. —Me sonrió y mi corazón dio un vuelco. En sus mejillas aparecieron un par de lindos hoyuelos que lo hacían verse maliciosamente adorable.

«Inhala y exhala, Jules».

—Podría preguntarte lo mismo. Creí que me odiabas. —Intentaba sonar casual, pero estaba condenada a fracasar irremediablemente.

—¿Por qué estás tan nerviosa? —Ladeó la cabeza. Tenía cara de que se estaba divirtiendo.

—No estoy nerviosa —dije y solté un resoplido.

—Claro que sí —dijo burlonamente, y yo desvié la mirada.

—¿Y qué haces? —pregunté con un tono falsamente casual. Miré de nuevo la pantalla, y él seguía sonriendo de forma arrogante.

—Quiero intentar algo —susurró.

—¿Qué?

—¿De qué color es tu ropa interior?

Abrí los ojos como platos y no pude evitar ponerme roja como tomate.

—Eres un... —No se me ocurrió ningún insulto.

Evan soltó una carcajada. ¡Dios! Hasta su risa era *sexy*. Lo miré con odio hasta que terminó de reír.

—Lo sabía.

—¿Qué?

—Que te sonrojarías de esa manera. Eres muy inocente, Jules. —Sus ojos tenían un destello que no lograba descifrar.

—Y tú eres un pervertido —dije en tono acusador.

—Claro que no. —Se pasó los dedos por el cabello y se despeinó un poco. Yo lo miré con la boca abierta, como una tonta. Pronto iba a empezar a babear sobre la computadora—. Sólo disfruto molestarte, Señorita Fresita.

Contuve el aire en los pulmones. Esos apodos sonaban muy bien viniendo de él. Evan se aclaró la garganta. Me di cuenta de que tenía la boca medio abierta, así que recuperé la compostura y le sonreí con los labios apretados.

—Deberías dejar de ponerme apodos —dije.

—¿Por qué?

—Porque somos amigos. —Arrastré la última palabra. ¿Por qué no podía lidiar con el hecho de que él me consideraba sólo su amiga? Nos conocimos por internet. No era posible que le gustara como algo más que una amiga, ¿o sí? Esas cosas no ocurrían en la vida real. Ni siquiera nos habíamos conocido en persona. En ese instante me di cuenta de que moría por conocerlo en persona, lo cual me llevó a hacer la siguiente pregunta—. ¿Dónde vives? —Su sonrisa se esfumó y durante un momento se quedó superserio.

—¿Me estás espiando de nuevo, Jules? —Fingió estar asustado.

—No. Sólo quería saber.

—¿Por qué?

—Me da curiosidad. Además, eres mi amigo.

—¿De verdad importa?

—Sí —afirmé categóricamente. Evan se veía dudoso.

—Debería irme —dijo y se rascó la nuca.

—No, no te vayas.

—Tengo cosas que hacer —afirmó con frialdad.

—¿Por qué no me dices y ya? ¿En serio crees que voy a espiarte? —Estaba confundida.

Evan emitió un largo suspiro.

—Nos separan muchos kilómetros de distancia, Jules. Es todo lo que necesitas saber.

—No es suficiente. —Necesitaba saberlo.

—Claro que sí.

—Claro que no.

—Jules. —Sus ojos negros me miraron con mucha seriedad. Sentí como si pudiera verme tal y como soy a través de la cámara de la computadora—. Ya olvídalo —susurró y se desconectó.

Me quedé mirando la pantalla negra en donde había estado su *sexy* rostro segundos atrás. ¿Por qué no podía simplemente decírmelo y ya? Apagué la computadora y me froté la cara. ¿Qué estaba haciendo?

«Nos separan muchos kilómetros de distancia, Jules. Es todo lo que necesitas saber». Repasé una y otra vez sus palabras. ¿Estaba diciendo la verdad? ¿Qué haría si en efecto vivía a muchos kilómetros de distancia de mí? Me pasé los dedos por el cabello.

—¿Qué estás haciendo, Jules? —me pregunté en voz alta. Evan me afectaba de una forma inesperada. Me gustaba. Me gustaba muchísimo. De hecho, era el primer chico que me hacía sentir muchas cosas. Todas esas sensaciones eran nuevas para mí, pero ¿cómo era posible? ¿Era posible que me gustara tanto alguien a quien no conocía en persona? Cerré los ojos y suspiré con fuerza.

Recordé su rostro. Era muy *sexy*. Sonreí como tonta al recordar los lindos hoyuelos que se le hacían en las mejillas cuando reía. Revisé mi celular; no tenía nuevos correos electrónicos, lo que significaba que Evan no me había escrito. Bajé la mirada con tristeza y subí a mi habitación. Casi era medianoche.

Me tiré sobre la cama y caí de espaldas. Mis ojos se clavaron en el techo de madera, el cual me quedé viendo en silencio. Sabía que me costaría mucho trabajo dormir por culpa de mis malos hábitos de sueño. Di vueltas en la cama. Quería dormir para no tener que pensar. Casi lo había logrado cuando sonó mi celular. Miré la pantalla y entrecerré los ojos, deslumbrada por la luz repentina.

El identificador de llamadas decía «El Gran Jason :D ». Sí, así registró Jason su número en mi celular. Fruncí el ceño. ¿Finalmente había superado que «lo vi desnudo»?

—Bueno —contesté. Se oía ruido y música de fondo fuerte.

—¡Juuuuules! —gritó una chica que sonaba emocionada—. ¡Julieeeee!

En ese momento reconocí la voz.

—¿Laura? —Me enderecé, sorprendida.

—¡Te quierooooo, Juliiiiiie! Lo sabes, ¿verdad? —Arrastraba las palabras del entusiasmo.

—¿Estás ebria? —le pregunté. Lau no era el tipo de chica que bebía. De hecho, jamás la había visto borracha en toda mi vida.

—No. Sí. No. Digo, sí. —Le dio hipo—. Quizá.

—¿Qué demonios? ¿Dónde estás? —pregunté en tono exigente.

—¡En una superfiesta! Yo... Jordan... es tan guapo...

—¿Dónde estás, Lau? —repetí la pregunta y me puse de pie. Estaba angustiada.

—¡La fiesta de Amanda! ¡Sí! —gritó y toda la gente le hico eco.

—¿Quién diablos es Amanda? ¿Qué haces ahí? ¿Dónde está Jason?

—¿Quién es Jason? —preguntó Laura entre risas.

—Nuestro amigo. El dueño del teléfono del que me estás llamando —le recordé.

—¡Ah! ¡Jay-Jay!

—¿Jay-Jay?

—Así se llama —dijo Laura con una risita.

—Lau, necesito hablar con Jason —exclamé. Era obvio que mi amiga estaba perdida.

—Espera... está... ¡Jay-Jay! —le gritó, y me obligó a alejar el celular de mi oreja. ¡Cielos! Sentí como si me hubiera roto el tímpano—. Ahí viene. —Hubo mucho ruido, voces y gritos antes de que sonara la voz de Jason.

—¿Bueno? —Su voz sonó neutral durante un instante.

—Jason, ¿dónde diablos es...?

—¡Julie! ¡Te he extrañado muchoooo! —gritó al teléfono.

—¡Dios! —dije y me di una palmada en la cara—. Evidentemente tú también estás ebrio.

—¡Perdón por lo que pasó! Eres mi mejor amiga en el mundo, Jules.

—¡Cállate! ¿Dónde están?

—Estamos en... eh... en... —titubeó—. En la fiesta de Banana.

—¿Banana? Quieres decir Amanda.

—Sí, ella. Es lo máximo.

—¿Cómo...? Agh, olvídalo. ¿Hay alguien sobrio por ahí?

—¿Qué?

—¿Hay alguien sobrio por a...?

Se cortó la llamada. Gruñí, frustrada, y volví a marcar, pero me mandó directo al buzón. Le marqué a Laura, pero no me contestó.

—¡Argh!

¿Qué demonios estaban pensando? Ninguno de los dos era muy reventado. ¿Por qué estaban ebrios? ¿Quién diantres era Amanda? ¿Por qué Laura no me dijo que iría a una fiesta? Entendía por qué Jason no me había contado; es decir, ni siquiera nos hablábamos. ¿Pero Laura? Ella me contaba todo lo que hacía. Ambos eran mis mejores amigos.

Estaban ebrios en algún lugar. Necesitaba hacer algo. ¿Qué podía hacer?

Shane...

¡Sí, Shane! Si había una fiesta en algún lugar, lo más probable era que él estuviera ahí. No por nada era el chico más popular de la escuela. Le marqué, un poco a regañadientes. Sonó varias veces antes de que me contestara.

—¡Increíble! Dos llamadas en un día. —Su tono engreído me hizo poner los ojos en blanco—. Se nota que mueres por mí, Jones.

—Ya quisieras. ¿Dónde estás?

—¿Por qué debería contestarte esa pregunta a las...? —Hizo una pausa—. ¿A la una y media de la mañana?

—¿Estás en la fiesta de Amanda?

—¿Cómo sabes?

¿Ven? Estaba demostrando mi inteligencia.

—Necesito que me hagas un favor.

—Hey, hey, hey. No somos amigos.

—Shane, es cuestión de vida o muerte.

—No te creo.

—Bueno, no lo es, pero, por favor...

—Necesito una motivación.

Ya conocía ese discurso. Suspiré, frustrada.

—Hablaré con Merissa o como se llame —sugerí. Era la chica que le gustaba de su clase de mate.

—Ya prometiste eso, y se llama Melissa.

—De acuerdo. Haré que se enamore de ti en una semana.

—¿Me lo prometes?

—Sí.

—Está bien. ¿Qué quieres esta vez?

—Quiero que busques a Jason y a Laura en la fiesta, y que los traigas a mi casa.

—¿Por qué?

—Sólo hazlo.

—Está bien, pero no sé quién es Laura.

—¡Por Dios, Shane! Ha sido tu vecina toda la vida.

—¿En serio?

—Sí. Ahora ve y encuéntralos. No los lleves a sus casas. Tráelos aquí. Sus madres se volverán locas si los ven ebrios.

—¿Qué? ¿Están ebrios?

—¡Muévete!

—¡*OK*! —dijo y colgó abruptamente.

Estaba caminando de un lado al otro de la sala como león enjaulado. Habían pasado cuarenta y cinco minutos desde que había hablado con Shane. ¿Qué lo estaría retrasando? Escuché un motor y salí corriendo de la casa. El aire frío de la noche chocó contra mi piel, pues sólo traía puesto un camisón para dormir. No se hagan ideas, créanme que no me veía nada *sexy*. Shane se estacionó y salió disparado del auto. Traía *jeans* oscuros, una camiseta holgada y una chaqueta negra. Se notaba que estaba molesto.

—¡Julie! —gritó Jason. Estaba hecho un desastre. Se bajó del asiento trasero y se tambaleó hacia mí—. ¡Julie! —Me dio un fuerte abrazo. El aroma a licor me envolvió.

—¿Dónde está Laura? —le pregunté a Shane en voz baja por encima del hombro de Jason.

Shane se encogió de hombros.

Fruncí el ceño y metí a Jason a la casa. Lo lancé al sofá, y me sorprendió la rapidez con la que se quedó dormido. Volteé a ver a Shane con enojo.

—¿Dónde está? —Crucé los brazos sobre el pecho.

—Con Jordan —contestó Shane y se encogió de hombros.

—¿Qué?

—Sí. Le ofreció llevarla a su casa.

—¿Estás loco? ¡Laura estaba ebria!

—Oye, Jordan no es mala persona. La va a cuidar.

—¡Claro que no! ¡Dios! —Me llevé la mano a la frente.

—Ya no seas dramática. Tu amiga va a estar bien.

—¿Dramática? —pregunté y agité las manos de la desesperación—. Mi amiga está en peligro.

—Te juro que Jordan la va a cuidar —dijo Shane con absoluta seriedad.

Suspiré, derrotada. Shane se me acercó lentamente. Tuve que echar la cabeza hacia atrás para poder verle la cara.

—¿Qué? —dije seriamente.

Shane sonrió y me acarició la mejilla. Me estremecí por el contacto. Sus ojos color avellana estaban clavados en mis ojos azules.

—Pareces una minina enojada. —Sonrió como si se estuviera divirtiendo.

Yo lo miré con desprecio.

—¿Qué insinúas?

Me acarició la mejilla delicadamente con el pulgar. ¿Qué estaba haciendo?

—Nada. —Alejó la mano y se rascó la nuca—. Debo irme.

—Shane... —empecé a decirle, pero él se dio media vuelta, salió de la casa y azotó la puerta tras de sí. ¿Qué diablos había ocurrido?

Subí a mi recámara y dejé a Jason roncando en el sofá. Me aventé a la cama por segunda vez en la noche. Revisé mi celular y sonreí como tonta al ver que tenía un mensaje de Evan. Ya se había desconectado, pero su mensaje de buenas noches me hizo sonreír.

Poeta_oscuro001: Buenas noches, dulce Jules. Eres demasiado linda para tu propio bien ;)

Recordé sus dulces palabras una y otra vez, hasta que finalmente me quedé dormida.

CAPÍTULO 14

MI CAMA DEBÍA ser el objeto más cómodo sobre la faz de la tierra. Era como una deliciosa nube. Desperté sintiéndome extremadamente descansada. Estaba acostada de lado cuando sentí algo cálido a mis espaldas. También había algo puntiagudo picándome las nalgas. El objeto cálido se movió, y de pronto sentí algo pesado sobre la cintura. Abrí los ojos y miré hacia abajo. Ahogué un grito. Había un brazo ahí.

—¿Qué demo...? —murmuré. Giré para ver quién estaba atrás de mí. Al mirar, encontré el apacible rostro dormido de Jason. Fruncí el ceño por la confusión. ¿Qué demonios hacía ahí? No traía camiseta. Fruncí el ceño aún más y miré por debajo de su abdomen. Grité como loca y lo empujé lejos de mí. Jason abrió los ojos de inmediato y, antes de que pudiera decir nada, me caí de la cama con un golpe seco. Lo bueno era que la casa tenía alfombra, porque si no me habría dolido mucho la caída.

—¿Jules? —Jason parecía estarme buscando.

Me levanté de un brinco. Tenía la cara más roja que cualquier tomate. Jason se había sentado y las sábanas lo tapaban de la cintura para abajo.

—¡Estás... estás desnudo! —le grité.

—¡Deja de gritar! —exclamó e hizo muecas de dolor—. La cabeza me va a explotar.

—Estás desnudo —repetí y lo señalé con el dedo.

—No estoy desnudo, estoy... —Jason se asomó debajo de las sábanas y abrió los ojos como platos—. *OK*. Estoy desnudo —aceptó y volteó a verme.

—¿Qué demonios, Jason? ¿Por qué estás desnudo?

—No lo sé. —Se frotó las sienes—. Es difícil pensar cuando la cabeza te retumba de esta forma.

—Y estabas acostado junto a mí... y esa *cosa* me picó. ¡Dios mío! ¡Me picó! —Arrugué la nariz de la repulsión—. Me siento tan violada.

—Estás exagerando, Jules.

—¿Tú crees? Despierto y lo primero que veo es a mi mejor amigo, muy excitado, desnudo, en la cama, conmigo. Discúlpame por estar un poco histérica al respecto.

—Lo siento. Supongo que anoche me dio frío y decidí subir a dormir contigo.

Me llevé la mano a la frente y caminé de un lado al otro de la habitación. Jason y yo habíamos dormido varias veces juntos. Pero habíamos dormido literalmente; nunca habíamos tenido sexo ni nada por el estilo. Era como mi hermano. A veces, cuando mi mamá tenía guardia, Jason se quedaba conmigo toda la noche. Claro que nunca nos había pasado algo así de extraño. Jason se levantó de la cama y se tapó su cosa con mi almohada.

¡Mi pobre almohada!

—Entiendo que anoche te diera frío en el sofá —dije. Hice una pausa y lo miré fijamente. Jason esbozó una sonrisa avergonzada—. Pero no entiendo por qué estás desnudo.

—Bueno, al parecer, disfruto quitarme la ropa cuando estoy ebrio. —Se rasco la nuca con la mano libre.

—¿Es en serio, Jason? ¿Estás hablando en serio?

—Jules...

—Esa *cosa* me picó. ¿Por qué estaba... *dura?* —pregunté con cierta incomodidad.

—Es el calambre matutino. No tiene nada que ver contigo.

—¿Me lo juras?

—Sí.

—No puedo creerlo —negué con la cabeza.

—Vamos, Jules. No lo hice a propósito —me explicó con absoluta seriedad. Emití un suspiro de frustración—. Además —continuó, intentando hacer un chiste—, no es la primera vez que me ves desnudo.

Lo miré con los ojos entrecerrados y me ruboricé del enojo. Su sonrisa se desvaneció.

—¿Todavía no lo superamos?

Asentí. Le hice un gesto con la mano.

—Vístete y ya. —Jason salió del cuarto. Supuse que sus prendas estarían esparcidas por la sala.

¡Cielos! ¡Qué incómodo! Mi vida se estaba poniendo muy extraña, por no mencionar que otra vez no me podía sacar de la cabeza la imagen del *amiguito* de mi mejor amigo. La veía con tanta claridad que podría haberla dibujado de memoria. Aunque no era la primera vez que lo veía desnudo, sí era la primera que lo veía... *emocionado*. Déjenme decirles que era una cosa monstruosa, tanto que me asustó un poquito.

«¡Y me picó!». Me estremecí al recordarlo. Fui al baño y empecé con mi rutina diaria. Luego regresé a la habitación para buscar mis sandalias.

Empecé a escuchar cierta canción sobre moverse en la pista como Mick Jagger. Era el celular de Laura. Sí, a mi amiga le gustaba Maroon 5. Yo no era fan de ellos, pero debo reconocer que la canción era pegajosa. «¡Laura!». En ese instante recordé que había estado ebria la noche anterior y que Shane la había dejado irse con Jordan. Corrí hacia mi cama, salté encima como *ninja* y contesté el celular.

—¿Bueno? —Me había quedado sin aliento.

—¿Jules? ¡Gracias a Dios! Jules, estoy en problemas. —Hablaba demasiado rápido, lo cual solía hacer cuando estaba nerviosa.

—¿Qué pasó, Lau?

—Desperté en la cama de Jordan. Estoy... —Se quedó callada. Intuía que se estaba mordiendo las uñas—. No recuerdo qué pasó anoche. Pero sólo traigo puesta su camiseta.

—Ay, no.

—Me estoy volviendo loca. ¿Y si ya no soy virgen?

—Tranquila, Lau. ¿Dónde está Jordan?

—En la regadera. Necesito irme de aquí antes de que salga. Pero, ¿cómo saldré de aquí si sólo traigo puesta su camiseta?

—Su casa no está tan lejos de la tuya, ¿cierto? —Recordé que vivían en la misma calle: Shane, Jordan, Jason y Laura. Yo era la única que vivía en esta zona olvidada del pueblo. (¿Yey?)

—No, Jules. Pero no puedo irme caminando a casa así. ¡Dios! Mi mamá me va a matar.

—Ve a casa de Shane —dije y nos sorprendí a ambas.

—¿Qué? No. Ni siquiera lo conozco bien.

—Pero yo sí. Un poco. Ve a su casa. Yo le aviso.

—No puedo... Me voy a morir de vergüenza.

—Bueno, entonces quédate ahí y enfrenta a Jordan. Espero que estés lista para que te haga comentarios sobre lo que hicieron anoche, cosa que no recuerdas.

—Llámalo. Voy para allá en este instante.

—De acuerdo. —Colgamos y le llamé a Shane. Sonó varias veces antes de que finalmente contestara alguien.

—¿Bueno? —Una voz soñolienta de mujer me saludó. Fruncí el ceño y miré la pantalla de mi iPhone; sí, había marcado el número correcto.

—Hola. ¿Está Shane por ahí?

—Sí. Está dormido —contestó en voz baja—. ¿Quién habla?

—Me urge hablar con él.

—¿Quién lo busca? —Su voz se volvió fría. Probablemente era una de sus amantes ocasionales.

—Una amiga —mentí. Shane y yo no éramos amigos en realidad.

—¿Cuál amiga?

—Mira, sólo pásamelo. Es urgente. —La chica titubeó, pero luego escuché ruidos y un gruñido de hombre.

—¿Qué? —preguntó Shane, enojado.

—Necesito otro favor.

—De verdad crees que somos amigos.

—Laura va a tu casa. Ayúdala.

—¿Por qué habría de ayudarla? ¿Quién diablos es Laura?

¡Dios! Tenía ganas de abofetearlo de nuevo.

—Tienes memoria de pez muerto, Shane.

—Sólo recuerdo lo que es importante —respondió hostilmente.

—Mira, sólo déjala entrar a tu casa y ayúdala.

—¿Como por qué lo haría? Estoy durmiendo.

—Por favor. —Dejé mi orgullo de lado y le rogué—. Te lo suplico. —Lo oí gruñir de la frustración.

—Maldigo el día en el que conseguiste mi número. De acuerdo. —Colgó.

Sonreí, aliviada, pero de inmediato me preocupé. ¿Y si Laura había perdido su virginidad la noche anterior? Eso la devastaría. Ella siempre había soñado con que su primera vez fuera algo especial con alguien a quien amara. En ese sentido nos parecíamos. Ambas estábamos esperando a que llegaran nuestros príncipes azules. Le deprimiría mucho enterarse de que Jordan y ella tuvieron sexo, pues ni siquiera recordaba qué había pasado. Estoy segura de que nadie quiere que su primera vez sea estando ebrio. Miré mi celular y sonreí de nuevo al descubrir que tenía un mensaje de Evan.

@Poeta_oscuro001: Buen día, solecito ;)

Los dragones sobrevolaron mi estómago, y no pude evitar ruborizarme un poquito.

@SuperJules: Hola. Parece que amaneciste de buen humor.

Él: Sí, anoche tuve un gran sueño.

Yo: ¿En serio? ¿Qué soñaste?

Él: Te cuento más tarde.

Me mordí el labio de la curiosidad.

Yo: ¿Por qué no ahora?

Él: Tengo algo que hacer. Hablamos luego, Señorita Fresita.

Puse los ojos en blanco y le contesté «*OK*».

—¡Jules! —gritó Jason desde abajo.

—¿Qué? —contesté.

—El desayuno está servido —me informó.

—Ay, no. —Salí corriendo de mi cuarto y bajé de prisa las escaleras. Jason era pésimo cocinero, así que me aterraba imaginar qué había intentado preparar. Entré a la cocina. Jason estaba sentado frente al mostrador con la boca llena. Hice una mueca de repulsión al verlo masticar la comida con la boca abierta.

—¿Hiciste... *hot cakes?* —Miré el plato que tenía enfrente. Los *hot cakes* deben ser redondos, ¿cierto? Pues al parecer a Jason se le olvidó ese pequeño detalle. Estos tenían una forma indescriptible.

Mi amigo asintió y tragó el bocado.

—Están muy buenos. Pruébalos. Están ricos. Te lo juro.

Negué con la cabeza.

—Anda, Jules. Una probadita.

Estaba a punto de tomar un bocado cuando escuché la voz de mi madre en la sala.

—Ya llegué, muñeca.

—Estoy en la cocina —grité. Jason se levantó.

Mamá nos saludó al entrar a la cocina. Se veía cansada; tenía bolsas bajo los ojos azules y traía su larga cabellera pelirroja atada en un chongo descuidado. Sonrió al verme y me dio un beso en la frente.

—¿Cómo estás? —Me acarició el rostro con cariño.

—Bien. ¿Qué tal estuvo tu noche? —le pregunté mientras ella asentaba unas bolsas sobre el mostrador.

Mi madre miró a Jason y le sonrió, apretando los labios.

—Agitada. Las noches de sábado en el hospital siempre son atareadas —contestó con tristeza.

Yo sabía que su trabajo no era sencillo. La admiraba, en serio. ¿Cómo podría no haberlo hecho? Mi madre salvaba gente a diario. Estaba muy orgullosa de ella. Era una gran doctora. Le di un apretón en el hombro.

—Lo sé. Deberías descansar. Yo me hago cargo de esto —dije, haciendo referencia a las bolsas. Mi mamá me contestó con una sonrisa de gratitud.

—Bien. Y te traje algo de desayunar —dijo y señaló una de las bolsas.

—Gracias a Dios —murmuré. No tendría que comerme los *hot cakes* deformes de Jason.

—Te oí —dijo Jason.

Mamá nos dejó y subió a su habitación. Deseé que pudiera descansar lo suficiente.

Cuando terminamos de desayunar, Jason procedió a lavar los platos. Yo estaba sentada en el mostrador, examinando su perfil. Tenía el cabello castaño despeinado y apuntando en todas direcciones. En ese momento me di cuenta de que mi amigo era atractivo y lindo de cierta forma. Se mordió el labio inferior mientras seguía adelante con su tarea. Tenía labios carnosos; el inferior más que el superior, pero en general se le veían bien. Su cuerpo no era musculoso como el de Shane, pero sí era delgado y bien definido.

«¿Qué te pasa, Jules?».

¿Acababa de devorar con la mirada a mi mejor amigo? Qué inapropiado. ¡Dios! Haberlo visto desnudo definitivamente me afectó. Ese pensamiento me hizo recordar imágenes indeseadas de su *cosa*. ¡Cielos! No pude evitar sonrojarme.

—¿Por qué te sonrojaste?

Me sobresalté al oír su voz. Jason estaba parado frente a mí, secándose las manos con una toalla de cocina. Levanté la mirada y fijé la vista en sus ojos verdes. Él me estaba viendo, confundido.

—No... no me sonrojé. —Desvié la mirada y me puse de pie. Sentí que me siguió con la mirada mientras yo me tambaleaba hacia la entrada de la cocina—. Voy a mi cuarto, dije cobardemente y lo dejé ahí, confundido.

El resto del día transcurrió sin sobresaltos. Laura me llamó cuando por fin llegó a su casa. Al parecer, Shane le ayudó prestándole algo de ropa de su hermana menor. Laura le dijo a su mamá que se había quedado conmigo, y ella le creyó; sin embargo, la castigó por no haberle avisado con anticipación.

Jason se fue tan pronto terminó de limpiar la cocina. Se lo agradecí, pues necesitaba estar lejos de él un rato. El asunto de «haberlo visto desnudo» me estaba afectando. Me recosté en el sillón a holgazanear. Estaba anocheciendo. Sonó el teléfono de la casa, y lo contesté antes de que el ruido despertara a mi mamá. Le hacía mucha falta descansar.

—¿Bueno?

—Hola, Melocotón.

Contuve el aliento en los pulmones. Mi corazón empezó a latir con demasiada fuerza detrás de mis delgadas costillas.

«Actúa natural, Jules».

—¿Qu-qué hay?

«¿Acabo de tartamudear? Qué natural de tu parte, Jules».

—Suenas sorprendida —dijo en tono burlón con su *supersexy* voz que me dio escalofríos en todo el cuerpo.

—Sí. No esperaba tu llamada —reconocí y me aclaré la garganta.

Evan rio.

—Estoy aburrido.

—¿Estás aburrido? —Levanté una ceja, pero luego me sentí tonta porque él no podía verme—. ¿Por eso me llamaste?

—Sí. —Juraría que sonaba muy divertido del otro lado de la línea. No podía evitar visualizar los lindos hoyuelos que se le formaban en las mejillas cuando sonreía—. ¿Qué estabas haciendo?

—Estaba hablando con Laura —contesté con toda honestidad. Evan sabía que ella era mi mejor amiga. Sabía todo sobre ella y sobre Jason. Confieso que, cuando se trataba de él, yo no era muy reservada que digamos. Sentía que podía confiar en él. Qué locura, ¿no?

—Leí el nuevo capítulo de tu historia —comentó de la nada.

Me paralicé.

—¿Por qué? Pensé que la odiabas. Dijiste que era muy cursi —comenté para recordarle que había hecho un comentario hostil sobre mi historia.

—Por curiosidad. Es increíble la cantidad de cosas que puedo aprender sobre ti al leerla.

—¿A qué te refieres? —Fruncí el ceño.

—No es nada —susurró, y un escalofrío me recorrió la espalda.

Necesitaba reforzar mi autocontrol al hablar con Evan. Si su voz me provocaba eso, no podía imaginar lo que me ocurriría si lo veía cara a cara. Al pensar en eso, recordé que no quería decirme dónde vivía.

—Evan...

—No —dijo con repentina frialdad. ¿Acaso sabía lo que le iba a preguntar?

—¿Por qué no me dices y ya?

—Porque no importa.

—A mí me importa.

—¿Por qué? —preguntó, y yo pasé saliva.

—Porque eres mi amigo. —Arrastré esa última palabra. ¿Por qué siempre lo hacía? «Porque te gusta, tonta; no quieres ser su amiga».

—Nos separan muchos kilómetros de distancia, Jules. —Mi estómago revoloteó al escucharlo decir mi nombre.

—Eso ya me lo dijiste. Sólo quiero saber dónde vives —insistí.

Evan suspiró, frustrado.

—Es mejor que no lo sepas —dijo en tono muy serio.

—¿Por qué?

—Olvídalo ya, Jules.

—No puedo.

—Sí puedes. Sólo hazlo. —Sonaba enojado.

—Por favor, Evan —supliqué.

—¿Por qué no puedes dejar ese asunto en paz?

—Yo... —Me quedé callada, pues no sabía qué contestar.

—Esto no está bien —susurró en voz muy baja.

—¿Qué no está bien?

—Esto.

—¿De qué hablas?

—Jules, no te convengo. No deberías tener tantas ganas de saber más sobre mí.

—Sólo quiero saber dónde vives. Es todo.

—Sé por qué quieres saberlo —aseguró—. Por eso no te lo digo.

—Me estás confundiendo, Evan.

—Lo sé. —Había un rastro de tristeza en su voz—. Debo irme.

—No, Evan...

—Lo siento —susurró antes de colgar.

Coloqué el teléfono sobre la mesa y me pasé los dedos por el cabello. ¿Qué demonios acababa de pasar? ¿Por qué tenía tanta curiosidad de saber en dónde vivía? Sabía la respuesta a esa pregunta. La sabía, pero no quería aceptarla. Sin embargo, no tenía sentido seguirme engañando.

Evan me gustaba mucho, muchísimo. Era más que un simple enamoramiento virtual; estaba empezando a sentir algo por él en serio. Por eso quería saber en dónde vivía, porque en el fondo esperaba poder conocerlo en persona. El afecto que sentía por él era cada vez mayor, y me preocupaba porque nunca en la vida me había gustado tanto un chico. Tenía tantas ganas de conocerlo que me daba miedo; me daba miedo salir lastimada y me daba miedo no gustarle. Digo, ni siquiera sabía si yo le gustaba como algo más que como amiga. ¿Y si vivía en otro país? En Wattpad había usuarios de todo el mundo. Me dejé caer sobre el sofá y miré fijamente el techo. De acuerdo con mi lista de tareas, tenía una semana pesada por delante.

Pendientes:

- ☐ 1. Averiguar dónde vive Evan.
- ☐ 2. Investigar si Laura sigue siendo virgen o no.
- ☐ 3. Intentar no volver a ver a Jason desnudo.
- ☐ 4. Ayudar a Shane a conquistar a Marissa, Merissa o como sea que se llame.

Y, la más importante de todas:

- ☐ 5. Averiguar qué diablos me está pasando. ¿Por qué estoy sintiendo tanto cariño por un tipo al que ni siquiera he visto en persona?

Sí, tenía una semana muy pesada por delante.

CAPÍTULO 15

ERAN LAS 3:06 a.m. y estaba sentada en una banca en medio de la plaza central del pueblo. Shane estaba sentado a mi lado, en silencio. Yo temblaba de frío; mi cabello estaba pegajoso y endurecido. Mi ropa estaba húmeda. La parte superior de mi cuerpo estaba bañada en vodka, jugo de fresa y otras sustancias desconocidas. Shane tampoco se veía muy bien. Se le estaba haciendo un gran moretón en el pómulo, el cual probablemente se iba a extender hacia el ojo. Tenía el labio inferior cortado e inflamado, y su camiseta estaba desgarrada en varias partes.

Se estarán preguntando cómo terminamos así. Bueno, ahí les va la historia.

Doce horas antes...

—Estoy tan avergonzada —me dijo Laura mientras masticaba una papa a la francesa. Era la hora del almuerzo—. Digo, no recuerdo absolutamente nada. Tengo un bloqueo mental cuando intento recordar esa noche.

Le lancé una sonrisa comprensiva. Ya era viernes y la semana había sido bastante normal. Había conversado a diario con Evan, pero se había vuelto distante desde el domingo anterior, cuando le insistí en que me dijera en dónde vivía.

—Es el poder del alcohol, Lau. Puede borrarte la memoria —dije y le di una mordida a mi hamburguesa.

—No soy una borracha, y lo sabes. —Picó una rebanada de tomate de su ensalada con el tenedor—. Sólo quería divertirme esa noche y...

—¿Beber un poco, pero todo se fue al caño después del primer trago? —Completé su oración. Había escuchado esa misma frase varias veces en la semana. Era de lo único de lo que hablaba. Sin embargo, no podía culparla. Supuse que yo habría hecho lo mismo, o algo peor, de haber estado en sus zapatos. Debía enfrentar a Jordan tarde o temprano. No podía evadirlo para siempre. Digo, íbamos a la misma escuela y ellos vivían en la misma calle. Sin embargo, entendía su temor. Le daba miedo lo que él pudiera decirle, y le aterraba confirmar que había perdido algo tan especial como su virginidad esa noche loca de copas.

—¿Él ha intentado hablar contigo? —le pregunté. Le di una gran mordida a mi hamburguesa y me metí varias papas a la francesa en la boca, hasta que mis mejillas se inflaron como las de un hámster. Sabía tan bien que gemí ligeramente. Laura me volteó a ver como si acabara de salirme un tercer ojo. La miré con cara de «¿qué tiene de malo?».

—Francamente no entiendo cómo estás tan flaca, comes como marrano —dijo, y yo entrecerré los ojos mientras seguía masticando mi comida—. Y, para contestar tu pregunta, si ha intentado hablar conmigo no me he dado cuenta, pues he estado muy ocupada evadiéndolo.

Tragué la comida y abrí la boca para decir algo.

—¡Julie! —gritó una familiar voz aguda a mis espaldas. Perdí el apetito y puse los ojos en blanco. Por fortuna, ella no me veía la cara. A regañadientes, giré la mitad superior del cuerpo para mirar hacia atrás. Venía hacia mí.

Melissa. El interés romántico más reciente de Shane. ¿Recuerdan mi lista de pendientes? Sí, tenía una semana para lograr que esa chica se enamorara de Shane. Se lo debía después de haberme salvado y de haber salvado a Laura. Sin embargo, no estaba teniendo mucho éxito. Había conversado mucho con ella los últimos dos días, pero cada vez que yo mencionaba a Shane, ella cambiaba el tema. No quería hablar de él, y no podía culparla. Melissa era una chica muy linda, pero se estaba tomando nuestra amistad demasiado en serio. Fingí una sonrisa cuando se sentó junto a mí y colocó su charola junto a la mía.

—Hola. Llevo todo el día buscándote —dijo y me miró con una sonrisa dulce.

No me malinterpreten: no es que no me agradara. Simplemente me sentía fatal de haberme hecho su amiga con la maliciosa finalidad de encaminarla hacia la cama de Shane. Sentía asco de mí misma. Melissa se veía agradable y no merecía que la usara alguien como el idiópido.

—Sí, estaba muriéndome de hambre, así que vine corriendo a la cafetería —le mentí y le sonreí con los labios apretados. Laura negó con la cabeza en señal de desaprobación.

Las tres comimos en silencio. Melissa hizo algunos comentarios sobre un trabajo que había hecho para la clase de matemáticas y presumió que había sacado diez de calificación. Me reí entre dientes al recordar que Shane había reprobado por mi culpa. Su expresión no tuvo precio. «¡Qué buenos tiempos!».

—¿Julie? —Una mano se agitó frente a mi cara y me sacó del trance. Laura me miraba con el ceño fruncido. Melissa se había ido.

—¿Qué?

—¿Te vas a comer eso? Ya casi se acaba el almuerzo. —Miré mi bandeja. La mitad de mi hamburguesa y de las papas fritas seguían ahí. ¿En qué momento había dejado de comer? Me terminé la comida de prisa—. Te veo en clase. —Lau se despidió con la mano mientras se alejaba. Salí de la cafetería con el estómago lleno y el corazón contento, pero mi buen humor se fue al caño tan pronto vi quién venía hacia mí.

Shane Mason. El mujeriego más popular de la escuela o, como a mí me gustaba llamarlo, «el Anti-Ruffles».

Esa era mi versión del Anticristo, pues para mí las Ruffles eran un regalo divino. Shane traía una camiseta oscura y pegada, la cual resaltaba sus brazos y su pecho musculosos. Estaba un poco despeinado y su mirada tenía un destello de arrogancia mientras pasaba entre las chicas.

«¡Dios mío! ¡Debo esconderme!».

Sin pensarlo bien, me metí al cubículo de limpieza más cercano. Escuchaba la conmoción de los estudiantes que iban camino a sus salones. Esperaría unos minutos y luego correría a mi clase. Esperaba que Shane se hubiera ido para entonces. Pero en ese momento se abrió la puerta y yo di un brinco hacia atrás antes de que me pegara.

—¡Jones! —me saludó Shane, entró al cubículo y cerró la puerta tras de sí. Sus labios formaron una sonrisa torcida—. ¿Te estás escondiendo de mí?

—¿Yo? —exclamé con exageración—. Por supuesto que no. —Agité la cabeza repetidamente.

Shane me miró y entrecerró los ojos.

—Claro que sí. —Dio un paso al frente y yo retrocedí, asustada—. ¿Por qué?

—Yo no... No estaba...

—¿Cómo está Melissa? —preguntó y me miró con suspicacia.

—Todo va saliendo de acuerdo al plan —contesté con falso entusiasmo. Shane se me acercó más, hasta que mi espalda chocó contra la pared. Pasé saliva.

—¿En serio? Qué raro, porque la acabo de invitar a salir y me rechazó —explicó—. Lo que significa que tu plan no va muy bien que digamos, ¿no crees? —Apoyó una mano en la pared junto a mi cara. Sus ojos color avellana se clavaron en los míos.

—Lo intenté. En serio lo intenté, pero ella no...

Shane me puso el dedo índice sobre los labios para callarme. Me estremecí al sentir el roce de su piel.

—No lo has intentado lo suficiente. —Quitó la mano y bajó la mirada hacia mis labios. La tensión en el cuarto hizo que se me acelerara el pulso—. Si fracasas, serás mi esclava durante toda una noche. —Abrí la boca para protestar, pero él me interrumpió—. Y nada de «peros», Jones. Me debes una.

—No me voy a acostar contigo —declaré con firmeza.

Shane soltó una carcajada.

—¿Por qué siempre piensas eso? No me gustas, Jones, así que no me acostaría contigo ni aunque fueras la última mujer sobre la faz de la tierra.

Sus palabras me hirieron. Shane lograba hacerme sentir una mujer horrible con unas cuantas palabras. Los ojos se me llenaron de lágrimas, pero las contuve y levanté la barbilla con orgullo.

—Yo no me acostaría contigo ni aunque... ni aunque... —Me quedé callada por no saber qué decir.

Shane se rio.

—¿Ni aunque qué? —Levantó una ceja y se acercó más a mí—. Puras patrañas, Jones. Si yo quisiera, te tendría en un parpadeo.

—Jamás —dije con un resoplido.

—¿Quieres apostar?

—No —contesté seriamente. Había leído en Wattpad muchas historias sobre apuestas fallidas. La chica siempre terminaba perdiendo, y al final le rompían el corazón o terminaba feliz para siempre con el protagonista. Con mi mala suerte, me tocaría la primera opción. Los finales felices no eran lo mío.

La sonrisa de Shane se hizo más grande.

—¿Temes perder, Jones? —preguntó en tono burlón.

—No, pero...

—¿Entonces por qué te niegas? —Se inclinó más hacia mí, hasta que nuestras respiraciones se mezclaron. Intenté empujarlo, pero él ni siquiera se inmutó—. Uy, la pequeña Jones teme perder, ¿cierto?

—Quítate. —Le empujé el pecho de nuevo.

—Di que sí.

—No, Shane. —Intenté esquivarlo, pero me puso una mano en la cadera y me detuvo.

—¿Por qué no? —insistió y acercó su cara a mi cuello.

Sentí un escalofrío cuando la punta de su nariz rozó mi piel. Mi respiración se hizo más rápida.

—¡Basta, Shane! —Lo empujé con más fuerza, y esta vez se movió ligeramente hacia atrás.

—Cobarde —dijo en tono burlón mientras yo iba hacia la puerta—. Espera. —Me tomó del brazo y me dio media vuelta para que lo viera de frente.

—¿Qué?

—Hay una fiesta esta noche en casa de Jordan.

Crucé los brazos sobre el pecho.

—¿Y?

—Debes llevar a Melissa. Yo me haré cargo de lo demás.

—¿Qué? No. No puedo hacer eso.

—Entonces espero que disfrutes ser mi esclava durante toda una noche.

Deje caer los brazos, derrotada.

—De acuerdo.

—También puedes invitar a Laura.

—No lo creo —contesté al recordar que Laura estaba evadiendo a Jordan. No iría a su casa ni aunque la llevara a rastras.

—¿Por qué no? —me reprendió Shane—. Pensé que estaban...

—¡Cállate! —lo interrumpí—. No quiero saberlo.

—¿De qué hablas?

Lo ignoré y salí a toda prisa del cubículo de limpieza.

El resto del día transcurrió bastante rápido. No le presté mucha atención a la clase de Biología, porque estaba conversando con Evan.

@Poeta_oscuro001: ¿Así que te diste por vencida como cupido?

Evan sabía todo sobre Melissa y Shane.

@SuperJules: Aún no, pero soy pésima. Melissa ni siquiera quiere hablar con él.

Él: Ja, ja, ja. La Señorita Fresita es pésima para cosas del amor. ¡Qué irónico!

Yo: ¿A qué te refieres?

Él: A que eres puro amor y dulzura, y escribes historias cursis, pero eres incapaz de unir a dos personas.

Yo: Ay, cállate.

Él: ¿Toqué una fibra sensible, Melocotón?

Yo: ¿Ya vamos a empezar con los apodos?

Él: Sí.

Yo: ¿Qué haces?

Se lo pregunté con la esperanza de saber un poco más sobre él. Quizá se le saldría por accidente decir en dónde vivía o algo así. Sé que era improbable, pero se vale soñar, ¿no?

Él: Estoy escribiendo.

Yo: ¿En serio? ¿Qué escribes?

Él: Un poema.

Yo: ¿Sobre qué?

Él: Es un poema triste :)

Yo: Déjame adivinar: ¿los poemas tristes son tus favoritos?

Él: Supongo que sí.

Yo: ¿Me lo enseñas?

Él: No.

Yo: ¡Anda! Si lo subes a Wattpad, igual lo voy a leer.

Él: No planeo publicarlo.

Fruncí el ceño.

Yo: ¿Por qué no?

Él: Es un poema personal. Nadie va a leerlo.

Yo: Uy, cuánto misterio. Ahora tengo más curiosidad. Al menos dime de qué se trata.

Él: De ti.

El corazón me dio un vuelco y el aire se me atoró en los pulmones.

Yo: ¿De mí?

Él: Sí.

Yo: ¿Escribiste un poema sobre mí?

El corazón me latía a mil por hora. Los dragones de mi estómago volaban con furia por todas partes. Me mordí el labio inferior y esperé su respuesta.

Él: Sí.

Yo: ¿Por qué?

Él: Porque sí.

Sus respuestas vagas siempre me hacían rabiar. Estaba a punto de contestarle cuando sonó la campana. Gruñí y le dije que debía ir a clase de gimnasia, y guardé el celular en el bolsillo.

«Esto no va a terminar bien», pensé mientras esperaba en la puerta de la casa de Jordan. La música que retumbaba dentro anunciaba que era una buena fiesta. Melissa estaba a mi lado. Había pasado por mí después de que ambas volvimos a casa al salir de la escuela para arreglarnos. Se veía preciosa con su vestido de flores ajustado y sus lindas sandalias. De pronto me sentí fuera de lugar. Traía mis típicos *jeans* flojos y una camiseta suelta, y me había hecho un chongo descuidado. No me encantaban las fiestas. Sólo fui para llevar a Melissa, pues de otro modo no habría ido.

La puerta se abrió lentamente y nos recibió Jordan con una sonrisa. Me sacaba al menos dos cabezas. Se veía muy guapo con su pinta de chico malo. Me recordó mucho a Shane. Sus ojos pardos se movían entre Melissa y yo y de regreso.

—Hola —le sonrió a Melissa, quien se ruborizó de inmediato. ¡Bastardo! Lo miré con desprecio y crucé los brazos sobre el pecho—. ¿Cómo es que nunca antes te había visto, hermosa? —continuó y se fue acercando a mi amiga rubia. Me interpuse entre ellos.

—Probablemente porque tienes un cartel de «mujeriego» en la cara que te bloquea la vista, ¿verdad? —dije y le lancé una falsa sonrisa. Jordan me miró y entrecerró los ojos.

—¿Tú quién eres? —Su voz coqueta se volvió fría.

—Es mi amiga —intervino Melissa y me pasó un brazo sobre los hombros—. ¿Podemos entrar? Hace frío aquí fuera. —Jordan dudó, pero luego se hizo a un lado.

—Bienvenida a mi palacio —dijo con entusiasmo.

Presencié con asco cómo volteó a ver las nalgas de Melissa cuando ella entró a la casa. Todos los hombres eran iguales. Negué con la cabeza, pero seguí a Melissa.

Me parece muy curioso y hasta increíble cómo puede cambiar una fiesta en cuestión de minutos. Al principio, todo estaba tranquilo. La gente conversaba y bebía en grupos. ¿Dos horas después? El lugar era un desastre. Había chicas bailando sobre las mesas, chicos intentando tocarlas, parejas besándose en esquinas oscuras y gente subiendo al piso de arriba para hacer sólo Dios sabe qué.

¿Y yo? Yo estaba apretujada entre un montón de personas desconocidas. Estaba intentando pasar entre ellas, pero se estaba volviendo imposible. Quería irme a casa, pero no encontraba a Melissa. La había dejado con Shane hacía como media hora, pero no tenía idea de adónde habían ido. Así que estaba sola y encadenada, rodeada de borrachos. No podía irme a casa porque Melissa me llevaría. Pensé en caminar a casa de Lau porque estaba cerca, pero no quería que Laura se enterara de todo esto, pues lo de Jordan seguía siendo un tema delicado para ella.

La masa de gente me expulsó bruscamente y sentí que podía respirar de nuevo. Por un instante, tuve la sensación de que alguien me miraba. Examiné a la multitud, pero no encontré a nadie.

Fue raro. Fijé la mirada en las escaleras y vi a Shane bajar. Su camiseta estaba arrugada y su cabello despeinado. Traía una sonrisa arrogante. Se veía... ¿complacido? Como si hubiera ganado algo... Como si...

«Ay, no».

Jordan alcanzó a Shane al pie de la escalera y chocaron puños. Después de eso, todo ocurrió en cámara lenta. Melissa bajó acomodándose el vestido. Jordan sacó dinero de su bolsillo y se lo entregó a Shane. Melissa abrió los ojos como platos. Un destello de ira y dolor le atravesó el rostro mientras los veía.

—¿Qué diablos está pasando, Shane? —preguntó con la mirada fija en el dinero que él traía en la mano. Shane se quedó sin palabras. Se notaba que no se lo esperaba.

—Ganó una apuesta. Es todo, nena —le explicó Jordan sin darle mayor importancia.

—¿Una apuesta? ¿Sobre qué? —preguntó ella, furiosa.

Sentí como si estuviera viendo una telenovela en vivo. Lo único que me faltaba era un bote de palomitas.

—Sobre ti —afirmó Jordan y se encogió de hombros. Shane volteó a ver a su amigo con odio.

—¿Sobre mí? —repitió ella.

—Sí. Apostamos cuánto se tardaría en acostarse contigo.

Debo reconocer que eso no me lo esperaba. Me quedé boquiabierta. No lo podía creer. ¿Cómo habían podido hacer algo así?

De inmediato, a Melissa se le llenaron los ojos de lágrimas. Sin pensarlo, me acerqué y abofeteé a Jordan tan fuerte como pude. Se quedó perplejo. Se llevó la mano a la mejilla y me miró completamente desconcertado. Me volteé hacia Shane, quien tenía una expresión inusual de culpabilidad.

—Jones, te juro que...

Lo abofeteé también.

—Eres el tipo más desagradable que he conocido en mi vida. —Le di puñetazos en el pecho una y otra vez—. ¡Eres un cerdo desalmado! ¡Eres un monstruo! ¡Ojalá te mueras mientras duermes! ¡Ojalá te trague una anaconda chimuela! —le grité a la cara. Shane ni siquiera intentó detenerme, sino que me dejó golpearlo—. No puedo creer que me metieras en esto. ¿Para esto te ayudé?

—¿De qué demonios hablas, Julie? —preguntó Melissa a mis espaldas.

Antes de que pudiera contestar, Jordan abrió su gran bocota.

—Ella lo ayudó a conquistarte. Era parte del plan.

Volteé a verla.

Se le rompió el corazón y en ese preciso instante me sentí como el peor pedazo de excremento del mundo. Me sentí peor que nunca.

—Melissa, te juro que...

—¿Es cierto? —Se le salieron un par de lágrimas, y a mí se me estrujó el corazón—. ¿Todo fue una mentira? ¿Nunca quisiste ser mi amiga? Todo era parte de una estúpida apuesta. —Se le quebró la voz—. Pensé que eras distinta, Julie. Pensé que... —Agarró un vaso de plástico de la mesa más cercana y me lo vació en la cabeza. El frío líquido me cayó por el cabello hacia la cara.

«*OK*. Me lo merecía».

Se alejó sin hacerme caso, pero yo intenté seguirla hasta que Shane me tomó del brazo y me detuvo.

—Déjala ir —dijo y me jaló hacia el interior de la casa. Yo le di un manotazo en la mano.

—¡No me toques!

Shane se frotó las sienes y me miró fijamente. Su expresión de culpabilidad era genuina, pero eso no calmaba mi ira.

—Deja de mirarme así —dijo y se recargó en el mostrador de la cocina.

—¿Así, como?

—Como si quisieras matarme.

—Quizá es porque quiero matarte. ¿Cómo pudiste hacer eso?

—¿Por qué le das tanta importancia? ¿Qué esperabas? —dijo.

—¡Pensé que de verdad te gustaba! ¡Por eso te ayudé!

—Al parecer olvidas que soy un mujeriego, Jones. Esto es lo que hago. Me gusta una chica, me acuesto con ella, y paso a la siguiente.

Lo miré con desprecio y negué con la cabeza.

—Eres despreciable. Me das asco. —Me di media vuelta, lista para salir de ahí. Olía a fresa y a vodka.

Shane me tomó del brazo y me jaló hacia él.

—¿Por qué te sorprende tanto? —Sus ojos color avellana se clavaron en mis ojos azules.

—Porque... —Me quedé callada y recordé las palabras de mi madre. «Te juro que hay un buen chico detrás de esa fachada de arrogancia, muñeca».

—¿Qué? —Shane insistió en que respondiera. Definitivamente mi mamá estaba ciega. No había bondad alguna detrás de ese rostro arrogante. Levanté la barbilla, decidida, y le di un manotazo en la mano.

—Porque creía que eras mejor que esto. Pensé que había algo bueno detrás de tu actitud arrogante. Pero me equivoqué.

Shane abrió los ojos como platos.

Salí de la cocina sintiéndome fatal. Mientras cruzaba la masa de gente, alguien me agarró la camiseta y me jaló a una esquina oscura. Choqué de espaldas contra una pared y quedé de frente a un chico pelirrojo. Tenía los ojos rojos y apestaba a alcohol.

—¿Qué haces tan solita, nena? —ronroneó y me acarició la mejilla. Yo le abofeteé la mano.

—¡Quítate! —exclamé y lo empujé.

El chico se tambaleó hacia atrás entre risas.

—Me gustan tus ojos —dijo. Se me acercó de nuevo y presionó su cuerpo contra el mío.

Hice una mueca de asco.

—¡Quítate de encima!

El tipo me ignoró y me inmovilizó las manos por encima de la cabeza contra el muro. Forcejeé, pero él simplemente metió la otra mano bajo mi camiseta.

—¡Detente! ¡Auxilio! —grité, pero la estruendosa música parecía silenciar mis gritos. Me estremecí del asco cuando me lamió la cara con lujuria. De repente, alguien lo jaló con fuerza.

—Suéltala. —Shane lo empujó, furioso. Jamás lo había visto así de enojado y, créanme, era aterrador. Ahí empezó todo. Fue una pelea épica.

Shane comenzó a golpear al pelirrojo, a pesar de que otras personas intentaron ayudarlo. Aquello se volvió un desastre absoluto. Todos empezaron a pelear, mientras unas chicas gritaban. Algunos arrojaban sillas. De repente perdí a Shane entre la multitud. El sonido de cristales rotos hacía eco por todas partes. Supuse que habían encontrado otro uso para las botellas vacías de alcohol.

Logré escabullirme hasta la entrada de la casa y suspiré, aliviada, cuando por fin llegué al patio delantero. No pude evitar preocuparme por Shane. Aunque había actuado como un idiota, también me había salvado del pelirrojo aquel. En ese momento empezó a lloviznar. Miré al cielo.

—¿Es en serio? —pregunté al aire. La fría brisa de la noche me hizo temblar. Definitivamente no era mi noche.

—¡Jones! —gritó Shane a mis espaldas. Fruncí el ceño al ver que venía corriendo hacia mí—. ¡Corre!

—¿Qué? ¿Por qué? —Miré a todas partes, confundida, y entonces vi a un grupo de chicos que lo estaba persiguiendo. Shane pasó a mi lado, me tomó de la mano y me jaló tras él. Corrimos por la calle como desesperados. Las gotas de lluvia me fueron mojando la cara, y el frío se fue haciendo insoportable.

Ahora...

Así fue como terminamos sentados en esa banca. A Shane lo habían golpeado, y yo estaba mojada de la cintura para arriba. Lo bueno era que había guardado el celular en el bolsillo de los *jeans*, pues así no se mojó.

Definitivamente era pésima para cumplir mis objetivos. ¿Recuerdan la lista de pendientes? Bueno, pues seguía sin saber dónde vivía Evan o si Laura era virgen o no. En conclusión, era pésima para las listas de tareas.

Miré de reojo a Shane, quien tenía la mirada perdida en la calle.

—Creo que deberíamos irnos —dije para romper el silencio. Shane estaba demasiado callado, lo cual era raro.

—Sí —contestó fríamente. Se puso de pie y yo lo seguí. En ese instante vibró mi celular. Lo saqué y lo revisé. Era una notificación de Wattpad: «Poeta_oscuro001 te envió un mensaje».

Sonreí como tonta y procedí a abrirlo.

@Poeta_oscuro001: Te ves linda esta noche.

Me detuve en seco. Dejé de respirar. ¿Cómo sabía...? Empecé a contestarle. Me temblaban las manos.

@SuperJules: ¿Cómo sabes?

Él: Porque te vi ;)

CAPÍTULO 16

DECIR QUE ME quedé en *shock* es poco.

Estaba desconcertada, petrificada, paralizada. No podía respirar. Mis ojos estaban clavados en la pantalla del celular.

«Me vio».

«Evan me vio».

«Acaba de decir que me vio».

Esas frases se repetían una y otra vez en mi cabeza, por no mencionar las preguntas «¿cuándo?», «¿lo decía en serio o estaba bromeando?» y «¿estaba en la fiesta?».

«Nos separan muchos kilómetros de distancia, Jules». Sus palabras hicieron eco en mi mente. No necesitaba ser una genio para saber que Evan había mentido, ya fuera sobre el hecho de vivir muy lejos o sobre el hecho de haberme visto. No sabía cuál de las dos era mentira, pero lo averiguaría.

@SuperJules: ¿Cómo que me viste?

Envié el mensaje. Mi corazón amenazaba con salirse de mi pecho mientras esperaba su respuesta.

@Poeta_oscuro001: ;)

¿Eso era todo lo que diría? ¿En serio? ¿Un maldito guiño? Casi me da un infarto y él sólo me manda un tonto guiño. Evan era muy idiota a veces.

Yo: ¿Qué demonios, Evan? ¿Cómo que me viste?

Él: Pues te vi.

Yo: ¿Cómo? ¿Cuándo?

Él: ¿Cómo? Con los ojos. ¿Cuándo? Esta noche ;)

Yo: ¿Estabas en la fiesta?

Él: Quizá.

Yo: ¿Quizá? Me estás confundiendo, Evan.

Envié ese mensaje mientras me temblaban los dedos. En ese momento me di cuenta de que no me sentía muy bien. Sentía algo raro en el estómago, algo nada agradable. Lo que pasó después fue lo menos esperado. De hecho, no lo veía venir para nada. No sé si fue porque no cené esa noche o porque bebí una cerveza o por todas las emociones que había vivido en las últimas dos horas.

Empecé a ver borroso y las manos se me pusieron frías y sudorosas. Me mareé y las piernas se me doblaron, mientras los ojos se me pusieron en blanco.

Yo, Julie Ann Jones, me desmayé a la mitad de la plaza central.

—Está muerta.

—Claro que no.

Estaba recuperando la conciencia muy despacio. Escuchaba dos voces de hombres a mi alrededor. Sonaban preocupados.

—¿Cuánto alcohol le diste?

—¿Qué? No le di...

—Vamos, Shane. ¡Mírala! Está completamente perdida.

Percibí que alguien me miraba, lo cual me puso un poco incómoda.

—Pero no bebió nada.

—¿Estás seguro?

—Hmm, no.

¿Qué pasó? Estaba acostada sobre una superficie muy suave. Una cama. Algo me picó la mejilla.

—Creo que está muerta, amigo. —Reconocí la voz: era Jordan.

—No está muerta. Está respirando, imbécil —dijo otra voz. Era Shane. Esta vez parecía estar más cerca.

La cama se hundió en un punto cerca de mí, y supe que Shane estaba sentado ahí. Abrí los ojos despacio y me encontré con la cara de angustia de Shane. Era la primera vez que lo veía tan vulnerable. Abrí la boca para decir algo, pero entonces un agudo dolor en la nuca me hizo gemir de dolor.

—Ay —exclamé e hice una mueca.

—No te muevas —dijo Shane, tomándome de la mano.

—¿Qué diablos pasó? —pregunté, adormilada. La cabeza me punzaba de forma muy dolorosa.

—Te desmayaste —declaró Shane, mirándome.

—¿En serio?

—Te pegaste en la cabeza cuando caíste. —Shane me miró con una sonrisa compasiva.

Me dolía mucho la cabeza.

—Pero...

—Pues sí, Shane no te atajó a tiempo. Mala jugada, hermano. —Jordan negó con la cabeza en gesto de desaprobación.

—Lo intenté, ¿de acuerdo? Pero todo sucedió muy rápido. Además, ni siquiera me dijo que estaba mareada —reviró Shane.

—Chicos.

—Está muy flaca. ¿Qué tan difícil puede ser cacharla en el aire? —Jordan cruzó los brazos sobre el pecho.

—Cuando volteé a verla, ya estaba casi en el suelo.

—Chicos.

—¿Ah, sí? —Jordan miró a Shane con los ojos entrecerrados.

—¡Chicos! —grité para llamar su atención. Ambos voltearon de inmediato a verme.

—¿Qué?

—¿Podrían callarse? La cabeza me va a explotar. —Ambos se disculparon con una sonrisa—. Gracias. ¿Qué hora es? —Había perdido la noción del tiempo, pero los rayos del sol que entraban por la ventana me informaban que ya era de día.

—Siete y veinticinco —dijo Jordan después de mirar su reloj—. ¿Quieres algo? Podemos llevarte al hospital si quieres.

—No. —Me senté y me sobé la frente adolorida—. Mamá está de guardia y se volverá loca si me ve ahí.

—Jules... —Me sorprendió la dulzura de la voz de Shane. No siempre me llamaba por mi nombre—, creo que deberíamos llevarte al hospital; te golpeaste muy duro la cabeza.

—Sí, porque tu caballero en caballo blanco no logró atajarte en el aire —intervino Jordan. Shane lo miró con odio.

—¡Cállate ya!

—Es tu culpa. No he podido dormir por todo esto —declaró Jordan y bostezó.

—Más bien no pudiste dormir con alguien —le contestó Shane.

Puse los ojos en blanco.

—¡Basta! —les ordené y bajé los pies de la cama. Mi estómago rugió, y yo les sonreí tímidamente a los dos chicos altos que tenía enfrente—. Tengo hambre.

—Sí, ya nos dimos cuenta —respondió Jordan entre risas—. Le diré a la cocinera que te prepare algo —dijo y salió del cuarto.

—¿Puedo usar el baño? —pregunté con nerviosismo. Shane asintió y señaló una puerta entreabierta junto al vestidor.

Después de ducharme, comer algo rico y ponerme ropa de Jordan, quedé casi como nueva. Francamente no sé por qué me desmayé, pero ya lo averiguaría después. Me senté en la sala de Jordan y miré mi celular. Por fortuna, Shane lo había recogido después de que me desmayé. No tenía dinero para comprar un celular nuevo. Evidentemente se le había acabado la batería, así que estaba esperando con paciencia que se cargara. Bueno, quizá no estaba siendo tan paciente, pero lo estaba intentando.

Debía reconocer que la casa de Jordan era bonita, muy moderna. Ya saben, era el tipo de casa con sillas de formas peculiares y muebles de cuero. Había pinturas psicodélicas en todas las paredes y, en general, era muy colorida.

—¿Cómo te sientes? —preguntó Jordan mientras se sentaba en el sofá de enfrente.

—Bien.

—Qué bueno.

—Sí. —No tenía muchas ganas de conversar con Jordan. La noche anterior se había comportado como un idiota. Shane y él habían sido unos imbéciles con Melissa, lo cual me recordó que probablemente ella me odiaba a mí también después de eso.

—Por cierto —comentó Jordan con incomodidad—, Shane me dijo que eres la mejor amiga de Laura.

—Así es —contesté con orgullo.

—¿Por qué me está evitando? —Por un instante me pareció ver un destello de tristeza en su mirada.

Me hice la tonta.

—¿De qué hablas?

—Tú sabes de qué hablo. Eres su amiga. Las chicas siempre se cuentan todo.

—¿Por qué quieres saberlo? Digo, es obvio que ella no te importa. Anoche intentaste seducir a cualquiera que tuviera senos —dije con amargura.

—Sólo quiero saber. Me da curiosidad. Eso es todo. —Se encogió de hombros.

—¿Te da curiosidad? —Lo miré y levanté ambas cejas—. ¿Eso es todo?

Jordan se acomodó en el sofá. Estaba nervioso.

—Es sólo que no la entiendo.

—Y evidentemente eso no te deja dormir —comenté, un tanto entretenida—. Nunca antes te había evitado una chica, ¿cierto?

—No —contestó, y no pude evitar soltar una risita—. ¡No es gracioso! —Me miró con rencor.

—¿Qué pasó entre ustedes esa noche? —Tenía que preguntárselo, sobre todo porque tenía muchísima curiosidad, pero también porque en serio necesitaba cumplir con algunos pendientes de mi lista—. ¿Hicieron...? —Me quedé callada por no saber cómo decirlo.

Jordan abrió los ojos como platos al entender a qué me refería.

—¿Qué? ¡No!

—¡Gracias a Dios! —suspiré, aliviada. Lau seguía siendo virgen. ¡Qué alivio!

—¿Qué te hace pensar que...? —Se quedó callado y frunció el ceño—. ¿Ella te dijo que...? —Negué con la cabeza antes de que terminara la oración—. No se acuerda, ¿verdad? —El tono de Jordan se volvió más melancólico.

—No, no se acuerda.

—¿Cree que tuvimos relaciones? ¿Por eso me ha estado evitando?

—No precisamente.

—Entonces, ¿por qué?

—Pues porque no está segura de qué pasó esa noche.

—Estaba ebria. Jamás me aprovecharía de una chica ebria. Podré ser un idiota a veces... —dijo, y yo levanté una ceja—. Bueno, soy un idiota casi todo el tiempo, pero jamás haría algo tan bajo. Además, ella es... —Se detuvo abruptamente como si hubiera estado a punto de decir algo indebido.

—¿Ella es qué?

—No importa.

Escuchamos los pasos de Shane que venía hacia la sala.

—¿Qué hay? —dijo y se dejó caer en el sillón donde yo estaba sentada hasta quedar completamente acostado. Su cabeza quedó sobre mis piernas.

Lo miré con los ojos entrecerrados y él me lanzó una sonrisa inocente. Tenía el cabello húmedo y olía a jabón y a *shampoo* de miel. Probablemente acababa de ducharse.

—¿De qué hablan? —preguntó.

—Quítate de aquí. —Intenté empujar su cabeza, pero él no cooperaba. Seguía enojada con él por lo de la noche anterior.

—¿Por qué estás tan agresiva, nena? —ronroneó mientras alzaba la mano para acariciarme la mejilla. Le di un manotazo para quitarle la mano.

—Quítate o te meto los dedos a los ojos.

Jordan se rio disimuladamente.

—¡Oye! Te salvé anoche, ¿recuerdas? No merezco estos tratos. —Me miró y entrecerró los ojos. Yo fingí sonreír.

—Claro que no mereces estos tratos. —Me incliné como si fuera a besarle la frente. Shane cerró los ojos, y yo aproveché para empujarlo y tirarlo del sofá—. Te mereces algo peor.

—¡Mierda! —exclamó Shane al caer de boca al suelo.

Jordan soltó una carcajada y levantó un pulgar.

—Eres un huracán, niña.

—Si tomamos en cuenta que me dejaste caer anoche, creo que estamos a mano —le dije a Shane, quien estaba bastante enojado. Ya se había puesto de pie y se estaba sobando el estómago.

—Eres malvada —dijo y me señaló con el dedo índice.

Pasamos el resto de la mañana conversando sobre la fiesta. Casi no le hablé a Shane, pero Jordan era otra cosa. Era genial para contar historias graciosas y chistes. El estómago me dolía de reír tanto. Aunque ambos se habían comportado como idiotas el día anterior, no pude evitar sentirme culpable por haberlos juzgado sin conocerlos. No eran tan malos como querían que la gente creyera. Era como si estuviera viéndolos como eran en realidad.

¿Acaso mi mamá tenía razón? ¿Su actitud de donjuanes era sólo una máscara? Sonaba lógico. Probablemente la usaban como un escudo para protegerse del mundo; es decir, si eres un mujeriego, no te encariñas y no sales lastimado. De pronto sentí que le estaba dando demasiadas vueltas al asunto. Shane se había quedado dormido en mi regazo. Sí, sé lo que están pensando, pero no sé cómo logró volver a acomodarse ahí. Jordan bostezó y dijo que iría a tomar una siesta. Suspiré al darme cuenta de que no podía moverme. Shane estaba roncando en mis piernas. Estiré la mano para tomar mi celular y sonreí al ver que se había cargado por completo.

Lo primero que hice al encenderlo fue revisar los múltiples correos que tenía de Wattpad. Revisé la lista en busca de un nombre de usuario en particular. Se me estrujó el estómago al encontrar el correo que buscaba: «Poeta_oscuro001 te envió un mensaje».

Lo abrí: «Te vi por accidente». De inmediato contesté.

@SuperJules: ¿Andas por ahí?

@Poeta_oscuro001: Sí.

Yo: ¿Qué fue lo que pasó entonces?

Él: ¿De qué?

Yo: No te hagas tonto. Dijiste que me viste anoche.

Él: Sí.

Yo: ¿Cómo?

Él: ¿Con los ojos?

Yo: Deja de bromear, Evan.

Él: ¿Qué quieres que te diga?

Yo: Quiero que seas sincero conmigo.

Él: Estoy siendo sincero.

Yo: Entonces dime dónde vives.

Él: Jules…

Yo: Juro por Dios que no te volveré a hablar si no me lo dices de una vez por todas.

Estaba cansada de los secretos. Estaba cansada de no saber. Sólo podía pensar en Evan, era lo primero en lo que pensaba al despertar. No podía ser buena señal, ¿o sí?

Él: Ya te dije que nos separan muchos kilómetros de distancia.

Yo: ¡Patrañas! ¿Cómo puedes asegurar eso si dices que me viste anoche?

Él: Fue un accidente; créeme que no planeaba verte.

Yo: ¿Qué insinúas?

Él: ¿Por qué te molesta tanto?

Yo: Porque me confundes. No es justo. Siento que te gusta jugar con mis sentimientos.

Él: ¿Sentimientos? ¿Cuáles sentimientos?

Se me atoró el aire en los pulmones. No debí haber dicho eso.

Yo: No importa. Sólo contesta la pregunta.

Él: Jules, no te convengo, no soy el tipo de persona con la que deberías relacionarte, así que olvídalo ya.

Yo: Vives aquí, ¿cierto? Todo este tiempo hemos vivido en el mismo pueblo y nunca dijiste nada.

Él: No puedo decírtelo, Jules. Lo siento.

Yo: ¿Por qué no puedes?

Él: Simplemente no puedo.

Yo: Así que estás dispuesto a perderme sólo porque no puedes decirme dónde vives.

Él: Sí.

Eso me dolió. Los ojos se me llenaron de lágrimas, pero las reprimí.

Yo: Guau. Ya veo lo mucho que te importo.

Él: Nunca dije que me importaras.

Eso bastó. Sentí como si me hubiera dado una puñalada en el corazón. Se me salió una lágrima del ojo izquierdo que rodó por mi mejilla y cayó por mi barbilla. ¿Por qué dolía tanto? Aparté el celular y cerré los ojos.

«Nunca dije que me importaras». Sus hirientes palabras se repetían una y otra vez en mi cabeza. El labio inferior me temblaba mientras las lágrimas rodaban por mi cara. Entonces una mano cálida me acarició la mejilla. Abrí los ojos lentamente. Tenía la vista borrosa, pero alcancé a distinguir el rostro del Anti-Ruffles. Shane se había despertado. Ni siquiera me di cuenta de que se había incorporado. Me miró a los ojos y me limpió algunas de las lágrimas. Ninguno de los dos dijo nada. Simplemente nos miramos a los ojos hasta que él me jaló y me abrazó con fuerza.

Jamás habría esperado que sus brazos fueran tan reconfortantes.

Jamás habría esperado que me abrazara Shane Mason, pero lo más inesperado de todo fue que se sentía bien.

CAPÍTULO 17

SI HACE TRES semanas me hubieran dicho que algún día lloraría como Magdalena en el hombro de Shane, me habría burlado de ustedes y les habría dicho que estaban locos. Bueno, al diablo con mis predicciones, porque eso fue justamente lo que terminé haciendo.

La parte más impresionante es que yo no solía llorar frente a otras personas; es decir, ni siquiera Jason ni Laura me habían visto llorar jamás. Pero ese día terminé sollozando como bebé en los brazos del idiota más popular de la escuela.

Así de impredecible es la vida a veces.

Temía que se burlara de mí o algo así, pero sorprendentemente no dijo una sola palabra.

¿Por qué estaba llorando así? Esas lágrimas me hicieron darme cuenta de lo mucho que me importaba Evan. Sé que suena descabellado porque nunca lo había visto en la vida real, pero no podía evitarlo. Estaba encariñada con él; me había acostumbrado a sus mensajes matutinos, a sus bromas y a sus respuestas arrogantes. Nos parecíamos mucho, aunque, al mismo tiempo, éramos muy distintos. De hecho, Evan sabía más de mí incluso que mis mejores amigos. Confiaba en él, pero ¿por qué? Esa era la cuestión.

¿Por qué confiaba en él? No era más que un tipo al que había conocido hacía un mes por internet. ¿Cómo terminó volviéndose parte de mi vida, parte de mí? Sabía que era culpa mía y de nadie más. Lo dejé entrar a mi corazón. Por lo tanto, le di el poder de lastimarme como lo estaba haciendo.

«Nunca dije que me importaras».

Sus palabras eran como navajas. Eran como leña que hacía arder mi corazón. Recordé imágenes de su hermosa cara. Me encantaba su sonrisa. Me encantaba cómo se le hacían hoyuelos en las mejillas cuando sonreía. Me intrigaban sus ojeras, pues eran muy misteriosas. Siempre recordaba su *sexy* voz. Pensé que quizá había estado jugando conmigo, pues a veces era cariñoso y dulce, para después decir que nunca le había importado. Era muy contradictorio. ¿Acaso todo era un juego para él?

Me separé de Shane y me limpié las lágrimas. Nuestros ojos se encontraron, y no pude evitar sonrojarme de la vergüenza.

—Perdón, es que...

Shane me puso el dedo índice sobre los labios húmedos para interrumpirme.

—No necesitas decir nada —susurró. Entonces hizo algo que nunca esperé que Shane Mason hiciera: me sonrió. Me sonrió genuinamente. Lo había visto reírse de forma burlona o maliciosa, pero jamás esperé que me sonriera de verdad.

—Gracias —dije con toda franqueza. Shane asintió y se levantó del sofá torpemente.

—Quien sea que te haya hecho llorar —dijo y me miró directamente a los ojos—, no vale la pena. —No sabía qué decir y al parecer él tampoco, así que simplemente lo dejé que subiera a buscar a Jordan. Shane sabía que no quería hablar al respecto, y yo agradecí su comprensión.

Alguien tocó a la puerta de la casa. Esperé a que Shane o Jordan bajaran a abrir, pero ninguno de los dos se asomó, así que tuve que hacerlo yo.

Suspiré, frustrada. Me puse de pie e intenté limpiarme un poco la cara mientras caminaba hacia la puerta, pero sabía que no tenía caso. Seguramente tenía la nariz roja como tomate y los ojos hinchados. Probablemente parecía protagonista de telenovela. Bueno, tal vez no era una buena comparación, pero en realidad nunca he sido buena para hacer comparaciones (por si no se habían dado cuenta).

Abrí la puerta y el sol me deslumbró sin piedad. Levanté la mano para bloquearlo y parpadeé para intentar ver algo. Después de tener un momento vampiresco con el sol, por fin logré distinguir quién estaba frente a mí. Me quedé boquiabierta.

—¿Laura? —pregunté.

Lau frunció el ceño y me miró de arriba abajo. Entrecerró los ojos y apretó los puños a los costados. Entonces recordé que traía puesta ropa de Jordan. «Esto puede ser confuso».

—No es lo que parece —me apresuré a decir. Sí, ya sé que era un cliché y que la gente suele no creerle a quien lo dice, pero ¿qué otra cosa puedes decir cuando lo que está pasando no es lo que aparenta ser?

—No lo puedo creer —declaró Laura con gesto de dolor—. Melissa tenía razón. —Retrocedió un paso.

—¿Melissa? —Fruncí el ceño. ¿Ella qué tenía que ver en todo esto?—. Escúchame, Lau, yo...

—¡Cállate! —Se le quebró la voz—. ¿Cómo pudiste? Sabías que me gustaba mucho.

—Lau, no sé qué estás pensando, pero te equivocas.

—¿Ah, sí? —Una lágrima le rodó por la mejilla, la cual se limpió con brusquedad—. ¡Sabía que me estabas ocultando algo!

No podía negarlo. Le había estado ocultando lo de Evan, pero no se estaba refiriendo a eso.

—No vuelvas a dirigirme la palabra jamás —dijo con los dientes apretados y empezó a alejarse.

—¡Espera, Lau! —Corrí tras ella con desesperación. El suelo estaba caliente por la intensidad del sol, así que tuve que andar a brincos porque salí descalza—. ¡Laura! ¡Detente! ¡Maldición! ¡Ay!

Laura era una buena persona, pero siempre había sido muy crédula. Imaginé que Melissa le había envenenado la mente con quién sabe qué cosas, y seguramente Laura le creyó.

Déjenme decirles algo: Laura era un excelente corredora. Sin importar cuán rápido corriera tras ella, sin importar cuántos botes de basura esquivara, no la alcanzaría nunca. Cuando por fin llegué a su casa, ella ya se había encerrado. Apoyé las manos en las rodillas. Estaba jadeando. Literalmente me había quedado sin aliento.

—¡Jules! —escuché que me gritó alguien desde lejos, y volteé hacia la calle. Era Jason, asomado casi por completo por la ventana de su auto—. ¡Súbete! —Sonaba desesperado.

—No puedo. Debo hablar con Laura —le expliqué con una mano en el pecho. ¡Cielos! Sí que me faltaba condición física.

—¡Súbete ya! Es una emergencia —dijo, pero lo miré con desconfianza—. Del tipo Z —concluyó.

Era *su* culpa que ahora yo asociara nuestros códigos de emergencia con condones. A regañadientes, rodeé su auto y me subí al asiento del copiloto. Tan pronto me puse el cinturón de seguridad, Jason arrancó.

—¿Qué está pasando? Juro por Dios que si es una cuestión de condones...

—¿Qué? ¡No! —Jason negó con la cabeza—. ¿Por qué pensarías eso?

—¿Entonces de qué se trata? Porque, hasta donde recuerdo, el código Z es para apocalipsis zombi. —No pude evitar reírme. Es verdad, nuestros códigos de emergencia no eran muy realistas.

—¿En serio? Pensé que ese era Z plus —contestó Jason, confundido.

—No, Z plus es por apocalipsis zombi sólo si también te mordieron.

—No, no... Ese es Z plus cero.

Puse los ojos en blanco.

—¡No! Z plus cero es para una invasión extraterrestre —argumenté.

—¿Qué? ¡No! Ese es X plus.

—Bueno, ya. ¿Podemos discutir eso después? —dije, molesta—. Dime qué está pasando. ¿Cuál es la emergencia?

—Revisa tu celular.

—¡Dios! Sólo dímelo.

—¡Sólo revisa tu maldito celular! —ordenó Jason, enojado.

Le obedecí. Tenía quince llamadas perdidas y cuatro mensajes de texto. Todos eran de Mamá.

—Uy —susurré mientras leía los mensajes. Estaba furiosa.

—Te está buscando. Por fortuna, te encontré antes que ella.

—¿Dónde está? —Empecé a entrar en pánico.

—En el pueblo. Iremos a tu casa y le llamarás y le dirás que salimos a comprar melocotones.

Se me estrujó el corazón.

Melocotones.

Melocotón...

¿Acaso ahora todo me recordaría a Evan?

—¿Jules? —Jason me miró de reojo. Desvié al mirada.

—¿Qué?

—¿Estás bien?

—Sí.

Tan pronto llegamos a mi casa, subí las escaleras y me puse unos *shorts* y una camiseta sencilla. Cuando llamé a mi mamá, sonaba bastante molesta, así que la esperé en la sala mientras Jason metía los melocotones al refrigerador.

Cuando llegó mamá, me dio un sermón sobre la importancia de contestar el teléfono cada vez que me llama y cosas por el estilo. Después del discurso maternal, se subió a descansar. Probablemente estaba exhausta. Jason y yo subimos a mi habitación. Yo me senté en la cama, y Jason se quedó parado junto a la puerta.

—Bueno, quiero una explicación —dijo en tono casual.

—¿De qué hablas?

—Pues, para empezar, no dormiste en tu casa. Te encontré corriendo como loca en la calle, usando ropa de hombre, con la cara roja, lo que significa que habías estado llorando —afirmó Jason y cruzó los brazos sobre el pecho—. Creo que merezco una explicación.

—Es una larga historia.

—Tengo todo el día para escucharla, así que escúpela.

Le conté todo, excepto la parte de Evan. Jason me prometió que hablaría con Laura para arreglar las cosas. A veces podía ser imprudente, pero no era ningún estúpido.

—Entiendo casi todo —dijo y se pasó los dedos por el cabello—, pero sigues sin contarme por qué estabas llorando.

Bajé la mirada. Jason suspiró, se sentó a mi lado y me levantó la barbilla para obligarme a mirarlo.

—Sabes que puedes contarme lo que sea, ¿verdad? —Sus ojos verdes tenían un destello de honestidad.

Asentí.

—¿Prometes que no me juzgarás?

—Lo prometo.

—Conocí a un chico... —comencé a contarle con cierta incomodidad. No podía creer que lo diría en voz alta—, en internet.

—¿Y?

—Hablábamos a diario. Le conté todo sobre mí. Nos fuimos haciendo amigos.

—Continúa.

—Le di el número de teléfono de mi casa.

—¿Qué? —Jason se puso de pie—. ¿Por qué hiciste eso, Jules? Es un perfecto extraño.

—Lo siento. No lo pensé bien. Simplemente confié en él.

—¿Cómo pudiste confiar en él? Es alguien a quien conociste por internet. Ni siquiera lo has visto.

—Sí lo he visto —respondí. La ira de Jason fue disminuyendo mientras esperaba que yo continuara con el relato—. Lo vi por Skype.

—¿Y?

—La cosa es que... —Me quedé callada por los nervios—. Me gusta. ¡Demonios! ¡Estoy loca por él! —admití y desvié la mirada.

—¿Te gusta un tipo al que no has visto? O sea, ¿al que no has visto cara a cara? —Jason sonaba sorprendido—. Es...

—Raro. Ya lo sé. Soy una rara.

—No, no, Jules. No me refería a eso. Simplemente es algo que... no ocurre todos los días —explicó y volvió a sentarse junto a mí.

—Sé que es raro. No necesitas hacerme sentir mejor. —Lo miré y sonreí con tristeza.

—No lo digo por hacerte sentir mejor. Es bastante inusual, pero eso no significa que esté mal. —Me tomó la cara con las manos—. No debes preocuparte por lo que piensen otras personas, Jules. No temas ser distinta, porque ser distinta es lo que te hace especial. —Me acarició la mejilla con el pulgar.

—No importa. Él no siente lo mismo por mí. Me lo dejó muy en claro ayer.

—¿Por eso estabas llorando?

Simplemente asentí.

—¿Y lo vas a dejar salirse con la suya?

—No tengo de otra.

—Claro que sí. ¿De verdad crees que no siente lo mismo que tú?

—No. No lo sé. No estoy segura.

—Entonces no te des por vencida. —Me besó la frente y me abrazó—. Todo estará bien, Jules. Te lo aseguro.

Seguir el consejo de Jason resultó ser más difícil de lo que esperaba. Creo que fácilmente podría haber calificado como acosadora profesional. Intenté hablar con Evan varias veces sin obtener respuesta. Publiqué mensajes en su muro de Wattpad y le envié mensajes privados, pero simplemente no obtuve respuesta. Casi podía afirmar que Evan me estaba evadiendo. Ya era martes y no había sabido nada de él desde el sábado.

Con respecto a Laura, tampoco contestaba el teléfono y no la había visto en toda la semana. Yo había estado faltando a la escuela por culpa de una tremenda gripa que me dio por culpa de los sucesos del viernes anterior.

Estaba recostada sobre el sofá cubierta con cálidas cobijas que cubrían mi cuerpo enfermo. Tenía la nariz roja y congestionada. Mi computadora descansaba sobre mi estómago. Como siempre, estaba examinando el perfil de Evan. Se había vuelto un hábito, ya que no tenía otra cosa que hacer. Se me estrujó el corazón al darme cuenta de que acababa de contestarle a una chica en su muro. Eso significaba que estaba ignorando por completo mis mensajes. Luego presencié cómo él y la chica coqueteaban descaradamente. Luego ella hizo un comentario sobre mí.

Ella: ¿Quién es esa chica? Se la pasa poniéndote mensajes aquí.

Evan: No tengo idea.

Ella: Creo que te está acosando un poco.

Evan: Hmm, sí.

Me puse roja de ira. Abrí la sección de mensajes privados y empecé a escribirle con desesperación.

@SuperJules: ¡Eres un cobarde! Sé que me estás evitando porque no puedes lidiar con el hecho de que en realidad sí te importo. Pensé que éramos amigos. Pensé que serías lo suficientemente decente como para no faltarme al respeto en público. No soy una acosadora, soy tu amiga. Probablemente soy la única amiga que tienes después de lo que les pasó a tus padres. Deja de ser un cobarde y contéstame, Evan, ¡por favor!

Por un momento creí que ese mensaje tan largo ameritaría que me contestara, pero no sucedió. Después de verlo coquetear con la chica de nuevo, cerré la *laptop* de golpe y me froté las sienes. Me dolía la cabeza y tenía mucho frío. Mamá había salido a buscar medicinas al hospital, aunque había pedido un par de días para cuidarme. Era la ventaja de tener una mamá doctora: tenía mi propia médica en casa y no necesitaba trasladar mi débil cuerpo para recibir la cura.

Sonó el teléfono de la casa, lo cual no me sorprendió porque mamá llamaba cada cinco minutos para preguntarme cómo me sentía. Me parecía un poco exagerado, pues la gente no se muere de una simple gripita; sin embargo, con mi mala suerte, no podía estar tan segura.

Me levanté para contestar.

—¿Bueno? —dije con voz adormilada.

—Hola.

El corazón me dio un vuelco y el aire se me quedó atrapado en los pulmones.

—¿Evan?

—Sí. —Su *sexy* voz me provocó escalofríos en todo el cuerpo. Tuve que recargarme en el sofá para no caerme.

—Ho-hola —tartamudeé nerviosamente.

—No soy un cobarde. ¿Qué quieres de mí?

—Yo... —Me quedé sin palabras. No estaba preparada para oír su voz. No estaba preparada para hablar con él.

—Me has dejado millones de mensajes, así que terminemos con esto de una vez. ¿Qué quieres?

—Yo sólo... —Pasé saliva.

—¿Tú sólo qué? —Su voz era tan fría.

—Quiero verte —le solté de repente.

—¿Por qué? —Su voz había adquirido cierto tono de curiosidad.

—Hagamos un trato —dije. Empecé a juguetear nerviosamente con el cable del teléfono—. Si nos vemos, te prometo que te dejaré en paz después de eso.

Evan titubeó un instante. El corazón se me iba a salir del pecho.

«Di que sí, por favor».

—No vas a dejarme en paz si no acepto, ¿verdad?

—No.

—Entonces tenemos un trato —dijo. Esbocé una ligera sonrisa—. Nos vemos en el Parque Dawson hoy a las seis de la tarde. Estaré junto al lago.

—*OK*.

—Recuerda tu promesa.

—Sí.

—De acuerdo. Te veré entonces, dulce Jules.

CAPÍTULO 18

***NO* ESTABA LISTA.**

No estaba lista para conocer a Evan. Lo sabía, pero no había vuelta atrás. Me estrujé las manos sudorosas mientras me obligaba a caminar hacia el Parque Dawson. Mi pulso era errático; escuchaba los latidos de mi corazón en las orejas y la garganta. Una gota de sudor frío me cayó por la frente. Me la limpié de inmediato. ¿Por qué estaba sudando? Hacía un frío gélido en la calle. Probablemente tenía que ver con que estaba sumamente nerviosa y seguía enferma. Tenía la nariz toda congestionada y me costaba un poco de trabajo respirar.

Tenía mucho miedo de ahuyentarlo. Sabía que no era guapa; ni siquiera era bonita, así que no lo culparía si salía corriendo cuando me viera. Al acercarme al lago, me di cuenta de que tenía náuseas. Las águilas en mi estómago revoloteaban con desesperación. Necesitaba calmarlas si no quería vomitar encima del pasto recién podado, aunque en realidad no tenía mucha comida en el estómago.

El sol se estaba ocultando e iluminaba el lago con destellos naranjas. Me detuve al llegar a la orilla. Después de titubear durante algunos segundos, finalmente levanté la mirada y volteé a mi alrededor. Había unas cuantas parejas sentadas alrededor del lago. Mi cuerpo se paralizó cuando identifiqué a un chico alto. Estaba parado justo enfrente de mí, del otro lado.

Evan...

Mi corazón se sobresaltó. Ahí estaba. Evan estaba ahí. Estaba apoyado en un árbol, como si nada. Traía unos *jeans* oscuros deslavados y una sudadera negra. Tenía las manos metidas en los bolsillos del pantalón. Pasé saliva. Sus ojos negros profundos se encontraron con mis ojos azules, y en ese instante el mundo se detuvo. Su mirada era tan intensa y contenía tantas historias secretas y misterios. Sentí como si él pudiera descifrarme con la mirada, como si sus ojos perforaran mi alma a pesar de estar tan lejos, a pesar de que había un lago entre nosotros. Mis labios esbozaron una sonrisa nerviosa. Él simplemente se me quedó viendo. La expresión de su hermoso rostro era indescifrable.

¡Dios mío! Me iba a morir de un infarto antes de poder hablar con él. Me llevé la mano al pecho y lo vi caminar alrededor del lago en dirección hacia mí. Entre más se acercaba, más rápido corría la sangre por mis venas.

«Inhala y exhala, Jules». No quería desmayarme antes de siquiera tener la oportunidad de charlar con él. Cada paso que daba hacia mí era abrumadoramente lento. La luz del sol que se iba desvaneciendo le iluminó la mitad de la cara, lo que hacía que su piel pareciera sedosa. Sentía que nada de esto era real. No podía creer que lo estaba viendo. Aún recordaba los primeros mensajes que nos habíamos enviado por Wattpad. Aún recordaba nuestra primera discusión. Aún recordaba sus palabras.

«Eres demasiado linda para tu propio bien».

«Buenas noches, dulce Jules».

«Nos separan muchos kilómetros de distancia, Jules».

No podía creer que ahora estaba apenas a unos pasos de mí. Era muy alto; me pareció que incluso era más alto que Shane.

Jamás me había sentido tan consciente de mi apariencia. Traía *jeans* ajustados (¡sorprendente, lo sé!), y una camiseta azul, lisa y sin mangas. Traía el cabello peinado a los lados de la cara, el cual se ondulaba un poco en las puntas. No era mi apariencia habitual, pero era agradable verse presentable a veces. Laura me había ayudado. Habíamos resuelto nuestros problemas hacía unas horas, y después de eso decidí contarle todo sobre Evan.

Conclusión: mi mejor amiga era la responsable de que yo me viera medianamente bien en ese momento. Además, era quien me llevaría de vuelta a casa una vez que terminara. Me estaba esperando en el estacionamiento como castigo por haberle creído a Melissa antes que a mí.

Volviendo a lo que estaba a punto de ocurrir, observé casi sin aliento como Evan, el malvado poeta oscuro, caminaba hacia mí. Se detuvo justo frente a mí, pero mantuvo una distancia prudente. Pasé saliva y sentí que tenía seca la garganta. La profundidad de sus ojos oscuros parecía devorarme de forma lenta, pero constante. Su cabello negro azabache estaba completamente despeinado y le caía sobre la frente y las orejas. Sus labios carnosos esbozaron una ligera sonrisa, con lo que sus hoyuelos aparecieron en sus mejillas. ¡Dios! ¡Era tan lindo!

—Hola —dijo para romper el silencio. Su voz *sexy* hizo que me temblaran las rodillas. Se veía sumamente intimidante.

Me sentía como una ratoncita frente a un enorme tigre. Verlo en persona me hizo notar las diferencias de edades. Evan se veía mucho más maduro que cualquier chico que hubiera conocido antes, aunque en realidad no conocía a muchos. Se notaba que había vivido muchas cosas. Era una persona con experiencia, pero su cara mantenía cierta cualidad infantil que lo hacía verse tierno de una forma muy masculina.

Me quedé con la boca ligeramente abierta. Cuando me di cuenta de que lo estaba mirando fijamente, desvié la vista y me aclaré la garganta.

—Ho-hola. —Genial. Estaba volviendo a tartamudear. La tensión era tan gruesa que ni una aguja la habría atravesado.

—Aquí estoy —dijo y ladeó la cabeza.

—Sí, eso veo —contesté con nerviosismo. Mi mirada estaba fija en el verde del pasto.

«¡Levanta la mirada, tonta!».

—¿Jules? —Escucharlo decir mi nombre me hizo sentir escalofríos en la nuca.

—¿Sí? —Me mordí el labio. ¡Cielos! Necesitaba mirarlo, pero no podía.

—¿Estás bien? Te ves un poco pálida. —Su voz tenía un tono tanto de preocupación como de gracia.

—Estoy bien —contesté demasiado rápido.

Evan me levantó la barbilla para que lo mirara. El roce de su piel me hizo sentir descargas eléctricas en todo el cuerpo. Lo miré directo a los ojos y noté su sonrisa burlona.

—No vine aquí para verte mirar el pasto —dijo en tojo de broma y alejó la mano.

—No estaba... —Me detuve—. Y, ¿qué hay? —Comencé a decir y me limpié las manos sudorosas en los pantalones. La sonrisa burlona de Evan se hizo más grande, lo que resaltó aún más sus hoyuelos.

—Parece que te vas a desmayar.

—Estoy bien —repetí.

—Sí, claro. —Era obvio que no me creía. Sabía que verlo me había puesto nerviosa y que eso le daba cierto poder sobre mí.

Evan me lanzó una sonrisa sincera y se sentó en el pasto.

—Ven, siéntate; no muerdo. —Le dio un par de palmadas al espacio junto a él.

¿Estaba siendo amable? Me senté despacio a su lado, pero mantuve cierta distancia entre nosotros. Nos quedamos así un rato, mirando el atardecer en silencio. Era muy tranquilo. No podía creer que Evan estaba sentado a mi lado. Era surreal.

Lo miré de reojo. Él estaba concentrado en el paisaje que tenía enfrente. Era tan guapo. Desvié la mirada, pues no quería que creyera que estaba babeando por él.

—¿Por qué me mentiste? —La pregunta se me escapó antes de que pudiera detenerla. Sentí su mirada sobre mí, pero yo no dejé de ver hacia el frente.

—No te mentí —contestó casualmente.

—Dijiste que nos separaban muchos kilómetros.

—Y así es. Sólo no te dije cuántos.

Volteé a verlo y descubrí de nuevo su sonrisa burlona.

—Qué listillo —admití y sonreí también.

—Te dije que soy extremadamente guapo e inteligente. —Se encogió de hombros. Sus ojos tenían un destello de alegría.

Yo también empezaba a sentirme más cómoda junto a él. No me malinterpreten: seguía muy nerviosa, respiraba con dificultad y sudaba como cerdo, pero me estaba acostumbrando a su presencia. Al menos no me había desmayado.

—Tu arrogancia se había tardado en llegar. —Lo miré y levanté una ceja.

—Sí. —Ni siquiera lo negó. Entrecerré los ojos.

Sabía que debía estar furiosa con él, pero no podía. Había actuado como un idiota los últimos días, pero tenerlo a mi lado me hizo olvidarlo todo. Además, estaba siendo amable en ese momento. ¿En serio era la misma persona?

Entonces intervino.

—Eres muy arriesgada. Lo sabes, ¿verdad?

—¿Por qué lo dices? —pregunté con auténtica curiosidad.

—Conocer a un extraño en un parque no es la mejor idea del mundo.

—No eres un extraño.

—Para ti lo soy, Jules.

¡Dios! Necesitaba que mi estómago dejara de dar volteretas cada vez que él decía mi nombre.

—No eres un extraño —repetí más despacio—. Te conozco. Sé mucho sobre ti.

—¿Cómo puedes saber que no soy una mala persona? Podría ser un asesino o un violador o un ladrón.

—Pero no lo eres.

—¿Cómo lo sabes?

—Simplemente lo sé. Confío en ti.

Abrió los ojos como platos. Mis palabras lo habían tomado desprevenido. Se reacomodó como si estuviera incómodo y se mordió el labio inferior.

—Eres demasiado inocente para tu propio bien —dijo en voz baja y miró de nuevo hacia el atardecer—. No deberías confiar en mí. —Su voz era triste. Sentí el impulso de abrazarlo. No sabía por qué, pero sentía que él me necesitaba. Necesitaba alguien que lo reconfortara.

—Evan... Yo... —Extendí la mano para acariciarle el hombro.

¿Debía tocarlo?

¿Debía decirle que me gustaba?

Algo era seguro: verlo sólo había intensificado mis sentimientos hacia él. Tenerlo tan cerca me hacía darme cuenta de cuán grande era lo que sentía por él.

Finalmente puse la mano sobre su hombro y sentí que se tensaba. Por un instante creí que iba a quitar mi mano, pero no lo hizo. De modo que me atreví a avanzar y a acariciarle el rostro con cariño. Evan cerró los ojos. Su piel era muy suave. Mis dedos recorrieron su mejilla y delinearon su quijada. Sin embargo, en ese momento me agarró de la muñeca.

—Basta —me ordenó y volteó a verme. Me miró directo a los ojos. Lentamente soltó mi muñeca y empujó mi mano.

—Sólo estaba...

—Basta ya —dijo con frialdad.

Bajé la mirada, pues me sentí un poco rechazada.

Lo escuché suspirar.

—Lo siento.

Levanté la cara, sorprendida. ¿Acababa de disculparse?

—Simplemente no estoy acostumbrado... No importa. Quizá debería irme. —Se puso de pie y yo hice lo mismo.

Me sentí profundamente triste. No había sido suficiente. Necesitaba más.

—¿Esto es todo? —dije sin intentar ocultar mi tristeza. Tuve que echar la cabeza hacia atrás para poder mirarlo. Nos quedamos viendo a los ojos sin decir nada. Sabía que había llegado la hora. A partir de entonces tendría que dejarlo en paz. Le había dado mi palabra. ¡Dios! Iba a ser muy difícil. Bajó la mirada hacia mis labios, y mi respiración se aceleró. Me mordí el labio con nerviosismo. «Bésame». Sus labios se veían tan apetecibles y suaves. Evan dio un paso atrás y con ello rompió el encanto.

—No olvides tu promesa —dijo. Sus palabras me lastimaron e incendiaron mi pobre corazón.

—No lo haré —intenté sonar lo más calmada posible. Evan asintió y metió la mano al bolsillo. Sacó un papel doblado y me lo entregó.

—¿Qué es esto? —pregunté y empecé a desdoblarlo.

Puso su mano sobre la mía y la apretó para detenerme.

—Léelo cuando llegues a casa —declaró al soltar mi mano—. Adiós, Jules —susurró y metió las manos al bolsillo de la sudadera. Se dio media vuelta y empezó a alejarse. Me dejó confundida y profundamente triste.

¿Debía ir tras él y confesarle lo que sentía?

¿Debía leer el papel?

¿Debía correr tras él y besarlo?

En un arranque de romanticismo, decidí hacer lo último. No tenía nada que perder.

«Tu dignidad», dijo mi voz interna. La ignoré y estuve a punto de echarme a correr cuando de pronto estornudé con mucha fuerza.

Debía aceptar que estaba enferma. No podía besarlo así. Probablemente le daría asco, pues ¿quién quiere compartir gérmenes ajenos? Yo no. ¿Cómo se me había ocurrido? No podía simplemente ir y pegar mi boca a la suya. Era la primera vez que nos veíamos. Creería que estaba loca. Sintiéndome derrotada, me dirigí hacia el estacionamiento.

Estuve callada de camino a casa. Laura me bombardeó con preguntas, pero simplemente le dije que no quería hablar al respecto. Pareció entender, pues mantuvo la boca cerrada durante el resto del camino.

Entré a mi habitación y cerré la puerta de golpe. De prisa me quité los zapatos y me trepé a la cama, donde me senté con las piernas cruzadas. Procedí a desdoblar la hoja que me había dado Evan. Su letra era ligeramente cursiva. Era un poema.

La dama y la criatura

Ocurrió una vez en una noche oscura
que se enfrentaron una dama y una criatura.

Eran muy distintos, pero igual de parecidos.
La criatura estaba condenada,
mientras la dama era rosa y brillaba.

Ella caminaba confiada en la oscuridad,
obviando el peligro constante,
que para la criatura era apremiante.

Al danzar, la dama emanaba alegría
y hacía sonreír a los corazones heridos
que ella creía que eran significativos.

La dama creía en las almas gemelas
y creía en la existencia del amor;
sin embargo, en el fondo, carecía de los dos.

La criatura, en cambio, había perdido el alma,
aunque tontamente creía
que la dama ese vacío llenaría.

Ese oscuro vacío en su corazón
es un agujero que todo lo devora,
hasta el alma de una dama escritora.

Las hirientes palabras lo paralizan,
y las cicatrices en la piel lo determinan,
pues la criatura es una bestia sin vida.

La dama y la criatura se deben separar,
pues la cruel bestia se rehúsa a lastimar
a quien su vacío ha llegado a adorar.

Evan

Me quedé boquiabierta viendo el papel. No necesitaba ser una erudita para adivinar que él era la criatura y yo la dama. Al final de la hoja había un dibujo de una linda fresa con unas palabras a su lado: «Eres hermosa».

CAPÍTULO 19

EMPECÉ A CUESTIONAR seriamente mis principios morales. Nunca me había sido tan imposible cumplir una promesa, ni siquiera cuando a los siete años le prometí a mamá que no volvería a jugar con sus zapatos. Esa fue una promesa difícil de cumplir, se los juro. Estaba sentada en la cama con la computadora en las piernas, buscando un término en un diccionario. Estaba concentrada en una definición en particular.

Moral

Moral (Del latín *moralis*.) Diferenciación de intenciones, decisiones y acciones entre aquellas que son buenas (o correctas) y aquellas que son malas (o erróneas).

Bueno y malo... La frontera entre ambas cosas era muy delgada. Sabía que estaba mal romper una promesa, pero a cada minuto se volvía más difícil cumplirla.

Habían pasado dos días desde que me encontré con Evan en el parque. Fueron los dos días más largos y dolorosos de mi vida. Los había pasado en casa intentando recuperarme de esa gripa oportunista que había contraído la semana anterior. También había leído el poema de Evan una y otra vez. ¿Cómo esperaba que lo olvidara con facilidad? Sin duda no me conocía bien. Yo no era el tipo de chica que se rendía así nada más. Sin embargo, le había prometido dejarlo en paz, aunque en ese momento mi palabra estaba perdiendo su valor.

Quizá podría hablarle y echarle la culpa de mi imprudencia al jarabe para la tos. Era una medicina fuerte que me relajaba y me daba sueño. Podría decirle que había tomado una sobredosis de jarabe o algo así.

«Sí, Julie; sobredosis de jarabe para la tos... qué sofisticada».

Suspiré, frustrada, y cerré la pestaña del diccionario. De inmediato, el mostrador desplegó la pestaña de Wattpad. Había recibido muchos mensajes privados, pero ninguno de ellos era de Evan. Sin poder contenerme más, entré a su perfil. No quería hablar con él, sólo quería ver su perfil. Eso no estaba mal, ¿o sí? Tan pronto empecé a explorar su muro, supe que había sido pésima idea. Estaba conversando con aquella chica de nuevo. El corazón se me estrujó al verlos coquetear.

¿Acaso no se daba cuenta de cuánto me lastimaba?

Si iba a coquetear con ella, ¿por qué no lo hacía por mensajes privados? Era como si quisiera restregármelo en la cara. Cerré la *laptop* de golpe y me dejé caer en la cama. Me quedé mirando el techo en silencio.

—¿Qué debo hacer? —me pregunté en voz alta mientras me frotaba la cara. Cerré los ojos y recordé su rostro. Jamás se me olvidaría. Evan no sólo era el chico más guapo que había visto jamás, sino que también tenía un aura *sexy* y misteriosa que me atraía sin control. Me hacía querer revelar todos sus secretos. Sabía que él estaba sufriendo, pues vi el dolor oculto bajo sus oscuros y profundos ojos. Pero él había decidido alejarme. Él había decidido quedarse solo. ¿Por qué? Yo sabía de su pasado. La muerte de sus padres debía haber sido muy traumática para él. ¿Era por eso que no quería estar conmigo?

La dama y la criatura...

Su poema me había conmovido. Sus palabras parecían cobrar vida cada vez que las leía. De pronto, una canción inesperada interrumpió mis pensamientos. Escuché a alguien cantar sobre ser un esclavo y permitir que alguien más lo azotara si se portaba mal. ¿Qué demonios? ¿Cómo diablos terminó esa canción en mi celular? Lo levanté y todo tuvo sentido cuando vi quién me llamaba: Idiópido.

—¿Es en serio? —contesté, molesta. Shane se rio del otro lado de la línea.

—¿Te gusta nuestra canción, nena?

—¿Cómo demonios...? Agh, no importa. —Negué con la cabeza.

—Admite que es una buena canción. Nos queda bien, ¿no crees?

—¿«Nos»? ¿Desde cuando somos algo?

—Alguien anda de malas —dijo y rio entre dientes.

—¿Qué quieres? —pregunté. En ese momento noté que había otras voces de fondo.

—Acabamos de salir de la escuela y decidimos ir a visitar a la cachorrita enferma.

—¿Quiénes?

—¡Hola, Jules! —escuché a alguien gritar a lo lejos—. ¡Vamos para allá!

—¿Es Laura? —pregunté, sorprendida.

—Sí.

—¿Quién más está con ustedes?

—Jordan. Mira, la razón...

—Espera un segundo. No entiendo —dije. Estaba confundida—. ¿Laura y Jordan están juntos?

—Pues sí.

—¿Desde cuándo? —¡Cielos! Dejé de ir a la escuela una semana y todos decidieron hacer cosas importantes en mi ausencia.

—¿Desde ayer? —Shane dudó al contestar—. No estoy seguro, pero mira...

—Lau no me dijo nada. ¿Cómo es posible?

—¿Podrías guardar silencio? Estoy intentando decir algo —exclamó Shane.

—De acuerdo, ¿qué pasó?

—¿Quieres que te llevemos algo? Iremos a la tienda para comprarte jugo de manzana y ese tipo de cosas para enfermos.

—¿Cosas para enfermos? ¿Hablas en serio? —No pude evitar reírme. Shane suspiró, cansado de esperar mi respuesta—. Quiero Ruffles —dije sin titubear.

—Eso ya lo sabía —afirmó en tono arrogante—. Eres muy predecible.

Puse los ojos en blanco.

—De acuerdo. Tráeme gomitas.

—¡Gomitas! —le gritó Shane a alguien—. Nos vemos en unos minutos, nena.

—Deja de decirme... —Me colgó antes de que pudiera terminar. ¡Qué caballeroso!

«Un momento...».

«Vienen para acá...». Y yo me veía como la versión ahogada de un zombi mutilado. (Mi capacidad para hacer comparaciones seguía siendo nula.) Me levanté de un brinco y me dirigí al baño. Tan pronto me miré al espejo, supe que era una causa perdida. Tenía el cabello enredado y grasiento, la nariz y las mejillas enrojecidas, los ojos opacos y los labios secos. Me lavé la cara y me hice un chongo en el cabello. Me puse unos *shorts* y una camiseta floja sin mangas. Volví a sentarme en la cama a esperar a los chicos.

Entonces me di cuenta de lo surreal que era todo. ¿Cómo fue que Lau y yo terminamos siendo amigas de los donjuanes de la escuela? Era como un cliché de cuento de Wattpad, donde las chicas promedio de repente se vuelven cercanas a los chicos populares. La única diferencia era que a mí no me interesaba Shane. ¿O sí? Reprimí el pensamiento. Sonó el timbre, y salté de la cama. No se habían tardado nada. Sin duda Shane conducía como loco, así que no era tan sorprendente que hubieran llegado tan rápido. Iba bajando las escaleras cuando tocaron el timbre de nuevo.

—¡Ya voy! —grité y aceleré el paso. Me sentía muy enferma, así que no podía correr. ¡Qué insensibles estaban siendo! Giré la perilla y abrí la puerta. En ese instante el mundo se detuvo y la quijada se me cayó al suelo.

«¡Santa Madre de las Ruffles!».

—¿Tú? —dije en un suspiro casi inaudible. Estaba segura de que no estaba respirando. ¡Diablos! Ni siquiera estaba segura de que mi corazón seguía latiendo. Me aferré a la perilla de la impresión.

Evan estaba parado frente a mí. Debía ser un sueño, o tal vez el jarabe para la tos había empezado a afectarme. Quizá sí había tomado una sobredosis. Pero no, porque estaba segura de que había tomado la dosis correcta. Fruncí el ceño e intenté recordar cuánto jarabe había tomado. ¿Y si ya había expirado? Eso podía provocar alucinaciones, ¿cierto?

—Jules. —Su *sexy* tono de voz provocó que mi corazón se acelerara. Evan estaba ahí, frente a mí, y se veía completamente adorable. Su hermoso rostro tenía una expresión triste. Su cabello oscuro estaba incluso más despeinado que la última vez que lo había visto, como si se hubiera pasado los dedos por el cabello demasiadas veces. Sus oscuros y profundos ojos negros me miraron fijamente en silencio. Traía puestos *jeans* azul oscuro y una sudadera azul.

—¿Qu-qué haces aquí? —tartamudeé.

—Sólo... —Se quedó callado y se rascó la nuca—. Fue mala idea venir —afirmó y se dio media vuelta. Empezó a alejarse. Había un auto estacionado frente a mi casa. Seguramente era suyo.

«Espera...».

Se estaba yendo. ¡Maldita sea! Esta vez no le iba a permitir que se fuera. Corrí hacia él y, antes de poder pensar bien las cosas, lo abracé por atrás. Evan se paralizó. Yo hundí la cara en su espalda. Olía delicioso, como una combinación de suavizante de lavanda con una colonia ligera.

—No te vayas —murmuré patéticamente.

El cuerpo tenso de Evan se relajó un poco. Pude sentir el latido de su corazón. ¡Dios! Latía muy rápido. ¿Sería por mí?

—Te extraño —lo oí murmurar en voz tan baja que apenas si fue audible. Mi corazón se derritió al escucharlo decir eso.

—Yo también te extrañé —contesté con toda honestidad.

Evan puso sus manos sobre las mías para apartarlas. Dejé que mis brazos cayeran al costado de mi cuerpo mientras él volteaba a verme. Nos miramos fijamente a los ojos.

—Espero que podamos ser amigos —afirmó y su expresión facial se volvió fría.

Fruncí el ceño.

—¿Amigos? —le pregunté, sintiéndome herida. Me gustaba. Estaba loca por él. ¿Y él sólo quería que fuéramos amigos?

—Sí —contestó en tono casual.

—Supongo que podemos ser amigos aunque a mí...

Apoyó su dedo índice sobre mis labios.

—Amigos —repitió y me silenció. Su dedo acarició con suavidad mi labio inferior, lo que me hizo estremecer y cerrar los ojos. Sentí que se inclinó hacia mí, y su frente tocó la mía—. Lo único que puedo ofrecerte es mi amistad, Jules. Tómala o déjala.

Su respiración rozó mis labios de forma juguetona. Si quería ser sólo mi amigo, debía retroceder cuanto antes. Estaba haciendo un verdadero esfuerzo para no inclinarme y pegar mis labios a los suyos. Abrí los ojos lentamente y miré hacia la profundidad de los suyos.

—La tomo. —Él ya sabía que iba a aceptar. Estaba dispuesta a hacer cualquier cosa con tal de estar cerca de Evan. No tenía idea de cómo había terminado sintiendo tantas cosas por él. Era como si hubiera estado predestinado, como si yo estuviera destinada a estar con él. Quizá era una locura, pero en realidad nunca había sido una chica muy cuerda. Siempre estaba pensando en historias de amor anónimas y en novelas cursis. Siempre mantenía la esperanza de encontrar al chico indicado para mí. No sabía si ese chico era Evan, pero parte de mí sabía que él me necesitaba. Evan necesitaba una amiga. Sabía que sería difícil (si no es que imposible) estar cerca de él sin expresar mis sentimientos, pero debía intentarlo.

—Bien —dijo y dio un paso atrás. Sonrió con auténtica alegría y se le formaron sus lindos hoyuelos.

No pude evitar contestarle la sonrisa, aunque en el fondo estaba triste. Una fría brisa me rozó la piel. Me froté los brazos y me senté en las escaleras de la entrada.

Evan se sentó junto a mí.

—¿Cómo estás? —dijo en tono consternado.

—Ahí voy. Esta estúpida gripa me está matando de forma lenta y dolorosa.

Evan se rio.

—Eres tan dramática.

—Pero es verdad.

—Sí, claro. —Puso los ojos en blanco y negó con la cabeza—. Mira el lado positivo; al menos pudiste faltar a la escuela.

—Y me perdí toda la diversión. Jordan y Laura están saliendo, y yo fui la última en enterarse. —Estuve a punto de gimotear.

—Ya era hora de que esos dos se dejaran de tonterías —comentó Evan y empezó a quitarse la sudadera.

—¿Qué haces? —pregunté confundida. No pude evitar sonrojarme al ver sus brazos desnudos. Evan se quedó sólo con una camiseta negra. Entonces noté que tenía un tatuaje oscuro del lado derecho del cuello. Era un diseño muy extraño, pero bonito. Las líneas onduladas terminaban cerca de su quijada—. ¿Tienes un tatuaje?

—Sí. Ponte esto —dijo y me ofreció su sudadera. Yo fruncí el ceño. —Sé que tienes frío. Y en realidad no deberías estar afuera de tu casa, así que póntela —insistió.

A regañadientes, tomé la sudadera y me la puse. Me quedaba demasiado grande, pero estaba tibia y olía a él. ¡Dios! ¡Olía delicioso! Intenté no olfatearla para no parecer una psicópata, y fijé la mirada en su tatuaje.

—Nunca me dijiste que tenías un tatuaje. —No pude evitar quedarme viéndolo.

—Nunca me dijiste que no riegas las flores de tu jardín —comentó y señaló las flores muertas frente a nosotros—. Hay muchas cosas que no nos hemos dicho aún. —Me miró de reojo y sonrió burlonamente. No pude evitar reírme un poco.

—¿Cómo supiste mi dirección, acosador? —dije y crucé los brazos sobre el pecho.

Evan se encogió de hombros.

—Me la dio Jason.

—¿Jason? —pregunté desconcertada—. ¿Lo conoces?

—Sí, nos llevamos bien.

—Pero él jamás te ha mencionado.

—No somos propiamente amigos. Jason sale con mi hermana.

¿Qué? Hasta donde yo sabía, Jason no salía con nadie. Sólo se acostaba con Helen... Oh.

—¿Helen es tu hermana?

—¿La conoces? —Volteó a verme, pero yo desvié la mirada. No podía decirle que Jason sólo usaba a su hermana como amante. Jason podía ser un fácil a veces, pero era mi mejor amigo y no quería que Evan lo matara.

—Sí, Jason me ha hablado de ella —murmuré—. ¿Así que todo este tiempo hemos vivido en el mismo pueblo? ¿Por qué nunca antes te había visto? —Necesitaba cambiar el tema.

—No vivo aquí. Vivo en River Town.

River Town era un pueblo cercano, quizá a una media hora en auto.

—Pero Helen vive aquí, en Crookwell —dije, confundida.

—Ella vive con nuestra tía. Yo vivo solo en la casa de nuestros padres. —Su voz se volvió fría. Probablemente no quería hablar de sus padres.

—Ya veo.

Nos quedamos en silencio un momento.

—¿Te gustó el poema? —preguntó en voz baja.

Levanté la mirada y me ruboricé.

—Sí, es muy bueno —reconocí con sinceridad. Evan sonrió burlonamente.

—Claro que es bueno. Lo escribí yo —exclamó de forma arrogante.

Me reí entre dientes y negué con la cabeza.

—Se me olvidaba que tienes un ego enorme. —Le di un picotazo en el brazo.

—¡Ay! ¡Di no a la violencia, niña!

—Sólo quería ver si podía picotearte el ego. Es todo —dije en tono juguetón y sonreí.

—¿Ah, sí? —Levantó una ceja. Me miró con malicia y empezó a darme picotazos en el estómago. Yo era muy cosquilluda, así que empecé a reírme hasta que me salieron unas cuantas lágrimas.

—¡Basta! —le rogué entre risas. Me estaba empezando a doler el estómago. Intenté empujarlo, pero él me pasó el brazo por la cintura y me jaló hacia él. No podía respirar. ¡Dios! Me iba a morir literalmente de risa. Entonces Evan se detuvo, y yo noté lo cerca que habíamos quedado. Su nariz estaba casi pegada a la mía, y su respiración me rozaba los labios. Evan me miró la boca y yo me mordí el labio ante la expectativa.

De pronto, una bocina interrumpió nuestro momento. Nos apartamos de un brinco y volteamos hacia la calle. Laura, quien estaba muy emocionada, se bajó a toda prisa de la camioneta de Shane, seguida de Jordan. Shane fue el último en bajar. Yo me quedé quieta mientras veía a mis amigos acercarse. Sus expresiones eran de confusión y de curiosidad al vernos juntos a Evan y a mí.

Yo les sonreí tímidamente. Seguramente tendría que dar muchas explicaciones.

CAPÍTULO 20

TODOS HEMOS VIVIDO momentos incómodos alguna vez, como si fuera algo que estuviera destinado a pasar. Sin embargo, a veces me preguntaba si era normal que a mí me pasaran con tanta frecuencia, porque parecía que estaba cerca de romper un récord o algo así. Ese día estaba cerca de vivir el que he definido como el momento más incómodo de toda mi vida. Mientras Laura, Jordan y Shane caminaban hacia Evan y hacia mí, no supe qué decir ni cómo decirlo. Mi cerebro no parecía procesar la situación. Quizá el jarabe para la tos sí me había afectado. Fuera cual fuera la razón de mi parálisis, no importaba en ese instante. Laura fue la primera en llegar y nos saludó con una sonrisa cómplice.

—Hola —dijo mi amiga.

Evan se puso de pie y yo lo imité.

Jordan alcanzó a Lau, la abrazó de la cintura y apoyó la barbilla sobre su hombro.

—Hola, cachorrita enferma —dijo Jordan y me sonrió, pero su sonrisa se esfumó al ver a Evan.

Shane fue el último en acercarse. Traía las manos cargadas de bolsas y su expresión era indescifrable. Era como si su rostro estuviera cubierto de una máscara de frialdad. A pesar de que Shane tenía una actitud arrogante y burlona desde el primer día en que lo conocí, en ese instante su cara estaba en blanco. No había rastro alguno de burla ni de arrogancia. Lo miré y fruncí el ceño, pero él simplemente se detuvo al alcanzar a Jordan y a Lau. Así fue como empezó el silencio incómodo. ¿Por qué no podía decirles nada? Todos esperaban que les presentara a Evan, pero yo simplemente me quedé parada como una tonta. Laura me hizo un gesto para que hablara.

—¿Jules? —Lau dijo mi nombre, lo cual pareció sacarme del trance.

—Miren, chicos... él es... eh... —Me quedé callada de tan nerviosa que estaba. Todos me miraban, esperando a que continuara.

Fue ese momento incómodo en el que tus amigos reales conocen a tu amigo virtual. Laura levantó una ceja, instándome a seguir.

Pero entonces Evan intervino por mí.

—Soy Evan —dijo y les extendió la mano.

Los chicos también se presentaron.

—Jordan.

—Shane.

—Yo soy Laura. Es un placer conocerte, Evan. —Lau pronunció su nombre lentamente y me lanzó una mirada divertida.

—¿Qué haces afuera? —preguntó Shane con frialdad. Abrí la boca para contestar, pero él continuó—. Estás enferma. No deberías estar en el frío.

Sabía que tenía razón.

—Entremos entonces —asintió Laura.

—Creo que debería irme —me susurró Evan. Era obvio que la situación lo incomodaba.

—No, no te vayas —intervino Laura con una sonrisa felina—. Vamos a ver una película. Deberías quedarte. Hay suficientes botanas para todos. —Su entusiasmo era contagioso.

—Sí —agregó Jordan mientras caminaba hacia la puerta de la mano de Laura. Cuando pasó junto a Evan, le susurró al oído—. Sólo no te comas las Ruffles, porque Jules te matará.

—Qué gracioso, Jordan. —Puse los ojos en blanco.

Después de meter nuestros fríos traseros a la casa, Jordan y Lau se sentaron en el sofá grande, Evan se sentó tímidamente en el otro sofá, Shane llevó las bolsas a la cocina y yo no supe qué hacer. Evan se estaba frotando las manos contra las rodillas. Probablemente se sentía fuera de lugar. Estuve a punto de sentarme junto a él cuando una mano me tomó del brazo.

—Necesito tu ayuda en la cocina —murmuró Shane y me sacó de la sala. Tan pronto entramos a la cocina, me empujó bruscamente. Sus ojos color avellana destellaban ira. Su quijada estaba tensa. Jamás había visto a Shane así de enojado, lo cual me asustó.

—Oye —gimoteé y me sobé el brazo—, ¿cuál es tu problema?

—Tú. Tú eres mi problema —dijo y arremetió contra mí. Yo retrocedí hasta chocar de espaldas con el refrigerador.

—¿De qué hablas? —Fruncí el ceño, confundida. Shane apoyó una mano en el refrigerador, justo encima de mi hombro.

—¿Quién es el engendro ese?

Sabía que hablaba de Evan.

—Se llama Evan y no es un engendro —exclamé, ofendida. Shane se rio con amargura.

—Es el tipo de Wattpad, ¿verdad?

—¿Cómo sabe...?

—Eres muy irresponsable, Jones. ¿Cómo dejas que un extraño te visite cuando estás sola en casa?

—No es un extraño. Es mi amigo. —No me gustaba el tono que estaba usando Shane.

—Es un extraño —repitió lentamente—. ¿Estás loca? —Shane tenía una gran capacidad para hacerme rabiar—. Por él estabas llorando el otro día, ¿verdad?

Me quedé callada, pero mi silencio habló por mí.

—Guau —dijo Shane y negó con la cabeza mientras daba un paso atrás—. Te atrae —afirmó.

—¿Por qué te molesta tanto? —le pregunté y crucé los brazos. Abrí los ojos como platos al entenderlo—. ¿Estás celoso?

Shane soltó una carcajada.

—¿Por qué estaría celoso? —preguntó. Se acercó de nuevo a mí y volvió a arrinconarme contra el refrigerador.

—No lo sé. Pero te estás comportando como un novio celoso. —Apoyé las manos sobre su pecho para intentar empujarlo, pero él me tomó de las muñecas y me levantó los brazos. Sus ojos se fijaron en los míos.

—No estoy celoso —dijo y se acercó más—. Si quisiera tenerte, ya lo habría hecho hace mucho tiempo.

—Sí, claro. —Puse los ojos en blanco.

—Sería facilísimo seducirte. —Me miró los labios—. Y complacer tu cuerpo virginal.

—¿Cómo sabes que soy virgen? —Pasé saliva.

—Lo traes tatuado en la frente. —Me sonrió burlonamente.

—Nos están esperando. Suéltame.

—Te pongo nerviosa —dijo, satisfecho—. Es un comienzo.

Me soltó. Me le quedé viendo un rato, confundida, antes de salir corriendo de la cocina con una de las bolsas.

Cuando volví a la sala, Laura estaba sentada en el suelo viendo unas cajas de películas que tenia enfrente. Jordan le estaba diciendo cuál elegir. Evan estaba exactamente en la misma posición que cuando lo dejé. No podía creer que estuviera ahí. Me senté a su lado, y él me sonrió.

—Bienvenida. —Su sonrisa se hizo más grande.

—¿Me extrañaste? —dije en tono juguetón y le sonreí también. Sus ojos oscuros me miraron fijamente mientras contestaba.

—Siempre.

La sinceridad de su *sexy* voz despertó a las águilas en mi estómago. Mi mirada se clavó en sus labios. Eran tan carnosos y suaves. Habría apostado una bolsa de Ruffles a que Evan sabía besar bien. Sin embargo, me llené de tristeza al darme cuenta de que jamás lo averiguaría. Él sólo quería ser mi amigo y, hasta donde tenía entendido, los amigos no se besaban. Desvié la mirada, pues ya era suficiente tentación tenerlo a mi lado.

—Bueno —dije para llamar la atención de Lau—. ¿Qué vamos a ver?

—*El amanecer de los zombis mutilados y ensangrentados* —contestó Jordan en broma.

Solté una risita.

—No sé. Hay tantas opciones. Quiero verlas todas —gimoteó Laura. ¿Les he dicho que mi mejor amiga está obsesionada con las películas? Incluso quiere estudiar para directora de cine cuando termine la prepa.

—¿Ya escogiste una película? —dijo Shane al unirse al grupo y sentarse junto a Jordan.

Lau negó con la cabeza.

—Quizá podríamos votar —intervino Evan, para sorpresa de todos. Volteamos a verlo, pues era la primera vez que interactuaba en serio con mis amigos—. Ya saben, la película que más votos tenga, gana.

—Buena idea —asintió Jordan.

Aplaudí.

—Muy bien. ¿Cuáles son nuestras opciones? —le pregunté a Laura.

—Pues... está... —Hizo una pausa mientras revisaba las cajas—. *Bésame mucho* —dijo y nos mostró la primera película.

«Qué irónico».

—También está *El amanecer de los muertos vivientes*, *Amigos con beneficios* y *Sedúceme*.

—¿Por qué hay tantas películas románticas? —preguntó Shane y volteó a ver a Jordan—. Pensé que tú las escogerías.

—Es que Lau... —Jordan volteó a verla—. Es difícil decirle que no, ¿sabes?

—Agh, te traen de un ala, amigo. —Shane negó con la cabeza, y todos nos reímos un poco.

—Hora de votar —grité y sonreí.

—*Amanecer de los zombis* —gritaron Shane y Jordan al unísono.

—¡Qué predecibles! —exclamó Lau y puso los ojos en blanco—. Yo voto por *Amigos con beneficios*. —Volteó a verme y me guiñó un ojo. Yo tampoco quería ver películas de zombis, pues para ser honesta, me daban algo de miedo. Además, ver tanta sangre y entrañas probablemente me haría vomitar.

—*Amigos con beneficios* —dije indecisamente.

Todos volteamos a ver a Evan.

—Depende de ti —le dijo Laura, esperando una respuesta. Jordan empezó a susurrar «zombis» para convencerlo.

—¡Basta, Jordan! Déjalo escoger por sí mismo —dije y volteé a ver a Evan. No parecía muy convencido.

«Por favor di *Amigos con beneficios*; por favor...», le supliqué en mi mente.

Evan me miró y sonrió.

—*Amigos con beneficios* —dijo en voz alta.

—¡Sí! —Lau se levantó de un brinco y empezó a hacer un extraño baile victorioso—. ¡En tu cara, muerto viviente! —Le sacó la lengua a Jordan.

—Eso es traición, hermano —dijo Jordan, mirando a Evan mientras negaba con la cabeza.

—Es difícil decirle que no —contestó Evan y me pellizcó la mejilla. Se me derritió el corazón. No estaba segura de seguir respirando.

Intenté disimular que me había sonrojado, pero probablemente parecía tomate. Me aclaré la garganta.

—Veámosla entonces —dije. Sentí que alguien me estaba viendo fijamente. Levanté los ojos y me topé con la mirada penetrante de Shane.

—Necesitamos sacar las botanas de las bolsas. —Shane señaló la bolsa que yo tenía en las manos—. Vamos, Jones. Sabemos que quieres acaparar las Ruffles, pero hay suficientes para todos.

Lo miré y entrecerré los ojos.

—Pensé que eran todas para mí —respondí y me aferré a la bolsa.

—Trajimos como cinco bolsas enormes de Ruffles —intervino Jordan—. No seas egoísta.

Suspiré, derrotada.

—Está bien. Una bolsa para ti. —Le lancé un paquete de Ruffles que Jordan atajó en el aire. Escuché a Evan reír entre dientes y volteé a verlo.

—Nunca me dijiste que te obsesionan las Ruffles —comentó.

—Pensé que habíamos acordado que hay muchas cosas que no nos hemos dicho aún. —Usé sus propias palabras. Le eché un vistazo a su tatuaje mientras él asentía.

—Es verdad —admitió y se mordió el labio inferior. ¿Acaso no se daba cuenta de que me incitaba al hacer eso?

—¡Hora de la función! —gritó Lau.

Todos tomamos nuestros asientos. A regañadientes, Shane se sentó junto a la pareja de tórtolos. Lau apagó las luces y pulsó el botón para reproducir la película. Tan pronto nos encontramos sumergidos en la oscuridad, me sentí sumamente incómoda. Evan estaba apenas a unos centímetros de mí. Lo alcanzaba a ver de reojo. «Tranquila. Inhala y exhala».

Como era de esperarse, miramos los primeros minutos de la película en silencio. A veces alguien hacía algún comentario, pero entonces ocurrió lo temido: una escena de sexo. Los protagonistas empezaron a besarse y a dirigirse hacia la cama. Me ruboricé de vergüenza al grado de que mis orejas estaban ardiendo. Evan se acomodó nerviosamente a mi lado.

—Buena elección, chicas —dijo Shane en tono burlón con una sonrisa.

Volteé a ver a Lau, quien estaba boquiabierta. No me malinterpreten: aunque ambas éramos vírgenes, no era la primera vez que veíamos una escena de sexo en una película, pero sí era la primera vez que lo hacíamos acompañadas de tres chicos.

Cantidad de momentos incómodos: dos (por ahora). Sin duda estaba rompiendo récords. El corazón se me iba a salir del pecho. Tenía la mano apoyada sobre el muslo. Me paralicé cuando sentí que Evan la tomó. Lo volteé a ver, pero él estaba concentrado en la película. ¿Qué estaba haciendo? Me apretó la mano ligeramente, y yo sentí que me iba a desmayar. La mano me empezó a sudar. ¿Se estaría dando cuenta? La escena se volvió aún más intensa cuando la chica empezó a gemir de placer. Esa fue mi señal de escapatoria.

—Voy al baño —susurré. Lau volteó y se me quedó viendo con ojos suplicantes. Yo sólo me encogí de hombros y salí corriendo de ahí.

Entré al baño, cerré la puerta y me miré al espejo. Me froté el rostro con las manos sudorosas. ¿Cómo iba a salir de esto? Disimular mis sentimientos sería mucho más difícil de lo que esperaba, pero sabía que debía reprimirlos si quería mantenerlo cerca. Era como tener enfrente tu platillo favorito sin poder probarlo. Era un poco masoquista, según yo. Pero había tanto misterio detrás de sus ojos. ¿Por qué sentía la urgencia de reconfortarlo? Suspiré, apoyé la frente en el espejo y cerré los ojos. De inmediato, la imagen de su rostro apareció en mi mente. Se veía tan lindo cuando sonreía. Algo en su apariencia me ponía nerviosa y me hacía sentir bien al mismo tiempo.

—¿Qué hago? —pregunté en voz alta.

—Bésalo.

Abrí los ojos del sobresalto. Laura estaba parada atrás de mí, sonriéndole a mi reflejo.

—No puedo.

—¿Por qué no? ¡Guau! Es muy guapo —exclamó Lau con mirada ensoñadora.

—Quiere que sólo seamos amigos —suspiré con tristeza.

—Pues sean amigos con beneficios.

—¡No!

—Ay, por Dios. La película es como una gran señal divina. —Me señaló con un dedo—. Ustedes dos deben terminar juntos.

—Hablando de gente que termina junta —dije y volteé a verla—. ¿Por qué fui la última en enterarme de que tú y Jordan están saliendo? —Me llevé las manos a las caderas. Laura se mordió el labio y puso cara de culpabilidad.

—Lo lamento. Todo pasó tan rápido, y tú estabas enferma, así que...

—Puros pretextos —la interrumpí.

—No estábamos hablando de mí —respondió—. Estábamos hablando de ti y del chico misterioso.

—No hay nada más que decir. —Me encogí de hombros.

—Estás loca por él. Sólo bésalo.

—Pero no es recíproco.

—¿Estás hablando en serio? —preguntó Lau y soltó un resoplido—. ¿No te das cuenta de cómo te mira? Está que arde por ti.

—Creo que deberías dejar de pasar tanto tiempo con Shane y con Jordan. Se te están pegando sus frases —comenté con seriedad—. En fin, no va a pasar nada entre Evan y yo.

—¿Quieres apostar? —Lau levantó una ceja—. Es cuestión de tiempo. No se va a contener para siempre ni tú tampoco. Tarde o temprano te fallará el autocontrol. Confía en mí.

Bajé la mirada y jugueteé con los dedos.

—Es sólo que... No quiero arriesgar todo por un beso. ¿Y si lo beso y me rechaza? Ser su amiga es mejor que nada.

Lau me miró con ternura y me abrazó.

—Eres una chica increíble, Jules. Es un idiota si no se da cuenta. —Me dio un beso en la cabeza.

—Lo dices porque eres mi mejor amiga —afirmé y me separé de ella.

Lau sonrió.

—Probablemente —dijo en tono burlón y me pellizcó la nariz, lo cual fue una pésima idea. ¿Recuerdan que tenía gripa? Pues en ese instante estornudé y sus dedos terminaron llenos de mocos.

—¡Guac! —exclamó Lau y se lavó las manos mientras yo me moría de la risa.

Cuando volvimos a la sala, Jordan y Shane parecían estar hablando de algún grupo musical.

—Ya vinimos —anunció Lau y se sentó en las piernas de Jordan.

Evan estaba mirando su celular, pero lo guardó en el bolsillo cuando me senté junto a él. Volvimos a reproducir la película, y agradecí a Dios que la escena de sexo ya hubiera pasado. Cuando la película estaba por terminar, sentí que Evan se me acercó de nuevo. Su respiración me rozaba la oreja. Pasé saliva de los nervios.

—Debo irme —dijo con su *sexy* voz, y su cálido aliento me provocó escalofríos en todo el cuerpo.

—Y-yo... Sí, está bien —concluí, avergonzada. Odiaba tartamudear—. Chicos, Evan tiene que irse. Lo acompañaré a la puerta —les informé y me levanté del sofá. Lau volteó a verme y movió los labios para decir «bésalo», pero yo fruncí el ceño. Todos se despidieron de Evan, y luego nos dirigimos hacia la puerta y salimos de la casa.

—Bueno —dijo y volteó a verme—, me divertí.

—Yo también —admití con nerviosismo.

—No quisiera irme, pero es tarde y el camino es largo.

—Te entiendo. —El corazón se me iba a salir del pecho. Me di cuenta de que aún traía puesta su sudadera—. Debería devolverte esto —dije y empecé a quitármela, pero Evan me detuvo. El roce de su piel me hizo estremecerme.

—Quédatela —dijo en voz baja. Lo miré a la cara. Estaba sonriéndome. Con facilidad me perdí en la profundidad de sus ojos.

—Evan, yo...

«¡Díselo! ¡Bésalo! ¡Haz algo!».

—¿Sí? —Se me quedó viendo en silencio.

—Yo... —Tenía seca la garganta. Me puso una mano en la mejilla. No pude evitar cerrar los ojos y pegar mi cara contra su mano. Se sentía tan bien el contacto con su piel. Percibí que Evan se inclinó hacia mí.

¿Me iba a besar? ¡Cielos! ¿Y si me apestaba el aliento? ¿Y si lo contagiaba de gripa? Contuve el aliento. Evan pegó sus labios a mi mejilla y luego retrocedió. Abrí los ojos. Fingí sonreír para intentar disimular mi desilusión.

—Me da gusto que hayas aceptado ser mi amiga —dijo mientras se alejaba.

—Sí. Soy muy bondadosa. —Era pésima para fingir. Evan me sonrió una última vez antes de subirse a su auto. Mientras lo veía irse, se me estrujó el corazón. ¡Dios! Esto sería más difícil de lo que esperaba.

Volví a entrar a la casa y me dejé caer en el sofá. Mi celular vibró en mi bolsillo. Era un correo electrónico de Wattpad: «Poeta_oscuro001 te envió un mensaje».

Fruncí el ceño y lo abrí: «Te queda bien mi sudadera. Buenas noches, linda Jules».

CAPÍTULO 21

—¡GALLINA!

—No soy una gallina.

—Claro que sí.

—¡Claro que no! —exclamé, molesta. Laura no había dejado de molestarme por lo de Evan. Según ella, yo era una cobarde sin remedio. Al parecer, no entendía que Evan me había dicho que sólo quería ser mi amigo y que su amistad era lo único que podía ofrecerme, y que yo acepté. Ser su amiga era mejor que nada. Sin embargo, era más fácil decirlo que hacerlo.

Era la hora del almuerzo y estábamos sentadas en una de las mesas rectangulares de la cafetería de la escuela. ¡Sí, por fin había vuelto a clases! Tenía que ponerme al corriente en muchas cosas, pero Lau me estaba ayudando, además de estarme molestando todo el tiempo.

—Acéptalo —dijo y me apuntó con el tenedor.

—No soy una gallina —enuncié cada palabra con cuidado.

Jason llegó y se sentó junto a Laura.

—¿Quién es una gallina?

—Jules —contestó Lau de inmediato. Jason me miró, confundido, pero luego se concentró en su bandeja repleta de comida. El tipo comía como un cerdo.

—¿Por? —preguntó y le dio una mordida a su hamburguesa.

—Pues porque está loca por Evan, pero ni siquiera intentó besarlo la semana pasada. —Fruncí el ceño, pero Laura me ignoró al oír la voz de su novio.

—¿Qué hay, chicos? —Jason le hizo un gesto a Jordan, quien contestó con una sonrisa. Jordan se inclinó y le dio un ligero beso a Lau—. Hola, *sexy*.

Lau soltó una risita.

—Hola, guapo —contestó ella y agitó las pestañas.

Puse los ojos en blanco.

—Les voy a robar a esta belleza un instante —nos informó Jordan y tomó a Lau de la mano. Jason y yo sólo asentimos.

La pareja de tórtolos se fue a hacer sólo Dios sabe qué, pero en el fondo me dio gusto porque Lau se volvía un poco fastidiosa cuando se le metía una idea a la cabeza. Estaba necia con que le dijera a Evan lo que sentía por él.

Nos quedamos Jason y yo solos, y entonces recordé que Jason y Evan se conocían. Me le quedé viendo. Tenía la boca llena. Me miró, confundido, como un ciervo deslumbrado por el auto que tiene enfrente.

—¿Qué? —logró preguntar a pesar de la comida.

—En primer lugar, traga eso —le ordené, asqueada—. Y, en segundo, ¿por qué no me dijiste que conocías a Evan? —Esperé que tragara su comida y le diera un trago a su Coca-Cola.

—No sabía que era el mismo Evan. —Jason se encogió de hombros—. Qué pequeño es el mundo, ¿verdad?

Le di un puñetazo en el hombro.

—Helen es su hermana —susurré.

—¿Y?

—Que estás usando a la hermana del chico que me gusta como juguete sexual.

—En mi defensa, yo la conocí primero.

—¿Qué? —Fruncí el ceño.

—Helen y yo empezamos a coger antes de que conocieras a Evan.

—¿Podrías no usar esa palabra? —dije en tono de súplica mientras me pellizcaba el puente nasal.

—¿Qué? ¿«Coger»?

—¡Dios!

—Ay, Jules. Ya tienes diecisiete años. Puedes decir malas palabras, ¿sabías?

—Jason, concéntrate. —Le di un picotazo en la frente.

—¡Deja de pegarme!

—Pues tú deja de cambiar el tema —repliqué.

Jason suspiró.

—¿Qué quieres que haga?

—Evan y ella han sufrido mucho. Sólo espero que tú no la hagas sufrir más.

—¿Por qué sufriría? —dijo Jason seriamente—. Ambos sabemos lo que estamos haciendo. No es como que tenga que mentirle para llevarla a la cama. Ella sabe cómo funciona esto.

—Lo siento, pero me cuesta trabajo creer en eso de los «amigos con beneficios». ¿No has visto la película? ¿No has leído las estadísticas? Uno de los dos se va a encariñar, y lo más probable es que sea ella.

—¿Desde cuándo consultas las estadísticas?

—Desde que me enfermé y pasé una semana picándome los ojos en mi casa, pero ese no es el punto —mentí descaradamente. Era cierto que había investigado un poco sobre aquello de los «amigos con beneficios» después de haber visto la película, con la esperanza de que funcionara con Evan. Sé que es patético, pero entiéndanme, me resultaba muy difícil controlar el deseo de besarlo.

—Mira, Jules... —Jason se quedó callado y se pasó los dedos por el cabello—. Ella está contenta así. Lo sé.

—¿En serio? —Entrecerré los ojos y Jason desvió la mirada nerviosamente—. ¿Qué me estás escondiendo?

—Nada. —Se rascó una oreja.

—Hay algo que no me estás diciendo.

—Claro que no.

—Claro que sí. Acabas de rascarte la oreja. Es lo que haces cuando mientes.

—¡Agh! —gruñó Jason—. A veces te odio por conocerme tan bien.

—¿Qué es entonces? —pregunté, pero Jason titubeó—. ¡Vamos! ¡Escúpelo!

—Bueno, probablemente no sea nada...

—¡Escúpelo, Jason!

—El otro día lo estábamos haciendo en mi auto y...

—¡Dios! ¿Es en serio? ¿En tu auto? No me vuelvo a subir jamás. —Jason me lanzó una mirada fulminante—. Perdón, perdón. Continúa.

—Yo estaba arriba y se sentía tan bien...

—¿Puedes ahorrarte los detalles? —Arrugué la nariz de la repulsión que me causó.

—La cosa es que volteé a verla y nos miramos fijamente un instante. Creo que sentí algo. Hubo algo en sus ojos que me atrapó y que como que hizo todo más intenso.

No pude evitar sonreír con malicia.

—Te estás enamorando de ella.

—¿Qué? ¡No! No estoy buscando nada serio y tú lo sabes.

—De acuerdo, pero dime algo. —No podía contener la enorme sonrisa de satisfacción—. ¿Estás saliendo con alguien más?

—No.

—¿Entonces son amantes exclusivos?

—Supongo.

—¿Ella sale con alguien más? —pregunté y observé su reacción. Jason apretó los labios y tensó la quijada. ¡Guau! Sí que le gustaba esa chica.

—No sé. —Se encogió de hombros—. Ni me importa.

—Mentiroso. —Solté una risita. Me daba gusto saber que sentía algo por ella. Jason era un buen muchacho y nunca les mentía a las chicas, aunque no quisiera nada serio con ellas. Siempre les dejaba en claro cómo serían las cosas, lo cual creo que era bastante justo, pues así ellas sabían en lo que se estaban metiendo. No fingía estar dispuesto a bajarles el sol, la luna y las estrellas con tal de llevarlas a la cama. El que hacía eso era Shane. Estaba segura de que le había mentido a Melissa. ¡Diablos! Incluso me había mentido a mí para meterse con ella. Shane era capaz de romper corazones sin remordimiento alguno.

Hablando de orejas...

Shane Mason, mejor conocido como el Anti-Ruffles o el Idiópido, cruzó la cafetería como si fuera dueño del lugar y de todos los que estaban ahí. Traía *jeans* azules y un suéter oscuro encima de una camiseta azul, lo que lo hacía ver más pálido de lo habitual. Todas las chicas presentes, incluyéndome, lo estábamos mirando. La mayoría lo veían con ojos de borrego a medio morir, mientras que las demás lo miraban con rencor. Probablemente les había roto el corazón. Rogué a Dios que no me viera, pero se detuvo frente a una mesa llena de chicos. Volví a mirar mi bandeja y empecé a comer.

«Gracias, Dios».

—¡Jones! —gritó Shane a mis espaldas. ¡Diablos! Canté victoria demasiado pronto. Sentí sus manos en mis hombros, los cuales estrujó con suavidad—. Volviste.

—No. Soy un holograma —contesté sarcásticamente. Jason se rio entre dientes.

Shane me soltó los hombros y se sentó junto a mí.

—El sarcasmo no es tu estilo, Jones.

Volteé a verlo y me arrepentí de inmediato. Estábamos demasiado cerca para mi gusto. Además, ese día se veía particularmente guapo. Pasé saliva, y él sonrió con malicia. Podía ser un idiota desalmado, pero sabía lo que tenía.

—Cierra la boca, nena. No hay necesidad de babear en público.

Lo miré con desprecio y me enderecé en mi sitio para mirar a Jason, pero ya se había ido.

—¿Dónde está Jason? —pregunté y fruncí el ceño.

—Se fue cuando empezaste a derretirte por mí.

—No me estaba... Agh, olvídalo. —Le di un trago a mi jugo de fresa, y entonces recordé que Shane sabía lo de Wattpad y Evan—. ¿Cómo supiste lo de Wattpad? —Lo miré de reojo.

Shane se puso tenso.

—¿De qué hablas?

—La semana pasada, cuando me preguntaste por Evan, dijiste: «Es el tipo de Wattpad, ¿no?». —Esta vez lo miré de frente.

Shane se acomodó en su asiento.

—¿Ah, sí? ¿Eso dije?

Asentí.

—Bueno, digamos que Laura no es muy buena para guardar secretos cuando está con Jordan.

Casi se me cae la quijada al suelo.

—¿Lau te contó? —pregunte en estado de *shock*.

—Sí —murmuró Shane y se puso de pie—. Debo irme. Nos vemos.

Eso fue muy raro. Me quedé sola. Siempre me había parecido un poco deprimente comer sola, pero al parecer mis amigos no pensaban igual. «Gracias, chicos».

Después de comer —o más bien devorar— mi almuerzo, me quedé mirando el vaso de jugo de fresa.

Señorita Fresita...

Evan...

Pensar en él me hizo sentir mariposas en el estómago. Todo me recordaba a él, hasta el vaso que tenía enfrente. ¿Cómo podía algo tan sencillo recordármelo? En ese momento, mi celular vibró y me sacó del trance. Era un mensaje de texto de Evan. ¡Sí, por fin tenía su número de teléfono! Toqué la pantalla para abrir el mensaje que aparecía bajo el nombre de *Evan* <3.

Evan<3: ¿Adivina qué?

@SuperJules: ¿Qué?

Él: Estoy comiendo Ruffles ;)

Yo: Y decidiste restregármelo en la cara -.-

Él: Claro.

Yo: Qué dulce eres. (¡Es sarcasmo!)

Él: No entiendo por qué te gustan tanto. No son tan buenas.

Miré la pantalla del celular con odio. ¿En serio acababa de decir eso?

Yo: No sabes en lo que te metes.

Él: No me das miedo, Melocotoncito.

Yo: ¿Ya empezamos con los apodos?

Él: Sí ;)

Yo: Te voy a poner un apodo, y juro que no será cariñoso.

Él: Sí, claro. Estoy temblando de miedo.

Miré el mensaje y entrecerré los ojos. Estaba a punto de contestar cuando sonó la campana. Le dije que le escribiría después y salí corriendo de la cafetería para no llegar tarde a clase.

Cuando terminó el día, salí arrastrándome de la escuela. Ya no estaba enferma, pero me seguía sintiendo débil. Mamá decía que era normal y que la sensación duraría unos cuantos días más. Odiaba enfermarme, pero al menos mi mamá era doctora, así que no tenía que ir al hospital. Odiaba los hospitales. Me daban escalofríos desde el día en que vi un maratón de películas japonesas de terror, pues todas ocurrían en hospitales lúgubres y tétricos. Me dan escalofríos de sólo recordarlo.

Bostecé y empecé a cruzar el campo de futbol para llegar al estacionamiento. Laura me llevaría a casa hoy, y esperaba que no se hubiera olvidado de mí. Percibí algunas miradas. El equipo deportivo estaba practicando, pero procuré ignorarlos. Sabía que no me veía muy bien, sobre todo hoy que traía unos *jeans* gastados y una camiseta morada que decía «Vete al diablo» al frente. Me había hecho un chongo descuidado y no me había puesto una gota de maquillaje. En conclusión: probablemente me veía fatal.

El celular vibró entre mis manos, y me apresuré a abrir el mensaje que me había llegado. Era de Evan.

Evan<3: Linda camiseta ;)

Me detuve en seco. Levanté la mirada y examiné el entorno. El corazón empezó a latirme con más fuerza. Evan no me había visto, ¿o sí? En respuesta a mi pregunta, mis ojos percibieron cierto movimiento frente a mí. Ahí estaba.

Estaba recargado en un auto negro. Mi estómago dio una voltereta. No esperaba verlo. No estaba mentalmente preparada para verlo. ¡Dios! Se veía tan guapo. Traía unos *jeans* oscuros y una sudadera gris encima de una camiseta de color oscuro. Su cabello negro azabache estaba despeinado de una forma muy *sexy*, y sus *sexys* labios carnosos esbozaban una *sexy*, *sexy* sonrisa.

Todavía nos separaban algunos metros de distancia. Me armé de valor para seguir caminando. Mientras me acercaba a él, me empezaron a sudar las manos. Pasé saliva y sentí seca la garganta. ¿Por qué era capaz de hacerme sentir tantas cosas con su simple presencia?

—Ho-hola. ¿Qu-qué haces aquí? —tartamudeé nerviosamente.

Evan metió las manos al bolsillo de la sudadera.

—Estoy esperando a Helen —contestó en tono casual.

—Ah. —Bajé la mirada al pavimento y jugueteé con los dedos.

«¡Inhala!».

—¿Jules? —Su *sexy* voz me hizo sentir escalofríos en la nunca. Levanté la cara y miré sus ojos oscuros y penetrantes. Parecía que me jalaban hacia él.

—¿Qué?

—¿Estás bien? Te ves un poco pálida. —Me estaba examinando con la mirada.

«Sólo quiero besarte como si fuera el fin de los tiempos. Es todo», pensé.

—Estoy bien —dije en realidad.

Evan entrecerró los ojos ligeramente.

—¿Segura?

Yo simplemente asentí.

—Bueno... —Empecé a dar aplausos como intentando actuar casual—. Nunca antes te había visto aquí.

—No vengo con frecuencia. Sólo cuando Helen no tiene quién la lleve —me explicó—. Supongo que soy su última alternativa.

Solté una risita.

—Eres muy bueno al venir hasta acá sólo para llevarla a casa —declaré con sinceridad.

—¿Ahora crees que soy bueno? —Levantó una ceja juguetonamente.

—Quizá.

—¿Quizá? —preguntó y dio un paso hacia mí.

—Sí —contesté en tono burlón y le sonreí. Él también sonrió, y se le formaron sus lindos hoyuelos en las mejillas. Se veía tan lindo cuando sonreía.

—¿Y tú? ¿Tienes quién te lleve a casa?

—Hmm. —Me agarré la barbilla como si lo estuviera reflexionando con detenimiento, aunque en realidad estaba examinando el estacionamiento—. Laura me iba a llevar, pero no la veo.

—Laura se fue hace unos minutos —dijo Evan como si nada.

—¿Qué? ¿En serio? ¿La viste irse?

Evan asintió. Yo gruñí, frustrada. ¿Cómo había podido olvidarse de mí?

—Yo puedo llevarte —sugirió—. Bueno, si quieres.

—¿Estás seguro? —pregunté, pues no sabía si a Helen le molestaría.

—Claro.

Una fría brisa pasó entre nosotros y provocó que un mechón de cabello se escapara del chongo. Evan estiró la mano y me acomodó el mechón rebelde detrás de la oreja. Contuve el aliento cuando las puntas de sus dedos entraron en contacto con mi piel. Sus ojos no se despegaron de los míos. Me acarició la mejilla, y yo tuve que controlar el impulso de cerrar los ojos. Luego me acarició lentamente el labio inferior con el pulgar. Entreabrí la boca, ilusionada.

—¡Evan! —gritó una voz aguda que interrumpió el momento. Evan retrocedió un paso y quitó la mano—. ¿No recibiste mi mensaje? —le preguntó Helen muy contenta mientras se acercaba a nosotros.

—¿Cuál mensaje? —Evan frunció el ceño.

—Te escribí para decirte que no era necesario que vinieras. Jason me llevará a casa. —En ese momento se percató de que yo estaba ahí—. Hola. Eres Jules, ¿verdad?

—Así es. —Le sonreí.

—Me da gusto conocerte. Jason me ha contado mucho de ti.

Percibí un toque de celos en su voz, pero decidí ignorarlo.

—Sí, a mí también me ha contado mucho sobre ti. —«Incluyendo lo buena que estuvo la última vez que lo hicieron en su auto»; claro que eso no lo iba a decir.

Helen me miró fijamente un instante, me examinó de arriba abajo, relajó los hombros y sonrió. Probablemente ya no le parecía tan amenazante. Es decir, mi apariencia no me ayudaba en ese momento. Ni yo me habría considerado una potencial amenaza.

—Bueno, ya me voy. Jason me está esperando —dijo y le apretó el hombro a Evan—. Perdón por hacerte venir en vano, hermano.

—No hay problema —contestó Evan. Helen me miró de nuevo y sonrió con los labios apretados.

—Un gusto conocerte, Jules —dijo antes de irse. Se notaba que yo no le agradaba mucho. Y pensar que tuvieron sexo con mis condones... «¡Ingrata!».

—¿Estás lista? —La voz de Evan atrajo mi atención. Era hora de volver a la realidad.

Evan me llevaría a casa. Estaríamos solos. En su auto. ¡Dios! Iba a necesitar todo el autocontrol que pudiera reunir para sobrevivir ese viaje, pues mis ansias de besar a ese chico misterioso eran más intensas a cada segundo que pasaba.

—Sí, estoy lista —contesté y sonreí.

«Allá vamos, tentación».

CAPÍTULO 22

TAN PRONTO ME subí al auto de Evan y cerré la puerta, percibí la tensión que empezó a acumularse en el aire. Era tan gruesa que sentí el impulso de aventarme y salir corriendo como desesperada. Lo miré al subirse. Se puso el cinturón de seguridad y me lanzó una sonrisa.

«¡Dios! Deja de sonreír, chico lindo. No estás siendo de ayuda».

Evan arrancó el motor y el auto cobró vida.

—¿Lista? —preguntó y me miró brevemente.

Me encantaban sus ojos. Eran tan profundos.

—Sí —contesté con nerviosismo. Evan sonrió y se inclinó hacia mí. Contuve la respiración al ver cómo su hermoso rostro se acercaba al mío. Su mirada oscura recayó en mis labios.

¿Estaba a punto de besarme? Pasó un brazo alrededor de mi cintura, y quedamos tan cerca que su respiración me rozó los labios. Pasé saliva.

—Jules... —dijo su voz *sexy*, y yo sentí escalofríos.

—¿Qu-qué? —tartamudeé, perdida en la profundidad de su mirada.

—Nunca lo olvides.

Fruncí el ceño al escuchar un *clic*. Evan retrocedió y se enderezó en su lugar.

Me tardé un segundo en entender lo que había pasado. Bajé la mirada y me di cuenta de que me había puesto el cinturón de seguridad. Al voltearlo a ver de nuevo, me estaba mirando con una sonrisa victoriosa.

—Ahora sí estás lista —dijo en tono divertido y arrancó para salir del estacionamiento.

Miré su perfil con los ojos entrecerrados. Parecía que disfrutaba confundirme. Él sabía que me gustaba, así que ¿qué punto tenía tentarme de esa manera? Era cruel.

—Te ves linda cuando te sonrojas —dijo en voz baja, con la mirada fija en el camino.

—No me sonrojé —exclamé, aunque sentía las mejillas calientes.

—Sí, claro.

Lo miré con furia. Abrí la boca para decir algo, pero la cerré tan pronto volví a fijarme en su tatuaje. Ahora lo veía con claridad. No pude evitar sentir curiosidad. En realidad no me encantaban los tatuajes, pero el suyo era impresionante. Se veía muy profesional. Además, combinaba con la personalidad misteriosa de Evan.

—¿En dónde te lo hiciste? —pregunté con la mirada fija en las líneas oscuras de su cuello tatuado.

—¿Qué cosa? —Me miró de reojo.

—El tatuaje.

Su sonrisa se desvaneció, y titubeó durante un momento.

—En el local de tatuajes de un amigo.

—¿Por? —La pregunta se me escapó antes de poder detenerla—. Digo, debe haber habido una razón.

—No, realmente —contestó demasiado rápido—. Era joven y tonto. Además, estaba ebrio.

—No parece un tatuaje de borracho —afirmé con toda sinceridad.

—Entonces ¿qué parece, Jules? —Su tono se volvió ligeramente frío. Me desconcertó su repentino cambio de humor. Se aferró al volante con furia y me hizo pensar que quizá no debí haberle preguntado nada.

—Lo siento, no era mi intención... —Me quedé callada, sin saber qué más decir.

Evan emitió un largo suspiro.

—Está bien —afirmó y relajó los hombros.

No necesitaba ser una erudita para saber que el tatuaje debía significar algo, pero ¿qué? Era obvio que Evan mintió al decir que estaba ebrio cuando se lo hizo.

El silencio reinó dentro del auto y espesó aún más la abrumadora tensión entre nosotros. Con nerviosismo, me froté las palmas sudorosas en los *jeans* y me asomé por la ventana.

—En fin... —Evan rompió el silencio, lo cual le agradecí mentalmente—. Cuéntame más sobre tu historia cursi.

Fruncí el ceño y lo volteé a ver.

—¿En serio quieres saber? Pensé que no la leías.

—Me divierte —reconoció y se mordió el labio.

Mis labios se fueron abriendo de las ganas que tenía de probar los suyos.

—¿Jules? —Su voz me sacó de mis pensamientos inapropiados.

—¿Qué?

—Te hice una pregunta.

—¿En serio? —Sentí de nuevo que la sangre se me subió a las mejillas—. Lo siento, ¿qué me preguntaste? —Mantuve la mirada fija en el camino.

—¿Ella le va a confesar lo que siente por él?

Fruncí el ceño, confundida.

—¿Quién?

—Rose.

—Ah, estás hablando de mi historia. —Me reí nerviosamente. Me sentí como una idiota. Evan se detuvo en un semáforo y giró la mitad superior del cuerpo hacia mí. Sus ojos oscuros se fijaron en mis ojos azules, lo que me hizo hundirme un poco en mi asiento.

—Entonces, ¿se lo va a confesar o no? —Sonaba bastante curioso al respecto. Yo pasé saliva—. Es obvio que Rose se muere por decirle algo.

¿Por qué sentía que no estábamos hablando de mi historia sino de mí?

—No te lo puedo decir. Debes esperar la siguiente entrega para averiguarlo. —Guau, por primera vez se me ocurrió algo decente. Mentalmente choqué esos cinco conmigo misma.

—Anda, dímelo. ¿Acaso no somos amigos?

«Por desgracia eso es lo único que somos».

—No puedo decírtelo. —Intenté mantenerme firme en mi postura.

Evan se inclinó hacia mí.

—¿Hay alguna forma de persuadirte? —preguntó bruscamente. Negué con la cabeza porque no podía hablar—. ¿Segura? —Su mano tibia me acarició la mejilla. Cerré los ojos un instante para disfrutar el contacto de su piel.

«¡Está jugando contigo!». Mi voz interior me sacó del trance. Le quité la mano y lo miré a los ojos con gesto desafiante.

—No te lo diré y punto —dije, orgullosa de mí misma—. ¿Por qué tanto interés en saberlo?

—Mera curiosidad. —Se encogió de hombros—. Quiero saber cuánto tardará ella en lanzarse a los brazos de él.

—Ella jamás… —Me tapé la boca.

Evan soltó una risotada.

—¿Qué dices?

—Nada. —Desvié la mirada.

—Ella jamás qué...

—No te voy a decir más, colega. —Sentía su mirada penetrante y me empezaba a incomodar—. Y deja de mirarme.

—Entonces, dime.

—No.

—Pues no nos moveremos de aquí —declaró con obstinación.

La luz roja cambió a verde. Casi de inmediato empezaron a sonar las bocinas de los autos que estaban detrás de nosotros. Volteé a ver al conductor obstinado, quien seguía mirándome fijamente.

—Deberías avanzar.

—No.

—Evan...

—Jules... —dijo en tono juguetón y sonrió como felino.

—Avanza —le ordené, haciendo énfasis en cada sílaba.

—Dime o nos va a atacar una turba de conductores furiosos. Depende de ti —dijo, tan fresco como el viento.

Me aferré al cinturón de seguridad.

—¿Me estás chantajeando?

—Quizá. ¿Está funcionando? —Lo miré con furia. La calle se había vuelto muy ruidosa por los autos que tocaban las bocinas para que nos moviéramos. Me asomé por el retrovisor y vi a un hombre enorme bajarse de su auto y dirigirse hacia nosotros. «Ay, no».

—¡De acuerdo! ¡Avanza! —exclamé.

—¿Eso significa que me dirás?

—¡Sí! ¡Avanza! ¡Ya! —El hombre enorme estaba cada vez más cerca.

—¿Lo prometes?

—¡Lo prometo! —grité.

Evan aceleró y dejó atrás a Hulk. «Dios mío, eso estuvo cerca».

—Estoy esperando —dijo con voz cantarina.

Le lancé una mirada fulminante.

—¿Te das cuenta de que estuvimos así de cerca —dije e hice un gesto con el pulgar y el índice— de ser brutalmente asesinados por Hulk?

Evan soltó una carcajada. ¡Cielos! Hasta su risa era *sexy*. «¿Qué estoy pensando? ¡Debería estar furiosa con él!».

—Eres muy dramática —dijo y negó con la cabeza.

—¡Claro que no!

—Lo que tú digas, Señorita Fresita.

El corazón me dio un vuelco. Era tan raro oírlo llamarme así, pues generaba una especie de conexión íntima entre ambos.

—Estoy esperando —me recordó.

—Me niego a decir nada.

—Prometiste que lo harías, Jules. —Tuve que soportar el escalofrío que me subía por la nunca cuando decía mi nombre.

—No.

—¿Vas a romper tu promesa? Hay más semáforos en el camino. No te gustaría que volviéramos a detenernos, ¿cierto?

—Eres maligno —dije. Nos quedamos callados unos minutos. Sabía que estaba esperando que le contara qué iba a hacer Rose, la protagonista de mi historia. Suspiré, derrotada, y me asomé por la ventana mientras se lo contaba—. A la larga se lo dirá —dije mientras veía pasar los árboles a toda prisa. Sólo en ese momento me di cuenta de cuánto nos parecíamos mi protagonista y yo—. No es fácil para ella. No quiere perderlo.

Básicamente estaba hablando de mí y no de un personaje de ficción. Evan se estacionó frente a mi casa. Sentí que me estaba mirando, así que volteé a verlo. Sus ojos tenían un destello que no podía descifrar.

—Creo que ella no debería decirle nada —comentó.

El corazón se me estrujó. ¿Era mi impresión o él tampoco estaba hablando de mi historia?

—¿Por qué? —le pregunté.

Evan agitó ligeramente los labios para esbozar su *sexy* sonrisa.

—Creo que debería de armarse de valor y besarlo.

Al escucharlo, abrí los ojos como platos. No pude evitar sonrojarme. Me mordí el labio y bajé la mirada a su boca. No sé cuánto tiempo permanecimos en esa posición.

«¡Bésalo! ¡Deja de ser una gallina!».

Mi voz interior me gritaba, pero yo no parecía encontrar la fuerza para hacer nada. Mi mente intentaba procesar sus palabras, sin saber bien si me estaba diciendo de forma muy discreta e indirecta que lo besara. De hecho, me quedé paralizada en mi asiento.

Evan soltó una risita y se bajó del auto. Luego abrió la puerta de mi lado y me extendió la mano, lo cual me devolvió a la realidad.

—Aquí te quedas tú, escritora cursi —dijo en tono de broma. Tomé su mano e ignoré los cosquilleos que sentí en todo el brazo.

—Gracias, poeta oscuro. —Me bajé del auto, y la brisa fría me hizo temblar. El cielo empezaba a pintarse de naranja, pues había empezado a atardecer. Evan caminó conmigo hasta la puerta en silencio. Una vez ahí, nos miramos de frente. Me sentía pequeña frente a él, pues al menos me sacaba una cabeza. Le sonreí.

—Gracias por traerme a casa.

Evan metió las manos en el bolsillo de su sudadera.

—No hay problema.

Quería decirle muchas cosas. Quería decirle que me gustaba mucho, que quería que me besara en ese instante. Pero, en vez de eso, me quedé ahí, mirando su hermoso rostro.

La tristeza me inundó cuando me di cuenta de que esto era lo único que obtendría de él. Me dolía saber que su amistad nunca se convertiría en otra cosa. Ser su amiga nunca sería suficiente para mí, lo que significaba que sólo estaba prolongando la tortura. Los ojos se me llenaron de lágrimas cuando supe qué debía hacer.

Debía dejarlo ir. Sería doloroso, pero el desamor no duraría para siempre. Tenerlo como amigo, tan cerca y tan lejos, a la larga provocaría más dolor y frustración que dejarlo ir de una vez por todas.

—¿Jules? —Su *sexy* voz me trajo de vuelta a la realidad.

—¿Sí? —Pasé saliva con dificultad. Se me había hecho un nudo en la garganta.

—¿Pasa algo? —preguntó con genuina preocupación.

«Sí. Estoy loca por ti y por eso voy a hacer esto».

—No. Estoy bien. Nos vemos.

Me metí a la casa de prisa y cerré la puerta tras de mí. No tenía el valor para decírselo cara a cara, así que saqué el celular del bolsillo y escribí un mensaje mientras escuchaba cómo se alejaba el motor de su auto. Caminé a la sala y me dejé caer sobre uno de los sofás antes de enviarlo. «Lo siento, pensé que podía hacerlo, pero no puedo ser tu amiga».

Enviar ese mensaje fue como apuñalarme a mí misma. El corazón se me fue estrujando en el pecho. Se habían acabado los apodos y los poemas, los lindos mensajes al despertar, los dragones en el estómago cada vez que hablábamos... Se había acabado mi historia con Evan.

Recordé su linda sonrisa mientras el recuerdo de su *sexy* voz me llenó los oídos. El celular vibró entre mis manos.

La respuesta de Evan llegó mucho más rápido de lo que esperaba.

Evan<3: ¿De qué hablas? :/

@SuperJules: No puedo ser tu amiga. Lo siento. Ya no seré parte de tu vida.

Él: Estás bromeando, ¿verdad?

Yo: No.

Me rodó una lágrima por la mejilla. Necesitaba ser fuerte después de haber reunido por fin el valor para dejarlo ir.

«¿Qué hice mal?», me preguntó.

«Nada. Simplemente ya no puedo ser tu amiga», contesté. Luego escribí otro mensaje: «Por favor, deja de escribirme».

Sabía que sería más difícil lograrlo si seguíamos teniendo comunicación. No contestó después de eso, lo que me hizo llorar aún más. Eso significaba que Evan iba a respetar mi decisión, ¿cierto? Me puse de pie y caminé de un lado a otro de la sala, intentando calmar el dolor de mi corazón. Me pasé los dedos por el cabello con la mano temblorosa.

La puerta de entrada se abrió de golpe, y yo volteé bruscamente.

Evan...

Ahí estaba, con el celular en una mano y la perilla de la puerta en la otra.

—¿Qué haces aquí? —Me limpié las lágrimas. Verlo de nuevo era como echarle leña al fuego que ardía en mi pecho. Evan se acercó a mí dando zancadas.

—Quiero que me lo digas a la cara. —Sus ojos oscuros eran más negros que de costumbre—. Dime que no quieres volver a verme jamás.

No aguanté la intensidad de su mirada y desvié los ojos.

—No lo hagas más difícil, por favor.

—¿De qué hablas, Jules? Mírame. —Me tomó de la barbilla y me obligó a mirarlo—. ¿Por qué no podemos ser amigos?

—Sólo... —Me quedé callada. Estaba demasiado triste—. Sólo vete.

Retrocedí. Evan me tomó del brazo y me jaló hacia él.

—No me iré hasta que me digas por qué no podemos ser amigos. —Sonaba molesto.

—¡Suéltame! —Forcejeé para liberarme, aunque el contacto con su piel era cálido.

—Dime.

—No.

—¡Dime! —Se inclinó hacia mí. Su cara estaba a centímetros de la mía. No tenía nada que perder, ¿o sí?

—No debería decirte nada —susurré y recordé sus palabras. La respiración acelerada de Evan me rozaba los labios insistentemente—. Debería armarme de valor y besarte.

Me puse de puntitas y pegué mis labios a los suyos. Una descarga eléctrica me recorrió el cuerpo. Sus labios eran tan suaves. Retrocedí para ver su reacción. Ansiaba volver a sentir sus labios, pero necesitaba saber si él quería lo mismo. Evan pareció sorprendido al principio, pero luego me tomó de la nuca y me besó apasionadamente. Jamás me habían besado así; había tanto anhelo y pasión en la forma en la que movía su boca sobre la mía que pensé que se me doblarían las rodillas. Era como si no pudiera besarme lo suficiente. El beso se fue volviendo más y más efusivo. Sentía cómo la sangre ardiente me corría por las venas. Me pasó el brazo libre alrededor de la cintura y me acercó más a él. Nuestros cuerpos quedaron uno contra el otro. Deslizó su lengua en mi boca, y sentí cómo mi cuerpo entero se encendió. Quería más, mucho más. Me chupó el labio inferior y provocó que emitiera un ligero gemido.

De pronto, Evan me soltó y dio un paso atrás. Ambos estábamos jadeando. Teníamos los labios rojos e hinchados.

Había sido el mejor beso de toda mi vida.

—Yo... esto es... —Empezó a decir. Él también se había quedado sin palabras—. Debo irme —añadió rápidamente antes de darse media vuelta y salir de la casa.

Me quedé completamente desconcertada. Mi cuerpo entero lo anhelaba, y mis labios hormigueaban.

Quería más, mucho más de Evan.

CAPÍTULO 23

ME QUEDÉ PARALIZADA. No respiré. No hice nada, ni siquiera cuando empezó a sonar el teléfono de la casa, ni siquiera cuando el celular que traía en la mano empezó a vibrar.

«Evan me besó…».

Bueno, técnicamente yo lo besé primero, pero después él me besó, y por la pasión desenfrenada con que lo hizo me quedó muy claro que lo había disfrutado. En silencio, miré fijamente la puerta de entrada, la cual seguía abierta. Alcanzaba a ver el jardín delantero, y la luz del sol peinaba las flores muertas a medida que retrocedía. Sonreí como tonta, y me inundaron oleadas de alegría y de alivio.

Alegría porque me acababan de dar el mejor beso de toda mi vida, y alivio porque Evan no me rechazó, que era lo que más temía. Me llevé la mano a la boca y casi pude volver a sentir sus suaves labios sobre los míos. Jamás pensé que un beso me haría sentir tantas cosas, pues ya me habían besado antes, pero nunca así. De hecho, mis galanes anteriores nunca incursionaron en el área de los besos franceses. Evan, por otro lado, digamos que era un experto en el tema. Si él no se hubiera separado de mí, yo habría aceptado felizmente pasar el resto de mi vida con la cara pegada a la suya. Sin embargo, dudé que eso pudiera ocurrir porque Evan se había ido, y darme cuenta de ello fue como recibir una cubetada de agua fría.

Evan se fue.

No estaba. Se fue.

Jamás había estado tan confundida emocionalmente. Hacía un segundo estaba feliz, pero de repente la tristeza me abrumó, aunque una parte de mí seguía brincando de emoción por el beso.

El viento azotó la puerta de la casa con violencia y me sacó de la ensoñación. Estaba como en un trance. El teléfono de la casa estaba sonando de nuevo. Volteé a verlo. ¿Y si era Evan? ¿Estaría llamando para disculparse por haberse ido de esa manera? No parecía factible, pero igual esperaba que ocurriera.

Me armé de valor y contesté.

—Uhm, ¿bueno? —Fue difícil que algo saliera de mi boca.

—¡Jules! —Exclamó la voz de mi mamá. Me sentí aliviada y decepcionada. Ya estaba harta de esas emociones encontradas.

—Hola, mamá.

—¿Dónde estabas? Llevo rato llamándote. —Su tono de voz era exigente. Me sentí como un ladrón cachado *in fraganti*, y pasé saliva.

—Estaba...

«Besuqueándome con el chico que me gusta en la sala de la casa». Sí, claro, a mi mamá le habría encantado escuchar eso.

Debía inventar algo, aunque conociéndome, no iba a salir muy bien.

—Estaba... —Me quedé callada de nuevo.

«¡No digas algo tonto! ¡No digas algo tonto!».

—Estaba... ¿comiendo?

«¡Fiu! Eso no salió tan mal».

—¿Comiendo? —repitió mi mamá en tono incrédulo—. ¿Comiendo qué?

—Nueces —contesté torpemente.

«Y, como siempre, lo arruinaste».

—No te gustan las nueces —me recordó mi madre—. ¿Qué está pasando, Julie? ¿Está todo bien?

—Todo está absoluta, definitiva y perfectamente bien —contesté a toda prisa.

«¡Diablos! ¡Maldita verborrea! Gracias, cerebro».

—¿Acabas de usar tres adverbios en una oración? —Mamá sonaba cada vez más suspicaz.

—Sí... Es un... ejercicio. Es parte de mi tarea de lengua, de hecho. Ya sabes... adverbios, verbos, adjetivos, besos. —Me llevé a la boca la mano que tenía libre.

—¿Besos? Julie Ann Jones, ¿qué demonios está pasando?

—Él... yo... Había un beso en un libro que leímos en clase, es eso —expliqué y solté una risita nerviosa.

«Soy pésima para mentir. ¡Ay, Dios!».

—Voy para allá —me informó mi mamá. Sonaba furiosa.

—No, mamá, te juro que todo está bien.

—Muñeca, soy tu madre y te conozco, por no mencionar que eres pésima para mentir. Lo heredaste de tu padre. —Se quedó callada. Era la primera vez que lo mencionaba en mucho tiempo. Al parecer se dio cuenta de ello, porque tampoco dijo más.

—No es necesario que vengas. Tienes pacientes que cuidar, y yo estoy bien, mamá. Confía en mí.

—Sólo si prometes que me explicarás todo mañana, ¿de acuerdo? —Ya no sonaba enojada, sino más bien preocupada.

—Te lo prometo —contesté, derrotada. No tenía caso seguir adelante con mis inútiles intentos de mentir.

—De acuerdo. Te llamaré cada dos horas. Cierra las puertas y...

—Todas las ventanas —añadí.

Estaba acostumbrada a pasar mucho tiempo sola en casa. El trabajo de mamá me obligó a acostumbrarme. Sin embargo, gracias a eso era más independiente y madura en algunos aspectos. Mamá colgó después de hacer algunos comentarios sobre el comportamiento de una hija responsable. No la culpaba: se dio cuenta de que le estaba mintiendo, pero lo pasó por alto... al menos hasta el día siguiente.

Me dejé caer sobre el reposabrazos del sofá y me quité un mechón de la cara de un soplido.

¡Qué día! Miré mi celular y encontré varios correos electrónicos nuevos de Wattpad, pero ninguno de ellos decía nada sobre Poeta_oscuro001.

¿Y si le escribía? Pero ¿qué le iba a decir? «Hola, me preguntaba por qué huiste después de que compartimos ese increíble beso». No, olvídenlo. Se me había acabado la valentía por el momento.

Necesitaba hablar con alguien. Revisé los contactos del *Messenger*. Sabía que encontraría a Laura conectada.

@SuperJules: ¿Dónde estás?

@SexyLau: En casa de Jordan, ¿por?

Yo: Necesito hablar contigo, ¿puedes venir?

Ella: ¿Pasó algo malo?

Yo: No, pero necesito hablar con alguien. Está bien si no puedes venir.

Ella: Voy para allá. No hagas alguna estupidez.

Yo: ¿Como qué?

Ella: Como suicidarte o quemar tu hermosa blusa morada.

Yo: Estás loca.

Ella: Ja, ja. Llego en un rato.

Yo: *OK.*

Lancé el celular al sofá y me puse de pie. Necesitaba tomar agua. El torbellino emocional en mi interior era abrumador. Iba de camino a la cocina cuando escuché «Mi corazón está abierto, lo tengo que cerrar; me importas tanto, esa es mi debilidad». Me detuve en seco y fruncí el ceño el escuchar la canción que retumbaba a mis espaldas. De repente me di cuenta de que venía de mi celular. «¿De dónde salió eso? ¿Como por qué...? ¡Primero contesta el teléfono y luego preguntas!». Fui a contestar la llamada, y fruncí el ceño al ver que en la pantalla decía «El gran Jason :D ».

—¿Qué demonios, Jason? —contesté, completamente confundida—. Tu *ringtone...*

—Es una canción de Papa Roach —me interrumpió y soltó una risita—. Es muy buena.

Al parecer a todos les parecía simpático cambiar sus tonos de llamada en mi celular sin mi permiso. Genial.

—¿En qué momento...?

—Oye, Jules... —Jason me interrumpió—, ¿qué le dijiste a Helen?

—¿De qué estás hablando? —Fruncí el ceño.

—De que hoy no me quiso dar mi dosis de sexo.

Puse los ojos en blanco al oírlo decir eso.

—¿Y eso qué tiene que ver conmigo?

—Pues que cuando se bajó del auto me dijo textualmente: «Pídeselo a Jules. A ella la hará muy feliz complacerte».

Se me cayó la quijada al suelo.

—¿Qué?

—Genial, ahora además estás sorda. No pienso repetirlo todo de nuevo.

—No, sí te escuché. Es sólo que... ¿Qué te hace pensar que...? No le dije nada. La conocí en el estacionamiento, pero apenas si cruzamos palabra.

—¿Estás segura? Parece estar segura de que tú y yo tenemos un pasional amorío secreto de mejores amigos.

—¿Amorío de mejores amigos? ¿Hablas en serio, Jason? —Quería abofetearlo por el teléfono. Él sólo se rio.

—No puedes negar que soy creativo.

—Eres un tarado.

—Pero así me quieres, así que eso te hace taradérrima.

—¿«Taradérrima»? Esa palabra ni siquiera existe.

—Pero suena graciosa, ¿no?

Me di una palmada en la cara. A lo mejor tanto sexo salvaje estaba acabando con las neuronas de mi mejor amigo de forma lenta y constante.

—Tu mamá está de guardia, ¿no? —preguntó y me sacó del ensimismamiento.

—Sí.

—Voy para allá para que hablemos bien.

—De acuerdo. Aquí te veo —colgué y me sentí confundida.

¿Por qué Helen habría dicho algo así? ¿Estaba celosa? Era buena señal, pues significaba que le importaba Jason.

Después de comer dos bolsas de Ruffles, beber una Coca-Cola y cerrar todas las ventanas, por fin escuché el motor de un auto que llegó a la casa. ¡Finalmente! Ya se habían tardado bastante.

—¿Jules? —Escuché la voz de Lau y luego oí que tocó la puerta.

—¡Voy! —grité mientras tiraba las bolsas vacías de Ruffles a la basura. Abrí la puerta y encontré a Lau muy sonriente. Me dio gusto que Jordan la estuviera haciendo tan feliz.

—Hola, melliza. —Me dio un beso en la mejilla y entró a la casa. Ambas nos sentamos frente a frente en el sofá grande—. Yo también tengo algo que decirte —dijo Lau, ruborizada—. Pero tú primero.

Suspiré antes de contarle toda la historia, desde el viaje tentador hasta el beso apasionado.

—¡Dios! —dijo Laura con un chillido de emoción—. ¡Lo besaste! ¡No lo puedo creer! No te ofendas, pero creía que nunca te ibas a animar. —Lau aplaudió—. ¿Y qué tal? ¿Te gustó? ¿Cuánto duró? ¿Fue de lengua?

—Hey, hey, hey, espera un poco, mujer.

—¡Cuéntamelo todo! ¡Quiero saber hasta el último detalle!

—Fue increíble. —Mi mirada se perdió en la nada mientras hablaba—. Fue el mejor beso de mi vida. Ya sé que no he besado a muchos chicos, pero este fue el mejor beso del mundo. —Cerré los ojos y lo recordé. Se me dibujó una sonrisa—. Fue tan apasionado... —Abrí los ojos lentamente.

—¿Y luego qué hizo? —preguntó Lau.

Mi sonrisa se desvaneció al pensar en la respuesta.

—Se fue.

—Tal vez estaba demasiado impresionado o algo así —dijo Lau y se agarró la barbilla como si estuviera reflexionándolo—. Probablemente lo agarraste desprevenido. Digo, todos sabemos que eres una gallina —dijo, y yo la miré con furia—. No me mires así. Es verdad. Por lo tanto, tu repentino acto de valentía debe haberlo desconcertado.

—¿Tú crees?

—Es una opción. Los hombres son un poco difíciles de interpretar —corroboró Lau.

—¿Crees que deberíamos consultarlo con Jason?

—Claro, estaría bien tener la perspectiva de un chico.

Hablamos otro rato sobre el beso. Déjenme decirles que Lau insistió muchísimo en saber todos los detalles.

—Bueno, ¿qué me querías contar? —le pregunté. Lau se sonrojó y bajó la mirada—. ¿Lau?

—Pues, yo...

—¿Tú qué? —Me le quedé viendo.

—Jordan y yo nos estábamos besando en el sofá de su casa y él... —Hizo una pausa—. Pues, *digamosquecomoquellegamosasegundabase* —dijo a toda prisa como para que no le entendiera. Sin embargo, siendo mi mejor amiga, me había vuelto experta en entenderla cuando hablaba así de rápido.

—¿Que qué? —Di un brinco en el sillón, impresionada—. Espera, segunda base es... —Señalé el área de los senos. Lau asintió. ¡Dios! Ahora era yo la que quería saber hasta el más mínimo detalle. Al parecer, Lau no era la única insistente.

Nos quedamos despiertas toda la noche conversando sobre cualquier cosa. Hicimos chocolate caliente y decidimos ver una película de suspenso. La película iba a la mitad cuando vibró mi celular en mi bolsillo. Lo revisé con desesperación, pero no era más que un mensaje de texto de Jason: «Perdón. No puedo ir. Helen cambió de opinión :D ».

Puse los ojos en blanco y le contesté: «Bien por ti. Diviértete».

—¿Quién es? —preguntó Lau y le dio un trago a su chocolate caliente—. ¿Es él? —Se estaba refiriendo a Evan, pero yo negué con la cabeza.

—No, es Jason. Que al final no viene. Al parecer a Helen ya se le pasó el enojo.

—Parece que Jay-Jay va a recibir su dosis esta noche —dijo Lau en tono burlón.

—Sabes que odia ese apodo —comenté.

—Ese es el punto —Lau me sonrió. Lau y Jason se llevaban bien de una forma muy extraña. Algunos días no se toleraban, pero otros actuaban como grandes amigos. Supongo que era porque tenían ese tipo de personalidades que a veces chocan. Me quedé mirando el celular con tristeza. Moría de ganas de escribirle a Evan. Lau me había distraído bastante, pero seguía pensando en él casi todo el tiempo—. ¿Por qué no le escribes? —Lau parecía haberme leído la mente, aunque no literalmente, pues eso habría sido demasiado extraño.

—No sé. ¿Qué le digo?

—Lo que sea. Sólo habla con él —insistió.

—Él se fue. Él debería escribirme, pues me debe una explicación.

—Ya sabes cómo es. ¿En serio crees que te va a escribir?

—No. —Suspiré.

—Entonces hazlo tú. No pierdas el tiempo esperando algo que nunca va a pasar.

Decidí hacerle caso a mi mejor amiga y empecé a escribir el mensaje. Después de dudar un poco, de borrar algunas palabras, de reescribirlas y de borrarlas de nuevo, finalmente le envié un mensaje que decía «Hola».

¡No me juzguen! Sólo necesitaba saber si quería hablar conmigo antes de escribirle algo más serio. Cuando el teléfono me informó que había recibido un mensaje de Evan, dudé en leerlo. Mi pobre corazón latía tan de prisa que pensé que se me atoraría en la garganta. Toqué la pantalla y abrí el mensaje.

«Hola».

¿En serio «Hola» era lo único que podía decir? Digo, yo sólo le escribí «Hola», así que ¿qué esperaba? Levanté la mirada para consultar a Lau, pero ella parecía embriagada por la película, pues tenía la mirada fija en la tele y ni siquiera parpadeaba. Me mordí el labio mientras le contestaba a Evan. «Necesitamos hablar». Esperé su respuesta, pero nunca llegó, así que le escribí de nuevo. «¿Estás ahí?».

No hubo respuesta. Era obvio que estaba evadiendo la conversación. Suspiré, frustrada, y miré la tele para intentar ponerme al día con la película, pero no podía evitar mirar el teléfono cada dos minutos.

Evan nunca contestó.

Lau y yo vimos otras películas y luego charlamos otro rato. Hacía mucho tiempo que no pasábamos tanto tiempo juntas, así que pasó volando. Ella me estaba contando algo sobre sus clases de baile cuando la ventana junto a la puerta de la entrada llamó mi atención. Abrí los ojos como platos de la impresión.

—¡Dios! —exclamé y me levanté de un brinco. Miré fijamente la luz del día que entraba por la ventana.

—¿Qué? —Lau se puso de pie y frunció el ceño.

—¡El sol! —exclamé, vuelta loca. Lau frunció el ceño aún más.

—Sí, ¿y qué? ¿Estamos jugando a la película de vampiros que vimos hace rato? —preguntó, entretenida.

La miré fijamente.

—Qué gracioso, pero no —dije y levanté las bolsas vacías de Ruffles y de Doritos, los envoltorios de chocolate, las latas de refresco, etcétera—. La guardia de mi mamá termina a las 6:00 a.m., lo que significa que está... —Me interrumpió el sonido de un motor fuera de la casa—. ¡Maldición! ¡Ya llegó! —Aventé todo al bote de basura y jalé a Lau hacia las escaleras—. ¡Corre! —susurré.

Cuando estuvimos acostadas en la cama, ocultas bajo las cobijas, Lau aprovechó para hacer preguntas.

—¿Qué está pasando? —susurró.

—Si mi mamá se entera de que estuvimos despiertas toda la noche, nos matará, no sin antes darnos un sermón sobre los patrones de sueño.

Lau formó una «o» con los labios al entender la situación.

—¿Apagaste la tele? —preguntó.

—¡No! —exclamé, asustada.

—Entonces... —empezó a decir, pero yo le tapé la boca al oír pasos fuera.

—¡Shh! Finge estar dormida —le ordené, pero tan pronto cerré los ojos no necesité fingir nada, pues no tardé en partir al mundo de los sueños.

Incesantes picoteos en la frente me obligaron a despertar. A medida que mis sentidos se reactivaban, empecé a escuchar voces a mi alrededor.

—¡Déjala en paz! —Lau sonaba irritada.

—No. Lleva todo el día dormida. —¿Era Shane?

—¡Deja de picotearla!

El ataque se detuvo.

—¡Vamos a llegar tarde por su culpa!

—Necesita descansar —afirmó Lau.

Abrí los ojos lentamente. Lo primero que vi fue un par de hermosos ojos color avellana que me miraban fijamente; era Shane. Estaba demasiado cerca para mi gusto, así que lo empujé.

—La bella durmiente ya despertó —dijo Shane en tono bromista y me sonrió—. ¿Qué tal la hibernación, osita?

Lo ignoré y me incorporé.

—¿Qué haces aquí? —murmuré con voz adormilada.

—Estábamos esperando a que despertaras. Ya pasaron varias horas. —Shane cruzó los brazos sobre el pecho. Estaba a punto de preguntarle por qué, cuando vi la ventana. Había luna llena en el cielo.

—¡Cielos! ¡La luna! —grité, sobresaltada.

—¿Ahora te vas a convertir en mujer-lobo? —bromeó Shane.

Lau le dio un puñetazo en el hombro.

—Sal de aquí —le dijo y lo empujó hacia la puerta.

—¡Dios! ¡Dormí todo el día! ¿Ya es de noche? —le pregunté a Lau cuando Shane nos dejó solas.

—Sí, y más vale que te apures.

—¿Por? ¿Qué hace Shane aquí?

—Vino con Jordan. Iremos a la fiesta de cumpleaños de Helen.

—Hey, hey, hey. Un momento. Yo no quiero ir.

Lau me sonrió.

—Probablemente Evan esté ahí —insistió y agitó las cejas.

—No me tardo nada —dije y salí corriendo a arreglarme.

Tan pronto nos estacionamos frente a la casa de Helen, me fui sintiendo más nerviosa e insegura. Ya no me parecía tan buena idea. Es decir, yo no le agradaba mucho a Helen, así que aparecerme en su fiesta de cumpleaños no era precisamente el mejor regalo.

«Ay, Evan. Las cosas que hago por ti», pensé con tristeza. Me bajé del auto y seguí a Laura. Por primera vez en mucho tiempo podía afirmar que me veía bien. Traía un vestido azul que resaltaba mis ojos, y Laura me había alaciado el cabello con las puntas hacia adentro y me había maquillado. Lau era capaz de hacer milagros. Shane y Jordan nos alcanzaron en la puerta.

Al entrar, me fui poniendo más y más nerviosa. Había gente por todas partes y la música era muy escandalosa. ¿Cómo podría encontrar a Evan en medio de esa multitud? Era una causa perdida, como buscar mi lápiz extraviado en un enorme salón. Jordan y Lau me informaron que irían por unos tragos, así que me quedé sola con el Idiópido. Me di la vuelta para preguntarle algo, pero ya se había ido.

Era obvio que me iba a dejar sola. «Gracias, Shane. ¡Qué detalle!». Examiné a la gente con detenimiento. Algunos bailaban, otros bebían y la mayoría hacía ambas cosas al mismo tiempo.

Al llegar a la sala, me apoyé de costado en un muro. Empezaba a arrepentirme de haber ido. Sin embargo, la sensación desapareció tan pronto mis ojos se posaron en él.

Evan...

El estómago me dio un vuelco. Estaba sentado en el reposabrazos del sofá, vestido de negro, como siempre. Me paralicé en ese instante. Parecía estar hablando con alguien. Observé a la persona que estaba frente a él y casi se me cae la quijada al suelo.

Era Melissa, quien se reía de lo que decía y le daba golpecitos juguetones en el hombro. Se veían muy cómodos juntos. ¿Serían amigos? Evan le sonrió, y yo sentí que me atravesó una descarga de celos. Así que esto era lo que hacía mientras yo me moría en mi casa esperando a que me contestara. Se veía tan despreocupado, sin destello alguno de aprehensión en el rostro. Crucé los dedos con la esperanza de que Melissa se fuera, y pareció funcionar porque le susurró algo a Evan al oído y desapareció por el pasillo.

«Tú puedes».

Me froté las manos sudorosas e intenté calmar mi corazón desbocado. Me acerqué sigilosamente. No me vio porque me acerqué a él desde el extremo opuesto de la estancia. Le toqué el hombro para llamar su atención. Sus profundos ojos negros se clavaron en mis ojos azules, y sentí como si me perforaran el alma. Se veía sorprendido, y su sonrisa se desvaneció de inmediato.

—Hola —lo saludé con timidez.

—Hola —contestó en el mismo tono. Apenas si alcancé a oír sus palabras por encima del escándalo.

Me incliné hacia él y le susurré al oído.

—¿Podemos hablar un segundo? —Me enderecé, no sin antes percibir su deliciosa colonia. Olía demasiado bien.

Evan asintió y se levantó. Me guio en medio de la multitud hasta cruzar unas puertas victorianas que nos llevaron a un jardín solitario y apacible. Se detuvo, sin siquiera mirarme.

—¿Qué quieres? —preguntó con frialdad y metió las manos a los bolsillos.

Yo me mordí el labio inferior.

—¿Por qué estás ignorando mis mensajes? —le pregunté directamente.

—¿Qué haces aquí?

—Vine a verte. —No era necesario mentir—. Necesitamos hablar.

—Claro que no —respondió en tono agresivo.

—¿Podrías al menos mirarme? —dije, cada vez más molesta.

Evan volteó a verme a regañadientes.

—¿Qué quieres de mí? —Suspiró.

—Quiero respuestas, Evan. No puedes esperar que haga como si no hubiera pasado nada.

—No pasó nada.

Sus palabras me hirieron.

—Te arrepientes de haberme besado, ¿verdad? —Estaba al borde de las lágrimas. La expresión fría de Evan cambió por un instante, y pensé que me besaría y me haría olvidarlo todo.

—Sí —contestó y desvió la mirada—. Fue un error.

Podría jurar que escuché cómo se rompió mi corazón en un millón de pedazos.

—Oh. —Retrocedí un paso, y se me escaparon dos enormes lágrimas de los ojos. Me las limpié de inmediato, y la expresión de Evan se suavizó cuando nuestros ojos se encontraron.

—No llores —susurró e intentó tocarme. Di otro paso atrás.

—¡No me toques! —le grité, furiosa. Mi arranque de ira lo tomó por sorpresa—. ¡Eres un patán! ¡Jugaste con mis sentimientos sin importarte nada! —Se me rompió la voz.

—Jules, yo...

—¡Basta! He intentado lograr por todos los medios que confíes en mí. Intenté ayudarte, a pesar de que lo único que has hecho siempre ha sido ahuyentarme.

—Jules, es que...

—Qué tonta soy —afirmé, y las lágrimas empezaron a caer libremente por mis mejillas—. Fui una tonta por creer que te importaba. —Me limpié los ojos con furia—. ¿Por qué habría de ser importante para ti? Sólo soy una chica que conociste por internet. —Las lágrimas me hacían ver borroso. Evan intentó acercarse de nuevo, pero yo le di un manotazo.

—No era mi intención lastimarte —aseguró.

—Pero lo hiciste —dije—. No te preocupes. Estaré bien. Te daré lo que tanto anhelas, Evan. Te dejaré en paz. Ya me voy. —Me di media vuelta y empecé a alejarme.

—¡Espera! ¡Jules! —lo oí gritar a mis espaldas, pero lo ignoré.

Las lágrimas salían volando cuando el viento me pegaba en la cara mientras yo huía a toda prisa de esa casa.

Qué tonta había sido.

¡Dios! Nunca pensé que fuera a dolerme tanto. Corrí por la acera hasta que me quedé sin aliento y tuve que frenar. Estaba sollozando sin control. Seguramente se me habían corrido el delineador y el rímel hacia las mejillas, oscureciendo mis lágrimas, pero no me importaba. Mi pecho estaba tan vacío; era la sensación más dolorosa que había experimentado jamás.

Desamor. Así se sentía que te rompieran el corazón, y déjenme decirles que es sumamente devastador.

Cuando creí que las cosas no podían ponerse peor, empezó a lloviznar. La llovizna se convirtió en un aguacero que me empapó en cuestión de segundos. Llegué a la plaza central del pueblo y me senté en una de las bancas.

¿Qué me estaba pasando? ¿Cómo fue que terminé sintiendo algo tan fuerte por alguien a quien conocí por internet? ¿Era posible enamorarse de alguien sólo a través de sus palabras? Yo era la prueba viviente de que sí lo era. Simplemente había sentido una conexión muy fuerte con Evan desde el primer día en el que interactuamos. Sentía como si nos complementáramos. Me tallé la cara mojada y empecé a temblar de frío. De reojo noté que algo se movía a mi lado y volteé bruscamente en esa dirección. El corazón me dio un vuelco.

Evan estaba parado a unos cuantos metros de mí, completamente empapado. El cabello mojado se le había pegado a la frente y las orejas. Su pecho subía y bajaba como si estuviera agitado. ¿Qué hacía aquí?

Me puse de pie. Él se me acercó despacio y nuestras miradas se encontraron. De su nariz y barbilla caían gotas de lluvia. Cuando se detuvo frente a mí, me sostuvo la cara entre sus manos.

—Perdóname —susurró y apoyó su frente contra la mía. No sabía qué decir. Tuve que echar la cabeza hacia atrás para mirarlo directamente a los ojos. La tormenta se cernía sobre nosotros, pero no me importaba. Las palabras eran innecesarias, pues sus ojos lo decían todo: estaban llenos de arrepentimiento y anhelo. Acaricié su mejilla húmeda, y él cerró los ojos y apoyó su cara en mi mano.

Luego se inclinó hacia mí y pegó sus labios húmedos a los míos con delicadeza. Descargas eléctricas me recorrieron todo el cuerpo. Era una sensación tan agradable que sentía que se me iban a doblar las rodillas. Evan comenzó a mover los labios lentamente, como si quisiera saborearme. Yo lo besé con toda la energía de la que era capaz. Sentía que los pies se me habían convertido en gelatina. Evan me apretó el rostro al intensificarse el beso, y deslizó su lengua en mi boca. Sabía tan delicioso que no imaginaba que pudiera ser un error. Me pasó los dedos por el cabello, y el beso se volvió mucho más pasional en cuestión de segundos. Era como si no nos saciáramos el uno del otro.

Evan me soltó la cara y bajó los brazos hasta pasarlos por mi cintura y jalarme hacia él. Nuestros cuerpos quedaron pegados de tal forma que sentía el calor que irradiaba debajo de la ropa. El dulce olor de su colonia me inundó las fosas nasales, y me perdí en su esencia. Nuestras respiraciones se iban haciendo más agitadas a medida que el beso se volvía más intenso. Evan me mordió el labio inferior suavemente, provocando un ligero gemido de mi parte. El hombre sabía muy bien lo que estaba haciendo.

En ese instante, bajo la tormenta, me di cuenta de que estaba besando a Evan como si no hubiera futuro. ¡Dios! Lo estaba besando como si después de eso nos fuéramos a morir.

No tenía caso negar los hechos. No sólo estaba loca por él, sino que me estaba enamorando... perdidamente.

CAPÍTULO 24

ESTABA PERDIDA EN los adictivos labios de Evan. De haber sabido que besaba tan bien, lo habría intentado mucho antes. Nuestra respiración se volvió jadeante, como si acabáramos de correr un maratón. Me puse de puntitas para pasarle los brazos por el cuello, y sentí la velocidad con que subía y bajaba su pecho contra el mío. La lluvia helada nos empapaba de pies a cabeza, pero en sus brazos yo no tenía frío. Quería quedarme así para siempre. No quería que nada arruinara ese momento ideal. Por desgracia, no dejábamos de ser humanos y necesitábamos respirar.

A regañadientes me separé de él e inhalé profundo. No abrí los ojos, sino que sólo apoyé mi frente contra la suya. El rápido flujo de mi sangre por las arterias me hacía sentir llena de energía. Mi cuerpo entero lo anhelaba, por no mencionar a los dragones rebeldes de mi estómago. La respiración entrecortada de Evan me acariciaba los labios.

—No puedo —murmuró en voz tan baja que apenas si lo escuché por encima de la intensa lluvia.

—¿Qué? —abrí los ojos lentamente.

Su expresión era indescifrable. No quedaba rastro del arrepentimiento que había visto en su cara antes de que nos besáramos. Me tomó de las muñecas para quitar mis manos de su cuello y retrocedió un paso para romper todo contacto entre nosotros. En ese instante, mi cuerpo sintió frío al no estar cerca del suyo.

Se pasó los dedos por el cabello mojado y se mordió el labio antes de hablar.

—Lo siento. —De su boca salían oleadas de arrepentimiento.

—¿Qu-qué? —balbuceé, completamente confundida. Intenté tocarlo, pero él retrocedió. Se me estrujó el corazón—. ¿Evan? —Entonces noté sus hombros tensos y su postura defensiva. Algo no andaba bien.

—¡Maldita sea! —exclamó y se dio media vuelta con las manos sobre la cabeza.

—¿Qué pasa, Evan? —pregunté. Yo pensaba que todo estaba más que bien, que el beso era una buena señal y que por fin confiaría en mí. Al parecer me había equivocado. Él volteó a verme una vez más, con seriedad y decisión.

—No puedo hacerlo —dijo fríamente—. Y no lo haré.

Sentí dolor en la punta del estómago.

—¿De qué hablas? —Temía la respuesta a esa pregunta.

Evan desvió la mirada.

—No quiero volver a verte —dijo bruscamente.

¿Estaba hablando en serio? Los ojos se me llenaron de lágrimas y me impidieron ver con claridad.

—¿Qué? ¿Cómo puedes decir eso después de besarme así? —Esto no era simplemente dolor—. ¿Todo esto es un juego para ti? —Se me rompió la voz y titubeé hacia el final.

Evan apretó los labios.

—Te dije que sólo podía ofrecerte mi amistad —respondió.

—¿Amistad? —Repetí, aturdida y conmocionada. Esperaba que mis lágrimas se disimularan con la lluvia—. Ambos sabemos que los amigos no se besan de esa forma.

Evan se quedó callado.

La tristeza me revolcó como un tsunami. En ese momento supe qué se sentía que te rompieran el corazón. Era doloroso haber tenido un momento increíble juntos, y luego oírlo decir que ya no quería volver a verme jamás. Era como chocar de frente con una superficie rígida y fría.

—¿Por qué me seguiste hasta aquí? ¿Por qué me besaste? —dije en tono insistente, mientras la indignación me hacía arder la sangre.

—Fue la emoción del momento. Lamento haberte dado alas de esa forma —contestó.

Sentía como si miles de agujas me estuvieran atravesando el corazón, dejando heridas permanentes en él.

—Velo como un beso de despedida —dijo e intentó reír, pero apenas pudo esbozar una sonrisa triste.

El rostro me ardió de ira mientras me acercaba a él. No estaba pensando. Levanté la mano y lo abofeteé con toda la fuerza de la que fui capaz. El sonido del choque de mi palma con su mejilla hizo eco en la plaza lluviosa. Evan no parecía sorprendido al voltear de nuevo a verme, sino que simplemente se sobó la mejilla.

—Me lo merecía —afirmó con tranquilidad.

Nunca en mi vida había estado así de furiosa. Nunca me había sentido tan decepcionada, tan tonta.

—¡Eres un idiota! ¿Cómo pudiste jugar con mis sentimientos de esta manera? ¿Cómo pudiste...? —Me quedé callada e inhalé entrecortadamente. Todo mi cuerpo temblaba de ira.

—No era mi intención que ocurriera esto —intentó explicarme.

El labio inferior me empezó a temblar. «No llores, Jules». Necesitaba fuerza para gritarle, pues ya no tenía caso contener lo que sentía. Ya no tenía caso ser cuidadosa con mis palabras. Ya no tenía nada que perder.

—Sé que has tenido una vida difícil, pero eso no te da derecho de ir por la vida lastimando a la gente de esta forma —le grité.

—¡Te lo advertí! —Él también subió el tono de voz—. Te dije que no te convenía... pero no escuchaste.

—¡Porque me importabas! —exclamé. Evan abrió los ojos como platos y tensó la mandíbula. Ya no podía retractarme, así que continué—. Quería ayudarte.

—No necesito tu ayuda ni tu compasión.

—¿Ese es el problema? ¿Crees que siento compasión por ti? —Evan abrió la boca para contestar, pero la cerró casi de inmediato. Parecía estar eligiendo sus palabras con cuidado.

—Deberías regresar a la casa antes de que te enfermes de nuevo. —Se frotó el rostro con la mano y emitió un largo suspiro.

—¿Por qué me haces esto, Evan? ¿Por qué insistes en ahuyentarme? —Mi voz estaba llena de añoranza y dolor.

Evan no contestó; sólo me miró en silencio. Sus labios estaban enrojecidos a causa de nuestra reciente sesión de besuqueo. Por un instante, lo único que se oía era la lluvia que caía a nuestro alrededor. Nuestras miradas se encontraron; su fachada de frialdad pareció agrietarse una milésima de segundo y me dejó ver el dolor que había detrás de ella. La profundidad de sus ojos negros parecía interminable. Deseaba poder saber qué estaba pasando por su cabeza en ese instante. La tristeza en su mirada calmó un poco mi ira, la cual seguía ahí, palpitando como un volcán dormido. Era muy frustrante intentar entenderlo cuando sus acciones eran completamente contradictorias. ¿Acaso para él era un juego?

—Regresa a la casa —dijo en un susurro. Yo me froté las manos mojadas al volver a llenarme de furia.

—¿Esto es todo? —pregunté, aunque era obvio.

Evan asintió.

El corazón se me estrujó aún más. Su actitud indiferente me hería y me hacía rabiar al mismo tiempo. Quería gritarle, insultarlo por haber jugado con mis sentimientos, pero sabía que se me quebraría la voz si lo intentaba. Estaba a punto de ponerme a sollozar como un bebé, y no me arriesgaría a que me viera así. Aún tenía mi dignidad y mi orgullo, que era lo único que me quedaba después de lo que había pasado esa noche.

Yo, Julie Ann Jones, me di media vuelta y empecé a alejarme de él. Había sido lo más difícil que había tenido que hacer en la vida, incluso más que ver morir a mi pez cuando tenía cinco años.

Señorita Fresita...

Me dolía el corazón como si tuviera un enorme agujero en medio. Recordé todas esas noches en las que me desvelé conversando con él y compartiendo ideas sobre cualquier cosa que nos viniera a la mente. Siempre me sentía cómoda cuando platicaba con él, y sentía que podía decirle cualquier cosa porque no me juzgaría, lo cual nunca hizo. Confiaba en él, así que sin duda extrañaría esas charlas casuales que teníamos. Era mi amigo, además de ser el chico que me gustaba. Evan era muchas cosas para mí. No tenía idea de cómo se había vuelto tan importante, pero la verdad era que se había vuelto parte de mi vida.

Enamorarte de alguien a quien conoces por internet parece extraño y erróneo en muchos niveles. ¿Cómo puedes apegarte a alguien a quien jamás has visto en persona? Al parecer, yo tenía la respuesta. Cuando conversas con alguien, no necesitas preocuparte por las barreras que existen en el mundo real. No necesitas preocuparte por tu apariencia ni tienes que fingir ser alguien más. Puedes ser tú misma sin miedo al rechazo, y puedes compartir cosas que ni siquiera le has dicho a tus mejores amigos. ¿Por qué? Porque la persona al otro lado de la pantalla está buscando lo mismo que tú. Esa persona busca que la escuchen tanto como tú. Si lo que importa es lo que tenemos dentro, entonces el internet puede ser un medio para poder compartirlo. Cuando chateamos, permitimos que nuestro verdadero yo salga a la superficie, porque es lo único que tenemos cuando sólo podemos expresarnos con palabras. No hay máscaras, no hay necesidad de mentir. Sólo están tú y la persona desconocida del otro lado.

Un escandaloso trueno me devolvió a la realidad. Estaba caminando por la banqueta, temblando y abrazándome por el frío. Iba en dirección opuesta a la fiesta de cumpleaños de Helen, a la cual no tenía intención alguna de regresar. Pasé por las casas de Lau, Jordan y Shane, pero sabía que no estaban ahí. Todos estaban en la fiesta.

Sin siquiera pensarlo, me encaminé hacia la casa al final de la calle. Me estaba muriendo de frío, lo cual no era bueno, porque acababa de salir de una gripa. Atravesé el familiar jardín lleno de azucenas y llegué a una puerta de madera. La toqué con las manos temblorosas. Suponía que ya se me habían puesto morados los labios. La casa estaba muy tranquila. ¿Y si no había nadie? En respuesta, la puerta de entrada se abrió. Jason me recibió con *shorts* azules y el torso desnudo. Tenía el cabello despeinado, apuntando en todas direcciones. Parecía como si se acabara de despertar.

—¿Jules? —bostezó y se frotó el ojo izquierdo—. ¿Qué demonios? —Bajó la mano mientras observaba mi apariencia. Quiso decir algo, pero sólo emitió un resoplido entrecortado.

Entonces, sin pensarlo, lo abracé. Su pecho y sus brazos se sentían tan cálidos junto a mi piel mojada, y además olía a jabón de miel.

—Y-y-yo... —tartamudeé, temblando, y hundí la cara en su cuello.

—Shh, está bien —me arrulló con ternura y me acarició la nuca—. Todo va a estar bien. —Retrocedió y tomó mi cara entre sus manos—. ¿Qué pasó?

—Yo... —La voz se me quebraba y no me permitía explicárselo. Jason me acarició la mejilla con cariño.

—Ven, vamos a conseguirte ropa seca. —Me pasó el brazo por el hombro y me guio hacia su cuarto, el cual era un desastre, como siempre. Había ropa tirada en el suelo y la cama no estaba tendida. Jason me dio una de sus camisetas y un par de *shorts*. Me quedaban demasiado grandes, pero eran mejor que mi vestido empapado. Entré al baño y me cambié de prisa, y volví a la habitación vacía, en donde seguí secando mi cabello con una toalla. No tenía idea de adónde había ido Jason. Después de sentarme sobre su cama tibia, me froté la cara y me sentí emocional y físicamente exhausta.

Evan...

Recordarlo trajo de vuelta el dolor en el corazón, así que intenté reprimirlo. Jason volvió con dos tazas de una bebida caliente. Se veía el vapor que salía de ambas. También se había cambiado los *shorts* (que probablemente se empaparon cuando lo abracé). Cerró la puerta de una patada y me sonrió.

—Os he traído una vasija de chocolate humeante, madama —declaró en tono majestuoso e hizo una reverencia. No pude contener la sonrisa que se dibujó en mis labios.

—Tu acento suena tan falso —dije en tono juguetón y tomé la taza. Jason se quedó boquiabierto con una expresión de supuesta indignación.

—¿Cómo podéis decir eso, madama? Si estáis frente a un *lord* muy respetado en esta comarca.

Solté una risita que lanzó aire fresco sobre mi chocolate caliente. Eso era lo que más me gustaba de Jason, que podía hacerme sonreír hasta en las situaciones más difíciles. Era un tipo alegre que, a pesar de las circunstancias, siempre me hacía sonreír. Se sentó de golpe en la cama y casi derrama mi taza.

—¡Jason! —gimoteé y agarré la taza con fuerza.

—Perdón —murmuró. Quedamos tan cerca que nuestros brazos se rozaban.

Hubo un momento de silencio; yo sabía que él estaba esperando que le contara todo. Le agradecía que me diera tiempo de hacerlo a mi manera. Emití un largo suspiro, me armé de valor y empecé a contarle toda la historia. Jason me escuchó con mucho detenimiento, sin despegar sus ojos verdes de los míos, ni siquiera para darle un trago a su chocolate caliente.

Para cuando terminé el relato, ambos nos habíamos terminado las bebidas y habíamos dejado las tazas sobre la mesa de noche. Subí las piernas a la cama para sentarme en flor de loto y quedé viendo hacia mi mejor amigo. Jason hizo lo mismo y nos quedamos mirando en silencio.

—Se supone que te toca hablar —dije nerviosamente—. ¿Jason? —insistí, pues no me agradaba su seriedad.

—¿Te das cuenta de que es dos años más grande que tú? —preguntó después de un rato.

—Sí, ¿y? —No entendía qué tenía que ver eso.

—¿Y a ti no te incomoda? —preguntó en tono escéptico.

—No, ¿por qué habría de incomodarme?

Jason me dio un picotazo en la frente.

—Porque es ilegal, tonta. Eres menor de edad.

Formé una «o» con los labios.

—Te falta un año para ser mayor de edad, así que si él y tú tienen contacto físico, él podría terminar en la cárcel.

Me quedé demasiado impresionada como para decir algo. ¿Cómo se me pudo pasar ese detalle? Ni siquiera lo había pensado. Al parecer no estaba muy al corriente con el tema legal.

«Espera...».

¿Por eso insistía Evan en ahuyentarme?

Sentí una oleada de esperanza. Eso tenía mucho sentido.

—¿Los besos de lengua cuentan como contacto físico? —Era la pregunta más tonta que había hecho en toda mi vida.

Jason puso los ojos en blanco.

—Obvio. —Me dio otro picotazo en la frente—. Pareces sorprendida —dijo y frunció el ceño—. ¿No lo sabías?

—No, en realidad —reconocí y bajé la mirada—. ¡Cielos! Esta es la primera vez que dices algo más inteligente que yo.

Jason soltó una risita.

—Tengo mis momentos.

Volteé a verlo y le lancé una sonrisa genuina.

—¿Crees que por eso insiste en ahuyentarme? —pregunté, esperanzada.

Jason se encogió de hombros.

—No lo sé. Es una posibilidad. Pero suena a que es un tipo muy azotado, así que podría tener otros motivos.

Me froté la cara, frustrada. Estaba cansada de pensar y las punzadas en la cabeza no ayudaban.

Jason me acarició la mejilla.

—Todo va a estar bien. Te lo prometo.

Asentí y lo miré fijamente. Jason se veía muy tierno con el cabello despeinado. Se lo agité de forma juguetona.

—Ya lo sé, tontito. —Le sonreí.

—¿«Tontito»? —dijo y levantó una ceja—. Pensé que esta noche estaba siendo más inteligente que tú. —Esbozó una sonrisa arrogante.

—Tuviste tu momento, bobo. —Le saqué la lengua. Jason entrecerró los ojos y esbozó una sonrisa maliciosa.

—¿Ah, sí? —Sus ojos verdes brillaron, entretenidos. Yo sabía lo que eso significaba—. ¡Guerra de cosquillas! —proclamó.

Intenté levantarme de un brinco, pero Jason me agarró de la cintura y me lanzó de nuevo a la cama.

—¡No! —exclamé, mientras forcejeaba para liberarme.

Jason se sentó a horcajadas sobre mí para inmovilizarme.

—¡Vas a caer! —dijo en tono dramático y comenzó a picotearme la cintura sin parar.

—¡No! —dije entre risas incontrolables. Jason no paraba de hacerme cosquillas. Yo me reía tan fuerte que me empezó a doler el estómago—. No puedo... respirar —logré decir, mientras me caían lágrimas de risa por las sienes.

—Di que soy más inteligente que tú.

—¡No! —exclamé, sin aliento.

—¡Dilo! —Aceleró las cosquillas aún más.

Me iba a morir de la risa si no lo detenía. Levanté la mano y le jalé un mechón de cabello. Jason se dobló del dolor, y yo aproveché para tirarlo sobre la cama y ponerme a horcajadas sobre él. Esbocé una sonrisa triunfal y empecé a hacerle cosquillas en el cuello, que era su punto débil. Jason empezó a retorcerse y a reír, mientras intentaba quitarme de encima.

—¡Quítate, mujer del demonio! —Se estaba poniendo rojo de tanto reír. En un momento, logró agarrarme las muñecas para detenerme. Ambos estábamos jadeando del esfuerzo. Jason me miró a los ojos—. ¿Es un empate?

—Creo que yo gané. —No podía dejar de sonreír, y Jason me miró con ternura.

—De acuerdo. —Me soltó las muñecas—. Te lo concedo, pero sólo porque me gusta hacerte sonreír de esa manera. —Me pellizcó la nariz y yo solté una risita—. ¿Ahora sí te puedes quitar? No siento las piernas —agregó mientras fingía una mueca de dolor. Negué con la cabeza, pero me quité y rodé para recostarme nuevamente de espaldas.

—¿Me prestas tu teléfono? —pregunté, con la mirada fija en el techo.

—Depende.

—¿De qué depende? —Volteé la cara para verlo.

—De a quién vayas a llamar.

Fruncí el ceño.

—A Laura —contesté.

Jason me pasó su celular. No era sorprendente que me supiera el teléfono de Lau de memoria, pues lo había marcado muchas veces.

El teléfono timbró varias veces antes de que me contestara.

—¡Hola! —exclamó, emocionada. Se escuchaba la música festiva de fondo.

—¿Lau?

—¿Jules? —sonaba sorprendida—. ¿Dónde estás? ¿Por qué me estás llamando de...? —Hizo una pausa. Supuse que estaría mirando el identificador de llamadas en su celular—. ¿Del teléfono de Jason?

—Porque tú tienes el mío —le recordé y puse los ojos en blanco. Le había dado mi celular a Lau cuando salimos de casa porque el vestido que elegí no tenía bolsillos.

—Claro. ¿Dónde estás?

—En casa de Jason. ¿Podrías llevarme a casa? —Me mordí el labio mientras esperaba su respuesta.

—Uy, no creo poder manejar. Me he tomado como dos tragos. Pensé que te quedarías en mi casa. —Sonaba confundida—. ¿Está todo bien?

—Sí. Sólo quiero irme a casa. —Intenté sonar lo más casual posible.

—¿Por?

—No me siento bien —insistí. En realidad no quería arruinarle la noche. Lau merecía pasársela bien. Ya le contaría mi triste historia al día siguiente.

—Espera... —Escuché algunas voces de fondo. Parecían estar hablando de mí—. Mira, Shane dice que él te lleva. —Fruncí el ceño.

—¿En serio? —No me molesté en ocultar mi sorpresa.

—Sí. Llega por ti en un rato.

—De acuerdo. Diviértanse.

—¿Segura que estás bien? —insistió Lau con preocupación.

—No te preocupes, estoy bien.

—De acuerdo. Avísame cuando llegues a casa. Le daré tu celular a Shane.

—Suena bien. —Aunque no era fan del Idiópido, agradecía su oferta. Sin embargo, de pronto me di cuenta de algo—. No, no, Lau, espera... —Pero Laura ya había colgado.

Shane tendría mi celular entre sus manos. Ese aparatito era como una especie de diario electrónico. Tenía todo guardado ahí, y mi cuenta de Wattpad estaba abierta. También tenía todos y cada uno de los mensajes de Evan. Shane no sólo había leído mi diario personal, sino que ahora también tendría acceso a mi diario electrónico.

«¡Genial! ¡GENIAL!». Gruñí, frustrada. Mi noche acababa de empeorar, por si acaso dudaba que eso fuera posible.

—¿Qué pasa? —preguntó Jason, quien estaba sentado frente a su computadora.

—Nada —murmuré. Sabía que Jason no podía llevarme a casa porque su auto estaba en reparación. Me quedé mirando a mi amigo sin camiseta. Parecía muy concentrado en la pantalla de la computadora. Entrecerré los ojos y observé un icono naranja que me resultó muy familiar—. ¿Qué haces? —Caminé y me puse atrás de él. Se me cayó la quijada al suelo al ver lo que estaba haciendo—. ¿Estás en Wattpad?

Jason se rio nerviosamente.

—Sí, te la pasas hablando de eso, así que me dio curiosidad. Resulta que es muy entretenido.

Le di un puñetazo en el hombro.

—¿Por qué no me dijiste?

—Quería sorprenderte. ¿Cuál es tu usuario? —preguntó mientras escribía en la casilla de búsqueda.

—SuperJules.

—¿En serio? —exclamó, sorprendido.

—¿Qué?

—El mío es SuperJason. —Ambos nos reímos de nuestra evidente falta de creatividad.

—Choca esos cinco, amigo —dije y levanté la mano, con una sonrisa idiota en la cara. Después de chocar palmas tres veces, miré a Jason en silencio mientras él examinaba mi perfil.

—¡Guau!, tienes muchos fans.

—Sí, son increíbles.

Jason volvió a la casilla de búsqueda y me preguntó:

—¿Cuál es el nombre de usuario de Evan?

Dudé en decírselo. No sabía si quería que viera el perfil de Evan después de lo que había pasado. ¿Y si estaba coqueteando de nuevo con esa chica? No estaba segura de poder soportarlo. Emití un largo suspiro y le dije a Jason cuál era. Tan pronto el navegador desplegó su perfil, mi mirada se clavó en su actualización de estatus más reciente.

Era de hacía once minutos.

«Si tan sólo supieras...».

Sentí algo cálido en la punta del estómago. ¿Por qué sentía como si ese estatus tuviera algo que ver conmigo? Volteé a ver su información de perfil. Ya no estaba vacía, había puesto un pequeño poema.

Labios carmín como pétalos de la pasión,
se abren para inhalar el dulce aliento del amor.
Esos labios que los míos con ansias devorarían,
cuyas mieles sin vacilar de nuevo probarían.

No pude evitar sentirme conmovida por sus palabras. No estaba segura de que estuviera hablando de mí, pero igual provocó que mi corazón se acelerara. Aunque me había herido muchas veces, seguía sintiendo algo por ese idiota. Sentía la necesidad de reconfortarlo, y sus palabras aún me estremecían. Finalmente, él era mi único y exclusivo amor de Wattpad.

CAPÍTULO 25

SHANE MASON

La chica que tenía entre mis brazos gimió muy cerca de mi boca.

—¡Oh, Shane!

En lugar de excitarme, tuvo el efecto contrario. Su voz estridente parecía el chirrido de unas uñas arañando un pizarrón. La besé con fuerza para intentar silenciar su molesta voz, pero a cambio obtuve un gimoteo escandaloso. Lo ignoré mientras sus ávidas manos se deslizaban por debajo de mi camiseta para acariciarme el abdomen bajo. La tenía acorralada contra el muro de azulejo del baño. No me acordaba de su nombre, pero daba lo mismo. La acababa de conocer hacía unos minutos en la fiesta, cuando mi desconsiderada compañera me abandonó.

Jules...

Siempre que pensaba en ella me enfurecía un poco. Esa diablilla de ojos azules sabía cómo hacerme rabiar. Recuerdo lo bonita que se veía al salir de su casa con su vestido azul marino. No se parecía en nada a las chicas con las que yo solía estar, pero tenía otra cosa. Era inocente. No sé por qué sentía la necesidad de protegerla, como si fuera una frágil figura de porcelana que se pudiera romper con facilidad.

¿Figura de porcelana? ¿Ahora soy mi abuela?

En fin, cuando llegamos a la fiesta de Helen fui a buscarnos tragos para molestarla al recordarle la vez que Melissa le tiró encima un vaso. Imaginen mi sorpresa cuando volví y la vi hablando con el engendro ese de Wattpad. Luego se fueron, supongo que porque necesitaban más privacidad.

Esa pequeña...

Nadie me bota. Yo soy Shane Mason. *Yo* boto a la gente. Apreté el vaso de plástico con tanta fuerza que el vodka me escurrió entre los dedos. Jules no parecía valorar el hecho de que prefería estar con ella en lugar de buscar una chica fácil con quien pasar la noche. Estaba portándome bien y nadie parecía valorarlo, así que al diablo mi bondad. Decidí que seduciría a alguien y que me relajaría entre las piernas de esta hermosa chica.

—Besas tan bien —susurró la chica con voz áspera.

—Dime algo que no sepa —contesté.

Ella sonrió y me jaló del cabello para besarme de nuevo. Sabía a vodka barato y chicle de menta. Besarla no me estaba encantando, así que dejé sus labios para besarle el cuello mientras manoseaba sus senos. Siempre me han gustado los senos, así que tocar los suyos estaba teniendo el efecto deseado.

—¡Shane! —la voz de Jordan entró al baño y me hizo retroceder de un salto.

—¿Qué te pasa, hermano? ¡Me asustaste! —exclamé.

—¿Has bebido algo? —Su tono era imperativo.

—¿Qué? —Fruncí el ceño—. No sé si te diste cuenta, pero estoy un poco ocupado.

—¿Has bebido o no? —insistió Jordan, ignorando nuestras quejas.

—No —afirmé y recordé que no había tenido muchas ganas de beber después de que me botara la renacuaja mejor conocida como Jules.

—Perfecto —dijo Jordan y dio un paso fuera del baño—. ¡Shane la llevará! —le gritó a alguien.

—¡*OK*! —contestó Laura desde el pasillo.

—¿Llevar a quién? —Fruncí el ceño.

—¿Qué está pasando, Shane? —preguntó la chica, igual de confundida que yo.

Su estridente voz llamó la atención de Jordan. Era como si apenas se hubiera dado cuenta de su presencia. La miró de arriba abajo y luego le lanzó una sonrisa con los labios apretados.

—Creo que es hora de que te vayas —le dijo de forma grosera.

—¿Qué? —La chica arqueó la ceja, desconcertada—. ¿Shane? —Volteó a verme como si esperara que yo hiciera algo.

—Mira... —empecé a decir. «¡Maldición!». No sabía su nombre... La chica esperó a que continuara, mientras Jordan presenciaba la escena muy entretenido.

—No te acuerdas de mi nombre, ¿verdad? —gimoteó y cruzó los brazos. Luego agitó la cabeza, decepcionada. Al parecer, los nombres eran importantes para las chicas—. ¡Eres un cerdo! —Salió bruscamente del baño y empujó a Jordan en el camino.

Miré a mi mejor amigo con odio.

—¡Gracias, hermano! —dije en tono sarcástico. Jordan me apretó el hombro mientras salíamos del baño.

—Ni siquiera era tu tipo —comentó.

—¡Hey! —Laura venía hacia nosotros, muy entusiasmada—. Vamos a bailar, cari —ronroneó y tomó a Jordan de la mano mientras agitaba las caderas al ritmo de la música. No había parado de bailar desde que llegamos.

Jordan se le quedó viendo, hipnotizado. ¡Lo traían de un ala! Interrumpí su sesión de miradas intensas y románticas para preguntar:

—¿Alguien podría explicarme por qué demonios me interrumpieron?

—Ah, sí —dijo Jordan, escapando un instante del encantamiento de su novia—. Jules está en casa de Jason. —Al oír mencionar el nombre de esa diablilla me puse tenso y me llené de rabia—. Tienes que llevarla a su casa.

—¿Como por qué? —pregunté, pero la parejita me ignoró. Prácticamente bajaron las escaleras corriendo para seguir bailando.

Me recargué en el muro del pasillo para pensar qué hacer. ¿Qué estaba haciendo Jules en casa de Jason? Pensé que se había ido con el engendro de Wattpad. Además, afuera estaba cayéndose el cielo. ¿Estaría bien? Agité la cabeza. No debería preocuparme por ella, sobre todo después de que me botó.

—¡Oye! —dijo Laura y agitó la mano frente a mis ojos—. Se me olvidó darte esto. —Me entregó un celular y se fue tan rápido como llegó.

Me quedé viendo el teléfono, confundido. Todo tuvo sentido cuando toqué la pantalla; la imagen de fondo era de La Sirenita. Sí, era el celular de Jules. No pude evitar sonreír. Me recordó la noche en la que me quedé en su casa y ella bajó las escaleras con su ridícula pijama de La Sirenita. ¿Acaso era una niña de cinco años? Asentí, entretenido, y noté que tenía tres mensajes de texto sin leer y un montón de *mails* de Wattpad.

Esto podría ser interesante, pensé con malicia. Pero percibí de reojo algo que me obligó a voltear hacia el final del pasillo. Había un tipo todo empapado viniendo hacia mí. Entrecerré los ojos. Se me hacía familiar. Levantó la vista y lo reconocí de inmediato. Era el engendro de Wattpad. Venía directo hacia mí sin decir una palabra. Algo no estaba bien. La última vez que vi a Jules, estaba con él, pero ahora ella estaba en casa de Jason, y el engendro estaba empapado caminando por aquí. ¿Qué había pasado?

El tipo parecía perdido en sus pensamientos. Me saludó con un simple movimiento de cabeza e intentó entrar al baño, pero yo le bloqueé la entrada.

—¿Dónde la dejaste? —le pregunté seriamente.

—¿A quién?

—A Jules.

El engendro se puso tenso y apretó los labios.

—No sé dónde está —murmuró fríamente y me hizo a un lado para entrar al baño.

Tenía un mal presentimiento. Bajé las escaleras y crucé la sala tan rápido como me lo permitió la multitud que bailaba. Abrí la puerta de la casa y descubrí que ya no estaba lloviendo.

—¡Shane! —gritó con entusiasmo una chica muy buena de cabello castaño. Se atravesó en mi camino con una sonrisa de oreja a oreja. ¿Por qué sabía mi nombre? No tenía idea, pero no era nada del otro mundo. Yo era muy popular entre esta gente. Me tomé mi tiempo para verla bien, pero me decepcionó descubrir que estaba embriagada. Tenía revuelto el cabello y los ojos enrojecidos. Traía un vaso rojo de plástico del que tomaba tragos con dificultad—. ¿No me vas a felicitar por mi cumpleaños? —dijo, arrastrando las palabras. Su aliento podría haberme desmayado. Ah, así que era la cumpleañera.

—Feliz cumpleaños... —Me quedé callado, porque no recordaba su nombre. La había visto en la escuela, y estaba bastante bien, pero no soy muy bueno para los nombres, por si no lo han notado.

—Helen —dijo—, me llamo Helen.

—Bien. —De algún modo logré levantar las comisuras de los labios para formar una especie de sonrisa.

—¿Qué haces tan solito? —Su mano escaló por mi pecho en gesto seductor. Las chicas ebrias nunca deberían intentar ser seductoras. Punto. Aunque estaba buena, prefiero estar con chicas sobrias que estén conscientes cuando las hago gozar. Con delicadeza quité su mano de mi pecho.

—No vengo solo —mentí. Puso gesto de sorpresa un momento, pero luego puso una cara triste.

—Lo siento. —Se frotó la cara con la mano que tenía libre y exhaló temblorosamente—. No sé qué estoy haciendo.

—¿Estás bien? —le pregunté por ser amable.

—No, creo que... —Los ojos se le llenaron de lágrimas. ¡Ay, no! ¿Le rompí el corazón o algo así?

—Mira, Helen, eres muy guapa, pero yo...

—No, no, no se trata de ti —me interrumpió. Me le quedé viendo, confundido. Se puso la mano en la frente—. Lo amo —dijo abruptamente.

—¿Qué? —Fruncí el ceño, y al parecer ella se dio cuenta de mi confusión.

—Estoy enamorada de mi amante, ¡maldita sea! —Lanzó el vaso de plástico y me dio la espalda—. ¡Y lo arruiné todo! —exclamó. No tenía idea de a qué se refería, pero parecía muy perturbada. Volteó a verme de nuevo—. ¿Qué harías tú en mi lugar?

—¿En tu lugar?

—Sí —contestó, obviamente—. ¿Qué harías si te enamoraras de quien no te debes enamorar?

—Pues... —En realidad no sabía qué decir—. ¿Decírselo? —pregunté, nervioso.

—¿Y si supieras que es probable que la otra persona no te corresponda?

—Entonces, no se lo digas. —Me encogí de hombros.

Yo no era más que un simple mortal.

Helen suspiró.

—Lo ahuyenté —admitió, con tristeza—. Ni siquiera lo invité a mi fiesta. No debería amarlo. No debo. Dijo que sólo seríamos amantes casuales, nada serio, y yo acepté. Ahora no puedo ir a decirle que quiero más, mucho más. Por eso terminé con él.

—No soy la persona más indicada para dar consejos —le dije—, pero creo que deberías decírselo. —Mientras me alejaba, agregué—: La vida se trata de tomar riesgos.

—Gracias. —La escuché decir a mis espaldas.

Después de haber actuado como Doctor Corazón de la cumpleañera, me subí a mi camioneta. La casa de Jason no estaba muy lejos, así que conduje despacio. El celular de Jules estaba en el asiento del copiloto. Lo miré varias veces y me pregunté quién le estaría mandando tantos mensajes. ¿Sería el engendro? Las manos me hormigueaban de curiosidad, pero debía respetar la privacidad ajena. Sé que sonará hipócrita después de haber leído su diario personal, pero, en mi defensa, ese día estaba furioso porque había reprobado mate por su culpa. «Y ahora estás enojado porque te botó», contestó mi cerebro, como intentando encontrar una excusa para revisar su celular.

Sin embargo, ya era demasiado tarde. Ya estaba estacionado fuera de la casa de Jason. Toqué la bocina hasta que se abrió la puerta y salió Jules, vestida de hombre. Traía unos *shorts* flojos y una camiseta verde grande que casi le llegaba a las rodillas. Su cabello castaño se veía más oscuro de lo normal, porque estaba mojado. ¿Qué le habría pasado a su vestido? Entrecerré los ojos con suspicacia. Al parecer, el engendro y ella se divirtieron un rato bajo la lluvia, ¿no? ¿Por qué me importaba tanto? Jules se subió al asiento del copiloto, agarró su celular y cerró la puerta. En ese instante, su aroma inundó el auto. Tenía un rico y ligero sabor dulce. La chica borracha de la fiesta no hubiera podido competir con esto.

—Hola —susurró tímidamente y evadió mi mirada.

—Hola. —Me le quedé viendo un rato antes de arrancar—. ¿Ahora eres travesti? —dije en tono de broma para intentar conversar, pero ella no dijo nada. La miré varias veces de reojo, pero ella parecía absorta en sus pensamientos. ¿Qué le pasaba? Por lo regular no era así de callada. Me estacioné a un costado del camino y giré el cuerpo hacia ella—. ¿Qué pasó? —pregunté directamente. Ella se retorció en su asiento.

—Nada —murmuró, sin voltear a verme. Se acomodó atrás de la oreja un mechón de cabello que traía suelto, con lo que pude verle mejor el rostro.

—Mírame —le ordené, pero ella siguió viendo hacia la calle.

—Estoy bien —dijo en voz baja, casi como un susurro.

Apreté los labios, frustrado.

—Mira, hace rato me botaste en la fiesta y, cuando por fin me la estaba pasando bien, me interrumpieron porque, al parecer, tenía que venir por ti, así que me la debes. Dime qué pasó entre tú y el engendro.

—Se llama Evan —me recordó. Sonaba triste. La tomé de la cara y la obligué a voltear. Abrí los ojos de la sorpresa. Sus ojos azules estaban hinchados y tenía la nariz roja. Apreté la quijada y sentí un arranque de ira. No era la primera vez que la veía así de triste, y todo era culpa del estúpido de Evan.

—¿Estuviste llorando? —dije en voz baja, preocupado.

—Sí.

Se veía tan vulnerable. Se mordió el labio inferior, lo cual me obligó a mirar su boca. Siempre me había parecido atractiva de una forma curiosa y tierna, pero jamás esperé sentir ese incontrolable impulso dentro de mí... El incontrolable impulso de besarla. Quería inclinarme y besarla con desesperación. Quería probar sus labios, abrazarla y sentir su cuerpo contra el mío. La deseaba y quería que fuera sólo mía. No sé si era pura lujuria o algo más, pero no era eso lo que me inquietaba. La pregunta que no podía sacarme de la cabeza era: «¿por qué ella?».

No estaba buena ni era sociable como muchas de las otras chicas con las que había salido antes. Pero era graciosa, sarcástica e inocente. Disfrutaba pasar tiempo con ella, y además era la única chica con la que había pasado tanto tiempo sin que hubiera sexo de por medio. Sabía que había otra razón, algo más que había desatado ese repentino impulso.

—Creo... —Su voz me sacó del conflicto interno—. Creo que me estoy enamorando de Evan. —Mi pecho se contrajo. La miré directamente a los ojos, intentando ocultar mi desilusión.

No podría tenerla, y esa era precisamente la razón por la cual la deseaba tanto en ese momento. La solté, me di la vuelta, encendí el motor y arranqué en medio de la oscuridad de la noche.

CAPÍTULO 26

DESPUÉS DE HABERLE confesado vergonzosamente mi amor por Evan, Shane se quedó callado. Esperaba que se burlara de mí o me molestara, pero no esto. Estaba demasiado callado. El resto del camino a casa se volvió sumamente incómodo. Lo miré de reojo varias veces, pero él tenía la mirada fija en el camino. Ni siquiera estaba segura de que parpadeara. No podía creerlo: Shane estaba serio. Eso nunca había pasado antes. Jamás había sido así de serio. No entendía por qué se estaba comportando así, pero estaba decidida a averiguarlo.

—¿Shane? —dije con voz rasposa.

—¿Qué? —Su voz era demasiado fría. No había rastro de su habitual burlonería. Eso tampoco había pasado antes.

—¿Qué tienes?

Me le quedé viendo, pero él ni siquiera me miró de reojo. Simplemente agarró el volante con más fuerza.

—Nada.

—Estás actuando raro —le dije.

Apretó los labios. Tenía los hombros tensos. No necesitaba ser una experta en lenguaje corporal para saber que algo no andaba bien. ¿Sería que mi confesión lo incomodó? Me estaba arrepintiendo de habérselo dicho. No sabía qué me había impulsado a hacerlo. Simplemente se me salió. No pude evitarlo.

El silencio de Shane era sepulcral. Me asomé por la ventana y vi las gotas de agua resbalarse por el cristal. Me inundó una oleada de tristeza. Jamás podría volver a ver la lluvia sin pensar en Evan. Siempre me recordaría ese apasionado beso. Nunca antes había sentido algo así. Estar entre sus brazos se había sentido tan bien, tan adecuado.

—Llegamos —dijo Shane, y su voz me sacó del trance.

Me desabroché el cinturón, metí el celular al bolsillo y abrí la puerta.

—Gracias —susurré sinceramente.

Shane no dijo nada, así que me bajé del auto y caminé hacia mi casa. Me abracé, pues estaba temblando de frío. Todavía estaba lloviznando un poco. Abrí la puerta de la entrada, y me recibieron el calor y olor familiares de mi hogar. Las luces estaban encendidas, al igual que la tele, lo que significaba que mi mamá seguía despierta. Yo no tenía idea de qué hora era.

—¡Mamá! ¡Ya vine! —grité y olfateé. Algo olía muy bien.

—¡Estoy en la cocina! —contestó. Fruncí el ceño. ¿Qué hacía ahí? Mamá no era muy entusiasta de cocinar.

Seguí el delicioso aroma a comida casera hasta llegar a la cocina. Mamá traía puesto un lindo vestido negro ajustado que resaltaba su figura curvilínea. Se había peinado con una cola de caballo elegante y hasta se había maquillado un poco. Fruncí el ceño. ¿Qué estaba pasando? Se inclinó para sacar algo del horno que colocó en el mostrador frente a mí. ¡Dios! Se veía delicioso. ¿Era pollo? Me relamí los labios.

—Pensé que te quedarías en casa de Lau. —Me miró inquisitivamente—. ¿Traes ropa de hombre? —Frunció el ceño—.

¿Qué le pasó a tu vestido? ¿Y por qué pareces un perro mojado? —Su expresión se volvió juiciosa—. Julie Ann Jones, más te vale que no te hayas empapado en la lluvia.

Me reí nerviosamente.

—¿Qué? —pregunté con voz aguda. Eso solía pasarme cuando mentía—. No, claro que no.

Mamá me miró y entrecerró los ojos.

—Acabas de salir de una influenza, Jules. —Se quitó los mitones—. ¿Desde cuándo eres tan irresponsable?

Suspiré.

—Lo siento, mamá. No pude evitarlo —dije—. ¿Qué planes tienes? —pregunté, intentando cambiar sutilmente de tema.

—¿Estuviste llorando?

Me acomodé en mi asiento.

—No, es que... —me quedé callada—. Estaba mirando hacia el cielo y me cayeron gotas de lluvia a los ojos.

«¿Eso es lo único que se te ocurrió, Jules?».

—¿Sí te das cuenta de que eres pésima para mentir? —preguntó mamá, entretenida. Relajé los hombros, sintiéndome derrotada. Su expresión se volvió más dulce—. ¿Es por un chico?

—Sí —admití y bajé la mirada.

—Sabes que puedes contarme lo que sea, ¿verdad, muñeca? —dijo y yo asentí—. ¿Qué pasó?

Contarle a mamá mi triste historia de amor no fue tan incómodo como esperaba que fuera. Siempre habíamos confiado la una en la otra, pues siempre habíamos estado solas. Teníamos familiares en otros estados, pero casi no teníamos contacto con ellos. Por lo tanto, sólo nos teníamos la una a la otra.

Sin embargo, sí omití algunos detalles que imaginé que a ella no le agradarían, como el calor que sentí al besar a Evan apasionadamente bajo la lluvia. Estaba segura de que podía ahorrarle la molestia. Mamá me escuchó en silencio. Cuando terminé, sentí como si me hubiera quitado un gran peso de encima.

—Creo que sé quién es —susurró mamá, perdida en sus pensamientos. Yo la miré, desconcertada.

—¿A qué te refieres?

—Bueno —empezó a decir y se sentó en un banco frente a mí—. ¿Recuerdas ese fin de semana en el que tuviste que quedarte en casa de Lau porque no podía salir del hospital?

Me esforcé por recordarlo.

—Sí, trabajaste tres días seguidos. Eso fue hace años. —Fruncí el ceño—. ¿Adónde vas con todo esto?

—La razón por la cual no podía irme del hospital era porque nos llegó un caso terrible. Recibimos una llamada del hospital de River Town para informarnos que nos transferirían a cuatro pacientes. Al parecer era un caso de homicidio, y, por ser el hospital más grande de la zona, nos correspondía. Además, teníamos más recursos y especialistas. —Mientras me contaba la historia, se me fue estrujando el corazón, pero la seguí escuchando con interés—. Cuando llegaron las ambulancias, dos de los cuatro pacientes ya estaban muertos. Fue muy impresionante, Jules. Era una familia. La policía nos explicó la situación. El padre le disparó a la madre y luego se suicidó. Sus hijos venían en otra ambulancia; un niño y una niña. Ambos estaban heridos. Cuando empezamos a atenderlos, nos dimos cuenta de que el niño había sido víctima de violencia familiar durante años. Tenía moretones y fracturas que habían sanado mal. Ambos estaban muy traumatizados, en especial el niño, quien ni siquiera hablaba. La niña era más pequeña que él y venía inconsciente. —Mamá emitió un largo suspiro—. Jamás había visto algo así. Salió en las noticias durante meses, aunque mantuvieron la identidad de los niños en secreto. Ya habían sufrido mucho sin necesidad de que los medios anduvieran tras ellos.

—Estás diciendo que...

Mamá asintió.

—Esos niños son Evan y Helen Woods. —Aunque lo veía venir, me sorprendió que lo aclarara—. Jamás se me van a olvidar sus nombres. Su caso me conmovió mucho.

—¡Dios! —Me llevé una mano a la frente, completamente desconcertada. ¿Quién habría pensado que fue mi madre quien los atendió en la peor noche de su vida? Me sentí tan mal por Evan. La vida podía ser una porquería a veces. No podía siquiera imaginar las cosas que había pasado.

—¿Estás bien? —Mamá me agarró la mano y la apretó para tranquilizarme.

—Sí, es sólo que... —Me quedé sin palabras.

—Lo sé —susurró—. Ese chico ha pasado por muchas cosas, cariño. Probablemente tiene heridas emocionales que no han sanado. Cuando alguien pasa por circunstancias así de traumáticas, suele cerrarse al mundo exterior, pues tiene miedo de que lo lastimen de nuevo. No estoy intentando justificarlo, pero su comportamiento es normal desde el punto de vista médico. Con el tiempo se sobrepondrá. La cosa es, ¿estás dispuesta a lidiar con todo esto? —Apoyó la palma de su mano en mi mejilla—. Su carga emocional no tiene que ver contigo. No quiero que sufras por ello; eres demasiado joven aún, muñeca.

—Me preocupo por él, mamá.

Ella sonrió con tristeza.

—Lo sé. Se te ve en los ojos. —Me acarició la mejilla con ternura.

—Puedo ayudarlo.

—Hay gente que no quiere que la ayuden, Jules —afirmó con seriedad.

Cerré los ojos y recordé la tristeza en los ojos de Evan.

—No me importa —contesté y abrí los ojos de nuevo.

Mamá negó con la cabeza en gesto de desaprobación.

—Eres muy necia, hijita.

—Lo heredé de ti —dije en broma, para intentar apaciguar la tristeza.

Mamá se puso de pie y se inclinó para besarme la frente.

—Sólo ten la sensatez para saber cuándo darte por vencida —dijo—. Sé que es difícil, pero a veces hay que soltar. —Empezó a quitarse el delantal, y entonces me di cuenta de que algo se traía entre manos.

—Y, ¿qué celebras? —pregunté.

Mamá se mordió el labio con nerviosismo.

—Pues, pensé que te quedarías en casa de Lau, así que... —Se quedó callada y me dio la espalda para guardar el delantal en un gabinete.

—¿Decidiste invitar a cenar a algunos amigos? —intenté adivinar. Ya había pasado antes. En los últimos meses, algunos amigos suyos del hospital habían venido a cenar dos o tres veces.

—De hecho, tengo... —Hizo una pausa y volteó a verme—. Una cita.

Abrí los ojos como platos.

—¿Tienes una cita? ¿En serio?

—Sí. Se llama John. Es cardiólogo.

—Oh. —Era la primera vez que mamá tenía una cita en años.

—Lo siento, pensé que no vendrías a dormir. No era mi intención incomodarte.

—¿Incomodarme? Estoy bien, mamá —le aseguré con toda sinceridad—. Sólo creo que es un poco precipitado que lo invites a casa en su primera cita.

—De hecho... no es nuestra primera cita. Llevamos saliendo tres meses.

Se me cayó la quijada al suelo.

—¿Qué? ¿Y me lo dices hasta ahora? —Levanté la voz.

—Es que...

—Se supone que no debíamos ocultarnos estas cosas —la interrumpí, sintiéndome un poco enojada.

—Tienes que entender, muñeca. Quería conocerlo y saber si tenemos futuro antes de presentártelo. No quiero que conozcas a todos los tipos con los que intento tener una relación ni que te apegues a un hombre que se terminará yendo. Con la partida de tu padre fue suficiente. —En sus ojos apareció un destello de dolor—. No te haré pasar por eso de nuevo.

Sus palabras calmaron mi ira, y yo me disculpé por haberme precipitado a juzgarla.

—Está bien. No esperaba que te enteraras de esta forma.

—No hay problema, mamá. Diviértanse, ¿de acuerdo? Yo me iré a mi cuarto y ni siquiera se darán cuenta de que estoy aquí. Lo conoceré cuando tú consideres que sea momento. No hay prisa.

Mamá sonrió de oreja a oreja.

—Has madurado bastante para tu edad.

—No del todo. Me sigue dando miedo el Coco.

Mamá soltó una risita.

—Te quiero —dijo, y en sus ojos se notaba su honestidad.

—Yo también te quiero, mamá —dije antes de bostezar. Estaba cansada. Me froté la cara—. ¡Qué noche! —De un soplido me quité el cabello de la cara. Mamá se acercó a mí.

—Ven aquí. —Me ofreció sus brazos, y yo me levanté para abrazarla. Mamá me sostuvo con fuerza. Me sentí muy segura en sus brazos, pues su aroma me calmaba—. Todo va a estar bien. —Aunque eran más buenos deseos que otra cosa, me tranquilizó escucharla decirlo. Mamá dio un paso atrás y me tomó la cara con ambas manos—. Ahora date una ducha caliente, tómate dos aspirinas y vete a dormir, ¿de acuerdo? No queremos que tengas una recaída.

—¡Sí, capitán! —exclamé con fingida determinación. Mamá me pellizcó la nariz.

—¡Ve! —Hizo un gesto con la mano como para correrme y me dirigió hacia las escaleras.

—¿Puedo comer un poco de pollo? Se ve muy bien. —Mamá se rio.

—Sí, te llevaré un plato después de que te duches.

—¡Gracias! —Le di un beso en la mejilla y me subí a mi cuarto.

Tan pronto entré a mi recámara, la realidad se me vino encima. Tenía mucha información por procesar. Encendí la lámpara de noche y me senté en la cama. Miré fijamente la *laptop*, que estaba cerrada sobre la mesa de noche. Me trajo muchos recuerdos. Recordé la primera vez que hablé con Evan y que me enojé por el comentario grosero que hizo sobre mi historia. ¿Quién habría pensado que terminaría sintiendo algo por él? Esbocé una sonrisa triste al recordar todas esas noches en las que me desvelé conversando con él sin darme cuenta de cuánto me fascinaba. Quería saber más y más sobre su vida. Su actitud misteriosa me atrajo, por no mencionar lo cómoda que me sentía cuando hablábamos. Confiaba en Evan sólo porque sí.

«No quiero volver a verte». Sus palabras frías me estrujaron el corazón. ¿Cuánto duraría este odioso y abrumador sentimiento? ¿Por qué dolía tanto? A pesar de que mamá me había contado su triste historia, el dolor no había disminuido. Evan me había herido demasiado.

¿Por qué era tan difícil dejarlo ir? Los ojos se me llenaron de lágrimas. Quizá me había convertido en una masoquista sin saberlo. Cerré los ojos y vi imágenes de su hermoso rostro.

«Sólo ten la sensatez para saber cuándo darte por vencida». Las sabias palabras de mamá rondaban mi cabeza. ¿Cómo sabría cuándo darme por vencida? ¿Acaso soportaría que me lastimara de nuevo? ¿Cuántos golpes era capaz de aguantar mi corazón? ¿Y si Evan no sentía lo mismo que yo y por eso insistía en ahuyentarme? Quizá me engañaba al pensar que él también sentía algo por mí. Las lágrimas me rodaron por las mejillas.

Me dejé caer de espaldas sobre la cama. Escuché las gotas de lluvia que golpeaban la ventana.

Evan...

Evan...

«¿Qué haces? ¿Dónde estás? ¿Estarás pensando en mí? ¿Qué debo hacer?».

Señorita Fresita...

Me tapé la cara para sollozar ligeramente. Me devoró el recuerdo de todas las cosas que me había dicho.

«Eres lo contrario a mí».

«Me gustas».

«Eres hermosa».

«Los escritores siempre dejan partes de sí mismos en sus historias».

«Nos separan muchos kilómetros de distancia».

¿Por qué me estaba haciendo esto? ¿Por qué me ahuyentaba así? Deseaba poder entrar en su mente; deseaba hacerle saber que estaba más que dispuesta a ayudarlo y a estar con él cuando me necesitara. No podía imaginar el dolor que había vivido, pero estaba dispuesta a escucharlo. No necesitaba vivirlo solo. Podría ser mi forma de retribuirle por todas las noches que él pasó escuchando mis tonterías interminables. Me destapé la cara y abrí los ojos. Las lágrimas me bloqueaban la vista. Parpadeé y las dejé escapar.

Mi celular vibró en mi bolsillo. Lo había olvidado por completo. Mientras lo sacaba para revisarlo, se me secó la garganta de la incertidumbre. Había tres mensajes de Jason y uno de Laura. Los de Jason eran de antes de que fuera a su casa a llorar, en los que me preguntaba sobre la fiesta de Helen. Lau me preguntaba si había llegado bien a casa. Le contesté que estaba bien.

Después revisé con tristeza los correos electrónicos. Sentí un nudo en el estómago al encontrar un correo familiar: «Poeta_oscuro001 te envió un mensaje». Lo abrí. Decía: «Es por tu propio bien. Lo siento».

¿Mi propio bien? ¿Acaso no se daba cuenta de que yo no estaba bien sin él? El mensaje era de hacía catorce minutos. Dudé en contestar. No sabía si estaba preparada para hablar con él. Tenía ganas de gritarle. ¿Por qué no me dejaba tomar mis propias decisiones? Finalmente, le escribí un mensaje, furiosa:

@SuperJules: ¿Por qué juegas con mis sentimientos de esta forma?

@Poeta_oscuro001: Lo siento.

Yo: Deja de decir eso.

Él: …

Yo:¿Por qué…?

Él: ¿Llegaste bien a casa?

Yo: ¿Eso sí te importa?

Él: Sólo dime.

Yo: Llegué bien.

Él: Qué bueno.

Yo: Evan…

Él: Necesitas olvidarte de mí.

Yo: No lo haré hasta que me digas por qué.

Mi corazón latía a mil por hora. Literalmente dejaba de respirar cada vez que él contestaba.

Él: Ya te dije.

Yo: Nunca me diste tus razones.

Él: No era necesario.

Yo: Me debes una explicación.

Él: No te debo nada.

Yo: ¿Por qué me diste alas si no sentías nada por mí?

Él: Me estaba divirtiendo.

Ignoré la puñalada que sentí en el corazón al leer eso.

Yo: ¿Todo fue un juego para ti?

Él: Sí.

Yo: No te creo.

Él: No me importa.

Yo: …

Él: Debo irme.

Yo: No.

Él: Lo siento.

Poeta_oscuro001 cerró sesión.

Con desesperación, busqué su número entre mis contactos y lo llamé. Me mordí el labio y sentí como si el corazón me fuera a explotar. Pensé que no me contestaría, pero después del tercer timbrazo me sorprendió escuchar su *sexy* voz.

—¿Bueno?

—Evan, yo...

—Basta ya, Jules —dijo en voz baja, con un dejo de dolor.

—No puedo.

—¿Qué quieres de mí?

—Quiero respuestas... Eso es todo.

Evan suspiró.

—Jules.

—Por favor, Evan —supliqué de forma patética. Estaba siendo demasiado aferrada e insistente. ¿Por qué el amor nos vuelve tan débiles?

—No te convengo, Jules.

—Eso es falso —contesté. Lo escuché suspirar de nuevo; sonaba tan atormentado.

—¿Qué voy a hacer contigo? —susurró, y su voz ronca me provocó escalofríos.

—Estar conmigo.

—No puedo.

—¿Por qué?

—Simplemente... Deberías dormir un poco. —Intentó sonar frío, pero se notaba la tristeza en su voz.

—Prométeme que te veré de nuevo y que hablaremos.

—No puedo prometer eso.

—Evan...

—Buenas noches, dulce Jules. —Colgó, pero yo sostuve el teléfono junto a mi oreja. Me recosté en la cama y miré hacia el cielo. Estaba como anestesiada.

El celular me vibró en la mano, así que lo levanté para verlo. Era un mensaje de Evan. Contuve la respiración al leerlo: «Me estás volviendo loco, Melocotón».

CAPÍTULO 27

—EVAN... —SUSURRÉ Y me incliné hacia él. Quería volver a sentir sus labios contra los míos.

Evan me sonrió.

—Eres tan linda, Jules. —Su *sexy* voz me hizo estremecerme.

—Bésame —le ordené y lo abracé del cuello.

Nuestros labios estaban a punto de encontrarse...

—¡Jules! —me gritó alguien al oído. Desperté de un brinco y me llevé la mano al pecho mientras me incorporaba. Lau estaba parada junto a mí, con una sonrisa maliciosa.

—¡Agh, Lau! ¡Estaba teniendo un gran sueño! —gimoteé y le lancé una almohada. Ella se rio.

—Lo siento, pero es más de medio día. Es hora de levantarse —dijo en tono casual y se sentó en la orilla de la cama.

—Es domingo —le recordé, enfadada—. Los domingos puedo dormir hasta tarde.

—No si tienes cosas que explicar. —Cruzó los brazos sobre el pecho.

Fruncí el ceño.

—¿De qué hablas?

—¿Qué pasó anoche? —preguntó, sin quitarme la mirada de encima.

—Es una larga historia —contesté y me froté la cara.

—Tengo todo el día para escucharla.

—¿Puedo al menos lavarme los dientes primero? —pregunté, irritada. Siempre me ponía de malas cuando alguien me despertaba. Lau señaló el baño.

—Claro, pero no me moveré de aquí, y lo sabes.

Puse los ojos en blanco y me levanté de la cama. Después de hacer mi rutina de todas las mañanas, salí del baño rascándome las nalgas. Estaba segura de que parte de mi cerebro seguía dormida. Para mi sorpresa, Lau ya no estaba sola, pues Jason estaba acostado en mi cama como si fuera suya.

—Hola. Te trajimos el desayuno. —Jason se incorporó y me sonrió—. O más bien, el almuerzo. El punto es que te trajimos comida.

—¿Qué está pasando? —pregunté y los miré con suspicacia—. ¿Qué hacen aquí los dos?

Lau y Jason intercambiaron miradas de complicidad.

—¿Estás bien? —me preguntó Jason seriamente.

—Sí, ¿por qué no habría de estarlo? —A ambos pareció sorprenderles mi respuesta.

—No lo sé. Pensé que el desamor era muy doloroso —comentó Jason.

Desamor...

Evan...

Se me estrujó el corazón al recordar todo lo que había pasado la noche anterior. Contuve las lágrimas y fingí sonreír.

—Estoy bien —mentí. Lau negó con la cabeza y me lanzó una sonrisa triste.

—Hemos sido tus mejores amigos desde el kínder —dijo Lau y se levantó—. Te apuesto que no puedes mentirnos sin que nos demos cuenta. —Me extendió los brazos, y yo la abracé con fuerza—. Lamento no haber estado contigo anoche. —Se notaba que estaba siendo honesta.

—No pasa nada. No sabías. —Me separé de ella.

—Debí de haber imaginado que algo no andaba bien cuando me llamaste —dijo en voz baja y con cara de culpabilidad—. Estaba demasiado enfrascada en la fiesta. —Suspiró—. Lo lamento mucho.

—Lau —dije y tomé su cara entre mis manos—. Está bien. En serio. Tienes derecho a divertirte. Lo importante es que ya estás aquí.

Jason se aclaró la garganta.

—Lamento interrumpir su momento de telenovela, Jules, pero la comida se está enfriando —dijo y pellizcó la comida.

—¡Oye! ¡Aleja las manotas de ahí! —exclamé y me acerqué a él.

—¡Tranquila, mujer! —Parecía asustado. Sabía que no era buena idea meterse con mi comida.

Procedí a comer y a contarle toda la historia a Lau. Jason ya la sabía casi toda, así que no hizo más que quedarse sentado en la cama y enviarse mensajes con alguien. Lau, por el contrario, me escuchó con atención. Sentí un ligero dolor en el fondo del estómago al contarle las partes más duras. Tuve que detenerme a pasar saliva varias veces para intentar deshacer el nudo que se me había formado en la garganta. Era difícil hablar de lo que había pasado, pero era un tanto reconfortante ventilar mis emociones.

—Y eso es todo —terminé y emití un largo suspiro. Sentí seca la garganta, así que tomé un trago del jugo de naranja que me habían traído.

—Guau. —Lau se pasó los dedos por el cabello—. Con ese chico todo es miel sobre hojuelas, ¿verdad?

—No —declaré.

—¿Quieres saber lo que opino? —dijo Lau con cautela, con una mano en el pecho.

—No, Lau; sólo pasé la última media hora de mi vida contándote toda mi triste historia por pura diversión —dije en tono sarcástico. Lau me dio un picotazo en la cintura que me hizo retroceder de un brinco.

—No necesitas ser sarcástica, ¿de acuerdo? —me recriminó antes de continuar—. Sólo digo que ya sabes cómo soy. Mi opinión será brutalmente honesta, y quiero saber si estás preparada para escucharla.

Ya sabía a qué se refería. Cuando se trataba de opinar, Lau nunca se tocaba el corazón.

—Estoy lista —asentí lentamente.

—En mi opinión, él está actuando como un idiota indeciso, y tú estás siendo débil y dependiente.

Abrí los ojos como platos.

—Es obvio que él es un tipo muy reservado y discreto, probablemente por su pasado, pero tiene que dejar de jugar con tu corazón de esta manera. Es como la canción de Katy Perry.

—¿Te gusta Katy Perry? ¿Desde cuándo? —pregunté, sorprendida.

—Sí, pero ese no es el punto. Es obvio que le gustas; digo, no te besó sólo porque sí; pero probablemente está asustado o algo. Los chicos pueden ser muy confusos a veces. En cuanto a ti, querida amiga, necesitas dejar de ser tan aferrada, ¿de acuerdo?

—¿A qué te refieres?

—A los chicos no les gustan las chicas que son dependientes y quejumbrosas, Jules —explicó con seriedad.

—Tiene razón —intervino Jason a mis espaldas.

—No estoy siendo aferrada —contesté. Lau levantó la ceja.

—Claro que sí. Te estás aferrando a él como lo hiciste con ese horrible oso de peluche que tenías a los siete años.

Abrí la boca, indignada.

—¡Oye! ¡No era horrible, y era un panda! —dije, enfadada. Lau puso los ojos en blanco y Jason soltó una risita.

—Era espantoso —reconoció Jason.

Crucé los brazos sobre el pecho.

—Claro que no —respondí en tono infantil.

—¡Que sí lo era! —Lau me dio un picotazo en la frente.

—Todavía lo tienes, ¿verdad? —preguntó Jason con curiosidad y me jaló un mechón de cabello.

—¡Claro que no! —exclamé con nerviosismo—. Ya no soy una niña —dije en voz demasiado alta. Jason y Lau intercambiaron miradas.

—Todavía lo tiene —dijeron ambos al unísono.

—No estábamos hablando de Pedro; estábamos...

—¿«Pedro»? —repitió Lau. Ambos soltaron una carcajada.

Sus risas eran un tanto contagiosas. Tuve que morderme el labio para reprimirme, pero no logré contener la risa mucho tiempo. Sé que Pedro no es el nombre más tierno para un oso de peluche, pero entiendan que tenía siete años.

Nos carcajeamos un rato hasta que me salieron lágrimas de la risa. De algún modo, terminé con la cabeza apoyada en las piernas de Jason. Me limpié las lágrimas. Lau recobró el aliento y por un instante pareció estar meditando algo seriamente.

—¿Lau? —la llamé.

—Tengo un plan —dijo al salir de su ensimismamiento.

—¿Un plan?

—Sí. Necesitas dejar de ser aferrada, ¿de acuerdo? —Se agarró la barbilla y se quedó mirando un punto en la pared—. No le envíes mensajes. No lo busques. De ser posible, ignóralo. Será para él como un balde de agua helada porque nunca has sido así con él. Siempre has estado ahí, así que necesita pensar que te ha perdido. Así volverá a ti por su propio pie.

—¿Y si no lo hace? —suspiré con tristeza.

—Entonces, por desgracia, tendrás que dejarlo ir, porque será obvio que no le importas lo suficiente si no reacciona ante tu cambio de actitud.

Respiré profundo.

—Pero no sé si podré reprimir el impulso de escribirle —admití.

—Nosotros te ayudaremos —dijo Lau con una sonrisa—. Te mantendremos distraída.

—Les agradezco el esfuerzo, pero ambos tienen vidas y relaciones que cuidar. No pueden estar conmigo todo el día.

—Claro que sí. —Jason se puso de pie y se frotó las manos como villano de película—. Seremos como tus guardaespaldas. Y, por cierto, yo no tengo una relación.

Lo miré y entrecerré los ojos.

—¿Cómo puedes decir eso, Jason? ¿Cuándo admitirás que estás loco por Helen?

—¿Estás qué? —Lau se quedó boquiabierta y le dio un puñetazo en el hombro—. ¡Jay-Jay está enamorado!

Jason se pasó los dedos por el cabello.

—Odio que me digas así —murmuró.

—Lo sé, Jay-Jay —dijo en tono burlón y retrocedió un paso—. Por cierto, Jason y tú son bastante ignorantes de la ley.

Le fruncí el ceño.

—¿Por?

—La ley establece claramente que es ilegal tener sexo con menores de edad si tienes más de dieciocho años. Pero no dice nada sobre besarse o ser novios.

—¿En serio? —Miré a Jason y entrecerré los ojos—. ¡Eres un tonto! —Le lancé mi otra almohada—. Y yo que de verdad creí que habías dicho algo muy inteligente cuando me dijiste que Evan y yo no podíamos estar juntos porque iba contra la ley.

Jason se rascó la nuca.

—No deberías haber confiado en mí. Ya sabes cómo soy. —Se encogió de hombros, y Lau se dejó caer sobre la cama.

—Por fortuna, me tienes a mí —agregó mi amiga con arrogancia—. El coeficiente intelectual de Jason es tan pequeño como su pene.

—¡Lau! —No pude evitar sonrojarme al recordar las dos desafortunadas ocasiones en las que vi a su amiguito.

—¡Ni siquiera sabes de qué tamaño es mi pene! —Jason se lanzó sobre ella, furioso. Lau se rio e intentó quitárselo de encima—. Pero, si quieres averiguarlo, adelante. —Le guiñó un ojo.

Lau hizo cara de asco.

—¡Agh! ¡Quítate de encima!

Yo observé la escena, divertida. Jason le sonrió con malicia.

—Te encanta que esté así de cerca —dijo para molestarla.

—¡No! —Ella se retorció para intentar quitárselo de encima. Ambos se detuvieron y se miraron directo a los ojos, sin aliento. Por un breve instante, Jason se le quedó viendo a los labios, pero casi de inmediato se levantó de un brinco y se alisó la camiseta.

—Me tengo que ir. —Dijo velozmente.

Lau se enderezó y se peinó con los dedos.

—Adiós, Jay-Jay —dijo y le sacó la lengua.

Jason la miró con ojos de pistola y luego volteó hacia mí.

—Llámame si necesitas algo, ¿de acuerdo? —Se acercó y me besó la frente con ternura.

—*OK*.

Ambas lo seguimos con la mirada, y cuando se fue de inmediato mi vista se dirigió a mi mejor amiga.

—A ver —empecé—, ¿qué demonios acaba de pasar?

—¿De qué hablas? —Lau se hizo tonta.

—De Jason y de ti.

—¿Qué de nosotros?

—Lau, acabo de ver a mis dos mejores amigos coquetearse... con ganas. ¿Qué demonios?

—No estábamos coqueteando. —Desvió la mirada.

—Mírame a los ojos —ordené y me acerqué más a ella. Sus ojos verdes se encontraron con mis ojos azules—. ¿Qué fue eso? —dije, poniendo énfasis en cada palabra.

Lau pasó saliva y se ruborizó un poco.

—Fue un coqueteo inocente.

—¿Qué? ¡Tú tienes novio, Lau!

—Ya lo sé. No es que me guste Jason ni nada de eso. Simplemente a veces lo hacemos. Pero no volverá a ocurrir.

—Más les vale. —La miré con decepción.

—Lo hacemos por costumbre. Pero no volverá a ocurrir, ¿de acuerdo?

—Está bien. —Le sonreí—. ¿Cómo está Jordan, por cierto?

A Lau se le iluminó la cara.

—Vamos muy bien. No tienes idea de lo cariñoso que es debajo de su máscara de arrogancia. —Sus palabras me recordaron a Shane. ¿Tendría un lado dulce igual que Jordan? Apostaría una bolsa de Ruffles a que no.

Pasamos el resto de la tarde charlando de cualquier cosa. Le volví a enseñar la página de Wattpad, pero ella se rehusó a abrir una cuenta. Dijo que le daba pereza. No quise entrar al perfil de Evan para ver sus actualizaciones porque seguiría los consejos de Lau. Esperaba que realmente funcionaran.

No estaban funcionando.

Pasó la semana y yo seguía sin recibir un solo mensaje de Evan. Era un infierno.

Me estaba muriendo por dentro, lenta y dolorosamente. Quizá estaba exagerando, pero yo sentía como si me estuvieran torturando. Frente a Lau y a Jason me hacía la fuerte, pero la verdad era que me la estaba pasando fatal. Mis dedos ansiaban escribirle un mensaje y ver qué había hecho en Wattpad. Contenerse no estaba siendo nada sencillo. Ya era viernes en la tarde. Estaba caminando hacia el estacionamiento con pereza, con la esperanza de que Lau no me hubiera olvidado porque había prometido llevarme a casa.

Al cruzar el campo de futbol, recordé el día en que Evan me llevó a casa. Recordé nuestro primer beso. Suspiré y me pasé los dedos por el cabello. Tenía miedo de mirar a mi alrededor por temor a encontrármelo. ¿Qué haría si estaba ahí?

Levanté la mirada para examinar el estacionamiento. No tenía idea de dónde estaba el auto de Lau. Sin embargo, el corazón me dio un vuelco al ver un auto negro conocido. Era el auto de Evan. Intenté inhalar y exhalar con normalidad, pero mi respiración ya se había agitado. Apreté las manos a los costados. Tenía la garganta sumamente seca.

«Tranquila». Ni siquiera lo había visto y estaba a punto de morir de un infarto. ¿Y si no era su auto? Tenía que serlo: nadie de la escuela tenía un auto parecido al suyo. ¡Dios! Evan debía estar cerca si su auto estaba ahí. «Inhala y exhala, Jules. Estás exagerando».

¡Claro que no estaba exagerando! No estaba preparada para verlo. Una cosa era no enviarle mensajes, pero ¿qué debía hacer si lo veía en persona? Era obvio que Lau no había considerado esa posibilidad.

Con las manos temblorosas, saqué mi celular del bolsillo y le envié un mensaje a Lau: «¿Dónde estás?».

«Al final del estacionamiento», contestó. Me sentí aliviada porque no se había ido sin mí. Supe que podía hacerlo. Evan no parecía estar cerca de su auto. Simplemente necesitaba cruzar el estacionamiento y estaría a salvo.

Cuando por fin las piernas me respondieron, estaba caminando entre los autos. Había grupos de estudiantes reunidos para charlar y otros que se subían a sus autos y se iban. El sol se estaba poniendo y pintaba el cielo de rosa y naranja. Pasé saliva al pasar junto al auto de Evan.

«Yo puedo lograrlo...».

«Yo puedo...».

Me detuve en seco. Era Evan. Venía directo hacia mí. Mi estómago dio un vuelco triple. ¡Dios! Había olvidado lo guapo que era. Traía una chaqueta de cuero sobre una camiseta azul marino. Estaba ligeramente despeinado, y el cabello le caía por la frente. Su mirada intensa se clavó en mí y me paralizó. Venía en mi dirección, posiblemente para ir a su auto. Traía las manos en los bolsillos de la chaqueta. Al acercarse, no pude evitar fijarme en sus ojeras. Sabía que debía huir. Evan me miraba descaradamente, sin intención alguna de disimular. Sentí como si estuviera atravesándome con la mirada. Entonces me di cuenta de que moría por besarlo de nuevo, por sentir sus labios una vez más, por tenerlo cerca.

«¡Muévete!», me gritó mi voz interior. Sabía que debía ignorarlo, pero lo extrañaba mucho. Sin embargo, también me daba miedo que volviera a lastimarme, así que me armé de valor, y caminé hacia él. Evan frenó un poco al ver que me acercaba, como si esperara que me detuviera y le dijera algo. Ignoré a mi corazón que protestaba y pasé junto a él, desviando la mirada. Pasar a su lado sin hablarle ha sido una de las cosas más difíciles que he tenido que hacer. Al llegar al auto de Lau, la encontré sentada en el cofre, jugando con las llaves.

—Parece que te vas a desmayar —dijo y se bajó de un salto. Quería decirle lo que acababa de pasar, pero me quedé sin habla—. ¿Estás bien? —preguntó, y yo negué con la cabeza—. ¿Qué pasa?

Rodeé el auto para subirme al asiento del copiloto. Lau frunció el ceño, pero se subió corriendo al asiento del conductor. Una vez en el auto, se volteó hacia mí.

—¿Qué pasó?

—Acabo de verlo —murmuré.

—¿Qué?

—Acabo de verlo —dije en voz más alta.

—¿A Evan?

—Sí.

—Oh —dijo Lau—. ¿Y le...?

—Lo ignoré. —Me llevé una mano a la frente para intentar calmarme.

—¿En serio? —Lau no se molestó en ocultar su sorpresa—. Guau. ¡Qué bien!

La miré con seriedad.

—Lo siento, pero era lo mejor que podías hacer.

—Ya lo sé. —Suspiré.

—No te preocupes. Probablemente mañana lo verás de nuevo.

—¿Qué? —Volteé bruscamente a verla.

—Mañana es el festival de River Town, y obvio vamos a ir.

—¿El festival excéntrico que hacen a la orilla del río?

—Así es. —Lau arrancó el auto.

—¿Y si él no va? —pregunté con tristeza.

—Claro que irá. Todo mundo va a ir —me aseguró Lau.

Salimos del estacionamiento; yo iba con la cabeza baja. Sabía que había hecho lo correcto, pero me sentía mal al respecto. Mi celular vibró y me sobresaltó. Era un mensaje de Evan. Dudé en abrirlo. La sangre corría por mis venas a toda prisa. Oleadas de incertidumbre y curiosidad me ahogaban. «¿Por qué no podemos ser amigos?».

Su pregunta me tomó desprevenida. No podía creer que insistiera tanto en eso de ser amigos. Le mostré el mensaje a Lau.

—Dile que vas a ser su amiga —sugirió.

—¿Qué?

—Mira, él acaba de dar un paso. Te escribió a pesar de que dijo que no quería volverte a ver, así que es obvio que eso era mentira. Está buscando un pretexto para estar cerca de ti sin complicaciones. Por eso, sé su amiga. Le gustas. Con el tiempo cederá, ¿*OK*?

—Pero no quiero ser su amiga.

—Ya lo sé, y te aseguro que él tampoco quiere ser sólo tu amigo; pero tienes que ser más inteligente que él, Jules. Tenerlo cerca puede darte muchas oportunidades para molestarlo y ponerlo celoso, hasta que por fin tenga el valor de decirte lo que en realidad siente por ti.

Suspiré y me hundí en mi asiento.

—Se dice fácil... —comenté y me froté la cara.

—Confía en mí, ¿de acuerdo?

—Está bien —dije y empecé a escribir la respuesta.

@SuperJules: Está bien, Evan, seremos amigos.

Poeta_oscuro001: ¿En serio?

Yo: Sí.

Él: Lo lamento mucho.

Ante eso, la única respuesta posible era:

Yo: ¿?

Él: Por haberte lastimado.

Su disculpa me reconfortó un poco.

Yo: No hay problema.

Él: En serio, no fue mi intención.

Yo: Lo sé.

La voz de Lau rompió el silencio del auto.

—Pregúntale si irá al festival.

Eso hice.

Yo: ¿Irás mañana al festival?

Él: No.

Yo: Qué pena.

Él: ¿Por? ¿Tú irás?

Yo: Sí.

Él: Supongo que podría pasar un rato.

Se me dibujó una sonrisa en la cara.

Yo: Suena bien.

Empezaba a sentirme bien con el camino que estaban tomando las cosas, cuando me llegó otro mensaje suyo.

Él: Tengo algo para ti.

Yo: ¿En serio?

Él: Sí, es como un regalo de disculpa o algo así.

Yo: Que… tierno, Evan, pero no era necesario.

Él: Ya lo sé, pero quería hacerlo.

Yo: Está bien. Me lo puedes dar mañana.

Me mordí el labio.

Él: Trato hecho, Melocotón ;)

Sonreí como una tonta y agité la cabeza. Los apodos que me ponía eran muy curiosos.

Yo: Te veo mañana, poeta oscuro.

Él: Me reconocerás porque soy el guapo de cuerpo escultural ;)

Solté una carcajada y le contesté:

Yo: Sí, claro (ojos en blanco).

Me sentí muy bien de haber conversado con él. Me hizo sentir mejor, a pesar de que sólo acordamos ser amigos. Lau tenía razón: necesitaba encontrar la forma de lograr que abriera su corazón. Insistir no había funcionado, así que esta vez intentaría ser su amiga. No sería fácil, pero quien no arriesga no gana, ¿cierto?

Ese festival se iba a poner interesante.

CAPÍTULO 28

TRES PALABRAS: TRAJES de baño.

Nunca me había sentido cómoda con ellos. Es en serio: ¿qué diferencia hay entre el traje de baño y la ropa interior? Ninguna. Así que discúlpenme si no soy entusiasta de pasearme frente a la gente en ropa interior. Además, se requiere mucha confianza para usar traje de baño.

A pesar de que protesté y discutí, Lau me obligó a ponerme uno. Dijo que todo mundo en el festival traería traje de baño. Déjenme decirles algo: mi mejor amiga era tan necia como yo, si no es que más. Así fue como terminé en el asiento trasero del auto de Jordan, usando unos *shorts* azules y una camiseta blanca suelta encima de un traje de baño azul marino. Según Lau, resaltaba el color de mis ojos. Ese día sentía que me veía bien. Lau me había alaciado el cabello, con las puntas hacia dentro. Jordan era el conductor designado, y Lau venía sentada junto a él. Así que ya se imaginarán quién iba conmigo en el asiento de atrás...

Adivinaron: el Idiópido.

Shane se veía muy guapo con sus *shorts* de *jeans* y su camiseta verde, pero ya no era ninguna sorpresa. De alguna manera había logrado acostumbrarme a él y a su atractivo.

—¡Allá vamos! —exclamó Jordan con entusiasmo al arrancar el auto.

—¡Sí! —Lau le hizo eco, pues estaba tan emocionada como su novio. Yo, por el contrario, estaba nerviosa de ver a Evan de nuevo—. ¡Llévanos, guapo! —Lau lo animó y se inclinó para besarlo. Él la imitó, y empezaron a besarse.

—¡Oigan! —dije y empujé a Lau de la frente para separarla de Jordan—. ¿Les importaría no fajar mientras conducen, por favor? —Ambos se rieron.

Lau se veía muy bonita. Sólo traía *shorts* y el *top* de su bikini. Ella tenía la confianza suficiente para andar por la vida así, a diferencia de mí. Se había hecho una cola de caballo y traía lentes de sol. Volteó hacia atrás y me lanzó una sonrisa.

—Te ves un poco pálida —comentó—. Te hace falta tomar el sol.

La miré con los ojos entrecerrados. Shane soltó una risita. ¿Iba a seguir comportándose extraño conmigo como la última vez que nos vimos?

—No puedo esperar a verte sin toda esa ropa, Jones —dijo y me guiñó el ojo.

No. Definitivamente era el mismo Shane de siempre.

—Prefiero quedarme como estoy, gracias —dije sin rodeos, y crucé los brazos sobre el pecho. Sentí la mirada penetrante de Shane.

—Y, ¿qué planeas hacer entonces? —preguntó y se acercó a mí—. ¿Meterte al río vestida y que todos se burlen de ti?

—¿Quién dijo que me metería al río? —Me encogí de hombros.

Lau y Jordan venían conversando e ignorándonos. Shane se inclinó hacia mí y su respiración me cosquilleó la oreja.

—Te aseguro que, para cuando termine el día, estarás húmeda, Jones.

Sentí escalofríos. Volteé a verlo, lo cual fue un grave error, pues estaba demasiado cerca para mi gusto. Sus felinos ojos verdes se clavaron en los míos. Le empujé el pecho.

—Quítate, idiópido. —De inmediato me tapé la boca.

Shane levantó una ceja.

—¿Cómo me dijiste? —Su tono entretenido me parecía molesto.

—Nada —dije entre dientes y me asomé por la ventana.

—¿Idiópido? —preguntó, entretenido—. Debo admitir que eres creativa, nena.

Giré la cabeza bruscamente.

—No me digas «nena».

—Ambos sabemos que te gusta —dijo para molestarme y me acarició la mejilla.

—Lo odio. —Le di un manotazo en la mano. Él soltó una risita y empezó a juguetear con un mechón de mi cabello. Estar tan cerca de él me ponía nerviosa.

—Déjala en paz, hermano —intervino Jordan al vernos por el retrovisor. Shane soltó mi cabello y levantó las manos en son de paz.

—De acuerdo —dijo y me devolvió mi espacio, lo cual agradecí.

—Gracias, Jordan. —Le sonreí por el retrovisor.

—No hay de qué.

El resto del viaje fue bastante divertido. Jordan era muy gracioso y, aunque algunos de sus chistes eran mejores que otros, los contaba de una forma que nos hacía doblarnos de la risa. No pude evitar darme cuenta de cómo le brillaban los ojos cuando volteaba a ver a Lau. Se notaba que le gustaba mucho.

Shane, por el contrario, no dejaba de burlarse de mí y de mi timidez.

Para cuando llegamos al festival, yo venía furiosa por un chiste que había hecho Shane sobre mi cabello. Sí, mi cabello era un tema muy delicado, y él lo sabía. Salí del auto con la esperanza de librarme de él, pero la vista que tenía enfrente me abrumó. Al parecer, el festival era todo un evento.

El río era ancho e imponente, y estaba rodeado de árboles altos a los que habían atado globos y un enorme cartel que decía «Bienvenidos al Festival de River Town». Me quedé boquiabierta al ver la decoración del puente de madera que cruzaba el río. Había gente a ambos lados. El sol brillaba en medio del cielo, y el agua era tan cristalina que se alcanzaba a ver el fondo en las partes menos profundas. Había muchísima gente, en su mayoría adolescentes. También había puestos por doquier, como si fuera un carnaval. Me preguntaba qué venderían.

—¿Te gusta? —preguntó Lau y me pasó un brazo sobre los hombros. Asentí y cerré la boca. Noté que todas las chicas andaban en traje de baño, y que muchos chicos sin camisa traían vasos de plástico en las manos. Parecía más una fiesta de alberca que un festival. La música era muy ruidosa. Shane apareció a mi lado y estiró los brazos.

—¿Lista para divertirte, nena? —preguntó y tomó el borde de su camiseta para quitársela. Inconscientemente, mi mirada recorrió sus bíceps, su pecho y su abdomen de lavadero. Era obvio por qué era el mujeriego de la escuela. Digo, con un cuerpo así, hasta podría convertirse en modelo—. Deja de violarme con los ojos, Jones.

Su voz arrogante me sacó de mis pensamientos inapropiados. Me sonrojé al ver que Laura me estaba viendo mientras agitaba las cejas.

—Está *sexy*, ¿no? —susurró en tono de complicidad.

—Sí —reconocí y sonreí con timidez. Jordan nos separó para ponerse entre nosotras.

—¿Listas, señoritas? El río nos está esperando. —Sonrió—. ¡Vamos! —Nos pasó los brazos por encima de los hombros para impulsarnos a avanzar.

¿Recuerdan que yo no tenía habilidad alguna para caminar sobre superficies rocosas? Bueno, las orillas de los ríos suelen ser rocosas, así que ya se imaginarán.

Lo bueno es que Jordan era un receptor veloz, pues de otro modo habría terminado en el piso múltiples veces. La peor parte era que ni siquiera íbamos a la mitad del camino cuando yo ya jadeaba como si acabara de correr un maratón. (Insisto en que caminar sobre superficies rocosas debería ser considerado un deporte en sí mismo).

Como era de esperarse, Shane se burló de mí todo el tiempo. Quería mirarlo con desprecio, pero no podía quitar la vista de las rocas. Nos detuvimos porque Lau quería quitarse los *shorts*. Apoyé las manos en las rodillas para intentar recuperar el aliento. ¡Odiaba las rocas! O quizá las rocas me odiaban a mí. Tal vez era odio mutuo.

—Me duele el estómago —dijo Shane mientras se frotaba el abdomen—. Creo que ya me he reído suficiente por hoy. —Se me acercó a zancadas, como si las rocas no existieran—. Ven acá, inepta.

—¿Qué ha...? ¡Ay! —Shane me levantó y me cargó como si fuera novia en luna de miel—. ¡Bájame! —exclamé, completamente avergonzada.

—No. —Siguió caminando hacia el río.

—¡Shane! —repetí—. ¡Bájame! —Le di un empujón en el pecho, y sentí sus músculos. Él bajó la mirada y me sonrió.

—No. Así no me arruinarás el día cayéndote y rompiéndote la boca —explicó en tono casual. Yo lo miré con odio, pero él simplemente me guiñó un ojo.

—Te odio.

—El odio es un sentimiento poderoso. Puedo lidiar con eso.

Decidí que lo ignoraría durante el resto del día.

Cuando por fin llegamos al río y Shane me bajó, retrocedí un paso y crucé los brazos. Sentía que la arena se me metía a las sandalias.

—Eres una renacuaja muy ingrata. —Negó con la cabeza y me dio un picotazo en la frente con el dedo índice.

—¿Renacuaja?

—Sí, tú no eres la única creativa en esta relación, nena.

—¡No tenemos ninguna relación! —hice un gesto de vinculación—. Y deja de decirme «nena».

—Lo que tú digas. —Se encogió de hombros y terminó la conversación.

«Si la belleza matara...».

—¡Yuju! —Lau apareció en toda su gloria semidesnuda. Jordan ya se había quitado la camiseta y sostenía la mano de su novia con gesto posesivo.

—Mira, lo lograste —dijo Jordan y me despeinó como si fuera una niña pequeña. Yo le sonreí con los labios apretados.

—¿Por qué no te has quitado la ropa? —preguntó Lau y le dio un jalón a mi camiseta. Yo me pasé los dedos por el cabello.

—Es que... —Me quedé callada—. Me la quitaré después.

—El agua estará demasiado fría después, Jules —explicó Lau—. Esta es la mejor hora para meterse a nadar.

Se me habían acabado los argumentos, así que lentamente me fui quitando la camiseta. Sentía que me ardían las mejillas mientras mantenía los brazos sobre el pecho para cubrirme. No tenía senos grandes pero tampoco eran demasiado pequeños.

—¡Muy bien! —comentó Lau—. ¡Vámonos! —dijo y se dirigió hacia el río, llevando a Jordan con ella.

Yo no me iba a meter al agua, así que me senté sobre una roca. La cálida luz del sol me acariciaba la piel. Una pelirroja se nos acercó y empezó a hablar con Shane y a coquetearle descaradamente. Yo puse los ojos en blanco. *Típico.*

Mi celular vibró en el bolsillo de mis *shorts*. Lo saqué con nerviosismo. Sabía que era un mensaje de texto de Evan. ¿Cómo lo supe? Súmenlo a la lista de misterios de la vida de Julie Ann Jones. Sin embargo, no esperaba leer esas palabras: «El azul resalta tus ojos :) ».

¡Dios mío! ¿Me estaba viendo? Me convertí oficialmente en un tomate. Levanté la mirada y examiné a la multitud junto al río, pero no lo vi, así que le contesté. «¿Dónde estás?».

«En el planeta Tierra :) ».

Entrecerré los ojos sin dejar de ver la pantalla del celular y contesté en tono sarcástico. «¡Ja! ¡Qué gracioso!».

«Cruza el puente ;) ».

¿Qué intentaba hacer? Miré el puente de madera decorado, el cual no estaba muy lejos. Revisé el camino y noté que sólo estaba hecho de arena (por fortuna, no más rocas para mí).

Contesté que *OK* y guardé el celular en mi bolsillo. Me quité las sandalias y empecé a caminar por la arena de la orilla. Shane parecía estar demasiado ocupado para notar mi repentina ausencia. Bajé la mirada a la arena para intentar pasar desapercibida. Debí haber traído mi camiseta; no podía creer que la había dejado encima de una roca cualquiera. Me abracé y me froté los brazos. La vista desde el puente era hermosa. Se veía el río a todo lo largo. El sol brillante estaba flanqueado por montañas. El sonido del agua al correr era refrescante. Una brisa fresca me agitó el cabello. Era agradable estar fuera de casa, y más en un lugar tan increíble.

Tan pronto puse un pie del otro lado del río, le envié otro mensaje a Evan para preguntarle dónde estaba.

Poeta_oscuro001: Adéntrate en el bosque.

@SuperJules: ¿En qué dirección?

Él: Sólo sigue derecho :)

Este lado del río no era tan rocoso como el otro. La arena en mis pies era muy suave. En poco tiempo me devoró un bosque de árboles altos que bloqueaban la luz del sol. Me detuve y me di cuenta de que ya estaba demasiado lejos de la civilización como para estar a salvo. ¿Y si me equivocaba de dirección? ¿Y si me perdía? ¿Y si había un panda furioso listo para aniquilarme?

«Aquí no hay pandas, tarada». Mi voz interior me reprendió. Escuché ruidos a mis espaldas, por lo que me di media vuelta.

—¿Evan? —lo llamé, pues empecé a asustarme. ¿A quién engaño? Estaba a tres segundos de salir corriendo como un perrito asustado. Lo acepto: nunca he sido valiente, y además he visto suficientes programas de la naturaleza como para saber que quizá me estaría esperando una víbora venenosa que me mordería los pies descalzos, o un oso enojado buscando un tentempié.

Sentí un abrazo cálido en la cintura y grité, pero tenía la boca tapada. Un aroma familiar a suavizante de lavanda me llegó a la nariz... Evan. Me soltó y yo volteé a verlo, furiosa, lista para gritarle por haberme asustado de esa forma. Pero al mirar su hermoso rostro, me quedé sin palabras. Traía una camiseta negra sin mangas, *shorts* y Converse negros. Tenía el cabello enredado, lo que le daba una apariencia descuidada pero *sexy*. El tatuaje de su cuello era muy visible, lo que intensificaba su *look* de chico malo. Miré sus ojos oscuros y pasé saliva.

—No eres muy valiente, ¿cierto? —preguntó en tono burlón y sonrió. ¡Dios! Se le formaron sus hermosos hoyuelos en las mejillas, y yo me quedé sin aliento.

«Inhala y exhala, Jules».

—¡Me asustaste! —dije en tono acusador, intentando sonar molesta, pero sin lograrlo en realidad. ¿Cómo podía enojarme con esa sonrisa? ¡Era injusto! Alguien debería haberle prohibido sonreír.

Evan soltó una risita.

—No es mi culpa que seas una gallina.

—¡No soy una gallina! —respondí y crucé los brazos, lo que provocó que Evan bajara la mirada y por un instante me viera los senos, antes de volver a verme a la cara. ¡Diablos! Se me olvidó que no traía camiseta. Me sonrojé al intentar recomponerme.

—¿Vas a nadar? —preguntó y ladeó la cabeza.

—No, en realidad.

—¿Por qué no?

—No me encanta —mentí. La verdad era que no sabía nadar, pero no pretendía confesárselo. Si él había crecido en River Town, seguramente la natación era su segunda naturaleza. Evan me miró con los ojos entrecerrados, como si me estuviera examinando.

—No sabes nadar, ¿verdad?

¿Cómo lo supo? Agh. Definitivamente era pésima para mentir.

—No tiene nada de malo. Eso sólo significa que tengo más que enseñarte —dijo con una sonrisa. Mi corazón dio un vuelco.

—¿Más que enseñarme?

—Sí. —Dio un paso al frente. Tuve que echar la cabeza hacia atrás para poder mirarlo a la cara.

—Así que ahora eres el chico malo experimentado —dije en tono de falsa seriedad.

—Más bien el chico malo experimentado y guapo —contestó, y yo puse los ojos en blanco ante su arrogancia.

—Ya quisieras. —Le di un picotazo juguetón en el pecho. Él me tomó la mano, y el contacto con su piel me provocó escalofríos. Retraje la mano y sonreí nerviosamente—. En fin, ¿por qué motivo en particular me trajiste a este lugar aislado?

—Porque voy a matarte —afirmó y contuvo la sonrisa—. Debo decir que fuiste demasiado fácil de atrapar.

—¿Vas a matarme y a lanzar mi cuerpo al río? —pregunté y negué con la cabeza en gesto de desaprobación—. ¡Qué cliché!

—La vida es un gran cliché, Melocotón. —Me acarició la mejilla.

Pasé saliva.

—¿Qué hacemos aquí? —pregunté. Era evidente mi agitación.

—Cierra los ojos —susurró muy cerca de mí. Siguió acariciándome la mejilla con el pulgar. Yo lo obedecí—. Dame la mano. —Lentamente levanté la mano. Él la abrió y puso algo frío sobre mi palma. La curiosidad me carcomía. Tuve que esforzarme por no mirar—. Abre los ojos, Jules.

Tan pronto los abrí, miré lo que tenía en la mano y me quedé sin aliento. Era un hermoso collar dorado con un dije grande en forma de fresa. Me tapé la boca con la mano que tenía libre para ocultar la sonrisa que se dibujó en mi rostro.

—Lo lamento mucho —dijo con total y absoluta franqueza.

—Guau... Es... —No sabía qué decir. No solía recibir regalos, y Evan no parecía el tipo de chico que acostumbraba tener detalles románticos.

—Ve el grabado —dijo con emoción. Tomé el dije de fresa y lo volteé para leer la inscripción.

Para la hermosa
Señorita Fresita
E. W.

El corazón se me derritió. ¿Cómo podía hacer ese tipo de cosas y esperar que sólo quisiera ser su amiga? Nunca nadie me había dado algo así. Era algo muy significativo, no un collar cualquiera. Él había encontrado la forma de volverlo único. Levanté la mirada. Él me estaba viendo con una sonrisa genuina. Quise cerrar el espacio entre nosotros y besarlo. Quería demostrarle cuánto significaba para mí y cuánto me importaba. Sabía que tenía conflictos internos, que era un chico atormentado, pero no me importaba. A pesar de su sonrisa, podía ver con claridad la tristeza en su mirada. Estaba dispuesta a hacer lo imposible para eliminar esa tristeza.

—¿Te gusta? —su pregunta interrumpió mis ideas.

Parpadeé para volver a la realidad.

—Me encanta... Es hermoso —contesté con toda sinceridad.

Evan tomó el collar y me lo puso delicadamente alrededor del cuello. No pude evitar estremecerme cuando el frío oro tocó mi piel. Evan retrocedió un paso y sonrió.

—Se te ve muy bien.

—Gracias —murmuré, sonrojada—. Es muy... dulce de tu parte.

Evan se rascó la nuca.

—Sí, supongo que tu dulzura es contagiosa —afirmó e hizo una mueca. Yo le di un puñetazo en el hombro.

—¡Poetonto oscuro! —exclamé en tono juguetón.

—Escritora cursingenua —dijo y me sacó la lengua.

—¡Qué maduro de tu parte!

Evan abrió la boca para contestar, pero alguien nos interrumpió.

—¡Por fin! —dijo una voz. Me di la media vuelta y encontré a Shane, empapado—. Te he estado buscando por todas partes, nena.

Evan se tensó al oírlo llamarme «nena». Me miró, confundido, como si no pudiera creer que Shane acababa de llamarme «nena».

—Ya te dije que no me digas «ne...».

—¿Qué hay? —me interrumpió Shane y le tendió la mano a Evan.

—Hola. —La voz de Evan volvió a ser fría. Ya no era la voz juguetona de antes.

—¿Qué andan haciendo? —preguntó Shane y me pasó el brazo por encima de los hombros, mojándome el costado en cuestión de segundos.

Intenté empujarlo, pero él me abrazó con más fuerza. Volteé a ver a Evan. Su expresión era indescifrable, pero noté que estaba apretando los puños.

—Quítale las manos de encima —siseó Evan entre dientes, lo cual me sorprendió.

—¿Qué dijiste? —Shane se hizo el tonto.

—Dije que le quites las manos de encima —repitió deliberadamente. Evan tenía los bíceps tensos, y casi podría jurar que se le habían saltado las venas.

—¿Qué me harás si no lo hago? —respondió Shane en tono desafiante. Luego me abrazó con más fuerza, y yo forcejeé para liberarme.

—Suéltala —exigió Evan.

—¿O qué, engendro? —dijo Shane con una sonrisa arrogante.

—¡Shane! —protesté, pues no me gustaba el rumbo que estaban tomando las cosas.

—No me provoques —contestó Evan furioso y en tono amenazante.

—No me intimidas.

—Pues debería.

—¿Ah, sí? —La voz de Shane se iba haciendo más seria—. Perdiste tu turno, idiota. Ahora Jules es mía.

—¿Qué? —Miré a Shane, desconcertada.

Y luego todo pasó tan rápido que mi cerebro no pudo procesarlo bien. Evan me hizo a un lado, se abalanzó sobre Shane y lo empujó. Luego, le dio un puñetazo en la cara. Yo estaba demasiado desconcertada como para moverme. Shane cayó al suelo, con sangre en la nariz, y Evan se sentó a horcajadas sobre él y lo inmovilizó. Yo me llevé una mano al pecho. La violencia siempre me había resultado aterradora. Evan empezó a golpear a Shane una y otra vez. El sonido de cada puñetazo me provocaba náuseas.

Sabía que debía hacer algo.

—¡Detente! ¡Evan! ¡No! —Me acerqué a ambos y me horrorizó ver el desastre que era la cara de Shane. Parecía estar perdiendo la conciencia—. ¡No, Evan! —Me arrodillé junto a ambos.

Evan estaba perdido en su propia ira. Sostuve su puño en el aire para atraer su atención.

—¡Detente! ¡Por favor! —le rogué.

Evan volteó a verme. Su expresión pasó de la ira a la comprensión, y de ahí al arrepentimiento. Tenía los nudillos llenos de sangre; de sangre de Shane. Parecía que Evan no sabía qué decir.

Solté su mano. Él se puso de pie y yo me incliné para ver a mi amigo herido.

—¿Shane? ¿Me oyes? —No había notado que me caían lágrimas por las mejillas.

—¡Ay! —fue lo primero que logró decir mientras yo lo ayudaba a incorporarse.

—¡Dios mío! ¿Estás bien? —Estiré la mano temblorosa para acariciarle una mejilla.

—Nunca he estado mejor. —El comentario sarcástico de Shane era evidencia de que estaba bien. Se puso de pie, con una mano agarrándose la nariz.

—¿Shane? —Yo estaba muy angustiada.

Mi amigo me ignoró y miró fijamente a Evan.

—Esto no se ha acabado —prometió y emprendió el regreso. Probablemente iba al río a limpiarse la cara.

¿Qué demonios acababa de pasar?

Volteé a ver a Evan.

—¿Qué carajos te pasa? —le grité, fuera de mí. Evan no levantó la mirada. Le empujé el pecho—. ¡Podías haberlo matado!

Evan levantó la mirada y dijo con voz fría e inquietante.

—Él empezó.

—¡Estaba bromeando! —exclamé, desesperada.

—¡Claro que no estaba bromeando!

—¡Es Shane Mason! ¡Siempre está bromeando!

—No esta vez. ¿No te das cuenta de cómo te mira?

—¿De qué diablos estás hablando? ¡Pídele una disculpa! —ordené.

—No. Obtuvo su merecido.

—¿Cuál es tu problema?

—Que él es un idiota y tú lo sabes.

—¿Y? Eso no te da derecho a partirle el hocico. Estuvo muy mal lo que hiciste.

—¿Y qué hay de lo que él hace? ¿Eso no está mal? Tú sabes exactamente qué le hizo a Melissa. ¿Quieres eso para ti?

—¿Así que esto se trata de Melissa?

—No, se trata de ti —contestó Evan con firmeza—. No le permitiré que juegue contigo.

—Shane no va a jugar conmigo. ¡Es mi amigo!

—Shane te desea —siseó Evan—. Es obvio. Pero tú eres demasiado ingenua como para darte cuenta.

—Shane no me... —Me quedé callada para procesar sus palabras—. ¿Y qué si me desea? ¿Por qué te importa tanto? Hasta donde sé, sólo quieres ser mi amigo

—Soy tu amigo. Por eso me corresponde preocuparme por ti. Ese tipo sólo va a lastimarte.

—Claro que no. No es como tú. —Esas últimas palabras se escaparon de mi boca antes de que pudiera detenerlas. Evan hizo una mueca de dolor—. Lo siento... No quería...

—Está bien. Tienes razón.

Se me estrujó el corazón.

—No fue mi intención decir eso. —Busqué su mirada, pero él veía en todas direcciones menos hacia mí. Luego se dio la vuelta y se llevó las manos a la cabeza.

—Deberías volver con tus amigos.

—No. —Esto no se había acabado aún. No así.

—Vete, Jules —volteó a verme. Nuestras miradas se encontraron; mi pecho subía y bajaba de la agitación. Ambos estábamos enojados, pero había algo más flotando entre los dos: tensión. Sentía como si hubiera un campo magnético atrayéndonos. Lo que más quería era cerrar el espacio entre nosotros y besarlo con todo mi ser. Por alguna razón, presentí que él quería lo mismo.

Ahí nos quedamos, mirándonos a los ojos. Evan dio un paso al frente; yo pasé saliva y sentí seca la garganta.

—Deberías irte antes de que haga una estupidez. —Su voz se había convertido en un suspiro.

—No. —Di un paso al frente.

—Jules... —Mi nombre sonaba tan bien cuando lo decía con su *sexy* voz. Evan dio tres zancadas hacia mí, hasta que quedamos a centímetros de distancia. Me tomó la cara entre sus manos y apoyó su frente sobre la mía. Su respiración entrecortada me rozaba los labios de manera incitante. ¡Dios! Nunca había deseado algo tanto en la vida como deseaba en ese instante que Evan me besara.

—No permitiré que te tenga.

—¿Por qué? —Lo miré directo a los ojos.

—Porque eres mía.

CAPÍTULO 29

DECIR QUE ME quedé sin palabras era más que un eufemismo. Me quedé estupefacta, impresionada, muda y muchos otros adjetivos que describen desconcierto y sorpresa. Ni siquiera estaba segura de seguir respirando. La cara de Evan seguía estado muy cerca de la mía, y nuestras respiraciones se mezclaban. Sólo necesitaba avanzar un par de centímetros más y podría besarlo.

«Porque eres mía».

¡Dios! De sólo recordarlo, sentí escalofríos en todo el cuerpo. Evan apoyó su frente contra la mía mientras me acariciaba las mejillas con sus cálidos pulgares. Me estaba muriendo de ganas de besarlo. Nuestras narices se tocaron, nuestros labios quedaron a milímetros de distancia. Abrí ligeramente la boca, ansiando sentir la suya. Sus ojos se veían más oscuros de lo habitual. Los miré fijamente y me pregunté: «¿Por qué no me estás besando?».

La respuesta era obvia y me cayó como balde de agua helada. Evan no iba a besarme. Quería que yo lo besara, para así estar libre de culpas por haberme incitado de nuevo. Él quería que yo cruzara la frontera de la amistad que él había dibujado entre nosotros, la cual se agujereó cuando dijo aquello de «eres mía», pues, hasta donde yo sabía, los amigos no son propietarios de sus amigos.

¿Adónde iba con todo esto? Entender a Evan podía ser sumamente agotador. No podía fingir ser mi amigo y luego besarme. De algún modo, él sabía que yo no me iba a resistir a besarlo. Sabía que estaba loca por él, lo cual me ponía en una posición desventajosa. Sin importar cuántas ganas tuviera de besarlo (lo cual me moría por hacer), sabía que no debía hacerlo. Ya lo había hecho dos veces y había terminado con el corazón roto. Así que sí, estaba loca por el tipo, pero no era tan estúpida como para tropezarme con la misma piedra.

Albert Einstein dijo: «La locura es hacer lo mismo una y otra vez, y esperar resultados distintos». No podía seguir haciendo lo mismo esperar que pasara algo diferente. Necesitaba cambiar el juego. Sin embargo, tener a Evan tan cerca era demasiado tentador. El calor que emanaba su cuerpo me atraía hacia él. Mi corazón anhelante me gritaba que me lanzara a sus brazos, pero mi cerebro tenía otros planes. Como escuchar a mi corazón no me había dado buenos resultados, quizá era hora de escuchar a mi cerebro.

Ignoré las protestas de mi cuerpo, puse las manos sobre el pecho de Evan y, con todo el autocontrol que logré reunir, lo empujé hacia atrás. Al volver a estar lejos de él, sentí frío. Levanté la mirada para verlo. Parecía sorprendido, pero de inmediato lo disimuló con su habitual expresión de frialdad.

—No soy tuya —me obligué a decir. Sabía que era una mentira descarada, pues en el fondo sí lo era. Me había vuelto suya incluso antes de que nos viéramos en persona. Evan se me quedó viendo durante algunos minutos en silencio. Yo pasé saliva e intenté mantener mi postura. Evan relajó los hombros y metió las manos a los bolsillos.

—Tienes razón —dijo en tono casual—. Lo siento.

¿Ya no iba a seguir luchando por mí? Crucé los brazos sobre el pecho.

—No te disculpes conmigo. Discúlpate con Shane.

Su expresión se endureció.

—No.

—Sí.

—Olvídalo, Jules.

«Aquí viene el escalofrío». ¿Por qué cada vez que lo escuchaba decir mi nombre se me ponía la piel de gallina? «Porque te estás enamorando de él». Mentalmente puse los ojos en blanco antes de continuar la conversación.

—Debes disculparte. No estuvo bien que golpearas a Shane de esa manera —dije con tranquilidad.

—No puedo disculparme —contestó como para ponerle punto final a la discusión.

—Entonces supongo que debo irme —dije con toda la frialdad de la que pude armarme—. Gracias por el collar. —Le sonreí con los labios apretados y me di la media vuelta. Cuando empecé a alejarme, sentí los latidos de mi corazón en las orejas y la garganta.

Uno.

Dos.

Tres pasos.

¿Acaso no pensaba detenerme?

Cuatro.

Cinco.

Fue un pésimo plan.

Seis.

Siete.

Debería dejar de contar cada paso.

Ocho.

Nueve.

Se notaba que Albert Einstein no conoció a Evan y por eso dijo aquello de hacer las cosas distinto. Definitivamente no me estaba funcionando.

Diez.

Debiste haberlo besado.

Once.

Al menos me estaría yendo con el recuerdo de sus labios contra los míos y no sintiéndome completamente estúpida.

Doce.

En serio, deja de contar. No te va a detener.

Trece.

Es culpa de las películas románticas en las que el chico siempre detiene a la protagonista.

Catorce.

Quin...

—Espera, Jules.

«¿Escuché bien?».

—Oye, espera. —Me tomó del brazo y me hizo mirarlo. Intenté ocultar mi sensación de alivio.

«Actúa natural, Jules».

—¿Qué? —pregunté y levanté la barbilla con orgullo.

—Lo haré —dijo, derrotado.

Me hice la tonta.

—¿Qué harás?

Evan entrecerró los ojos.

—Me disculparé con tu amigo.

—Eso significa que aceptas que lo que hiciste estuvo mal, ¿cierto?

Evan me miró con expresión seria.

—Estoy dando un primer paso, ¿de acuerdo? —afirmó, molesto.

—De acuerdo. —Esbocé una sonrisa franca mientras saboreaba mi victoria parcial. «Gracias, Albert Einstein».

—Entonces, ¿estamos bien? —preguntó y me miró con cautela.

—Sí —asentí.

—Bien. —Esbozó una sonrisa de lado, y el hoyuelo que se le formó en la mejilla derecha casi me hace retractarme de todo.

—Bien. —Descrucé los brazos y los dejé caer a los costados del cuerpo. La sonrisa de Evan se hizo más grande aún.

—Te ves linda cuando te enojas —dijo y me pellizcó la nariz.

Yo solté una ligera risita.

—Eres un tonto bipolar. Sí lo sabes, ¿verdad?

Evan se encogió de hombros.

—Tal vez.

—¿Tal vez? —Levanté una ceja.

—Sí —asintió y se pasó los dedos por la cabellera negra azabache, mientras se mordía la boca—. ¿Le darías un abrazo a este tonto bipolar? —gimoteó.

—¿Un abrazo? —Su solicitud me tomó desprevenida.

—Sip. —Me miró con ojos de cachorro abandonado—. Así sabré que me has perdonado de verdad. —Me extendió los brazos.

Titubeé. ¡Dios! Se veía sumamente adorable, pero no estaba segura de poder resistirme de nuevo si volvía a estar tan cerca de él.

—Pídele una disculpa a Shane y te daré todos los abrazos que quieras. —Le propuse ese trato para evitar el abrazo, pues en ese instante no podía volver a estar cerca de él. Necesitaba recargarme de autocontrol.

Evan negó con la cabeza.

—Eres cruel.

—Estoy siendo justa, así que vamos, boxeador. Hora de disculparse. —Señalé el puente—. Y, para compensar todos los problemas que causaste, tienes que llevarme de caballito. —Quizá me estaba aprovechando de la situación, pero Evan no siempre estaba tan disponible.

Me sonrió.

—Trato hecho —dijo, se dio media vuelta y se inclinó ligeramente hacia adelante—. Súbase, damisela.

Me quedé mirando su nuca. Lentamente me acerqué y me trepé a su espalda, le abracé el cuello y lo rodeé con las piernas. Evan me levantó como si yo fuera ligera cual pluma. ¡Cielos! Había olvidado lo alto que era. Cuando me levantó, el piso me quedó muy lejos. Si me caía, sería muy doloroso.

—No te dejaré caer —me garantizó al percibir mi miedo. Mi torso casi desnudo estaba pegado a su espalda y, aunque él estaba completamente vestido, sentí el calor de su piel bajo su camiseta. Olía delicioso. Tuve que hacer un esfuerzo por no olerle el cabello y el cuello.

—¡Arre! —dije para que avanzara. Evan se rio entre dientes antes de empezar a caminar hacia el puente decorado. Desde esa posición, alcanzaba a ver mejor su tatuaje. Estudié las líneas curveadas sobre su piel. Se veía muy profesional. Parecía tener algún tipo de significado tribal.

—¿Por qué estás tan callada? —preguntó Evan y me miró por encima del hombro—. ¿Estás paralizada de miedo?

—No, sólo… —Sabía que el tatuaje era un tema delicado para él, así que reprimí las preguntas al respecto—. Estoy admirando el paisaje —mentí y hundí la cara en su cabello. No podía evitarlo. Era muy suave y olía delicioso.

—¿Me estás oliendo el cabello?

—¿Qué? ¡Claro que no! —respondí con exagerada efusividad.

—Lo que tú digas —murmuró mientras cruzábamos el puente.

El sol se había ocultado detrás de las nubes que cubrían el cielo azul. ¿Iría a llover? ¿En serio? El clima había estado muy bien para el festival. Examiné la multitud en busca de mis amigos. Encontré a Laura sentada sobre una roca en el río, mientras Jordan nadaba alrededor de ella.

¿Dónde estaría Shane? Como si me hubiera leído la mente, emergió del agua e inhaló profundo. Todas las chicas a un radio de treinta metros suspiraban por él; se pasó ambas manos por el cabello, mientras gotitas de agua le resbalaban por el pecho musculoso y el abdomen de acero, hasta perderse en la V que formaba su abdomen bajo. En cuanto a su cara, ya que no tenía rastros de sangre, no se veía tan mal. Sin embargo, su nariz estaba roja e hinchada, y se le estaba empezando a notar un moretón en el ojo izquierdo. Era la segunda vez que veía que lo golpeaban. La primera vez fue en aquella fiesta en casa de Jordan. Parecía como si eso hubiera pasado hacía mucho tiempo.

—¡Ahí están! —señalé a mis amigos. Evan simplemente caminó en la dirección que yo le indiqué. Me bajó con cuidado al llegar a la orilla—. ¡Hola, chicos! —les dije y agité las manos para llamar su atención. Lau fue la primera en verme.

—Hola. —Lau me saludó con la mano y luego miró a Evan. Esbozó una sonrisa de complicidad—. Hola, Evan.

—Hola —contestó Evan con timidez. Shane se dio cuenta de la conmoción y volteó a vernos. Miró con desprecio a Evan, quien se puso notablemente tenso.

—¡Shane! —le grité para atraer su atención—. ¿Puedes venir un segundo, por favor? —Lo vi dudar un instante antes de nadar hacia donde estábamos. Salió del río y se paró frente a nosotros, goteando. Tan pronto estuvieron uno frente al otro, supe que había sido una pésima idea. Shane miraba a Evan con ojos de pistola—. Evan tiene algo que decirte, Shane —afirmé con nerviosismo. Shane ladeó la cabeza, expectante. Evan se quedó en silencio—. ¿Evan?

—Lo siento —dijo con seriedad. Le hice un gesto para que continuara—. Lamento haberte golpeado.

Shane se burló.

—No me golpeaste. Tus manotazos apenas me hicieron cosquillas.

—Shane —intervine en tono de advertencia y me puse entre ellos.

—¿Ah, sí? —preguntó Evan en tono arrogante.

—*OK*, *OK*, ya estuvo —dije nerviosamente. Era una situación incómoda. Volteé a ver a Lau en busca de ayuda. Intercambiamos miradas, y ella entendió que necesitaba que nadara hacia nosotros. Creo que es una de las cosas que más me gustan de tener una mejor amiga: una mirada lo dice todo.

—¡Hola, chicos! —exclamó Lau al caminar hacia la orilla—. ¿No quieren nadar un rato? —Pasó el brazo por encima de los hombros a Shane—. Vamos, Shane. —Lo jaló. Shane se resistió un instante, mientras miraba a Evan con odio, pero al final cedió y dejó que Lau lo guiara hacia el río. Yo suspiré, aliviada.

—Es un imbécil —murmuró Evan. Volteé a verlo y entrecerré los ojos.

—Sí, pero no es una mala persona —dije, mientras veía a mis amigos meterse al agua.

—¿Cómo puedes decir eso? —preguntó Evan. Percibí su mirada fija en mí.

—No sé... a veces es... —Me quedé callada al recordar todas esas ocasiones en las que Shane me había apoyado. Recordé la vez que reprobó mate por mi culpa. Todos esos recuerdos me hicieron sonreír—. Simplemente es... Shane. —Me encogí de hombros.

—¿Te gusta? —preguntó Evan, intentando sonar tranquilo. Volteé bruscamente hacia él, desconcertada por la pregunta.

—Eso no es de tu incumbencia —declaré y desvié la mirada. Shane era atractivo, pero nunca lo había visto con ojos de romance. Éramos demasiado diferentes como para ser compatibles. Shane era mi amigo y punto. Sin embargo, no le iba a decir eso a Evan, pues quería que siguiera dudando de mi amistad con Shane.

—Pensé que éramos amigos —murmuró Evan.

—Así es.

—Entonces, ¿por qué no puedes decirme si te gusta? —insistió.

—¿Por qué quieres saberlo? —Lo miré de forma desafiante.

Evan se encogió de hombros.

—Por curiosidad. Es todo. —Se metió las manos a los bolsillos—. Sólo espero que no te dejes engatusar por su apariencia.

—Estoy bien. No necesitas preocuparte por mí —dije con seriedad.

—Eso veo. —Había un destello de anhelo en sus ojos negros.

Un trueno repentino me hizo brincar ligeramente. Entonces empezó a lloviznar. Las gotitas frías me hicieron temblar al caer sobre mi torso casi desnudo. Todo mundo corrió hacia el estacionamiento para protegerse de la lluvia. Lau salió del agua y abrió los ojos como platos al percibir la lluvia.

—¡Jules! —me gritó—. ¡Los celulares! Por favor llévalos al auto antes de que se mojen. —Señaló hacia una roca en donde estaba la ropa de todos.

—¡*OK*! —Tomé sus *shorts* y las camisetas de Jordan y de Shane. Envolví los celulares con la ropa para protegerlos y levanté la vista hacia el camino rocoso que llevaba al estacionamiento. Diablos, no había pensado en eso.

—¿Necesitas ayuda? —preguntó Evan, quien se dio cuenta de la situación. Volteé a verlo y descubrí que me estaba sonriendo.

—No —contesté.

«Puedo hacerlo. Si logré contenerme de besar a Evan hace unos minutos, claro que puedo con esto».

Aunque no lo crean, lo logré. Corrí entre las piedras sin caerme. La llovizna se fue convirtiendo poco a poco en tormenta. Evan iba atrás de mí, como si estuviera cuidando que no me cayera. Cuando llegamos a la entrada del estacionamiento, una voz conocida gritó mi nombre. Miré hacia atrás y encontré al dueño de esa voz.

—¿Jason? —Imaginaba que vendría al festival, pero no esperaba encontrármelo.

Venía jadeando.

—¿Puedo... hablar... contigo? —dijo.

—No es el mejor momento. Tengo que...

—Yo llevo los celulares al auto si quieres —me ofreció Evan al notar la desesperación en la cara de mi mejor amigo.

—Gracias —dije y le entregué el paquete.

—Te espero en el auto. Está justo ahí. —Evan señaló su auto negro antes de alejarse. Cuando miré a Jason, ya estaba lloviendo con bastante fuerza.

—Más vale que tengas una buena razón —le advertí, mientras me empapaba con la lluvia.

Jason tenía las manos sobre las rodillas, pues intentaba recuperar el aliento. Luego volteó a verme.

—Es Helen. —Sonaba muy agitado—. Como que volvimos.

—Qué bueno. Pero no sé si ya te diste cuenta de que está diluviando. Podrías haber esperado para decírmelo.

Jason se enderezó. No traía camiseta.

—Ya lo sé. La cosa es que ella había estado rara y yo... —La lluvia era tan intensa que no pude escuchar el resto.

—¿Qué? —grité.

—Dije que....

—¡No te escucho! —grité, frustrada. Se me metía agua a la boca al hablar. Escupí e intenté quitarme el agua de la cara. Jason se acercó más.

—Dije que...

—¿Qué?

—Ella... sabe... cómo... yo...

Sólo escuchaba fragmentos de frases que no tenían sentido. Jason debió haberse percatado de mi confusión, pues me agarró de la cintura, me jaló hacia él y me habló al oído.

—Dije que creo que le gusto.

Su cálida respiración me dio escalofríos. Hacía demasiado frío ahí.

—Ya lo sabíamos —dije, furiosa.

El cuerpo de Jason pegado al mío me mantenía tibia. Cualquiera que nos hubiera visto habría pensado que éramos unos novios que se estaban besuqueando bajo la lluvia.

—No entiendes —dijo Jason lentamente—. Le gusto mucho.

—No sé adónde quieres llegar.

Jason suspiró, frustrado. El flujo de aire me cosquilleó el cuello y me hizo reír.

—No es gracioso, Jules —gruñó.

—Ya lo sé. No me estaba... No importa. ¿Cuál es el problema entonces?

—Creo que quiere que formalicemos. Ya sabes, que seamos novios y esas cosas.

Sonreí.

—¿Y?

—No sé qué hacer.

—«Podría ser tu novia», como en Phineas y Ferb. —Me reí.

Jason me dio un picotazo en la cintura.

—Estoy hablando en serio.

—Muy bien, Don Seriedad. ¿Qué te dijo?

—Me preguntó si quería que lleváramos la relación al siguiente nivel. —Se encogió de hombros.

—¿Y qué le contestaste? —insistí.

—Que necesitaba ir a orinar.

Puse los ojos en blanco y solté una carcajada, pero Jason se quedó callado.

—¿Qué? ¿Es en serio? —pregunté, incrédula.

—No me lo esperaba, ¿*OK*? Me está esperando. Más vale que me digas qué hacer.

—No puedo decirte qué hacer. Debes decidirlo tú. —Le agité el cabello mojado—. Es muy fácil. ¿Qué quieres hacer?

—No lo sé —murmuró.

—Dile entonces que necesitas tiempo para pensarlo —dije y le apreté la mano para tranquilizarlo.

—No puedo dejarla colgando así. Deberías haber visto su cara. Estaba aterrada de mi reacción —dijo y se le nublaron los ojos al recordar su expresión.

—Pobre —dije y sonreí con tristeza—. Desearía poder decirte qué hacer, pero es tu decisión, Jason.

—Ya lo sé —suspiró y su respiración volvió a darme cosquillas—. Sólo no quiero complicaciones.

—¿Te gusta? —pregunté.

—Sí —contestó sin dudar.

—¿Es meramente físico o hay algo más entre ustedes?

—No sé.

—«No sé» —dije, imitándolo y sosteniéndole la cara para verlo a los ojos—. Querido amigo, lo que necesitas es decidirte.

Me sonrió con tristeza.

—Mi cabeza es un desastre.

—Estarás bien —le aseguré y le acaricié la cara.

—¿En serio lo crees?

Se veía tan desesperado y vulnerable. Lo abracé con fuerza.

—Claro que sí. Eres un buen muchacho. —Estaba siendo franca. Ambos nos separamos, y yo le di el consejo más sabio que se me ocurrió—. Abrázala, mírala a los ojos y entonces sabrás exactamente qué hacer. Ahora vuelve con ella. Debe estar pensando que te ahuyentó.

—Gracias. —Jason sonrió genuinamente, y yo le sonreí también.

—¡Vete! —insistí.

Jason sonrió y se fue. Me dio gusto porque me estaba muriendo de frío en el estacionamiento. Me froté los brazos y examiné el estacionamiento casi vacío en busca del auto de Evan. Al encontrarlo, corrí hacia él. Evan estaba adentro. Se veía cálido y seco, mientras que yo temblaba sin control afuera del lado del asiento del copiloto. Evan abrió la puerta y la empujó.

—¡Métete! —me ordenó.

—¡Pero estoy empapada! Arruinaré tu asiento.

Evan puso los ojos en blanco.

—¡Métete antes de que te congeles!

—No.

—Jules —dijo en tono de advertencia—, te obligaré si es necesario.

Sentía que los labios se me estaban poniendo morados. Entré al auto a regañadientes. El calor del interior me dio la bienvenida, y mis manos y labios dejaron de temblar. Me froté las manos. Olía rico, como Evan. Sabía que él me estaba mirando fijamente. Lo sentía.

—Toma —dijo y me ofreció una cobija.

—Gracias. —La tomé y me tapé el cuerpo helado.

Se hizo el silencio entre nosotros, y de pronto se me dificultó respirar. Sentía la tensión que iba creciendo.

«Estamos solos en su coche... y está lloviendo».

Me ruboricé al recordar el beso apasionado que nos habíamos dado bajo la lluvia la semana anterior.

—¿Jason está bien? —La *sexy* voz de Evan rompió el silencio.

—Sí —asentí y desvié la mirada.

—Jules —dijo en voz baja—, mírame.

Volteé la cabeza nerviosamente. Nuestras miradas se encontraron, y el corazón me dio un vuelco. ¡Dios! Evan era muy guapo. Inevitablemente, fijé la vista en sus labios. Evan extendió la mano y me tomó de la mejilla. Mi piel se acaloró al sentir el contacto con su palma. Todo su ser me jalaba hacia él. Su olor, su apariencia, su voz, sus ideas, sus poemas... todo. Sus ojos contenían tantas emociones.

—Evan... yo...

Él me puso el dedo índice sobre los labios para silenciarme.

—Lo lamento mucho, Jules. Lamento mucho haberte lastimado —susurró en tono sincero—. Sé que puedo ser confuso. No quiero que pienses que esto es un juego para mí. Jamás tuve la intención de jugar contigo. Te lo juro.

Sus palabras me desconcertaron.

—Es sólo que... —dijo y se inclinó hacia mí—. Sé que no estoy siendo justo. Estoy siendo un maldito egoísta por no dejarte ir, a pesar de que sé que es lo correcto.

—Evan, yo...

—No soy tan fuerte como pensaba. —Me interrumpió y me tomó la cara con fuerza—. Tendrás que ser fuerte por ambos y mantenerte lejos de mí, pues yo soy demasiado débil como para mantenerme lejos de ti.

Cerró los ojos, y nuestras frentes se encontraron. Había dejado de llover. Lo único que se escuchaba era nuestra respiración agitada.

—Pero yo...

—Debes bajarte del auto, Jules —dijo en voz baja.

—¿Por qué?

—No podré contenerme mucho más.

—¿De qué hablas?

—Muero por besarte, por probar de nuevo tus labios. Mis manos ansían acariciarte, sentirte. —Sus palabras me hicieron entrar en calor—. Así que aléjate de mí mientras puedas.

¿Cómo podría decirle que yo quería lo mismo que él? Abrí la boca para hablar.

—¡Jules! —La voz de Jordan nos hizo separarnos de un brinco. Jordan estaba dando golpes a mi ventana. Era como si hubiéramos estado en una especie de trance y alguien nos hubiera devuelto a la realidad. Abrí la ventana.

—¿Qué? —pregunté, furiosa.

—Hay un problema. Ven. —Se veía angustiado.

—¿Qué pasa? ¿Dónde están Lau y Shane? —pregunté al bajarme del auto.

—Shane se fue con una pelirroja y Lau se quedó comprando regalos en el último puesto. —Las palabras de Jordan me tranquilizaron—. Llovió muy fuerte.

—Lo sé. —Lo miré con cara de «yo también estaba aquí». Evan nos alcanzó, atraído por la conversación. Probablemente había notado la expresión de angustia de Jordan.

—Hola. —Evan le extendió la mano a Jordan.

—Hola —contestó Jordan con una sonrisa.

—¿Qué pasó? —preguntó Evan directamente.

—Al parecer la tormenta fue tan intensa que hubo un incidente en la carretera. Hay una piscina de lodo y un árbol enorme que está bloqueando el camino a Crookwell.

Me quedé boquiabierta de la impresión.

—¡Ay, Dios! —Me llevé la mano a la frente—. ¿Qué vamos a hacer? Supongo que van a limpiar el camino, ¿no?

—Sí, pero como ya casi anochece, no estará listo sino hasta mañana.

De un soplido me quité un mechón de cabello mojado de la cara.

—¡Genial! —exclamé en tono sarcástico.

Lau caminó hacia nosotros con bolsas en las manos. No parecía estar preocupada por el bloqueo en el camino.

—Hola de nuevo —le dijo a Evan—. ¿Ya sabes qué haremos, guapo? —Jordan negó con la cabeza—. Podríamos quedarnos en un hotel —sugirió y se encogió de hombros.

—Ya llamé a todos y están saturados por el festival —dijo Jordan en tono derrotado.

Me froté la cara con ambas manos. Mamá me iba a matar.

—Podríamos dormir en el auto —añadió Lau para intentar tranquilizarnos.

—¿Y morir congelados? —intervine, furiosa—. ¡Míranos! Estamos mojados y, hasta donde sé, no traemos ropa adicional.

—Oye, no te enojes conmigo. —Levantó las manos haciendo la seña de la paz—. No es mi culpa.

—Lo siento —dije—. Tengo frío y hambre. Perdóname por desquitarme contigo.

Lau me pellizcó la mejilla.

—No hay problema. Estamos en un lío.

—Estoy de acuerdo —dije.

—Podrían quedarse en mi casa.

Los tres volteamos bruscamente a ver a Evan.

—¿En serio? —A Lau se le iluminó el rostro. Yo me quedé sin palabras.

—¿Estás seguro? —preguntó Jordan con cautela.

—Sí, mi casa es enorme. —Evan se encogió de hombros.

—¿Estás segurísimo? —repitió Jordan—. No queremos incomodar.

—No hay problema. En serio. Pueden pasar la noche ahí y volver a casa mañana que esté lista la carretera.

Lau dio un grito de emoción y le dio un ligero abrazo.

—Gracias. —Esbozó una sonrisa de oreja a oreja—. Es muy amable de tu parte.

—No hay problema. —Evan volteó a verme, como si esperara que yo dijera algo, pero me había quedado muda—. Iré arrancando el auto. Ustedes síganme en el suyo —le dijo a Jordan—. Mi casa no queda muy lejos de aquí.

Jordan aceptó y se dirigió hacia su auto. Lau y yo intercambiamos mirada.

—Vete con él —susurró Lau y señaló a Evan.

—No.

—¡Por Dios, Jules!

—Dijo que lo siguiéramos. Yo voy con ustedes —afirmé.

—Por favor. Está siendo muy amable al dejarnos dormir en su casa. Lo menos que puedes hacer es acompañarlo.

—¡Lau!

—¡Vas! —Me empujó hacia el auto de Evan.

Gruñí, frustrada, y caminé dando zancadas hasta el auto de Evan, quien ya se estaba subiendo. Me miró y sonrió.

—¿Vienes conmigo? —Sonaba entretenido.

—Si quieres. —Crucé los brazos sobre el pecho—. Si no, puedo...

—No seas ridícula. Súbete. —Se metió al auto.

Yo me quedé paralizada junto a la puerta del copiloto. Evan la abrió desde adentro de un empujón.

—¿Qué esperas? —preguntó y se inclinó hacia mi asiento—. Súbete.

Me ponía nerviosa estar sola con él en su auto de nuevo después de lo que acababa de pasar hacía unos cuantos minutos, pero me tragué mis nervios y me metí. Evan me sonrió.

—No muerdo —dijo en tono juguetón—. Al menos no muy duro.

CAPÍTULO 30

—QUÉ HERMOSA CASA —dijo Laura cuando estuvimos todos frente a la casa de Evan. No podía estar más de acuerdo. Estábamos frente a una casona de dos pisos con muros azules, ventanas victorianas blancas y un enorme jardín frontal.

—Vengan —dijo Evan al pasar a nuestro lado.

Miré su espalda y pasé saliva. No podía creer que estaba a punto de entrar a su casa. Digo, era el tipo al que había conocido en Wattpad, el cual no esperaba que viviera a media hora de mi casa ni que me haría sentir tantas cosas por él. La tensión en el auto había sido insoportable. Lo bueno era que vivía a diez minutos del festival, pues de otro modo no sé cómo habría sobrevivido.

—¿Jules? —Lau agitó la mano frente a mis ojos—. Vamos, muévete. Hace demasiado frío aquí fuera. —Me dio un ligero empujón.

Seguimos a Evan por un caminito de árboles pequeños y flores a ambos lados. Yo venía abrazándome y frotándome los brazos con las manos. Ya estaba oscureciendo y Lau tenía razón: hacía mucho frío ahí afuera. Evan abrió la puerta y la sostuvo para que entráramos. Yo fui la última en entrar, y Evan me miró intensamente al pasar a su lado. Una vez adentro, de inmediato mi helado cuerpo entró en calor.

En la sala había tres sofás cafés enormes, dos lámparas, algunas pinturas con marco de madera y una chimenea pequeña. Una escalera rústica de caracol a nuestra izquierda parecía labrada a mano en madera. El lugar emanaba calidez y comodidad.

—Qué buen lugar —le dijo Jordan haciéndole un cumplido mientras examinaba el entorno.

—Gracias —murmuró Evan con timidez.

Todos nos quedamos ahí parados sin saber qué hacer. Claramente debía ser yo quien rompiera el silencio incómodo. ¿Cómo? Con un fuerte estornudo.

—Seguramente se están congelado —dijo Evan al darse cuenta de que todos veníamos empapados—. Hay un baño al final del pasillo. —Señaló a nuestra derecha.

—Jordan puede bañarse ahí —dijo Lau y empujó a su novio.

—No, guapa. Tú primero —contestó Jordan, como todo un caballero.

—Ve tú. Estoy segura de que hay otros baños en la casa, ¿verdad, Evan? —Lau le sonrió. ¿Qué se traía entre manos? La miré y entrecerré los ojos.

—Sí, de hecho hay dos baños más arriba —contestó Evan, titubeante—. Uno en el pasillo y otro en mi habitación.

Lau sonrió como el gato de Cheshire.

—Si no les importa, elijo el del pasillo —dijo Lau. Evan abrió la boca para decir algo, pero Lau lo interrumpió—. Gracias. —Luego me sonrió—. Tú puedes usar su baño, Jules. —Me guiñó un ojo y subió las escaleras de prisa para dejarnos solos. Me sentí muy avergonzada.

—Lo siento. A veces es muy... descarada —me disculpé,

con la mirada fija en el piso de madera—. Puedo esperar a que ella o Jordan terminen. No es necesario que me dejes usar tu baño. Yo...

Evan me tomó de la barbilla, y sus dedos cálidos me obligaron a levantar la vista. Nuestros ojos se encontraron, y mi corazón se aceleró.

—No hay problema —dijo en tono relajado—. Vamos, si no quieres enfermarte. —Me tomó de la mano y me guio por las escaleras. Los dragones en mi estómago volaban con furia mientras yo me esforzaba por no gritar de la emoción como una niña pequeña.

Cuando llegamos al piso superior, encontramos un pasillo largo con puertas a cada lado. En algún lugar se escuchaba agua corriente, lo que significaba que Lau se estaba duchando. ¿En qué momento mi amiga se convirtió en una chica tan atrevida? Parecía estarlo orquestando todo para que Evan y yo estuviéramos solos en su habitación.

¡Era una genia malvada! Pasar tiempo con Shane y Jordan sin duda la estaba volviendo más maliciosa. Yo estaba tan inmersa en mis pensamientos que, cuando Evan se detuvo, me seguí y choqué contra su espalda.

—Lo siento —exclamé, avergonzada. Él no dijo nada, sino que sólo abrió la puerta frente a nosotros. Me indicó que pasara primero, pero titubeé.

—¿Qué? —preguntó con una sonrisita—. ¿La pequeña Jules teme entrar a la guarida de las criaturas?

—No —contesté, sonrojada. Recordé el poema que me había escrito. Evan me miró fijamente, y mi respiración se volvió más superficial. Desvié la mirada y entré a su cuarto.

No se veía nada hasta que encendió las luces. La quijada se me cayó al suelo. Puedo afirmar con absoluta honestidad que nunca había visto un lugar tan negro. Todo era negro: las paredes, las sábanas, las cortinas, el marco del espejo y hasta la alfombra del suelo. Todo hacía que la habitación pareciera pequeña y sofocante.

—Guau, cuánto negro —comenté, sin dejar de observar su guarida—. Te tomaste muy en serio tu papel de poeta oscuro, ¿verdad? —Bromeé y volteé a verlo de nuevo. Evan estaba recargado contra el marco de la puerta, con los brazos cruzados sobre el pecho. Por algún motivo, saber que me estaba bloqueando la salida me puso más nerviosa. Yo estaba en su territorio, lo cual me volvía vulnerable. Esperé a que dijera algo, pero él se quedó callado. Su mirada penetrante me estaba incomodando—. Bueno —empecé a decir—, ¿dónde está el baño?

Evan señaló con el dedo una puerta negra junto al vestidor. Estaba a punto de caminar hacia allá cuando él terminó de cruzar el umbral de la puerta y la cerró tras de sí.

«Estamos solos en su cuarto».

«Él acaba de cerrar la puerta».

«Me va a dar un infarto».

Lo vi pasar a mi lado y buscar algo en sus cajones.

—Puedes usar esta toalla —dijo y me entregó una toalla azul oscuro. La tomé con las manos temblorosas.

—Gracias. —Me llevé la toalla al pecho y salí corriendo hacia el baño. Cerré la puerta con seguro y exhalé con fuerza. ¡Fiu! Por fin mi corazón podía volver a su ritmo normal.

Dicen que el amor es bueno para la salud, pero mienten con todos los dientes. Yo tenía suerte de ser joven, pues de otro modo habría sufrido un paro cardiaco hacía un buen rato. Me quité la ropa mojada y me metí a la regadera. Era un baño de buen tamaño, ni demasiado grande ni demasiado pequeño.

Al sentir el agua tibia contra mi piel, me relajé. Tomé el jabón y, por un instante, simplemente lo observé. Era el jabón de Evan. Lo había usado para enjabonarse todo su increíble cuerpo. Imaginarlo me hizo temblar de deleite.

«¡Dios! ¡Necesito ayuda!». Negué con la cabeza y continué con mi relajante baño. Al terminar, tomé la toalla y me envolví en ella. Fue entonces cuando mi cerebro no muy inteligente pareció recordar que no había traído ropa seca. Me llevé una mano a la frente mientras sostenía la toalla con la otra. No planeaba salir del baño así. Miré mi ropa mojada en el suelo. No, no podía volver a ponérmela. Tampoco quería enfermarme. Dado que no quería salir envuelta en papel de baño como momia de fiesta de disfraces, no tuve otra opción que esperar que Evan escuchara mis susurros.

—¿Evan? —Esperaba que siguiera en su cuarto—. ¡Evan! —Nada. Quizá se había ido. Abrí la puerta lentamente, hasta que pude asomar la cabeza. Evan estaba de espaldas, buscando algo en su mesa de noche—. ¿Evan?

Volteó a verme y sonrió.

—¿Necesitas que te ayude allá adentro? —preguntó en tono sugerente. Lo miré con los ojos entrecerrados, pero no pude evitar sonrojarme.

—No. Sólo necesito ropa seca.

—Me lo imaginé. Te traje algo de ropa —dijo y señaló su cama—. Es de Helen. La dejó aquí cuando vino de visita la semana pasada.

—No creo que sea buena idea.

—¿Por?

—Pues porque Helen y yo... —Me quedé callada, y Evan esperó a que continuara—. No importa. —No podía decirle que era probable que su hermana me odiara.

—Te dejaré cambiarte —afirmó y salió de la habitación.

Aunque no lo crean, el resto de la noche fue bastante aburrida. Evan evitó quedarse solo conmigo a toda costa. Los demás estábamos demasiado agotados como para preparar algo de comer, así que comimos papas y galletas antes de irnos temprano a dormir. Lau y Jordan compartieron habitación, como era de esperarse, así que yo me quedé en una habitación aislada. Estaba molesta con Evan. ¿Por qué había vuelto a evitarme? Di vueltas en la cama mientras intentaba dormirme. Después de una hora de intentos fallidos, por fin me trasladé al mundo de los sueños.

No sabía qué me había despertado, pero tenía una sensación extraña en el estómago. Al principio pensé que era hambre, pero al sentarme me di cuenta de que la sensación subía y me estrujaba el pecho. Algo no andaba bien. Miré brevemente el reloj despertador que estaba junto a la cama: 1:27 a.m.

«¿Qué demonios hago despierta?».

Me froté la cara y bajé las piernas de la cama. Me levanté y salí al pasillo oscuro. Aún medio dormida, me dirigí hacia la habitación de Evan. Abrí su puerta lentamente y asomé la cabeza.

Ahí estaba: despierto, sentado en la orilla de la cama, dándome la espalda. No traía camiseta y estaba ligeramente inclinado hacia delante, con los codos apoyados en las rodillas. Tenía la cara oculta entre ambas manos. Se veía tan perdido, tan vulnerable. No supe qué hacer, así que me quedé ahí, paralizada junto al marco de su puerta. Su cama estaba hecha un desastre, lo que me hizo suponer que se había estado moviendo mucho. Su espalda pálida resaltaba entre las cobijas y las paredes oscuras. Estaba despeinado, con mechones de cabello que apuntaban en todas direcciones. Era obvio que no podía dormir, pero ¿por qué?

—¿Evan?

Se tensó al oír mi voz. Me miró por encima del hombro.

—¿Qué haces aquí? —Su tono era frío.

Di un paso adentro.

—No podía dormir —mentí.

—Vuelve a la cama —me ordenó y me dio la espalda de nuevo.

—¿Estás bien? —pregunté, sin disimular mi inquietud. Evan se quedó callado. Supe que no estaba bien. Eso me hizo pensar por qué siempre le preguntamos si está bien a gente que es obvio que no está bien. Es una pregunta estúpida e innecesaria.

Me armé de valor y rodeé su cama. Quería ver su rostro. Esperaba que su expresión me ayudara a descifrar qué le pasaba. Me paré frente a él, bloqueando la luz de la luna que entraba por la ventana a mis espaldas. Mi sombra lo cubría por completo. Pero no volteó a verme; su mirada parecía perdida, como si su espíritu estuviera en otro lugar.

—¿Evan?

Cuando levantó la cara, mi corazón se estrujó en mi interior. Su mirada transmitía tanta tristeza y dolor que los ojos se me llenaron de lágrimas. Ya no ocultaba el dolor, sino que lo dejaba correr desbocadamente. Era como si se hubiera quitado la máscara de frialdad y, por primera vez desde que lo conocí, por fin me permitiera ver su lado oculto. Ahora sabía por qué lo escondía, pues era desolador verlo así de triste.

Tenía ojeras pronunciadas bajo sus ojos negros y penetrantes. Mi mirada se paseó por su pecho, y entonces noté las cicatrices. Me llevé una mano al pecho e intenté disimular mi conmoción. Tenía muchísimas cicatrices... en el pecho y el abdomen. Recordé que mamá me contó que había sido víctima de abusos durante muchos años.

—Son repugnantes, ¿verdad? —Su voz me hizo mirarlo de nuevo a la cara. Fruncí el ceño un instante, sin entender sus palabras. Pero entonces me cayó el veinte: hablaba de las cicatrices. Abrí la boca para contestar, pero él me interrumpió—. No necesitas decir nada.

—Evan, yo...

—¿Qué? —Se puso de pie abruptamente—. ¿Tú qué, Jules? —Había un dejo de ira en su voz. Me tambaleé hacia atrás, sobresaltada por su arranque de enojo.

—Lo lamento —murmuré. Evan me miró con frialdad.

—¿Por qué te disculpas?

—No lo sé, simplemente... —Volví a mirar sus cicatrices. ¡Cielos! Había una que empezaba en el pecho y le atravesaba el estómago. Me miró una última vez antes de cruzar la habitación. Buscó un suéter en su vestidor y se lo puso, furioso. Azotó el cajón al cerrarlo y se dirigió hacia la puerta—. ¿Adónde vas? —le pregunté y lo seguí.

—Quédate aquí —siseó entre dientes—. Necesito aire fresco. —Lo vi caminar por el pasillo hasta las escaleras, y luego desaparecer.

Me rehusé a dejarlo salirse con la suya. Corrí tras él, con los pies descalzos sobre el suelo y las escaleras fríos. Al llegar a la sala fruncí el ceño: no parecía estar ahí. La puerta de entrada estaba intacta, cerrada con llave. ¿Adónde había ido? En respuesta a mi pregunta, escuché que se cerraba una puerta. Seguí el sonido. Provenía de la cocina. Crucé la cocina a oscuras y abrí la puerta trasera. La fría brisa de la noche me rozó la piel. Sentí escalofríos. La luna llena iluminaba el lugar casi como si fuera de día.

«Ahí está...».

Evan estaba caminando de prisa por el patio trasero. Corrí tras él, a pesar de que las piedras y el pasto seco me picaban los pies. Hice muecas de dolor, pero seguí adelante.

—¡Evan! —le grité e intenté alcanzarlo. Él no se detuvo, sino que en vez de eso, aceleró—. ¡Espera! —Lo tomé del brazo, pero él se liberó de mi mano. Me había quedado sin aire, pues alcanzarlo había sido mucho más difícil de lo que creía. Lo tomé del brazo de nuevo, pero entonces se dio media vuelta con brusquedad para enfrentarme—. Detente, Evan.

—¿Qué? —dijo en tono seco.

—¿Adónde vas? —dije, sin aliento.

—No es de tu incumbencia. Vuelve a la casa —me ordenó y apretó los puños como para contener su ira.

—No —negué con la cabeza—. Hasta que me digas qué pasa.

—Vuelve a la casa —dijo, poniendo énfasis en cada palabra.

—Háblame —supliqué. No me tomé la molestia de ocultar mi angustia. Nuestras miradas se encontraron, y noté que dudó durante un segundo.

—No hay nada de qué hablar. —Su tono era de absoluta amargura.

—¿Por qué no puedes decirme qué pasa? Puedo ayudarte. Puedo...

—¿Ayudarme? —Emitió una risa fingida—. No necesito tu ayuda. Estoy bien.

—Deja de mentir, Evan. No es necesario que enfrentes solo lo que sea que te atormenta. Estoy contigo. —Intenté tocarlo, pero él retrocedió. Ignoré el dolor que me provocó el rechazo—. Sé que has tenido un pasado difícil. Sé que...

—¿Qué sabes? —preguntó con escepticismo—. No sabes nada, Jules. Has vivido tu vida de ensueño en tu burbuja rosa. ¡Lo has tenido todo! —Subió tanto la voz que estaba gritando—. Tu vida ha sido perfecta, así que no me vengas con esa mierda.

—¡Mi vida dista mucho de ser perfecta! —grité también—. Todos tenemos nuestros propios problemas. No te atrevas a decir que mi vida ha sido perfecta, porque eso no es cierto.

Con una mano, se frotó la cara con fuerza.

—Mira, necesito estar solo, ¿de acuerdo? —Era evidente que se estaba esforzando por mantener la calma.

—No —dije con necedad—. Necesitas expresar lo que sientes, Evan. —Me mataba verlo así. Sabía que estaba muy atormentado. Lo sentía.

—Estoy bien.

—Claro que no.

—¡Claro que sí! —Apretó los puños a los costados, hasta que los nudillos se le pusieron blancos.

—No estás bien. Deja de mentir. Deja de fingir.

Evan emitió un largo suspiro.

—No quiero hablar de eso.

—¿Por qué estás enojado conmigo? —Necesitaba saberlo. Él seguía apretando los puños. Parecía enojado, pero negó con la cabeza.

—No se trata de ti. —Me miró en silencio durante unos segundos. Yo también lo miré fijamente, esperando que me gritara de nuevo. Pero Evan suspiró y relajó los hombros. Luego me tomó de la mano—. Ven conmigo —dijo y me jaló tras de sí.

Caminamos por un sendero rodeado de pinos hasta llegar a un lago en el que había un pequeño bote anclado. La vista era hermosa. La luna llena se reflejaba sobre el agua quieta. Se distinguía a lo lejos la silueta de las montañas. Evan me guio hasta el muelle, y al llegar a la orilla él se sentó con los pies al aire. Me senté a su lado, sin poder evitar ver de reojo su rostro iluminado por la luna. La luz resaltaba la palidez de su piel. Se veía tan guapo que me dolió el corazón.

—Es hermoso —dije para romper el silencio. ¿Me había llevado ahí para distraerme? ¿Era su forma de cambiar de tema?

—Aquí vengo cuando no puedo dormir —dijo en un susurro. Tenía la mirada fija en el cielo y estaba sumergido en sus propios pensamientos.

Volteé de nuevo hacia el lago.

—Es tan tranquilo —dije. Aún se sentía la tensión entre nosotros, pero Evan parecía estar más relajado que antes. El agua se mecía lenta y tranquilamente, y la brisa nocturna pasaba entre nosotros y me quitaba el cabello de la cara. Hacía frío, pero no me importaba mucho.

Se hizo el silencio, aunque no era del tipo incómodo, sino más bien apacible. Era como si ambos nos estuviéramos tranquilizando con ayuda de la quietud del lugar.

—Ella estaba planeando dejarlo —dijo Evan de repente. Volteé a verlo, confundida—. Mi madre —aclaró, antes de seguir adelante—. Iba a dejar a mi papá. Finalmente había reunido el valor para hacerlo, después de años de maltratos.

Abrí los ojos como platos. ¿Estaba abriendo su corazón y confiando en mí?

—Me contó cuáles eran sus planes con una semana de anticipación. Quería que la ayudara. Necesitaba que le ocultara a Helen la razón por la cual nos iríamos, pues ella no tenía idea de las cosas que mi papá nos había hecho. Jamás dejé que le tocara ni un cabello a mi hermanita. Yo recibí todos los golpes por ella. Finalmente, a mí ya me había arruinado, pero no podía permitir que la dañara a ella también.

Su voz era agonía pura. Sabía que le dolía hablar del tema, pero aun así quería que continuara.

—Helen tuvo una infancia normal; yo me aseguré de ello. Perdí la cuenta de cuántas veces le mentí sobre el origen de mis moretones, sobre mis faltas a la escuela... sobre las veces en las que ni siquiera me podía poner de pie. —Su expresión adquirió un matiz de dolor agudo—. Mentirle se volvió fácil. Por eso mamá me pidió que me encargara de Helen. Teníamos todo listo para irnos. —Bajó la mirada y sus cejas se fusionaron antes de que volviera a hablar—. Pero la noche antes del día en el que planeábamos huir, desperté de una pesadilla y bajé las escaleras. Mi papá estaba solo en la sala. Me dijo que me amaba, que éramos todo para él. Yo fui muy tonto... —Se detuvo abruptamente. Los labios le temblaban, pero los apretó para poder seguir adelante—. Le creí. Creí en sus palabras. Pensé que había cambiado. Pensé que había una mínima posibilidad de que fuéramos una familia feliz de nuevo. —Hizo una pausa para recobrar el aliento—. Le dije que mamá planeaba dejarlo. —Evan negó con la cabeza y cerró los ojos—. Fui tan estúpido.

El corazón se me estrujó. Lo tomé del hombro para intentar consolarlo.

—Lo lamento —dije en voz baja y con tristeza.

Evan abrió los ojos de nuevo. Los tenía llenos de lágrimas.

—Él… —Se quedó callado y agarró con fuerza la orilla del muelle—. Se volvió loco. Comenzó a golpearme una y otra vez, hasta que me retorcí en el suelo de dolor. Mamá escuchó el alboroto y bajó las escaleras corriendo. Entonces él sacó una pistola. Mamá se paralizó al verla. Intenté levantarme, pero sólo logré apoyarme contra el sofá. Sabía que tenía algunas costillas rotas, pero no me importaba. Papá le estaba apuntando a mamá. Nunca en la vida he sentido tanto miedo como ese día. —Los nudillos se le estaban poniendo blancos a medida que se aferraba con más fuerza a la orilla del muelle—. Mamá trató de convencerlo de que soltara el arma. Yo intenté atraer de nuevo su atención, pero no sirvió de nada. Con cada segundo que pasaba se iba enfureciendo más y más. Mamá le rogaba que parara, mientras yo le gritaba. Entonces sucedió. —Evan exhaló entrecortadamente—. Nunca olvidaré ese momento. Escuché un *clic* cuando jaló el gatillo, seguido de un disparo. El cuerpo inerte de mi mamá cayó al suelo a unos cuantos pasos de mí. Intenté arrastrarme hacia ella, pero él se arrodilló frente a mí y me puso la pistola contra la sien. Pensé que iba a matarme. Cerré los ojos con fuerza, pero él me obligó a abrirlos de nuevo. «Observa», me dijo y apuntó la pistola a su derecha. Seguí la pistola con la mirada hasta el pie de las escaleras, en donde estaba parada Helen. Ni siquiera pude decirle que corriera. Él simplemente le disparó, y ella se tambaleó hacia atrás antes de caer al suelo. —Su voz era apenas un susurro—. Después de eso, se suicidó —concluyó y cerró los ojos.

—Yo... —Se me quebró la voz y una lágrima me rodó por la mejilla—. Lo lamento mucho.

—No lo lamentes —declaró—. Todo fue mi culpa. No debí haberle dicho nada.

—No fue tu culpa —dije y me limpié las lágrimas.

—Debí haberme quedado callado. Mamá murió por mi culpa. Helen casi muere por mi culpa. ¡Fui tan tonto! —Se pasó los dedos por el cabello—. ¿Cómo pude creerle? —Se puso de pie de un brinco—. ¡Mierda! —Pateó un poste del muelle.

Yo también me puse de pie y me acerqué a él.

—No fue tu culpa, Evan. Tú...

—¡Deja de decir eso! —me gritó—. ¡Ella confiaba en mí! ¡Ella quería que la ayudara y yo la traicioné! —Cayó de rodillas, agitado—. Ella iba a dejarlo —murmuró con tristeza.

Me arrodillé frente a él, compartiendo su dolor. Apenas si podía imaginarme cuánto había sufrido durante todos esos años en los que se culpó a sí mismo. Sostuve su cara entre mis manos. Por las mejillas seguían cayéndome lágrimas.

—No debes culparte por esto —dije con voz ronca.

—Ella iba a dejarlo —repitió con los ojos llenos de lágrimas. Se me rompía el corazón de verlo así—. La extraño.

—Lo sé.

—Ella era... increíble. Era tan fuerte y siempre podía contar con ella. —Cerró los ojos. Los labios le temblaban—. Y, cuando me necesitó, yo le fallé. —Una sola lágrima le rodó por la mejilla y cayó en mi pulgar.

Me mordí el labio para contener un sollozo. Sabía que no había nada que pudiera decir que lo hiciera sentir mejor, y eso me mortificaba. El hombre que tenía enfrente en ese momento ya no era el hombre frío y fuerte de antes. Su fachada se había derrumbado. Su rostro pálido estaba contraído por el dolor. Bajó la mirada para ocultarse de mí. ¿Qué podía decirle? Ni siquiera estaba segura de poder hablar sin sollozar. Sostuve su rostro y lo obligué a levantar la mirada. Sus ojos negros estaban llenos de aflicción.

—Ahora me estás lanzando *esa* mirada. —Negó con la cabeza y sonrió con tristeza.

—¿Cuál mirada?

—La mirada de lástima. La odio.

—Lo siento. —Apoyé mi frente contra la suya. Su cálida respiración me rozó los labios.

—Tengo serios problemas, Jules, de verdad. Ni te los imaginas —susurró y tomó mi cara entre sus manos—. Estoy seriamente jodido. —Me acarició las mejillas con los pulgares.

—No estás mal. —Me pareció demasiado inapropiado el impulso que sentía de besarlo en ese instante.

—No puedes arreglarme —aseguró cuando nuestras narices se encontraron.

—Yo...

—No —me interrumpió y cerró los ojos—. Eres demasiado joven e inocente para esto.

—Evan... —El pecho me iba a explotar. Pasé saliva—. Sé que no puedo quitarte el dolor, pero... —Las palabras se me atoraron en la garganta. ¿Cómo pasó? ¿Cuándo? No tenía idea, pero debía sacarlas de mi pecho antes de que me incendiaran el corazón—. Te amo —susurré, con el sabor salado de las lágrimas en la boca. Evan se puso tenso. Yo no quise abrir los ojos—. Sé que no puedo arreglarte. Cielos, ni siquiera se me ocurre qué decir que te haga sentir mejor, pero te amo y amaré cada pequeño trozo de tu ser. Sé que lo haré. Yo...

Puso sus labios contra los míos para silenciarme. Fue un beso suave, pero lleno de tanta emoción que sentí cómo el corazón se me hinchó y los dedos de los pies se me paralizaron. Me besó lentamente, como si quisiera saborearme. Su sabor era dulce y picante. Me sentí en el paraíso. Jamás en la vida me había sentido tan completa. El mundo a nuestro alrededor se desvaneció. Todos mis sentidos estaban concentrados en la sensación de sus carnosos labios sobre los míos. Sabía que él no me había dicho que me amaba también, pero no me importaba. Todo lo que necesitaba estaba ahí, en su beso. Enredé los dedos en su cabello despeinado y disfruté lo suave que era. A regañadientes, Evan se separó de mí, sin dejar de acariciarme las mejillas. Nos miramos directamente a los ojos en silencio. A veces, las palabras salen sobrando. No necesitábamos decir nada. Todo estaba en sus ojos.

—No quiero lastimarte —dijo.

—No me lastimarás.

—No puedes saberlo. —La oscura profundidad de sus ojos se llenó de ansiedad.

—Pero confío en ti. —Le di un ligero beso.

—¿Por qué?

—No lo sé. Simplemente así es.

Evan esbozó una sonrisa melancólica.

—No será fácil —me advirtió. Su expresión era de temor. Temía que yo también lo dejara.

—Lo sé.

—Levántate —me ordenó y se puso de pie. Yo fruncí el ceño, pero lo obedecí—. Si vamos a intentarlo, quiero hacerlo bien. —Se apoyó en una rodilla.

—¡Ay, Dios! ¡No! ¡No! —Agité las manos frente a él—. No necesitas...

—¡Calla! —exclamó en tono de desaprobación—. Estás arruinando el momento. —Se me dibujó una sonrisa en la cara; se veía tan lindo arrodillado frente a mí—. ¿Jules?

—¿Sí? —Apenas si pude decir algo. Él me sonrió, aún con cierta tristeza en su expresión, la cual no tardó en ser reemplazada por emoción.

—¿Le harías el honor a este apasionado poeta oscuro de ser su novia fresita?

Su forma original de preguntármelo me hizo reír. No éramos una pareja convencional. Asentí, sintiéndome satisfecha y genuinamente feliz. Evan se puso de pie, me abrazó de la cintura y me dio un besito en la mejilla.

—Supongo que ahora eres el Señor Fresita, ¿no? —dije en tono burlón.

Evan levantó una ceja.

—Mientras me dejes besarte, supongo que puedes llamarme como quieras.

Le abracé el cuello.

—¿Y si no te dejo?

—Entonces te robaré los besos —dijo y se encogió de hombros.

—¿Ah, sí? Pues déjame decirte algo: me veo pequeña, pero soy...

Evan me besó repentinamente. Tomó mi cara con fuerza y me besó de forma apasionada. Nuestros labios se movían en sincronía. Sus largos dedos jugueteaban con mi cabello mientras el beso se iba haciendo más intenso. Me estremecí cuando oleadas de electricidad y calor me inundaron de pies a cabeza. Evan me acercó más hacia él. Sentí cómo su lengua invadió lentamente mi boca. Este beso era distinto a los anteriores. Era salvaje, arrebatado, pasional; estábamos hambrientos el uno del otro.

Lo amaba.

Lo deseaba.

Lo único que quería y necesitaba era a él, y siempre sería así, sin importar lo demás.

CAPÍTULO 31

—¡BASTA! —GRITÉ, SIN aliento, con lágrimas de risa que me rodaban por los lados de la cara.

—¡Dilo! —me ordenó Evan y me hizo cosquillas sin piedad. Una mirada maliciosa y juguetona estaba adherida a su hermoso rostro.

—¡Por favor! —Me había quedado sin aliento. Me dolía el estómago de tanto reírme. Evan estaba sentado a horcajadas encima de mí. Habíamos vuelto a su habitación cuando bajó demasiado la temperatura junto al lago.

—¡Dilo! —repitió y deslizó los dedos con rapidez por mis costados.

—No puedo... —Me ahogué con mis propias palabras. La sensación era amarga. Estaba riendo, pero me dolía el estómago, y mis pulmones protestaban por la falta de aire. No podría seguir así por mucho tiempo, aunque tampoco quería darme por vencida.

Evan esbozó una sonrisa maliciosa.

—Puedo seguir haciendo esto por siempre si no lo dices.

—¡Jamás! —grité en tono dramático y le empujé el pecho. A él ni siquiera se le movió un cabello. Me retorcía entre sus piernas como una anaconda salvaje, pero él no hacía más que reírse y seguir haciéndome cosquillas sin parar.

—Sólo dilo —repitió en tono juguetón.

Iba a morir de la risa, literalmente. Sin embargo, morir con Evan encima de mí no sonaba tan mal. Evan intensificó el ataque de cosquillas. Llegué a ese punto de la risa en el que ya no salía sonido alguno de mi boca, así que supe que tendría que rendirme si no quería morirme en serio.

—¡De acuerdo! ¡Lo diré!

El ataque cesó, y Evan me miró fijamente, esperando que lo dijera. Sus ojos negros estaban entretenidos. Me costó trabajo recuperar el aliento. Mi pecho subía y bajaba con rapidez.

—Soy todo oídos —dijo con gesto victorioso. La luz de la luna se asomaba por la ventana e iluminaba sus hermosos rasgos.

—Eres... —¡Agh! Odiaba perder. Definitivamente no había pensado las cosas bien antes de iniciar la guerra de cosquillas.

—¿Sí?

—Eres un poeta *sexy* —murmuré a regañadientes.

La sonrisa de Evan se hizo más grande.

—¿Y? —insistió.

¡Dios! Parecía estarlo disfrutando demasiado.

—Y yo soy... —Desvié la mirada, tenía el rostro enrojecido. Evan me tomó de la barbilla y me obligó a mirarlo.

—No voltees hacia otro lado. Quiero que me veas cuando lo digas —ordenó y se inclinó sobre mí. Mi corazón se aceleró al estar tan cerca de él. Incluso alcancé a ver cómo se le dilataron ligeramente las pupilas. Su respiración irregular me rozó los labios. Su nariz acarició suavemente la mía—. Dilo. —Su tono era amable, pero exigente.

—Y yo soy completamente tuya —afirmé, sin aliento, ya no por la risa, sino por la cercanía de nuestros cuerpos.

Evan cerró el espacio que había entre nosotros y me besó. ¡Dios! Me encantaba que sus labios se acoplaran con los míos a la perfección, como si estuviéramos hechos el uno para el otro. El beso fue suave y lento, pero aun así hizo que se me acelerara el pulso. Me acarició la mejilla con ternura. Su sabor era exquisito. Tomé su cara entre mis manos y lo acerqué más a mí. Deslizó su lengua dentro de mi boca, y el beso se volvió más apasionado e intenso. Mis dedos encontraron su suave cabello, mientras su lengua exploraba mi boca. Nuestras respiraciones se iban acelerando, y mi cuerpo vibraba en lugares que no sabía que existían. Evan cambió de postura y se recostó encima de mí. Sentir su cuerpo contra el mío era increíble. Continuó besándome con fervor. Sus dedos recorrieron mi mejilla y mi cuello lentamente. Las caricias me inundaron de deseo. Quería que su mano bajara más. Culpen a las hormonas si quieren, pero yo moría porque me tocara.

Quería que me tocara.

Arqueé la espalda y presioné mis senos contra su pecho. Evan emitió un suave gemido frente a mi boca. Fue el sonido más *sexy* del mundo, además de que atizó el fuego que corría por mis venas. Necesitaba respirar, así que me separé de él. Evan hundió la cara en mi cuello y me dio besitos por todas partes. Emití un gemido tímido. Se sentía bien. No supe qué bicho me picó, pero lo giré para sentarme a horcajadas sobre él. Ahogué un grito al sentir su dureza contra mi núcleo. Lo miré a los ojos. Él me estaba mirando con la boca entreabierta, jadeante. Sus ojos tenían un destello de lujuria. Sus manos agarraron mis muslos con fuerza. Me mordí el labio sin dejar de verlo. Evan se sentó y apoyó su frente contra la mía. Ambos intentábamos recuperar el aliento. Sabíamos que debíamos detenernos porque más adelante sería más difícil. Evan me dio un besito. Yo tenía los labios enrojecidos y sensibles. Él me mordisqueó el labio inferior para molestarme. Yo le empujé el pecho.

—¡Ay! —gimoteé y lo miré con los ojos entrecerrados. Él sonrió, y se le formaron sus distintivos hoyuelos. Me esforcé por no gritarle «eres hermoso».

Evan tomó mi cara entre sus manos y me miró directamente a los ojos.

—Gracias —dijo en tono serio.

—¿Por? —Fruncí el ceño, confundida.

—Por ser tan necia. —Sonrió. Me acarició las mejillas con los pulgares—. Gracias por no darte por vencida a pesar de que fui un idiota.

Tomé su mano y besé su palma sin dejar de mirarlo a los ojos.

—¿Qué puedo decir? Mi debilidad son los poetas *sexys* —dije y me encogí de hombros.

—¿Eso significa que admites que soy *sexy*? —Levantó una ceja.

—Tal vez. —Volví a encogerme de hombros.

—¿Tal vez?

—Sí —contesté, y Evan me dio un picotazo en la cintura—. ¡No! ¡No más cosquillas, por favor! —le supliqué mientras agitaba la cabeza.

—¿Te das cuenta de que estás sola en mi guarida oscura? —Sonrió maliciosamente.

Pasé saliva y asentí.

—¿No le temes a las criaturas de la noche?

Negué con al cabeza.

—Pues deberías. ¡Wuf!

Solté una carcajada.

—¿Acabas de decir «wuf»? —pregunté sin dejar de reír. Empezaba a dolerme el estómago de las carcajadas. Evan no dejaba de mirarme, entretenido.

—Sí. ¿Te asusté?

—¿Qué clase de criatura dice «wuf», tonto? ¿Un cachorrito? —Le di un picotazo en la frente.

—¿Quieres averiguarlo? —susurró con un falso tono amenazante—. ¡La criatura se siente insultada! ¡Sentirás todo el peso de su ira! —exclamó en tono exagerado.

Grité cuando él me jaló para ponerme de espaldas sobre la cama. Se trepó encima de mí mientras ladraba. Yo volví a reírme.

—¿Miau? —me susurró al oído y me hizo temblar. Me fascinaba su lado juguetón. Era muy divertido.

En verdad adoraba a Evan. No podía negar que parte de mí estaba triste de que no me hubiera dicho que él también me amaba, pero reprimí esos pensamientos y decidí disfrutar al máximo el tiempo a su lado.

Algo tibio me acariciaba los párpados y me sacó de un dulce sueño. Abrí los ojos lentamente, y el color naranja invadió mi borrosa vista. ¿Naranja? Fruncí el ceño. Hasta donde me había quedado, la habitación de Evan era negra por completo. Después de parpadear varias veces, me di cuenta de que era la luz del sol que entraba por una pequeña franja entre las cortinas. Bostecé y me incorporé. Miré a mi lado y vi a Evan, quien estaba recostado sobre su estómago y tenía la cara medio hundida en la almohada. Se veía tan vulnerable. Me dieron ganas de abrazarlo y quedarme en la cama con él, pero necesitaba orinar con mucha urgencia.

Me bajé a gatas de la cama, con cuidado de no despertarlo, y caminé hacia la puerta. Quería usar el baño del pasillo para hacer la menor cantidad posible de ruido, pues sentía que a Evan le hacía falta dormir bien. El aire frío me recorrió las piernas desnudas. Entonces bajé la mirada y recordé con cierta vergüenza mi atuendo. Sólo traía encima una de las camisetas de Evan, la cual me llegaba a la mitad de los muslos.

Sí, ya sé lo que están pensando. Y no, no tuvimos sexo. Simplemente me cambié en la madrugada porque la camiseta de Evan era más cómoda que la ropa ajustada de Helen. Nos besuqueamos como locos, y digamos que las cosas se pusieron un poco candentes, pero ambos fuimos lo suficientemente fuertes como para no sucumbir a nuestros impulsos. No debíamos. En primer lugar, porque era ilegal y no quería que fuera a la cárcel por mi culpa, pero también porque, ¡vamos!, acababa de pedirme que fuera su novia y, aunque lo amaba, no perdería mi virginidad tan rápido. No estaba lista.

Bostecé y, tras salir de la habitación, cerré la puerta con cuidado. Me di la vuelta para ir al baño, pero, por desgracia para mí, Laura venía saliendo de ahí en ese preciso instante. La quijada se le cayó al suelo y casi se le salen los ojos de la impresión.

—Oh, por Dios —dijo con un chillido mientras brincaba de arriba abajo.

—¡Shhh!

—¡Ay, Dios! ¡Ay, Dios! —repitió en voz alta. Al llegar a su lado, la empujé hacia el baño y cerré la puerta de una patada.

—¡Silencio!

—¡Dios mío! Traes su camiseta —dijo, emocionada—. ¿No me digas que...? ¡Oh, por Dios! ¡No puedo respirar!

—¡Cálmate! —exclamé y la agité de los hombros.

—¡No puedo! ¡Qué emoción! —Se abanicó con las manos—. Se te ve tan bien su camiseta.

—¡Lau! Te voy a abofetear si no te calmas —le advertí, pero no pude evitar sonreír por su reacción.

—De acuerdo. Inhala, exhala —repitió hasta tranquilizarse lo suficiente.

—Mejor. —Le solté los hombros.

Lau se rio como niña de cinco años.

—¿Qué pasó? ¡Cuéntamelo todo! ¡Hasta el último detalle! —exigió mientras se sentaba en el mostrador del baño.

Suspiré. Después de lavarme los dientes y orinar, lo cual fue un poco incómodo porque Lau no se salió del baño, le conté toda la historia, desde el momento en que me levanté en medio de la noche hasta que terminé en su habitación. Lau me escuchó con atención y se puso triste cuando le relaté la conmovedora historia de Evan, pero luego chilló de emoción y rio cuando le conté cómo me pidió que fuera su novia. Al llegar a la parte del romance, Lau me bombardeó con preguntas.

—¿Qué tal estuvo? ¿Te dolió? ¡No puedo creer que perdieras la virginidad antes que yo! ¿Cómo...?

—Hey, hey, hey, hey. ¡Para un poco, mujer! —Levanté las palmas de las manos—. No me acosté con él. —Lau se me quedó viendo, confundida—. Me puse su camiseta porque era más cómoda —le expliqué.

—Pero dormiste con él.

—Sí.

—¿Y no hicieron nada? —preguntó con suspicacia. Asentí—. ¿Nada de nada?

Me sonrojé.

—Bueno...

—¡Lo sabía! —Dio una palmada—. ¡Cuéntame!

Abrí la boca para decir algo, pero en ese momento la puerta se abrió de golpe y entró Jordan, frunciendo el ceño y con el torso desnudo.

—¿Qué está pasando aquí? —Cruzó los brazos sobre el pecho. Examinó mi atuendo con la mirada, y yo sentí la necesidad de jalar la camiseta hacia abajo—. ¿Eso es de...? Oh —dijo.

—Ven aquí, guapo. —Lau le extendió los brazos. Él obedeció y se colocó entre las piernas de ella, con la espalda hacia el mostrador. Ella lo abrazó desde atrás y apoyó la barbilla en su hombro para mirarme.

—¿A qué se debe tanto grito? —preguntó Jordan, entretenido—. ¿Alguien tuvo una noche loca? —Agitó las cejas de manera sugerente. Yo puse los ojos en blanco.

—No es lo que parece —dije y me senté en la tapa del excusado. Jordan soltó una risita.

—Jules me estaba contando los detalles cuando llegaste —intervino Lau.

—Yo también quiero escuchar esos detalles —dijo Jordan.

La puerta del baño volvió a abrirse.

—¿Qué demonios está pasando aquí? —Era Jason, quien entró al baño—. ¿Qué hacen ustedes aquí? —Nos miró con suspicacia, y luego se percató de mi atuendo—. ¡Diablos! ¡Traes una camiseta de hombre! —Jason se tapó la boca, sorprendido. Yo emití un largo suspiro.

—Jules durmió con Evan. —Lau le informó con una sonrisa de oreja a oreja.

—¿Que qué? —Jason dijo de forma tan enfática que casi podría jurar que me escupió.

—¡Lau! —gimoteé, pues sabía que Jason lo malinterpretaría.

—¡Jules! —Jason me tomó del hombro y me puso de pie—. ¿Qué pasó anoche? —Me agitó del hombro con tanta fuerza que me mareé—. Se aprovechó de ti, ¿verdad? Sólo dímelo y lo mataré. —Lau y Jordan estaban muertos de risa.

—Jason, no...

—¡Cielos! —Tomó mi cara entre sus manos en un gesto sobreprotector—. ¡Pobre e inocente Jules! —me dio un fuerte abrazo y me acarició el cabello.

—¡Basta, Jason! —Mi voz no era audible porque tenía la boca pegada a su pecho desnudo. Jason olía a sexo y a perfume de mujer. Lo empujé al darme cuenta de que probablemente había pasado la noche teniendo sexo con Helen. ¡Era la casa de su familia!

—¡Ugh! Suéltame. Apestas a sexo —me quejé y fruncí la nariz del asco.

—Dice la chica que trae una camiseta de hombre —respondió con un gesto reprobatorio.

—¿Qué tal estuvo? ¿Te gustó? —intervino Jordan, quien parecía disfrutar el espectáculo.

Suspiré, fastidiada.

—A ver, no...

—¡Ese bastardo! —murmuró Jason y apretó los puños a los costados—. No puedo creer que se lo hayas permitido.

—No es para tanto —dijo Jordan.

—¿No es para tanto? —repitió Jason y se puso rojo de ira—. ¡Jules acaba de perder su virginidad!

—¿Eras virgen? —preguntó Jordan, sorprendido.

—¿Quién era virgen? —preguntó Helen al entrar al baño.

«¡Dios!». Me llevé una mano a la frente, frustrada. Helen examinó el lugar y, cuando sus ojos recayeron en mí, los entrecerró.

—¿Esa camiseta es de mi hermano?

—No, no. Digo, sí, pero no es...

—¿Te estás acostando con mi hermano? —preguntó Helen, incrédula.

—Durmió con él —la corrigió Lau, como si esa afirmación aclarara algo en realidad. La verdad era que sólo estaba complicando más las cosas.

—No veo la diferencia —comentó Jason, molesto.

—Parece que fue una noche salvaje. Miren su cabello —comentó Jordan entre risas.

—¡Siempre tengo así el cabello cuando despierto! —Me defendí y di un pisotón en el suelo. No tenía idea de cómo habíamos logrado entrar todos a un baño tan pequeño.

—Mi hermano y tú... —murmuró Helen con cierto alivio. Era como si por fin hubiera entendido que no había nada entre Jason y yo.

—Dime que al menos se protegieron —intervino Jason en tono suplicante.

—¿Qué? —Moría de ganas de abofetear a mi mejor amigo en ese instante.

—¿Estás ovulando? —preguntó Helen, tal vez porque le preocupaba convertirse en tía prematuramente.

—Yo... ¡Dios!

—¿Dios? —Jason me imitó—. ¿Qué significa eso?

—¡Cállense! —les grité a todos—. No tuvimos sexo anoche —aclaré—. Sigo siendo virgen.

—Es bueno saberlo —dijo una voz de mujer desde la puerta. Todos volteamos bruscamente en dirección hacia ella.

—¿Melissa? —exclamé. ¿Qué demonios hacía ella ahí? ¡Genial! Ahora podía afirmar que toda la gente que conocía sabía que yo era virgen.

¡Qué incómodo!

—¡Helen! —exclamó Melissa—. ¿Recibiste mi mensaje? Necesito tu ayuda.

—Sí. Qué bueno que llegaste. ¿Qué pasa? —preguntó Helen.

—Es Shane —declaró Melissa como si no necesitara decir más para que Helen le entendiera.

—¿Qué tiene? —intervino Jordan. Melissa suspiró.

—Lo encontré en un bar cercano hace unas horas. Estaba ahogado. Helen dijo que podía traerlo aquí, pero me tardé horas en arrastrarlo hasta acá. Ahora se niega a bajarse del auto. —Melissa sonaba exhausta.

—¿Dónde está tu auto? —Jordan se liberó del abrazó de Lau, y su expresión burlona se desvaneció.

—Afuera.

—¿Lo dejaste solo? —preguntó Jordan, inquieto.

—Ni siquiera puede moverse por sí solo. —Melissa se encogió de hombros.

Estaba demasiado impresionada como para decir algo. Pensé que Shane se había ido del festival con una pelirroja. ¿Qué hacía solo en un bar, ahogado de borracho?

Todos salimos de la casa, pero yo me quedé en la puerta. No podía salir a la calle vestida así. Jordan y Jason sacaron a Shane a rastras del auto de Melissa. Déjenme decirles algo: Shane estaba hecho una desgracia. Aún traía los *shorts* de *jeans* del día anterior. Traía el torso descubierto y el cabello despeinado. Tenía los ojos entrecerrados.

—¡Puedo caminar solo! —dijo, arrastrando las palabras y dándole un manotazo al brazo de Jordan. Se tambaleó de lado a lado y caminó hacia la puerta. Abrió los ojos como platos al reconocerme—. ¡Renacuaja! —exclamó y extendió los brazos.

—Necesitas dormir, Shane —le dijo Melissa. Se le notaba que estaba fatigada.

—¿Dormir? —preguntó con arrogancia—. Lo que necesito es otro trago.

—Creo que has bebido suficiente por hoy, hermano —le dijo Jordan y lo tomó del hombro.

—¡Pff! No quiero dormir. —Se frotó la cara con la mano temblorosa—. ¡Estoy bien!

—Shane —dije. Mi voz pareció atraer su atención. Su expresión se suavizó.

—¿Qué pasó, renacuaja?

—Es hora de dormir.

Me sonrió.

—¿Por qué? —Se abalanzó sobre mí, y cuando me llegó el olor a alcohol, no pude evitar hacer una mueca de asco.

—Necesitas descansar.

—Pero no quiero —gimoteó.

—Yo me encargo —les dije a los chicos antes de tomar a Shane del brazo para jalarlo hacia la casa. Melissa aprovechó la oportunidad para despedirse y se fue.

No tenía idea de adónde llevarlo, pues no era mi casa. Lo único que sabía era que debía ser una de las habitaciones del piso inferior, pues Shane no podría subir las escaleras en esas condiciones. Lo arrastré por la cocina hacia la semioscuridad del pasillo. Abrí varias puertas antes de encontrar una habitación con una cama individual en la esquina. Entré a ella, seguida de Shane. Él se apoyó en la pared, mientras yo acomodaba las cobijas para que se acostara. Escuché que la puerta se cerró a mis espaldas, y me di media vuelta tan rápido como pude. Shane tenía una sonrisa maliciosa. Cerró la puerta con seguro y empezó a acercárseme.

—¡Te tengo donde quería! —dijo en tono victorioso.

CAPÍTULO 32

¿ACASO ESTABA EN una película de suspenso? Porque al menos eso parecía. ¿Ubican ese momento en el que el asesino acorrala a la víctima en un espacio pequeño? Bueno, pues eso me estaba pasando.

Retrocedí un paso, asustada. Mis pantorrillas chocaron con la cama, con lo cual supe que no tenía escapatoria. Shane aún tenía esa sonrisa malévola en el rostro. ¿Qué planeaba? Dio un paso hacia mí. Tenía cara de que estaba decidido a hacer algo, pero sus ojos parecían estar perdidos.

—Shane —le dije para llamar su atención—. ¿Qué haces?

No contestó y dio otro paso al frente. Me pregunté si en realidad estaría ebrio o si sólo había fingido para atraparme. No habría sido capaz, ¿o sí?

—Jules, Jules, Jules —repitió.

Fruncí el ceño.

—¿Qué haces? —Lo observé con detenimiento para intentar descifrar si estaba mintiendo acerca de estar ebrio. Shane tenía los ojos ligeramente entrecerrados, como si le estuviera costando trabajo enfocarme—. ¿En serio estás ebrio?

La sonrisa de Shane se hizo más grande, pero siguió sin contestar. No obstante, obtuve la respuesta esperada cuando le dio hipo, seguido de una risita de borracho. Puse los ojos en blanco y relajé los hombros.

—Es hora de dormir.

—No —negó con la cabeza obstinadamente.

—Vamos. —Lo tomé del hombro y lo jalé hacia la cama.

Por el estado en el que venía, de pronto perdió el equilibrio y cayó sobre la cama. Yo aproveché para echarle las cobijas encima. Cuando por fin estuvo acostado de espaldas, supe que era momento de retirarme, pero al parecer Shane se dio cuenta de mis intenciones, pues me tomó de ambas muñecas y me obligó a sentarme junto a él.

—Espera, no te vayas. Yo... —murmuró algo más, pero no le entendí.

—¿Qué?

—Creo que estoy ebrio.

—¿En serio? —Solté una risita—. ¿Y cómo llegaste a esa absurda conclusión? —dije en tono sarcástico.

Shane esbozó una ligera sonrisa.

—Porque quiero decir algo que no debo decir.

—¿Qué quieres decir? —pregunté.

—¿Por qué? —dijo. Me le quedé viendo, confundida. Luego agregó—: ¿Por qué él?

Me paralicé.

—¿De qué hablas?

—Del engendro —dijo y se humedeció los labios—. ¿Por qué lo escogiste a él?

—Yo...

—Espera —me interrumpió—. No quiero saber.

Fruncí el ceño de preocupación y ladeé la cabeza.

—Ay, Shane...

—Siempre has sabido sacarme de mis casillas, Jules. Pero de algún modo me llegaste al corazón —murmuró, con los ojos entrecerrados.

Abrí los ojos como platos. Lo miré fijamente, esperando que se riera y dijera que todo había sido una broma, pero eso no pasó. ¿Acababa de confesarme...? No, estaba ebrio. No podía hablar en serio. Era Shane Mason, el patán más popular de la escuela... Era imposible que estuviera interesado en mí.

«Dios, ¡qué cliché!».

Necesitaba salir de ahí. Me levanté y jalé los brazos para que me soltara.

—Estás ebrio. Necesitas dormir.

—Tú me hiciste cambiar —susurró, con los ojos cerrados—. Siempre he sido un donjuán. Así vivo y así soy. Me gustaba ser así, porque todo era más fácil. Pero luego llegaste tú. —Se veía tan vulnerable—. Esperabas que fuera mejor... y entonces quise ser mejor. Despertaste mi curiosidad. Por primera vez en años, quise saber lo que es sentir cosas, de verdad. Me di cuenta de que el sexo no es lo único que dos personas pueden compartir. No sabes cuánto puedes influir en alguien, Jules. —Hablaba en voz baja, casi en susurros. Me paralicé en el acto. Me sentía incapaz de contestar a eso. Shane suspiró y esbozó una sonrisa triste. Abrió sus ojos pardos y me miró—. Increíble, ¿no? —Estiró la mano para tocarme la mejilla.

—Shane, yo...

Apoyó el dedo índice sobre mis labios.

—No necesitas decir nada. —Su mirada era tan intensa que el corazón se me estrujó. Pasé saliva—. Sólo necesitaba sacármelo de encima. —Hizo una pausa y se incorporó con torpeza. Su rostro quedó a centímetros del mío—. No sé qué se siente amar, pero no puedo dejar de pensar en ti y en cómo preferiría que trajeras mi camiseta y no la de él. —Me acarició la mejilla—. Quiero protegerte, hacerte reír. Quiero hacerte feliz. Ya sé que es demasiado tarde, pero tenía que decirlo. —Apoyó su frente contra la mía—. Te amo, renacuaja. —Su aliento alcohólico me rozó los labios—. No se por qué, pero te amo. ¡Te amo!

—Shane... —Me quedé callada. No podía creerlo.

—Qué bien se siente decirlo en voz alta —dijo, arrastrando las palabras y riéndose.

Cerré los ojos, sin saber qué hacer. No estaba preparada para algo así. ¡Demonios! Ni siquiera creía que algo así fuera posible.

Shane dijo que me amaba. En vez de alegrarme, me sentí fatal porque yo no sentía lo mismo por él. Shane era muy guapo y quizá me había sentido atraída físicamente hacia él algunas veces, pero eso era todo. Para mí, Shane era mi amigo y nada más. Mi corazón le pertenecía a Evan.

La confesión de Shane se convirtió en la primera vez que un chico me dijo que me amaba. Fue... extraño. Anhelaba escuchar esas palabras, pero no de la boca de Shane. Quería que las dijera Evan. Abrí los ojos y me di cuenta de que Shane se estaba inclinando hacia delante. Apoyé las manos en su pecho para detenerlo.

—No lo hagas —le supliqué y quité sus manos de mi cara. No podía dejar que me besara, pues sólo se lo permitiría por compasión, y él no merecía eso.

Shane bajó la mirada.

—Pensé que mi vergonzosa confesión ameritaría un beso. —Sonrió de nuevo con tristeza.

—Lo siento —contesté con toda honestidad.

—¿Ni de piquito? —preguntó, esperanzado. Yo negué con la cabeza—. Pff, no eres como la tal Bella de *Crepúsculo*, ¿verdad? —Supuse que se refería a que Bella sentía cosas por dos chicos y permitió que el segundo la besara, con lo cual traicionó a su novio.

—Lo siento. Soy una novia fiel.

—Lo sé —se recostó de nuevo en la cama y volvió a hipear—. Tengo sueño.

Me levanté de la cama.

—Descansa, Shane —dije y me dirigí hacia la puerta.

—Oye, Jules —lo escuché susurrar.

—¿Sí? —pregunté, con la mano en la perilla.

—Si él mete la pata, aquí estaré —afirmó, arrastrando las palabras.

—De acuerdo. —Abrí la puerta y salí del cuarto. Después, apoyé la espalda sobre la puerta cerrada, cerré los ojos y me froté la cara.

¿Qué demonios acababa de pasar?

¿El Anti-Ruffles me amaba? ¿Acaso el mundo estaba de cabeza? Al parecer, el calentamiento global no sólo afectaba al medio ambiente, sino también a las personas.

—¿Jules?

Me sobresalté al escuchar la *sexy* voz de Evan. Volteé bruscamente hacia el final del pasillo. Ahí estaba, tan guapo como siempre. ¡Dios! Qué *sexy* era su *look* mañanero. Me sonrojé al recordar lo que había ocurrido la noche anterior.

—Ay, ho-hola —tartamudeé nerviosamente. Sabía que no había hecho nada malo, pero aun así sentía como si me hubieran cachado con las manos en la masa.

Evan me miró y entrecerró los ojos.

—¿Qué haces aquí abajo?

—Estaba... —Miré la puerta cerrada. «Te amo, renacuaja»—. Estaba ayudando a Shane —concluí, mientras reprimía ese recuerdo en lo más profundo de mi memoria. Mi cerebro seguía procesándolo apenas.

—¿Dejaste que te viera así? —Señaló mi atuendo.

—Sí, pero es que él estaba...

—No puedes simplemente andar por todas partes así —dijo en tono de reproche y se acercó a mí—. Ahora eres mi novia y no quiero que nadie más te vea así, mucho menos él. —Me abrazó la cintura.

—Lo siento. No estaba muy despierta cuando salí de tu cuarto.

Evan se inclinó para darme un besito. Era tan rico estar entre sus brazos. Me puse de puntitas y le abracé el cuello. Me encantaba besarlo. Me encantaba cómo me cosquilleaba el cuerpo entero cuando estaba cerca de él.

—¡Consíganse una habitación! —gritó alguien.

Evan y yo dejamos de besarnos, pero no de abrazarnos. Volteamos hacia la fuente de esa voz. Lau venía hacia nosotros.

—Les tengo buenas y malas noticias —nos informó.

—¿Qué pasó? —pregunté, poniendo algo de espacio entre Evan y yo.

—Las malas noticias son que la carretera no estará lista sino hasta mañana, tengo hambre y Jason y Jordan están arrasando con todo lo que encuentran en la cocina. La buena es que ya planeé un día fantástico para todos, dado que tendremos que quedarnos otra noche.

—¿Le preguntaste a Evan si no tiene inconveniente en que nos quedemos otra noche? —La miré con ojos de desaprobación—. Estamos en su casa, ¿recuerdas?

Lau sonrió.

—Estoy segura de que no le importará —dijo y volteó a verlo—. ¿Verdad, Evan?

Evan le sonrió.

—No, no hay problema, siempre y cuando ella se quede también —dijo y me abrazó por atrás—. No hay problema. —Luego me dio un beso tierno en la mejilla.

—Ay, se ven tan lindos juntos. —Lau puso cara de ensoñación. No pude evitar sonrojarme un poco—. Pero hablaba en serio cuando les dije que se consiguieran una habitación. Hay bastantes en esta casa. No es necesario que se besuqueen en medio del pasillo.

Evan soltó una risita.

—¡Lau! —la reprendí.

—De acuerdo. Ya me voy. —Me guiñó el ojo, se dio media vuelta y se fue.

—Esa mujer me va a matar —murmuré. Evan me abrazó con más fuerza. Sentí su cálido cuerpo contra mi espalda.

—Es graciosa —comentó Evan y me besó la curva en donde se encuentran el hombro y el cuello. Sentí un rico escalofrío.

—Evan... —susurré y eché la cabeza hacia atrás para darle más acceso a mi cuello.

—¿Sí?

—Consigamos una habitación —sugerí y cerré los ojos.

CAPÍTULO 33

—PONTE ESTOS —DIJO Evan y me lanzó un par de *shorts*. Yo fruncí el ceño al desdoblarlos. Eran enormes para mí. A regañadientes me los puse y ajusté la banda de la cintura para que no se me cayeran. No dejé de ver a mi novio con los ojos entrecerrados mientras él se ponía una camiseta. Al parecer, cuando le dije «consigamos una habitación», él entendió: «vamos a conseguirte ropa», pues desde que llegamos a su cuarto, lo único que había intentado era vestirme de forma apropiada.

Sin embargo, no me quejaba. Observé cómo se le tensaron los músculos cuando se bajó la camiseta por el torso. ¿Cómo podía verse tan *sexy* haciendo algo tan sencillo? Se me hizo agua la boca al mirar la *sexy* V de su abdomen bajo, hasta que la camiseta lo cubrió. Gimoteé en silencio, pues deseaba ver su cuerpo *sexy* todo el día. ¡Cielos! Me estaba convirtiendo en una pervertida. Pero es que Evan era tan perfecto, y yo seguía sin creer que fuera mío. Solté una risita de alegría. Evan volteó a verme y levantó una ceja.

—¿Qué te da risa? —preguntó y cerró un cajón del vestidor.

—Nada —dije y esbocé una sonrisa nerviosa.

—Entonces, ¿por qué te sonrojaste? —preguntó y se acercó. Yo retrocedí cobardemente.

—No estoy sonrojada —mentí y bajé la mirada. Evan se me acercó. Me llegó su olor dulce cuando su mano me sostuvo la barbilla y me obligó a voltear para que lo viera. Miró fijamente mis ojos azules con sus intensos ojos negros, y sentí que el corazón me iba a explotar. Me había quedado sin palabras para describir cómo me hacía sentir. Digamos que me sentía... completa, como si no necesitara nada más para ser feliz, sólo a él. Evan se inclinó hacia mí, y sus labios quedaron apenas a unos centímetros de los míos. Tuve que esforzarme por no cerrar el espacio entre nosotros.

—Te ves muy *sexy* con mi camiseta —afirmó y rozó mis labios con los suyos.

—¿En serio? —Mi voz sonaba un poco ronca y sensual. Evan asintió antes de darme un besito. Yo lo besé con entusiasmo y después le besé el cuello. Mi cuerpo entero entró en calor de inmediato. Me encantaba sentir a Evan cerca de mí. Nuestros labios se movieron en sincronía, mientras él me tomaba con fuerza de la cintura. Me fui quedando sin aliento conforme el beso se fue haciendo más intenso y apasionado. Evan acarició mis labios con su lengua, como pidiendo permiso para entrar, el cual le fue otorgado al instante. Su lengua exploró mi boca, y oleadas de placer me inundaron cada parte del cuerpo. Evan me levantó para que yo rodeara sus caderas con mis piernas. En ese instante sentí algo rígido contra mi cuerpo. Gemí con mi boca pegada a la suya. Él gruñó y tomó mis nalgas con ambas manos. No sentí que me estaba frotando contra él hasta que me di cuenta de que algo empezaba a arder en mi interior. Evan me llevó hasta la cama. Eso debió alarmarme, pero no podía pensar con claridad. Quedé de espaldas, con Evan encima de mí. Nuestros labios estaban pegados como imanes. Mi respiración era entrecortada, tanto como la suya. Mis manos parecían tener mente propia, porque empezaron a jalonear su camiseta hasta quitársela. Mis dedos acariciaron su pecho y su abdomen definido. Moría por sentir su piel tibia contra la mía. Evan pareció leerme la mente, pues con un movimiento no muy sutil me quitó la camiseta y la lanzó por los aires. Nuestros torsos desnudos entraron en contacto, lo que provocó que ambos gimiéramos al unísono. El contacto de su suave piel contra mis senos tibios era exquisito.

«¡Dios! Se siente tan bien».

Evan dejó de besarme y se inclinó hacia atrás para verme directamente a los ojos. Transmitían tanto entusiasmo y anhelo. Bajó la mirada hasta mis senos. Yo respiraba agitadamente mientras veía sus ojos oscurecerse de deseo; no pude hacer más que reaccionar en consecuencia. Sabía que debíamos detenernos, pues una voz en mi cabeza me lo repetía a gritos, pero era demasiado bueno como para estar mal. Sus labios se separaron de los míos para darme besitos en la quijada y luego hundirse en mi cuello. Con la punta de la lengua, me acarició del cuello hasta el valle de los senos. Yo ahogaba gemidos mientras arqueaba mi cuerpo hacia él. No lo detuve cuando empezó a quitarme los *shorts*. Sabía que no podía frenarlo, a pesar de que era lo correcto.

—Evan —gemí su nombre. Esto pareció excitarlo más, porque gimió y dibujó una línea recta con la lengua hasta mi ombligo. Era delicioso sentir su lengua contra mi piel ardiente. Lo tomé con firmeza del cabello y atraje su cara a la mía. Lo besé con fervor para demostrarle con ese beso cuánto lo deseaba.

—Oye, hermano, ¿has visto...? ¡Ay, Dios! —Ambos nos paralizamos al oír la voz de Helen—. ¡Perdón! ¡Perdón! —repitió, avergonzada. Evan se levantó tan rápido que apenas si me dio tiempo de cubrirme el pecho. Envolví mi torso desnudo en sábanas y me senté para ver a Helen.

—Está bien —dije, sin aliento. Sabía que tenía la cara roja como cereza, pero hice mi mayor esfuerzo para aparentar normalidad. Mi novio no parecía sentirse incómodo, sino sólo molesto por la interrupción.

—¿Qué quieres? —le preguntó fríamente mientras se ponía de nuevo la camiseta.

—Bueno —dijo Helen, nerviosa—, estaba buscando a Jules.

—¿A mí?

—Sí. —Helen miraba a todas partes para evadir nuestra mirada—. Vamos a pasar el día en la piscina, y Laura me dijo que no traías traje de baño, así que, pues, pensé que podría prestarte uno.

—Oh —dije, sorprendida. Era muy amable de su parte—. Saldré en un segundo.

—*OK* —murmuró Helen al salir del cuarto y cerrar la puerta.

Cuando estuvimos solos de nuevo, la mirada hambrienta de Evan se encontró con la mía, y supe que debía salir a como diera lugar de esa habitación si no quería hacer algo de lo que pudiera arrepentirme. Evan me pasó la camiseta que me había prestado. Esperé a que se volteara o cerrara los ojos. Sonará tonto, porque estaba segura de que había visto mis senos con tanta claridad que hasta podría haberlos dibujado con los ojos cerrados, pero eso no significaba que pretendiera ser una exhibicionista en ese instante. Todavía no tenía suficiente confianza en mí misma.

—¿Podrías...? —Me quedé callada por no saber bien cómo decírselo. Evan me miró con curiosidad.

—¿Qué? —Había un dejo de risa en su voz.

Pasé saliva.

—¿Podrías voltearte?

—Qué tontita eres —dijo y negó con la cabeza mientras se reía, pero luego me dio la espalda.

Me puse la camiseta a toda prisa.

—Ya estoy lista —dije y me levanté de la cama.

Evan volteó a verme con una gran sonrisa. Yo lo miré con suspicacia.

—¿Qué?

—Nada —dijo y se encogió de hombros.

—¿Qué traes?

Evan se mordió el labio para contener la risa.

—Nada.

—Vamos, escúpelo.

Soltó una risita.

—Se te olvidó que hay un espejo ahí —señaló a sus espaldas. Mis labios formaron una gran «o» cuando me di cuenta de que me había visto vestirme a través del reflejo en el espejo—. Fue todo un espectáculo —dijo en tono burlón y con una sonrisa de oreja a oreja.

Tomé una de las almohadas y empecé a pegarle con ella.

—¡Me hubieras dicho! —exclamé y lo ataqué sin piedad. Evan estaba doblado de la risa, por lo que supuse que mis almohadazos sólo le causaban cosquillas y no dolor—. ¡Te odio! —gruñí.

—Claro que no.

—¡Claro que sí!

—Que no. —Me sacó la lengua, y yo lo miré con resentimiento.

—Eres tan inmaduro.

—Lo dice la chica que empezó una pelea de almohadas —reviró en tono burlón. Agarré mi almohada con fuerza e intenté darle un almohadazo en la cara, pero él la atrapó en el aire, lo cual me sobresaltó. Evan sonrió y le dio un jalonazo a la almohada. Yo me tambaleé hacia delante hasta chocar contra su pecho. Él me abrazó con fuerza, aprisionándome.

—¡Suéltame! —Me retorcí entre sus brazos, en un intento por conservar mi dignidad.

—No. —Me agarró con más fuerza.

—¡Evan!

—Dime, Jules. —Su tono era burlón, pero no pude evitar sentir escalofríos al oírlo decir mi nombre.

—¡Déjame ir!

—Nunca —me susurró al oído—. Nunca te dejaré ir, yo...

—¿Jules? —Helen sonaba irritada del otro lado de la puerta—. Puedo volver más tarde.

Me había olvidado de ella por completo.

—¡No, ya voy! —grité.

—Vete. —Evan me soltó y me dio un ligero empujón. Comencé a caminar hacia la puerta, cuando de pronto él me tomó de la mano y me giró abruptamente. En cuestión de segundos, sus labios se encontraron con los míos. Fue un beso tierno, pero igual me aceleró el pulso a mil por hora. Evan se alejó y me acarició las mejillas con los pulgares—. Nos vemos en la piscina.

Asentí y le sonreí. Él me besó la nariz y me soltó la cara.

Salí del cuarto con una sonrisa estúpida en la cara. Helen debió de haberlo notado, pues me lanzó una sonrisa de complicidad. Se veía muy linda con su cabello castaño completamente lacio que le caía a los lados de la cara y enmarcaba sus bonitos ojos verdes. Era muy guapa, además de ser generosa por ofrecerme uno de sus trajes de baño. Sin duda mi mejor amigo tenía buen gusto.

—Hola —dijo Helen en un tono genuinamente amistoso. Entonces recordé que ella había pensado mal de mí porque creía que yo tenía un romance con Jason. Su repentino cambio de actitud dejó de parecerme tan sorprendente. Vamos, acababa de encontrarme en una posición muy comprometedora con su hermano, así que, si eso no la convencía de que Jason y yo sólo éramos amigos, nada lo haría—. Sígueme —dijo y comenzó a caminar por el pasillo.

Me llevó a una habitación rosa. Al entrar, sentí como si estuviera en una realidad paralela, pues todo era brillante y feliz. Era todo lo contrario al cuarto de Evan.

Recordé las palabras de Evan: «Yo recibí todos los golpes por ella». Era evidente que Helen era una persona alegre. Admiré a Evan por cuidar tan bien a su hermana menor. Había sido muy valiente al enfrentar durante años los abusos para protegerla y asegurarse de que tuviera una infancia normal.

—¡Planeta Tierra llamando a Jules! —Helen tronó los dedos frente a mí—. Sé que es mucho rosa, pero ¿qué te digo? —Se encogió de hombros—. Soy una chica convencional.

Le sonreí.

—Tu cuarto es muy bonito.

—Lo sé —dijo con cierto engreimiento. Por un instante, me sentí celosa de ella. Helen parecía tan confiada, como si no tuviera miedo de ser ella misma.

Después de sumergirnos en su guardarropa (tenía el clóset más grande que había visto en mi vida), elegimos un traje de baño bonito y un par de *shorts* de *jeans*. Por fortuna para mí, Helen y yo éramos casi de la misma talla. Me cambié en el baño y, cuando salí, Helen aplaudió.

—¡Te ves divina! —chilló de la emoción—. Tienes muy buen cuerpo, Jules —agregó.

—Gracias —murmuré con timidez.

—En fin, hay algo que quiero decirte. —Se aclaró la garganta. Yo la miré con curiosidad.

—¿Sí?

—Perdón por haber sido mala contigo. Es sólo que... no sé. Supongo que después de escuchar tantas historias de mejores amigos que se enamoran se me nubló la razón. Jason y tú parecen ser muy cercanos... Y yo... Lo siento. —Se pasó los dedos por el cabello nerviosamente.

—Estás enamorada de él, ¿verdad?

Mi pregunta pareció tomarla desprevenida.

—¿Qué? Yo...

—Se te ve en los ojos —la interrumpí. Helen abrió la boca para negarlo, pero en vez de eso la cerró y emitió un largo suspiro.

—No sé. No sé cómo pasó... Simplemente ocurrió.

—¿Él lo sabe?

—¡No! —Helen se levantó de un salto—. Y no puedes decírselo.

—Te lo prometo. —Levanté el meñique—. ¿Juramento solemne de meñique?

Helen se rio y me dio un picotazo en la frente.

—Eres graciosa —dijo entre risas.

—¿Eso significa que tengo tu aprobación? —pregunté, esperanzada.

—¿Mi aprobación? —Frunció el ceño.

—Ya sabes, con tu hermano... —Me quedé callada a propósito.

—Creo que mi hermano ya está bastante grandecito, así que no necesitas mi aprobación.

—Pero me gustaría tenerla —dije con toda honestidad. Helen suspiró.

—De acuerdo. —Se encogió de hombros—. Supongo entonces que la tienes. —Sonrió—. Pero, si lo lastimas, yo personalmente iré a darte una golpiza.

—Lo sé.

—Y lo haré sin piedad.

—Lo sé.

—Porque sé karate.

—*OK*.

—Y...

—¡*OK*! ¡*OK*! ¡Ya entendí! —exclamé.

El celular de Helen emitió un pitido. Revisó sus mensajes y dijo:

—Deberíamos ir a la piscina. Nos están esperando.

—De hecho, tengo un poco de hambre —admití, un poco avergonzada.

—Afuera hay botanas. —Helen se dirigió hacia la puerta del cuarto.

«¿Botanas?». Se me iluminó el rostro.

—¿Tendrán Ruffles? —pregunté y la seguí.

—¡Eureka! —gritó Jason al saltar a la piscina y salpicar agua en todas direcciones.

—¡Jason! —Helen y Lau gimotearon cuando les cayó agua. Yo me reí entre dientes, pues por fortuna estaba a varios metros de la alberca.

—¡Yuju! —exclamó Jason al salir a la superficie. Levantó los puños en el aire como si acabara de ganar un concurso. Estaba muy emocionado, como niño en dulcería. A Jason le encantaban las piscinas. En serio, le encantaban. Recuerdo una vez, cuando teníamos nueve años, que fuimos a un rancho en el que había una piscina enorme. Jason no se salió hasta que anocheció. Literalmente tuve que sacarlo arrastrando. Sonreí para mis adentros y agité la cabeza al pensar en el comportamiento infantil de mi mejor amigo. Me hacía tan feliz que fuera parte de mi vida. No sabía qué podría hacer sin él.

Me la estaba pasando increíble. Jordan había preparado unos *hot dogs* exquisitos con una salsa hecha por él mismo. No se dejen engañar por las apariencias: ese chico sabía cocinar muy bien. Shane por fin se había despertado y estaba tumbado en una silla de playa como marioneta sin hilos. Se había puesto unos lentes oscuros grandes. Seguramente el sol era su peor enemigo en ese instante debido a la resaca brutal que traía. De hecho, era posible que siguiera ebrio, pues apenas si había dormido como unas cuatro horas.

Para ser franca, esperaba que las cosas se pusieran incómodas entre nosotros, pero cuando salió de la casa, volvió a ser él mismo, lo que significa que se burló de mí e hizo chistes sobre mi cabello. Al parecer eso es lo que haces después de decirle a alguien que la amas: te burlas de ella.

«Qué caballeroso, Shane».

También existía la posibilidad de que no recordara lo que había dicho, y obviamente yo no iba a preguntárselo. ¿Qué le diría? «Oye, Shane, esta mañana que llegaste ahogado me dijiste que me amabas. ¿Te acuerdas?».

Qué incómodo...

Suspiré y seguí comiendo Ruffles. El panorama que tenía enfrente era muy agradable. Todos mis amigos se estaban divirtiendo. Jason y Helen se salpicaban agua de forma juguetona. Jordan y Lau se besaban como si el mundo estuviera por acabarse. Bueno, ese beso se estaba volviendo ardiente demasiado rápido y parecía que dejaría de ser apto para menores de edad en cualquier momento. Examiné a mi alrededor y agarré la pelota con la que habían estado jugando. Asenté la bolsa de Ruffles sobre mis piernas.

Regla #1 de la vida de Julie Anne Jones: Pon las Ruffles a salvo antes de hacer cualquier movimiento repentino.

Le lancé la pelota a la pareja de enamorados, la cual rebotó en la cabeza de Jordan.

—¡Búsquense una habitación, chicos! —Les grité. Jordan me miró con los ojos entrecerrados mientras se sobaba la cabeza.

Esbocé una sonrisa inocente.

Deben estarse preguntando dónde estaba mi *sexy* novio, ¿cierto?

De hecho, estaba saliendo de la piscina en ese instante. Se había metido a nadar. Yo lo miré boquiabierta mientras se acercaba a mí y le caían gotas de agua por el pecho y el abdomen. Se pasó los dedos por el cabello mojado, lo que hizo que se le tensaran los músculos del brazo. Se agachó para darme un besito. Sus labios estaban fríos y mojados.

—Ven conmigo —susurró, y su respiración me acarició los labios.

—No planeo meterme a la piscina.

—Lo sé —dijo y me tomó de la mano—. Sólo quiero estar a solas contigo un instante.

—¿Es una estrategia para que me levante y puedas lanzarme al agua? Porque si es así, te mataré.

—Uy, qué miedo —dijo Evan en tono burlón.

—Hablo en serio.

—Tranquila. No te aventaré al agua.

—De acuerdo —dije y me levanté con cautela.

Evan agarró mi mano con fuerza y me jaló tras él. En ese momento me di cuenta que íbamos en dirección hacia el bosque a espaldas de su casa.

—¿Adónde van, chicos? —gritó Lau. La miré por encima del hombro y puse cara de que no sabía.

—¡Usen protección! —gritó Jason.

Mis mejillas se tiñeron de rojo.

—¡Jason! —Lau le dio un coscorrón.

—¿Qué tiene? Jules es muy joven para ser madre —le contestó Jason.

—¡Ay, por Dios! ¡Ya cállate! —Lau lo jaló para sumergirlo en el agua—. Diviértanse —dijo y me guiñó un ojo.

Cuando llegamos al bosque, Evan se detuvo y me soltó la mano. Sin embargo, no volteó a verme, sino que se quedó de espaldas a mí. Noté que estaba intentando relajar los hombros. ¿Qué tenía? Se veía tenso. ¿Tendría frío? No habría sido raro, pues estaba empapado. Sin saber qué hacer, miré a mi alrededor y encontré una casa en el árbol.

—No te dan miedo las alturas, ¿o sí? —preguntó Evan.

—No.

—Ven conmigo entonces —dijo y me guio hacia las escaleras de madera que colgaban de la casa del árbol.

Ascendimos despacio. No me daban miedo las alturas, pero tampoco me encantaban. Fue una sorpresa descubrir que la casa en el árbol era bastante cómoda. En una esquina, junto a la ventana labrada en la madera, había un sillón. Había papeles por doquier y un escritorio de madera con una pequeña lámpara de baterías.

—¡Qué lindo lugar! —exclamé.

—Eres la primera chica que traigo aquí —dijo Evan de la nada. Volteé a verlo. Se estaba secando con una toalla.

—¿En serio?

—De hecho, no —contestó. Sentí una opresión en el pecho—. Eres la primera *persona* a la que traigo aquí —aclaró, y mi rostro se iluminó.

—Me siento especial —dije con una sonrisa.

—No tienes idea de lo especial que eres. —La sinceridad de su voz me resultó reconfortante.

—Gracias, supongo —contesté con timidez.

—Aquí es donde escribo mis poemas —añadió—. El poema que te di lo escribí ahí —dijo y señaló el sillón a espaldas de mí.

—Eres un gran poeta —dije con franqueza al recordar el poema que me había escrito.

—Lo sé —contestó en tono arrogante. Yo puse los ojos en blanco—. Ven aquí —dijo y me extendió los brazos.

Corrí a sus brazos, sin importarme que estuviera empapado. Nos abrazamos con fuerza.

Era un momento tan perfecto que quería quedarme ahí para siempre.

¿Quién habría pensado que encontraría el amor en una comunidad electrónica de escritores? ¿Quién habría pensado que una historia cursilona me habría llevado a terminar cara a cara con el amor de mi vida? La vida podía ser muy impredecible. Cuando se trata de amar, todo es posible. No hay límites ni fronteras. Mi amor era poco convencional y no me avergonzaba; de hecho, todo lo contrario: me hacía sentir feliz y orgullosa. A fin de cuentas, lo único que importa es ser feliz.

—Jules. —La voz grave de mi novio me sacó de la ensoñación—. Te escribí otro poema.

—¿Quieres mostrármelo? —Me emocionaba mucho la idea.

—No —contestó con una sonrisa.

—¿No? —Fruncí el ceño.

—Quiero recitártelo.

—Oh —dije, sorprendida.

—¿Estás lista? —Sus profundos ojos negros me tenían prisionera.

—Sí. —Estaba nerviosa.

—Es una especie de continuación de «La dama y la criatura».

—De acuerdo.

—Mírame a los ojos. No desvíes la mirada ni un instante —me ordenó e inhaló profundo.

—Está bien.

Cuando abrió la boca, fue como si una música celestial me llenara los oídos mientras él me recitaba el poema.

La criatura anhela la expiación
desde el día en que vio con claridad,
y está dispuesto a la privación
por una muestra de humanidad.

Su espíritu sigue marcado
por las cicatrices y el dolor.
Pero ahora que está acompañado
el mundo se tornó multicolor.

La dama fue obstinada,
y con su brillo lo deslumbró.
Ella se enfrentaba a la nada,
pero su intento nunca cesó.

La dama veía más allá de los lienzos
e ignoraba los rechazos y el pesar.
La criatura la admiraba en silencio,
y anhelaba su adoración confesar.

Al mirar tus ojos color turquesa,
casi me olvido de cómo me llamo.
Confieso que me deslumbra tu belleza,
pues yo, Julie Ann Jones, te amo.

Se me derritió el corazón. Los ojos se me llenaron de lágrimas de alegría. Era una forma hermosa de decirme que me amaba.

—Te amo, Jules —añadió en voz baja.

—Yo también te amo. —La voz se me quebró ligeramente.

Luego me besó con tanto amor que sentí como si flotara entre nubes hacia el planeta de la felicidad absoluta.

Bueno, acepto que eso fue un poco cursi, pero así soy yo. Siempre seré Jules la cursi y él siempre será mi poeta oscuro.

Recuerden lo siguiente:

No tengan miedo a ser distintos;
sean ustedes con todo el corazón.
Yo soy Julie Ann Jones,
y esta fue mi historia de amor.

CRÉDITOS

—¿QUÉ DIABLOS HACES, Jason? ¡Bájate de ese árbol! —grita Helen, frustrada.

—Los estoy espiando.

—¡Te vas a caer!

—No me voy a... ¡Aaaah!

—¡Por Dios, Jason!

—Qué rica y tibia está el agua —murmura Jordan con los ojos cerrados, mientras flota en la piscina.

—Será porque Shane está orinando a tu lado —dice Lau entre risas.

—¿Qué? ¡Shane!

Entrevistador: Y dinos, ¿qué se siente que te hayan dejado fuera en el último capítulo del libro?

Melissa: ¿Cómo crees que se siente, bastardo?

[Melissa grita, furiosa.]

Entrevistador: Hey, hey, hey, tranquilízate.

Melissa: ¿Quieres que me tranquilice? ¡¿Quieres que me tranquilice?! Vas a ver lo que es tranquili...

CAPÍTULO ADICIONAL

EVAN WOODS

Me desperté temblando sin control. Tenía el cuerpo empapado en sudor. Me sentía sofocado.

«Fue otra pesadilla...».

¿Alguna vez desaparecerían? Eran mi tortura eterna. Me levanté de la cama y me froté los ojos. A pesar de que mi cuarto era muy oscuro, veía perfectamente en él. Había navegado mi propia oscuridad durante mucho tiempo y la conocía bien.

Fui al baño a lavarme la cara. Miré durante unos instantes mi reflejo en el espejo. Estaba muy despeinado, seguramente porque había dado vueltas en la cama durante toda la noche. El agua fría me refrescó el rostro. Miré mi tatuaje. Su significado me llenó los ojos de lágrimas, pero las contuve. No lloraría de nuevo. Llorar no mejoraba en nada las cosas.

No necesitaba ver el reloj para saber que aún no era hora de despertar. Tenía mechones de cabello pegados a la frente y al cuello por culpa del sudor. Al llegar a la cima de las escaleras, me detuve y me asomé a la sala. Agarré el barandal con tanta fuerza que hasta crujió un poco. Todo ocurrió ahí. Si cerraba los ojos, podía reproducir en mi memoria cada palabra, cada mirada, cada grito y cada gota de sangre. Recuerdo las palabras que me dijo mi madre una ocasión en la que me encontró retorciéndome de dolor después de que mi padre me golpeara.

Estaba tumbado en la cama; aún percibía el sabor metálico de la sangre en mi boca. Me había puesto una bolsa pequeña con hielos sobre el ojo izquierdo, con la esperanza de que no se pusiera morado y no tuviera que darle explicaciones al respecto a mi hermana menor. Mamá entró despacio a la habitación, con las manos unidas, como si estuviera orando. Traía la cabellera negra atada en una cola de caballo mal hecha. Ya ni siquiera se ocupaba de peinarse. Me dolía saber que a ella ya no le importaba su apariencia ni sus necesidades por culpa de las constantes golpizas de mi padre. Traía puesta una camiseta azul marino floja y *jeans* deslavados. Al sentarme en la cama, hice una mueca de dolor cuando sentí una punzada en las costillas. Bajé la bolsa de hielo. Mamá y yo nos miramos a los ojos en silencio. No era necesario decir nada, ya que nuestros ojos lo decían todo. Era como si nuestras almas se comunicaran, pues ambos arrastrábamos las marcas de nuestra miseria.

—Estoy bien —contesté a su pregunta implícita.

Se le salió una lágrima que no se preocupó en ocultar. El labio inferior le temblaba.

—Lo... —La voz se le quebró, y yo sentí una fuerte opresión en el pecho—. Lo siento mucho, cariño. —Empezó a sollozar. Yo me puse de pie, sin darle importancia al dolor de mi cuerpo.

Sostuve su pequeño rostro con ambas manos.

—No llores, mamá. Por favor.

Sus ojos llenos de lágrimas me miraron fijamente.

—Lo lamento tanto.

—No es tu culpa —le aseguré, mientras acariciaba sus mejillas húmedas—. Deja de culparte por esto.

—Evan, debería... yo... —Miró el moretón incipiente en mi ojo izquierdo—. ¿Cómo puedo permitir que te haga esto? Soy una persona horrible.

—No, mamá. Él es la persona horrible, no tú. Tú jamás, mamá. —La abracé, intentando no gemir de dolor. Ella lloró desconsoladamente entre mis brazos. Yo había aprendido a ser fuerte por ambos. Ella necesitaba que yo fuera fuerte. No podía permitirme hablar de mi frustración y mi miseria. Jamás lloraría. Había aprendido a paralizar el dolor de mi corazón. Eso hacía todo más sencillo.

Mamá había dejado de llorar, pero seguía sin moverse.

—Vamos a dejarlo —susurró con voz ronca después de tanto llorar. Abrí los ojos de la impresión. Le había rogado muchas veces que lo dejara, pero no podía creer que por fin se hubiera decidido a hacerlo—. Hablé con tu tía Mary. Nos mudaremos a Crookwell. Incluso ya encontró escuelas para ustedes. Nos iremos el próximo viernes. Sé que no tendrán la misma calidad de vida que aquí con tu padre, pero...

—¿Crees que me importa el dinero? —la interrumpí, sintiéndome un poco ofendido. Ella volvió a abrazarme y sonrió con tristeza.

—Nos iremos y dejaremos todo esto atrás, cariño. —Me besó la frente—. Empezaremos de nuevo. Podemos hacerlo juntos —dijo e hizo una pausa para limpiarse las lágrimas—. Pero necesito que encuentres la forma de explicárselo a tu hermana.

Le puse las manos sobre los hombros.

—Puedes contar conmigo, mamá.

—Lo sé. Te adoro.

—Yo también te adoro —susurré, mientras ella me empujaba para que me sentara en la cama. Pasó casi toda la noche poniéndome desinfectante y hielo en las heridas. Fue la última noche que pasamos juntos.

Abrí los ojos y volví a la realidad, pero la fuerza de los sucesos de esa noche seguía atormentándome. Lo íbamos a abandonar. Íbamos a tener una vida normal, pero yo lo arruiné todo. Mamá había muerto por mi culpa, y Helen casi muere también. Todo por mi culpa. Cargaba ese peso sobre los hombros todos los días de mi vida. A veces ni siquiera me dejaba respirar.

Bajé las escaleras y entré a la cocina. Apenas era de madrugada, casi todavía de noche. La casa seguía a oscuras. Tomé un vaso de jugo de naranja, y el líquido helado me quemó la garganta seca. Estaba apoyado contra el refrigerador cuando sonó el teléfono de la casa. Después de tres timbrazos, contesté. Ya sabía quién era.

—¿Tuviste una noche pesada? —susurró con tono amable.

Suspiré.

—Debes dejar de llamarme a esta hora Helen. No quiero que pongas una alarma para despertar en medio de la noche sólo por mí.

—Ya lo sé, pero también sé que te hace sentir mejor hablar conmigo —dijo, y yo me quedé callado—. ¿Cómo te fue? —continuó. Supe que hablaba de mis pesadillas.

—Igual que siempre. No mejoran.

—¿Estás tomando las pastillas? —preguntó, consternada. Me habían recetado pastillas para dormir, pero yo las detestaba.

Apreté los labios.

—No. No ayudan.

—¿Cómo sabes? El doctor te las recetó por un motivo.

Me apoyé contra el sofá y cerré los ojos.

—Sólo me hacen dormir más, lo que equivale a más pesadillas.

Helen se quedó callada un momento.

—Siempre podrías mudarte con nosotras.

—No empieces, Helen...

—No lo entiendo, Evan. ¿Por qué te empeñas en vivir ahí? Es como si intentaras torturarte por lo que pasó.

—Debes respetar mi decisión.

—No necesitas estar solo. La tía Mary es encantadora y le daría mucho gusto que vivieras con nosotras.

—No.

Helen gruñó.

—¡Dios! ¡Eres sumamente necio!

—Tú también. Es de familia.

Mi hermana suspiró.

—¿Irás al *picnic* de Julie mañana?

—Sí.

—Pues ahí nos vemos. Si necesitas algo, aquí estaré, ¿de acuerdo?

—De acuerdo. Regresa a la cama.

—Está bien. —Hizo una pausa—. Por cierto...

—¿Qué?

—No fue tu culpa, Evan. —Colgó y me dejó sin palabras, en medio de la sala, el lugar en donde todo ocurrió.

El sol se reflejaba en el lago del parque Dawson, en el mismo lugar en donde vi por primera vez a mi hermosa Jules en persona. Me senté junto al lago y la observé caminar hacia mí, mientras su sonrisa iluminaba todo lo que la rodeaba. Traía un sombrero de paja y un vestido azul de verano que resaltaba sus ojos. Se había tomado muy en serio lo del *picnic*. Sonreí al pensar en su dedicación. Jules era apasionada en todo lo que hacía, y esa era una de las cosas que más me gustaban de ella. Traía una canasta llena de comida y venía hacia mí. El sol de la tarde acariciaba suavemente su piel y la hacía brillar aún más. Tenía el cabello castaño suelto a ambos lados de la cara, el cual se agitaba con el viento mientras ella avanzaba.

Todo en ella era tan luminoso e inocente, que por un instante me sentí fuera de lugar. Mi sonrisa se desvaneció. ¿De verdad la merecía? Era una persona increíble y yo simplemente... Me toqué el tatuaje. Me estaba preguntando esas cosas cuando sus ojos azules se encontraron con los míos y un ligero rubor matizó sus mejillas, lo cual me hizo olvidarme de todo. A veces sentía la necesidad de darme un pellizco para confirmar que mi novia era de carne y hueso.

Finalmente llegó a mi lado y se inclinó para darme un besito. Sus suaves labios se encontraron con los míos durante una fracción de segundo e intensificaron mis sentimientos hacia ella.

—Hola, guapo —dijo y se enderezó—. Llegaste temprano.

Miré mi reloj.

—No, tú llegaste tarde.

Frunció el ceño.

—¿En serio? Lo siento. Manejo muy lento —me explicó y se sentó junto a mí—. Desde que me dieron la licencia no quiero arriesgarme a que me multen. Mamá me mataría y me quitaría el auto y...

—Jules —la interrumpí—, no hay problema.

—Perdón por hacerte esperar —murmuró, con la cabeza agachada. Le quité el sombrero y la tomé de la barbilla. Levanté su rostro y la miré directo a los ojos.

—No me importa esperar —dije con toda honestidad—. Podría esperarte toda la eternidad si fuera necesario.

Jules se humedeció los labios, lo cual me obligó a mirarlos.

—Sabía que había un chico tierno debajo de esa fachada de poeta oscuro.

Levanté una ceja.

—¿Ah, sí?

Ella asintió y soltó una risita. Le di un picotazo en la cintura para hacerle cosquillas. Ella se retorció entre mis brazos mientras se carcajeaba. Me encantaba escuchar su risa. Era angelical. La abracé y le acaricié las mejillas. Por un instante, la culpabilidad me inundó. ¿En serio la merecía? ¿Merecía ser feliz?

—¿Qué pasa? —preguntó, examinando su cara.

—¿Estás segura de que me amas? —Mi pregunta la tomó desprevenida.

—Claro que te amo. —Me acarició la cara tiernamente. Desvié la mirada y la solté—. ¿Qué pasa, Evan? ¿Qué piensas? —preguntó. Yo me froté la cara y fijé la mirada al frente—. ¿Evan? —repitió.

—No es nada.

—Dime.

—Es sólo que... —No sabía cómo decirle todo lo que estaba pasando por mi mente. Inconscientemente me llevé la mano al tatuaje.

—¿Se trata del tatuaje? —preguntó, y yo asentí—. ¿Algún día me dirás qué significa?

Me había negado muchas veces a decírselo, pero sabía que tendría que hacerlo tarde o temprano.

—Es una palabra en chino —dije y miré hacia el lago—. Significa «culpable». Me lo hice unos cuantos meses después de la muerte de mi madre.

—¿Qué? ¿Por qué? —Jules sonaba sorprendida. Luego pareció entender mis motivos y me tomó la mano—. No fue tu culpa, Evan. ¿Por qué te recriminas así?

—Todo el mundo me dice lo mismo, pero no puedo evitar sentirme culpable por lo que ocurrió. Siempre estaré en deuda con ella por haberle fallado. Por eso sigo viviendo en esa casa.

Jules atrajo mi cara hacia la suya.

—¿Quieres seguirte torturando por lo que pasó? —dijo con tristeza—. Si sigues ahí, no harás más que revivir una y otra vez lo que pasó ese día. —Acarició el tatuaje con los dedos—. ¿Por qué te marcaste de esta forma? No eres culpable, Evan. —Sus ojos azules se llenaron de lágrimas—. Dios, desearía poder... —Se le rompió la voz.

—Oye —dije y sostuve su cara con una mano—. No llores. Es tu *picnic* y se supone que vamos a divertirnos, ¿verdad?

Jules asintió mientras una lágrima le rodaba por la mejilla.

—Ya no estás solo, ¿no te das cuenta? —Su voz era ronca—. Estoy aquí. Enfrentaremos juntos lo que sea que te atormente.

Le sonreí.

—Lo sé.

Ella se limpió la lágrima y se obligó a sonreír.

—Ya veremos qué hacer con ese tatuaje, pero lo primero es que te salgas de esa casa.

—Jules.

—Sin pretextos, Evan. Si dices que no, te seguiré molestando hasta que aceptes —dijo, decidida—. Y ya sabes que puedo ser muy necia —agregó con una sonrisa.

—Está bien. Lo pensaré.

—¿Lo prometes? —Me miró con ojos de cachorrito. Era irresistible cuando hacía eso.

—Lo prometo —contesté y acerqué su cara a la mía. La besé con delicadeza, como si intentara demostrarle con ese beso cuánto la quería, lo cual probablemente era imposible.

Nos quedamos ahí sentados, besándonos con pasión y embriagados de amor. Solía creer que mi vida sería miserable para siempre y que nunca encontraría alguien que estuviera dispuesta a estar conmigo. Pero Jules me había demostrado que me equivocaba.

Esta angelita había logrado iluminar las partes más oscuras de mi ser. Y lo mejor era que no estaba intentando repararme, sino que me amaba tal y como era. Si eso no era amor verdadero, nada lo sería.

Me separé ligeramente de ella. Deseaba que ese instante durara para siempre. Y pensar que todo empezó en una página web. Ni siquiera era un sitio de citas, sino un lugar para escritores y lectores. Estaba seguro de que ninguno de los dos pensaba que encontraría a su alma gemela de esa forma. De hecho, yo ni siquiera pensaba en conocer chicas cuando entré a Wattpad. Era la forma más extraña y poco convencional de encontrar a tu alma gemela, pero era *nuestra* forma. Nuestra relación era lo menos convencional del mundo, y eso me gustaba. La vida podía ser muy impredecible e inesperada, y Jules y yo éramos la prueba viviente de ello.

Abracé a mi cursi novia e inhalé su dulce aroma. Permitirme ser feliz por primera vez en muchos años era refrescante. Ella me complementaba, y yo haría todo lo posible por estar siempre a su lado.

—Hueles a melocotón y fresa —le susurré juguetonamente al oído—. Te amo, escritora cursi.

Ella soltó una risita y me besó la mejilla.

—Yo te amo más, poeta oscuro.